Dieses Buches basiert auf historischen Begebenheiten und spielt an realen Schauplätzen. Die Handlung ist fiktiv.

Casta Diva, che inargenti
queste sacre antiche piante,
a noi volgi il bel sembiante
senza nube e senza vel ...

Keusche Göttin, die du die heilg'en
alten Bäume mit silbernem Glanz
umhüllst, wende uns dein Antlitz zu,
ohne Wolken und ohne Schleier ...

Anrufung der Mondgöttin,
Norma, Bellini

Inhalt

Am Morgen

Zwischen den Zypressen hing noch immer eine letzte Spur der Kühle der Nacht. Nebel stieg aus den Wiesen auf. Er wirkte, als ob er das Tal vor den Blicken Fremder verstecken wöllte. Der See lag glatt wie ein Spiegel. Eine Lerche erhob sich über ihm und sang. Ihr Zwitschern klang klar und deutlich vom wolkenlosen Himmel herab. Auf den Gräsern glitzerte Tau. Die Augusthitze würde ihn schon bald verschwinden lassen.

Ein kleiner Pfad wand sich durch den verwilderten Hain, vorbei an Gestrüpp und Holunderdolden zu einer uralten Eiche. Ihr meterdicker Stamm war von Efeu umrankt. Die Rinde rissig, zerfurcht von der Zeit. Legenden berichteten geheimnisvolle Dinge über sie, aber an diesem Morgen lag sie verlassen und einsam im durch die Blätter brechenden Sonnenlicht.

Sie wirkte wie ein Sinnbild der Ewigkeit. Ihre Borke war so dick, dass der Nagel sie kaum verletzt hatte, der den Kopf der Toten an sie geheftet hatte. Das Blut, das an ihr herabgelaufen war, hatte sie kaum befleckt und nur die Fliegen, die den zermarterten Hals der Verblichenen umschwirrten, störten die Harmonie des mächtigen Baums am Dreiweg im heiligen Hain.

Überraschung in Castel Gandolfo

Die Einrichtung des Hotelzimmers bestand aus kaum mehr als einem Bett und einem Tisch. Die Fenster standen offen und erste Geräusche drangen von draußen herein. Vereinzelter Stimmenklang und das Klappern von Geschirr wurden von einer lauen Brise herbeigeweht.

Die Hitze des Sommers um Rom hatte bis weit nach Mitternacht auf den Mauern Castel Gandolfos gelastet. Sie hatte die Kleinstadt erstickt wie der Hauch eines Glutofens, untermalt vom Zirpen der Zikaden und dem Rauch der Waldbrände. Zu dieser Jahreszeit war die Gegend noch heißer und ausgetrockneter als Neapel. Das Gras der Parks hatte sich in Stroh verwandelt und die Gärten der Vororte in Wüsten. Nur der Oleander der Straßenränder trotzte der Höllenglut, die jeder neue Tag über die sieben Hügel legte.

Es war noch früh am Morgen, auch wenn der Geruch von Kaffee Cariello unterschwellig bewusst werden ließ, dass der Tag nahe war. Der Espressoduft stieg durch die Ritzen der Mauern und die Betttücher. Cariello zog das Laken höher und vergrub den Kopf unter den Kissen. Ihm schmerzte der Schädel.

Die Vorlesung am vorangegangenen Abend hatte lange gedauert und der darauffolgende Streit noch länger. Er wollte nicht an die Auseinandersetzungen der Wissenschaftler denken, wie Tantalus nicht an seine Qualen erinnert werden will.

Es gab Momente, da ließ ihn sein Dasein als Universitätsprofessor verzweifeln. Es war lediglich die Höflichkeit gewesen, die ihn am Vorabend mit ihren lästigen Klauen auf seinen Platz gebannt hatte. Es wäre ihm lieber gewesen, er hätte davonlaufen können. Irgendwohin, wo es statt Leitungswasser in Plastikbechern roten Wein in Gläsern gab und statt lateinischen Zitaten unbedeutenden Smalltalk.

Ein Hämmern an der Tür riss ihn aus seinem mürrischen Dämmern. Er lauschte, aber als nichts folgte, drehte er sich zur Wand, um weiterzuschlafen. Es hämmerte erneut. Fluchend tastete er nach der Kordel, mit der die Jalousie geöffnet werden konnte, und zog daran. Sonnenlicht drang herein. „Was ist? Kann das nicht warten?"

Der lange Schlaf am Morgen war einer der wenigen Vorteile seines Universitätsdaseins. Als Professor musste er lange Texte schreiben, die wenige lasen und unwissenden Jugendlichen Dinge erzählen, die sie nicht hören wollten. Und wenn er nichts ererbt hätte, wäre er im Staatsdienst Zeit seines Lebens zweitklassige Wagen gefahren. „Wenn man mich schon schlecht bezahlt, sollte man wenigstens meinen Schlaf respektieren, verdammt noch mal."

Die Schläge an der Tür wurden lauter und eine weibliche Stimme rief seinen Namen.

Cariello wälzte seine Ein-Meter-Fünfundachtzig aus dem Bett, zog einen der Bademäntel des Hotels über und öffnete die Tür. Ihm schlug eine Woge von Hitze entgegen.

Vor ihm stand eine junge Frau, die dunkelblonden Locken unachtsam zu einem dicken Knoten im Nacken gewunden und das schmale Gesicht sonnenverbrannt. Sie rang nach Luft.

Er blinzelte. „Therese?“ Cariello zog den Bademantel fester. Er hatte nicht mit Besuch gerechnet und erst recht nicht mit diesem. Er fühlte einen unerwarteten Stich in der Brust.

Benommen fragte er sich, warum Therese sich in der Gegend von Rom und vor seiner Tür befand. Sie hatte, wie er, in Neapel gearbeitet, auch wenn sie ursprünglich aus Bergamo stammte. Ihr Vertrag im Labor von Herculaneum war ausgelaufen und sie hatte eine neue Anstellung gesucht. Er schämte sich, ihr nicht geholfen zu haben, auch wenn sie ihn nicht darum gebeten hatte. Jetzt stand er zusätzlich dazu halb nackt vor ihr, ungekämmt und ungewaschen.

Therese schien seine Verwirrung nicht zu bemerken. Ihre Wangen waren gerötet, ihr khakifarbenes Tanktop klebte ihr an der Haut und ihre Trekkinghose war mit grünen Flecken verschmutzt. Die groben Einsatzschuhe waren erdverkrustet. „Professor, hören Sie mir zu? Ihr Telefon ist abgeschaltet. Wir brauchen Sie. Hören Sie?“

Cariello zuckte zusammen. Er wischte sich übers Gesicht, bemüht, aufzuwachen und die Augen an das Licht zu gewöhnen. Therese stand auf dem roten Teppich des

Hotelkorridors, als wäre sie bereit, ihn notfalls mit Gewalt wach zu rütteln. Er verspürte das Verlangen, die Tür zu schließen und in die Kühle seines Zimmers zurückzukehren. Es war erneut die Höflichkeit, die ihn daran hinderte und unterschwellig auch sein Interesse an seiner Besucherin.

„Ich würde Sie ja hereinbitten, Therese, aber …" Eine Geste erklärte das Offensichtliche. „Wollen Sie unten auf mich warten? Wir können gemeinsam das Frühstück einnehmen. Ich wusste nicht, dass Sie in Castel Gandolfo sind, aber es ist schön, Sie zu sehen." Er war sich bewusst, dass sein Ton zu trocken klang, aber war zu müde, um sich zu korrigieren.

Therese zog die Brauen zusammen, ihre grauen Augen blitzten. „Es ist keine Zeit zum Frühstücken. Ziehen Sie sich an und kommen Sie. Es ist etwas geschehen. Etwas … Schlimmes … Es eilt!" Sie brach ab.

Cariello bemerkte erst jetzt, wie verstört sie wirkte. Schweiß stand ihr auf den Schläfen und ihre Lippen bebten.

Er zögerte, aber nickte dann. „Warten Sie im Foyer auf mich. Ich komme."

Nachdem er die Tür geschlossen hatte, starrte er einen Moment auf den messingfarbenen Griff der längst aus der Mode gekommenen Tür, unfähig, seine Gedanken zu ordnen. Dann raffte er sich mit einem Ruck auf und drehte das kalte Wasser der Dusche an. ‚Es scheint, ich muss wach werden.'

Der Weg nach Nemi

Cariello knirschte mit den Zähnen, als das eisige Wasser ihn traf, aber blieb darunter stehen.

Er befand sich wegen einer von der US-amerikanischen Princeton University organisierten Konferenz in der Stadt der Päpste. Es gab nicht viele Unterkünfte in Castel Gandolfo und er hatte mit dem von ihm gewählten Hotel vorliebnehmen müssen wie Maria mit dem Stall. Es hatte nur kaltes Wasser und harte Betten.

Hunderte von Wissenschaftlern waren ins Betlehem der Forschung der Antike gepilgert und er hatte sich zu spät entschieden, der Einladung Folge zu leisten. Die weitläufige Terrasse am Hang und der Blick auf den Albanersee und die Wälder entschädigten ihn, auch wenn das nichts daran änderte, dass seine Bleibe veraltet und schlecht notiert war. ‚Wie hat Therese mich in dieser Absteige gefunden?'

Bei aller Bescheidenheit seines Universitätsgehalts war er nicht arm und sein Geschmack weit von dem entfernt, was sich ein Archäologe normalerweise leisten konnte. Therese wusste das.

Er stammte aus einer Familie von Diplomaten und neapolitanischen Adeligen. Sein Vater war Botschafter in Washington gewesen, seine Mutter Gräfin. So benahm er sich nicht nur, so sah er auch aus. Als sein Vater ihn zum ersten Mal gesehen hatte, hatte er gescherzt, die spanischen Herren Neapels hätten der Stadt ihren genetischen Fingerabdruck hinterlassen. Cariello war wie seine Mutter distanziert und dunkel. Er wusste, dass er auf andere Menschen hochmütig wirkte. Er hatte die Kritik an seiner Arroganz nur zu oft in diversen Journalen gelesen, aber bevorzugte trotz dessen Luxushotels.

Jetzt fragte er sich, was Therese in Castel Gandolfo tat und wie sie sein Hotel aufgespürt hatte. ‚Sie muss nach mir gesucht haben. Niemand weiß, wo ich logiere.' Es freute ihn, sie zu sehen, aber ein anderer Ort wäre ihm lieber gewesen. Um seiner Ehre Willen und auch wegen des Eindrucks, den er auf Therese zu machen hoffte.

Er lehrte Archäologie an der ältesten Universität Neapels, Federico II. Therese war dabei vor Jahren seine Studentin gewesen und war ihm selbst in dem von gut fünfhundert Studierenden überfüllten Hörsaal aufgefallen. Sein Fach bescherte einem Professor üblicherweise einen Studentenstamm von zwanzig Lernenden pro Jahrgang, aber bei ihm hatte sich damals eine Ansammlung sensationshungriger Jugendlicher in den Vorlesungen angestaut, die seine Medienauftritte und seine Ironie bejubelten hatten.

Der Ansturm hatte ihn mehr geärgert, als dass er ihm geschmeichelt hatte, aber trotz der Menge der Personen im Saal hatte er Therese damals bemerkt. Eine Horde von Freunden hatten sie stets umrahmt und sie hatte ihm mit ihrem rebellischen Charakter Respekt abgerungen.

Heute jedoch hatte er nicht mit ihr gerechnet. Nicht mit ihr und erst recht nicht mit der Verkündigung eines Unheils auf ihren Lippen.

Er drehte die Dusche ab, zog sich ein weißes Hemd und einen hellen Sommeranzug an, und begab sich mit eiligen Schritten zur Eingangshalle.

Therese wartete an die mit falschem Marmor verkleidete Wand gelehnt. Ihre Finger trommelten auf ein Fenstersims, hinter dem im Morgenlicht der Albanersee heraufglänzte. Die Sonne ging als glühender Ball über den kleinen Städten auf den Hügeln auf und tauchte Thereses Haut in flüssiges Gold. Sie drehte sich um, als er näherkam und das Leuchten in ihren grauen Augen wirkte auf ihn wie ein Déjà-vu.

Ihr schmales Gesicht war durchscheinend, die Schultern hagerer als zuvor und die Finger schlanker. Die Sonne hatte sie gebräunt und ihr die Augenbrauen gebleicht. Ihr Anblick traf ihn.

Sie bemerkte sein Zögern. Gefasster und ruhiger als zuvor, machte sie sich von der Wand los. Sie hatte Zeit gehabt, Luft zu holen. „Ich weiß, dass Sie erstaunt sind, mich zu sehen. Ich habe lange nichts von mir hören lassen, aber die Sache ist wichtig. Ich bin seit Beginn des Sommers bei der Ausgrabung des Diana-Tempels am Nemi-See südlich von hier beschäftigt. Wir benötigen Ihre Hilfe."

Cariello kannte das Heiligtum vom Hörensagen. In der Antike waren die Arkaden des Tempels von Nemi so angesehen gewesen, wie in der Neuzeit der Petersdom. Ein Erdrutsch hatte sie in Vergessenheit gerissen und ein Engländer hatte ihre Reste im 19. Jahrhundert geplündert.

Seitdem wusste kaum noch jemand, dass der Tempel existiert hatte und außer ein paar absonderlichen Legenden war nicht viel geblieben. Er war noch nie bei den Mauerresten gewesen.

Er wollte etwas erwidern, aber Therese griff seinen Arm und zog ihn mit sich. Ihre dunkelblonden Locken wogten dabei eine Sekunde vor seinem Gesicht als sich der Knoten in ihrem Nacken löste. Sie schob die Haare unachtsam zurück und die Bewegung ließ ihren schlanken Hals sichtbar werden.

‚Ein schöner Anblick', ging es Cariello durch den Kopf. Die Erinnerung an seine verstorbene Frau huschte ihm durch den Kopf.

Erneut drang der Geruch von Kaffee aus dem Frühstücksraum zu ihm und er bedauerte, dass Therese ihm keine Zeit ließ, sein Bedürfnis nach Koffein zu stillen. Sie machte nicht den Eindruck, als ob sie auch nur eine Minute zu verlieren hätte. Er ergab sich und folgte ihr.

Trotz der Hast wartete er noch immer auf eine Erklärung, welcher Art die von ihm erbetene Hilfe sein sollte, aber Therese fügte ihren Worten nichts hinzu. Notgedrungen ging er davon aus, dass ein archäologischer Fund gemacht worden war. ‚Vielleicht geht es um eine Statue oder ein Tempelrelikt, zu dem man meine Meinung hören will.' Seine Neugier gewann die Oberhand über die Müdigkeit.

Im Freien schlug ihm kühlere Luft entgegen, aber gleichzeitig regte sich auch Hunger in ihm. Mit knurrendem Magen fragte er sich, was die alten Kaiser Roms zum Frühstück gegessen hatten, wenn sie schon keinen Kaffee gehabt hatten. Therese ließ ihm keine Zeit, darüber nachzudenken.

Sie ging ihm durch die Straßen voran, seinen Ärmel in der Hand, als fürchtete sie, ihn zwischen den wappenverzierten Mauern und den Platanen zu verlieren. Tauben, die sich am Wasser eines Brunnens erfrischt hatten, flatterten vor ihr auf und sie scheuchte sie beiseite. Einen Moment taumelten Federn vor Cariellos Gesicht. Eine sommerliche Frau Holle schüttelte ihre Betten in der Morgensonne aus. Er blinzelte. Castel Gandolfo war von schmalen Gassen, alten Gebäuden und Touristencafés geprägt. Rote Geranien hingen vor den noch geschlossenen Fenstern und den Arkaden. Therese beachtete sie nicht. Sie zog ihn mit sich, aus der Altstadt hinaus und von dort eine steile Straße bergab.

Seine Mokassins glitten auf den Pflastersteinen aus und er musste sich mit einer hastigen Bewegung ausbalancieren. „Immer langsam. Die Tempelruinen laufen uns nicht davon. Sie liegen dort schon dreitausend Jahre. Therese, bitte!“

Therese hielt erst am Ende des Hangs inne. Das Fahrzeug, zu dem sie ihn brachte, erwies sich als alter Fiat 500, der auf einer Bordsteinkante unterhalb der Altstadt geparkt stand. Sie hatte ihn im Parkverbot abgestellt und der Schlüssel steckte im Zündschloss. Er wirkte wie das Werk eines modernen Künstlers.

‚Duchamp oder Beuys', dachte Cariello. ‚Die Fahrt verspricht, abenteuerlich zu werden.'

Der zerrostete Wagen war beschädigt und die Sitze ausgesessen. Staub bedeckte die Polster und das verschlissene Armaturenbrett. Die Reifen waren schmal und abgenutzt und es verwunderte ihn, dass man den Typ noch auf dem Markt erwerben konnte. Er hatte das Gefährt bereits vor einem Jahr kennengelernt und war verblüfft, dass der Methusalem den Weg aus Neapel heraufgeschafft hatte. Die ursprüngliche Farbe war nach seiner Ansicht blau gewesen, aber er war sich nicht sicher, ob er damit richtig lag.

Therese mangelte es notorisch an Geld. Sie teilte das Schicksal mit den meisten jüngeren Archäologen. ‚Und auch mit den meisten Älteren', fügte Cariello im Stillen hinzu.

Therese warf ihm einen Blick zu. Ihm war klar, was er bedeutete. Sein Anzug riskierte, schmutzig zu werden. Als Italienerin hatte sie ein Gefühl dafür, wie viel der elegant zerknitterte Leinenstoff gekostet hatte, den er trug. Er ließ sich ohne Kommentar in den verschlissenen Sitz sinken, aber hatte Mühe, seine Mundwinkel im Zaum zu halten. Die Situation erheiterte ihn plötzlich.

Therese hatte ihn regelrecht mit Gewalt aus seinem Bett und seinen Träumen gezerrt, nur um ihn in einer Konservenbüchse zu verstauen. Seine Knochen trafen unangenehm auf die zersprungenen Federn unter der Sitzfläche und sein Lächeln wurde verkrampfter.

Der trotz der Morgenstunde bereits glühend heiße Wagen schwankte, als Therese sich neben ihn in den Fahrersitz warf. Sie bemerkte seine Grimasse und ein gezwungenes Schmunzeln stahl sich auch auf ihre Lippen. „Ich brauche ein neues Auto."

Cariello nickte, nach außen noch immer amüsiert, aber im Stillen erstaunt über die Anspannung, die sich auf Thereses Gesicht abzeichnete. Sie war blass und bebte trotz ihres Lächelns. Ihre Hände umklammerten den Knauf der Gangschaltung, als wolle sie sich daran festhalten. Sie hatte Schwierigkeiten, das Gefährt in Gang zu setzen und kuppelte mehrfach, bevor sie richtig lag.

Cariello fragte sich, ob sie wegen ihm nervös war. Therese hatte ihn, ihren distanziert kühlen Mentor, einst angehimmelt, wie viele seiner Studentinnen. ‚Aber vielleicht bin ich auch vorhin nur zu abweisend gewesen und habe sie mit meinem morgendlichen Grimm verunsichert. Oder ich bilde mir etwas ein.' Er versprach sich trotzdem, Abbitte zu leisten. Niemand kannte seine Fehler so gut wie er selbst. Viele seiner Studenten und Kollegen hatten schon vor ihm gezittert, ohne dass er den Effekt absichtlich hervorgerufen hätte. Laut seinem Bruder konnte er mit dem Zucken seiner Augenbrauen so viel Kälte ausdrücken, dass ein Gletscher dagegen erwärmend wirkte.

Der Gedanke an seinen Bruder traf Cariello wie bereits zuvor der an seine Frau. Er dachte in letzter Zeit viel an seine Familie und ans Schicksal seiner Mutter und Schwester, die wie er unter dem Geschehenen litten.

Er sah erneut zu Therese. Sie brachte den aufheulenden Fiat nach mehreren Versuchen auf den Weg. Mit weitgeöffneten Fenstern, um das Fehlen der Klimaanlage zu kompensieren, stürzte sie sich in die Straßen der kleinen Städte um Rom. Diese waren ursprünglich nicht auf Fahrzeuge ausgelegt und Therese umschiffte die allerorts wild geparkten Pickups und die Auslagen der Blumenhändler. Cariello wurde abwechselnd gegen Fenster und Kupplungshebel gedrückt. Therese fuhr für seinem Geschmack zu schnell und das wollte viel heißen. Selbst unter Neapolitanern war er eher ein Abenteurer.

Nachdem er Zeit verstreichen lassen hatte, um Therese zu ermöglichen, den Weg zu finden, brach er an einer roten Ampel das Schweigen. „Ich bin jetzt wach, Therese. Wenn Sie mir verraten würden, zu welchem Ereignis wir fahren? Ich muss eingestehen, dass ich Ihnen vorhin im Hotel nicht folgen konnte."

Thereses Augen fixierten die Straße. Der Ausdruck der Bedrückung, den er schon zuvor bemerkt hatte, erschien erneut auf ihren Zügen. Ihre Stimme bebte. „Ich fürchte, der Anlass ist kein erfreulicher." Sie räusperte sich. „Heute Morgen hat einer unserer Helfer in der Anlage des Diana-Tempels den frisch abgetrennten Kopf einer Frau gefunden. Wir haben die Carabinieri gerufen. Der Kopf ist an eine Eiche genagelt worden und rings um ihn stehen Kerzen. Die Szene wirkt wie eine rituelle Tötung. Die Carabinieri haben sie mir gezeigt … Ich habe es bereut, ihnen ins Dickicht der Ruinen gefolgt zu sein, statt mich fernzuhalten."

Cariello hob die Brauen. „Ein Kopf?“

Therese presste die Lippen aufeinander. Für eine Sekunde wurde sie weiß und rang um Fassung. „Die Carabinieri wollten mich wegen des Fundortes konsultieren ... Aber was soll ich dazu sagen? Von abgetrennten Körperteilen zu Ehren antiker Götter habe ich noch nie etwas gehört und ich lege auch keinen Wert darauf, mich damit zu beschäftigen. Das muss ein Perverser gewesen sein. Ein Irrer …“

Ihr Blick huschte zu Cariello und sie fügte leiser hinzu: „Ich stehe neben mir. So habe ich mich noch nie gefühlt. Als ob alles in mir wanken würde. Ich habe es vorgezogen, Sie als den besseren Kenner römischer Bräuche vorzuschlagen. Verzeihen Sie mir. Ich weiß, dass es Ihnen auch keine Freude machen wird, aber ich brauche Hilfe. Bitte. Ich weiß nicht, wie es mit unserer Arbeit weitergehen soll. Man wird uns Probleme machen. Und wenn das mit dem Kopf öffentlich bekannt wird … Ich habe keine andere Arbeit. Ich kann den Tempel nicht aufgeben.“ Therese Stimme klang rau.

Cariello nickte betroffen. Mit diesen Neuigkeiten hatte er so wenig gerechnet, wie mit Thereses Erschütterung. Er kannte sie als stark, mit sturem Willen und übermäßigem Stolz. Mit einem Vorschieben des Kinns kommentierte er die Hiobsbotschaft und stabilisierte sich ansonsten schweigend am Haltegriff der Tür. Mit der anderen Hand zog er den abgenutzten Sicherheitsgurt fester, unsicher, was er sagen sollte.

Er war darauf gespannt gewesen, eine antike Statue zu besichtigen, nicht einen ermordeten Menschen. Trotzdem war er zu sehr Kavalier, als dass er eine junge Frau in so einer Situation alleingelassen hätte. Auch wenn ihm dabei nicht wohl war. Ihn erwartete ein abgetrennter menschlicher Kopf …!

Thereses klappriger Fiat schoss weiter auf dünnen Rädern den Hang hinunter. Cariello war versucht, angesichts des Fahrstils die Augen zu schließen, aber bewahrte sie angestrengt offen. Die Fahrt war trotz allem weniger erschreckend als die Neuigkeit, die Therese ihm überbracht hatte. ‚Ich hätte statt ihrer fahren sollen. Sie ist außer sich.'

Er wurde aus seinen Gedanken gerissen. Vor ihnen eröffnete sich von einer Sekunde zur anderen ein tiefgrünes Tal, das von ungewöhnlich dichten Wäldern umgeben war. Er erblickte eine unerwartete Oase hoher Zypressen und Pinien in einem Krater unterhalb der Mauern einer mittelalterlichen Kleinstadt.

Der See in der Tiefe glänzte kreisrund herauf und trotz der Hitze hing ein morgendlicher Nebelschleier darüber. Das Gewässer war zu groß, als dass man es einen Teich hätte nennen können und zu klein, um es zu mehr zu gebrauchen als für den Ausflug sonntäglicher Angler. Es lag einsam und still. Hoch oben, über dem See thronten alte Festungen, aber am Wasser säumte nur eine verstreute Handvoll Ferienhäuser die schmale Straße, die dem Ufer folgte. Kleine Boote dümpelten an hölzernen Anlegestegen umgeben von Schilf. Das Wasser ruhte silbern und unbewegt unter dem sich in der Sonne rosig färbenden Dunst.

Die Atmosphäre wirkte befremdlich. Es war Cariello auf den ersten Blick unverständlich, warum niemand an dem malerischen Seeufer wohnte. Auf den zweiten Blick wirkte die Menschenleere beklemmend. ‚Was ist das für ein Tal?'

Er setzte sich auf und schaute aus dem Fenster. Dann begriff er. Er war nie an dem See gewesen, aber hatte über ihn gelesen ...

Was er sah, war der berühmte Nemi-See, der See der Geister und Götter, verwunschener Zufluchtsort des Kaisers Caligula.

Sonne brach durch das Laub der Bäume am Hang und eine Gruppe von Fahrradfahrern kam ihnen auf der von Dickicht gesäumten Uferstraße entgegen. Sie wirkte wie eine unechte Bühnenszenerie. Therese schoss mit ihrem Fiat an ihnen und an einem großen, rotbraunen Gebäude am Seeufer vorbei. Fünfhundert Meter weiter bog sie in eine schmale Seitenstraße ab, an deren Rand dichtes Gebüsch mit langen Bändern und Lametta geschmückt war. Ein handgemaltes Zeichen am Wegrand kündigte eine Farm mit Pferdehof an, die im Dickicht nicht zu sehen war.

Gegenüber dem Anwesen wühlte sie den Wagen einen ausgewaschenen Pfad empor und schoss um eine Biegung, an der ein weiteres Holzschild im Gestrüpp einen Parkplatz ankündigte. Vor diesem rollte sie ins

Gesträuch und bremste. Die Motorhaube wurde rauschend von Gräsern und Zweigen begraben. Der Motor erstarb und Stille sank herab.

Cariello schaute gelähmt nach draußen. Er hatte nicht damit gerechnet, so nahe bei Rom in einen Urwald zu geraten. Der Platz, zu dem Therese ihn gebracht hatte, war verlassen und verwildert. Es war niemand zu sehen und nur ein paar Fliegen brummten in der Morgensonne. Kein Zeichen wies auf einen antiken Tempel hin. Cariello schaute aus dem Wagen in dichtes Unterholz.

Bevor er etwas sagen konnte, sprang Therese aus dem Fiat und schlug die Tür hinter sich zu. Sie stürmte ihm voran in den verwilderten Hain.

Mit einem Gefühl der überraschten Beklemmung öffnete er die Wagentür und folgte ihr ins bereits von zahlreichen Füßen zertretene Dickicht.

Kolonel Camarata

Camarata stand mit Mantel und Hut bekleidet, einen Koffer in der Hand auf dem Flughafen in Rom. Einsam und allein. Sein Flugzeug war eine halbe Stunde zuvor gelandet und er war schwitzend und ächzend ausgestiegen. Er war krank und hätte Ferien und Ruhe gebraucht, stattdessen war er hier. Sein Atem rasselte mühsam und seine Brust schmerzte. ‚Warum zum Teufel', fragte er sich knurrend, ‚habe ich zugesagt? Weil ich nicht alt werden will? Weil ich mir noch etwas zu beweisen habe und vom Anruf aus Rom geschmeichelt war? Ein Spezialist! Ich! Bah…'

Er zog sich den Mantel um die breiten Schultern und über den Bauch. Er war nicht groß, aber mit seinem südländischen Typ stämmig untersetzt. Seine grauschwarzen Haare und das unrasierte Kinn gaben ihm das Aussehen eines gealterten Al Capone. Eines Al Capone in Carabiniere-Uniform mit tiefschwarzen Augen und behäbiger Korpulenz.

Camarata hatte am frühen Morgen seine Frau Laura und die Kinder allein in die Ferien abreisen lassen und fühlte sich elend. Er hatte ihren Blick gesehen, die Enttäuschung, den stillen Vorwurf. ‚Ich habe es wieder mal geschafft, meine gesamte Familie abgrundtief zu enttäuschen. Wie letztes Jahr und das Jahr zuvor.'

Privatleben und Berufsleben sollten zwei verschiedene Sachen bleiben, das wusste er nur zu gut. Einer seiner früheren Chefs hatte ihm nach dem Scheitern seiner ersten Ehe gepredigt, dass nicht seine Kollegen an seinem Grab weinen würden.

‚Der Mann hatte Recht und ich sollte mir den Rat zu Herzen nehmen. Wenigstens dieses Mal. Besser, ich erledige die Sache hier in Rom so schnell wie möglich und fahre zu meiner Familie ans Meer.'

Camarata seufzte und suchte sich ein Taxi. Man hatte sichtlich vergessen, ihn abzuholen.

Im heiligen Hain

Thereses Beschreibung hatte Cariello ungenügend auf das Bild vorbereitet, das ihn im Unterholz erwartete.

Halb unter der Erde und überwuchert von Efeu ruhten die Reste eines antiken Gebäudes im Wald. Marmorne Pfeiler erstreckten sich über hunderte Meter im Dickicht und Grabungsspuren durchzogen wie Wunden den Boden. Hohe Arkaden lehnten sich an die steilen Wände des zum See hin abfallenden Hangs. Säulen und Mauern ragten hier und da aus dem Unterholz. Üppige Zypressen und Olivenbäume umgaben sie, überwuchert von Ranken und Gestrüpp. Farbige Absperrbänder waren über die Büsche gezogen worden und ihr leuchtendes Orange durchbrach das sonst allgegenwärtige Grün.

Einer der Bäume fiel Cariello beim Näherkommen auf. Es handelte sich nicht wie bei den anderen um eine Zypresse, sondern um eine Eiche, die an der Kreuzung dreier Fußpfade stand. Sie war ungewöhnlich ausladend und um sie herum befand sich ein freier grasbedeckter Raum. Der Baum flößte Cariello zwar Achtung ein, aber keine Begeisterung. Normalerweise mochte er Baumriesen mit rissiger Rinde und Vogelnestern im Geäst, aber dieser hier wirkte weniger tröstlich als unheimlich.

Vor der Eiche hatte sich eine Gruppe Menschen versammelt, die den schwarzen Uniformen nach aus Carabinieri bestand. Sie verharrten wie Statuen im kniehohen Gras. Bis auf ein paar zirpende Grillen war es totenstill um sie. Ihre Rücken waren Cariello zugekehrt und einen Moment lang schien die Zeit angehalten zu sein.

Die Szene erzeugte ein Gefühl der Beklemmung. Cariello stand in einem majestätischen, römischen Tempel, begraben unter Dickicht und Geröll, erfüllt von einer Aura, als wären die heidnischen Götter der Urzeit noch irgendwo in den Erdhügeln und Ranken versteckt.

‚Wie ist es möglich, dass ein so bedeutendes Gebäude verlassen und ungeschützt im Dickicht liegt und man seine Mauern nicht vom Bewuchs gereinigt hat? Und warum stehen die Uniformierten dort?' Cariello vermisste die sonst üblichen Besucherkioske, Erklärungstafeln und Cafés. Ihre Abwesenheit beunruhigte ihn. ‚Hat das Ministerium Angst gehabt, hier vorbeizukommen?'

Einer der Carabinieri wandte sich um. Als er Cariello und Therese erblickte, kam er ihnen durch das hohe Gras entgegen. Er hob die Beine kniehoch, um die Ranken der Brombeerbüsche zu überqueren.

Der Offizier war Mitte Sechzig und anscheinend der Älteste der Carabinieri. Er trug einen grauen, gestutzten Vollbart und nahm beim Näherkommen eine militärisch aufrechte Haltung an. Mit ernstem Gesichtsausdruck begrüßte er Therese und reichte Cariello dann mit stiller Ehrerbietung die Rechte. Seine Handfläche war trocken und kühl, der Druck seiner Hand fest.

Er sprach leise, als hätte er Ehrfurcht vor dem Ort, an dem sie sich befanden. „Guten Tag, Professor. Goffredo

Buzzati. Vielen Dank, dass Sie gekommen sind. Ich weiß, es ist früh am Morgen, und ich bin beeindruckt, wie schnell Signorina Urquiola Sie hat finden können. Wir haben hier am Tempel einen unerfreulichen Fund gemacht. Es besteht gegenwärtig wenig Zweifel, dass es sich um einen Mord handelt, auch wenn wir das Urteil der Gerichtsmediziner abwarten, um sicher zu sein. Die Spurensicherung und die Kollegen vom Kulturgutschutz sind unterwegs. Einer der dortigen Offiziere kennt Sie und ich habe grünes Licht erhalten, um Sie hinzuzuziehen, im Falle auch Sie zustimmen. Soweit ich weiß, kennen Sie Kolonel Camarata?“ Die grauen Augen des Carabiniere suchten in denen Cariellos nach Bestätigung.

Cariello nickte. Der Fall des Raubes eines mysteriösen Papyrusses hatte ihn vor einem Jahr erneut mit Camarata zusammengeführt. Dieser war ein Spezialist für Kriminalfälle, die mit antiken Ruinen und Mord zu tun hatten. Es wunderte Cariello jedoch, dass man beabsichtigte, Camarata im Fall des Tempels der Diana hinzuzuziehen. Er war ein hochgradierter Offizier aus Neapel und nicht im nahen Rom stationiert.

Buzzati erklärte sich nicht und lud Cariello mit einer Geste ein, ihm zu folgen. Er selbst ging voran, den eben noch so geraden Rücken gebeugt unter einer unsichtbaren Last. Nur sein Telefon durchbrach die Stille mit summendem Vibrieren. Buzzati holte es mit nervösen Fingern aus der Jackentasche und wies Cariello gleichzeitig den Weg in die kleine Menschengruppe, die sich bei seinem Eintreffen teilte.

Der Geruch nach Minze, Thymian und Morgentau schlug Cariello entgegen. Irgendwo sang eine Lerche und Zikaden zirpten. Jedes dieser Details wurde ihm eigenartig bewusst. Wie in Zeitlupe durchquerte er das hohe Gras und fand sich nach wenigen Schritten im Angesicht einer grausamen Szene wieder. Nach einem Blick darauf verstand er das ihn umgebende Schweigen.

Ein abgetrennter Kopf war am Stamm der Eiche befestigt worden. Die langen, grauen Haare einer älteren Frau waren um einen großen Nagel geknotet worden, der aus der Rinde des Baums ragte. Ihre Haut glänzte kalkweiß und ihr karminroter Lippenstift leuchtete so gespenstisch aus dem Gesicht, dass Cariello sich einen Moment fragte, ob er auf den Kopf einer Puppe schaute. Zu seinem Leidwesen erwies es sich, dass das gespenstische Haupt einer lebenden Person gehört hatte. Der Hals der Frau war mit einer Reihe präziser Schnitte durchtrennt worden. Sehnen schauten daraus hervor.

Cariello kam der Vergleich mit dem Werk eines Schächters in den Sinn. Die Schnitte mussten die Halsschlagadern der Frau auf beiden Seiten durchtrennt haben. Er hätte zurückweichen wollen, aber war wie gelähmt.

Im Haar der Toten steckten Zweige. Frische Bruchspuren waren an den darüber befindlichen Ästen der Eiche zu sehen. Die dünnen Stängel waren erst abgerissen und dann ineinander verflochten worden, ohne wirklich einen Kranz zu bilden.

Unter dem Kopf der Leiche hatte eine unbekannte Hand in einem Zirkel Tee- und Grablichter angeordnet. Die letzteren brannten flackernd mit einer verglimmenden Spur von Leben, während die kleineren Kerzen bereits erloschen waren. Bunte Wimpel, die aussahen wie die Gebetsfahnen eines buddhistischen Tempels, waren auf dem Boden ausgelegt worden. Neben dem Baum lehnte eine schmale Spielzeuglanze, die aus verblichener roter Plastik gefertigt war. Fliegen krochen über die geschlossenen Augen der Toten und umkreisten brummend den blutigen Halsstumpf.

Cariello runzelte die Stirn. ‚Früher hat man die Köpfe Hingerichteter zur Abschreckung an die Stadttore gehängt. Wie haben die Menschen damit gelebt, so etwas jeden Tag zu sehen?'

Die schwüle Hitze des anbrechenden Tages und die Stille gaben der Szene vor ihm etwas Urzeitliches. Dazu kam, dass auf der Stirn der toten Frau mit kruder Brutalität Zeichen eingeschnitten worden waren. Es handelte sich um einen Kreis, rechts und links flankiert von jeweils einem nach außen zeigendem, tief eingeschnittenem Halbmond. Aus einem davon war Blut ausgetreten und über das Gesicht der Leiche gelaufen. Es hatte eine lange rote Spur gezeichnet und es schien, dass man der Frau das Mal noch zu Lebzeiten ins Fleisch gegraben hatte.

Cariellos Magen verkrampfte sich und in seinen Beinen breitete sich ein taubes Gefühl aus. Er schloss die Augen, um die aufkommende Übelkeit zu verjagen. Die hohen Säulen des Tempels wankten um ihn her.

Therese hatte ihn als die berühmte Koryphäe hergeführt, aber so fühlte er sich nicht. ‚Es hat bessere Momente in meinem Leben gegeben.' Er öffnete die Augen wieder und drehte sich zu den Carabinieri. Die Militärs sahen aus, als erwarteten sie, von ihm den Namen des Mörders zu hören.

Cariello zuckte mit den Schultern. Er konnte keine Wunder wirken und war froh, wenn seine Peristaltik ihm gehorchte und er nicht ins Gebüsch stürzen musste. Der majestätisch verwunschene Ort, von dem er so viel gehört hatte, schlug ihm auf den Magen.

„Ist Ihnen bekannt, wer die Frau ist?"

Die Anwesenden schüttelten den Kopf. Nur der ältere Carabiniere, der ihn begrüßt hatte und der in den letzten Minuten mit seinem Telefon beschäftigt gewesen war, nickte. „Ich habe gerade eine mögliche Antwort auf die Frage erhalten. Seit gestern um die Mittagszeit vermisst man die Leiterin des nahen Museums von Nemi. Gioconda Agnelli. Sie ist noch nicht lange dort angestellt, daher kennen viele Leute sie nicht, aber man bestätigt mir in diesem Moment, dass die Frau graue, lange Haare hat und karminroten Lippenstift bevorzugt."

Buzzati räusperte sich und versuchte bei seinen Worten seine amtliche Förmlichkeit wiederzufinden. Auch sein

Gesicht war blass. Er streckte steif die Brust heraus. „Ich weiß, dass Sie Professor der Archäologie sind und kein Wahrsager, aber was denken Sie? Ist der Täter ein Terrorist, ein bizarrer Götter-Anbeter oder ein frustrierter Angestellter, der seine Chefin getötet hat?"

Cariello blickte den Carabiniere konsterniert an. „Ein Terrorist?"

Die Idee schien ihm lächerlich. Im Dickicht, das ihn umgab, war mehr als nur ein frustrierter Angestellter oder verirrter Terrorist am Werk gewesen. Er war in der Tat kein Wahrsager, aber der Ort und die Szene vor ihm schienen auf ein Ritual hinzudeuten. Er drehte sich um und verließ den Hain.

Der Tag der Göttin

Die Gruppe der Carabinieri war durch den inzwischen aus Neapel eingetroffenen Camarata verstärkt worden. Buzzati grüßte den Kolonel und ging ihm zu einem Plastiktisch im Picknickareal der menschenleeren Pferdefarm voran. Jedermann nahm Platz, aber keiner sprach. Sie waren umgeben von ratloser Stille. Buzzati hatte die ersten Schritte der Untersuchungen angeordnet, die Spurensicherung war zusammen mit einer jungen Offizierin eingetroffen und Befragungen in der Nachbarschaft waren veranlasst worden. Aber bisher hatten die Carabinieri genau wie Cariello Mühe, sich einen Reim auf das Geschehene zu machen.

Der Anblick, der sich ihnen im Dickicht geboten hatte, war schwer zu verarbeiten. Cariellos Magen war noch immer flau und er hatte einen tauben Geschmack auf der Zunge. Der Leichengeruch, der sich in der Hitze zwischen den Bäumen auszubreiten begann, kroch aufdringlich süß wie der Gestank von verrottendem Ahornsirup in seine Nase.

‚Ich hätte nicht herkommen sollen.'

Der Zypressenhain, der still und einsam in der Sommerhitze ruhte, schlug ihn genau wie die Carabinieri in einen bizarren Bann. ‚Als ob der Tempel dort im Gebüsch atmen und fühlen könnte. Fast könnte man denken, die Zweige der Bäume kämen aus den Rissen in den Steinen gekrochen und wären dabei, sich um unsere Beine zu schlingen.'

Sein Blick wanderte auf den Boden. Er konnte sich des Gefühls nicht erwehren, dass die Bäume ihm das Blut aus den Adern saugen würden wie in einem alten Schwarzweiß-Film aus den zwanziger Jahren. Schweigend und unheimlich. Das blutige Etwas dort an der Eiche machte die grausame Szenerie nur noch beklemmender als sie ohnehin war.

Er lehnte sich neben Therese in einen der gebrechlichen weißen Plastikstühle und schwieg. Hier im Hain verstand er, warum sie ihn zu Hilfe gerufen hatte. Er musterte sie, die Carabinieri und den Kolonel, der Minuten zuvor aus einem Taxi gestiegen war.

Camarata hatte sich mürrisch brummend an die Stirnseite des wackligen Plastiktisches gesetzt, um den sie sich gruppiert hatten. Cariello kannte den gedrungenen Neapolitaner mit den angegrauten Schläfen und seiner derben Autorität seit Jahren, aber er schien verändert. Um seine schwarze Bulldoggenaugen zogen sich tiefe Falten. Er hatte einen Mantel über die Schultern seiner schwarzen Carabiniere-Uniform mit den weißen Tressen geworfen, obwohl die Hitze trotz des Blätterdaches über ihnen erdrückend war, und schien zu frieren.

Seine dunklen Pupillen musterten Cariello und die Gruppe seiner Kollegen mit schweigendem Grimm. Seine Lippen waren aufeinandergepresst, während er begann, Dokumente und Karten, die er mitgebracht hatte, auf dem zerbrechlichen Tisch auszubreiten. Seine Hände wirkten dabei wie Bärenpranken und das schlecht rasierte Kinn drückte seine Verstimmung aus.

Er hatte Therese und Cariello mit griesgrämigem Nicken gegrüßt, ansonsten blieb sein Gesichtsausdruck mürrisch. Der grausame Tod der Frau in der Ausgrabungsstätte des antiken Tempels gefiel ihm sichtlich genauso wenig wie allen anderen.

Camarata räusperte sich und jedermanns Augen richteten sich auf ihn. „Es widerstrebt mir als ortsfremdem Neapolitaner anstelle meiner römischen Kollegen die Verantwortung für den Mordfall hier zu übernehmen, aber es scheint, zu dieser Jahreszeit sind nicht genug Kollegen der Carabinieri und der technischen Dienste in Rom verfügbar. Sie müssen also mit mir vorliebnehmen.

Francesco Camarata, Kolonel. Ich bin vom Kulturgutschutz in Neapel, wenn auch mit jahrelanger Erfahrung im Morddezernat. Man hat mich mit der Leitung dieser Ermittlungen betraut. Seien Sie versichert, dass das nicht mein Wunsch war. Der Fall kostet mich meinen Urlaub. General Valers hat mich heute Morgen, an Bord der Fähre nach Sizilien stehend, zwangsweise zurück und zum Flugzeug beordert."

Camarata beäugte sein neu übernommenes Team grimmig. Niemand sagte ein Wort und er schob das untersetzte Kinn vor und nickte. „Ich will, dass dieser Fall hier schnell gelöst wird. Wir können uns keinen frei umherlaufenden Irren leisten. Jeder sollte sein Bestes tun. Ich will den Mörder umgehend. Auch, damit ich ans Meer fahren kann."

Cariello runzelte die Stirn. Der Verlust seines Urlaubs war mit Sicherheit nicht der wichtigste Grund für Camaratas Mürrischkeit. Camarata war kein Faulenzer. ‚Ihm ist dieser grüne Urwald genauso wenig geheuer wie mir', dachte er. ‚Verwilderte Haine sind ohnehin schlimme Orte zum Sterben, aber wenn es sich dann noch um so etwas wie ein Menschenopfer für heidnische Götter handeln sollte … Dann rennt in der Tat ein Geistesgestörter oder mehrere frei herum.'

Camarata seufzte und schenkte Cariello keine Beachtung. Cariello musterte ihn stoisch.

Er war verwundert über die wenig herzliche Art. Camarata schien seit ihrem letzten Treffen gealtert und verbittert zu sein. Soweit er wusste, hatte Camarata sich in einem der Tunnel von Herculaneum eine Histoplasmose zugezogen, eine bei Archäologen gefürchtete Pilzkrankheit, die man seit ihrem ersten Auftreten in den Gräbern in Gizeh als ‚Fluch des Pharaos' bezeichnete. Die Krankheit befiel die Lungen und war lebensgefährlich. Sie hatte Spuren hinterlassen.

Camaratas Augenhöhlen waren dunkel, seine Hände knochiger. Er hatte einen guten Teil seines vorher beträchtlichen Bauches verloren. Sein kurzgeschnittenes Haar war grauer geworden. Cariello fühlte Sympathie für den brummigen Militär, den der mit Pilzsporen infizierte Fledermausdung in den Gängen Herculaneums fast das Leben gekostet hätte. Dieser schien seine freundschaftlichen Gefühle jedoch nicht zu erwidern.

Camarata trommelte nur mit der flachen Hand auf den von Blättern und Vogelkot verdreckten Tisch und forderte Cariello mit einer unwirschen Geste zu einer ersten Deutung des Geschehenen auf.

Cariello runzelte die Stirn. ‚Warum werde ich gefragt, zu sprechen und nicht Buzzati?' Widerstrebend setzte er sich auf und ergriff das Wort. „Es freut mich, Sie zu sehen, Kolonel. Es ist eine Weile her, dass wir in Neapel zusammengearbeitet haben. Fast ein Jahr, nicht wahr? Tragen Sie es mir nicht nach, aber ich weiß nicht, inwieweit ich Ihnen hier nützlich sein kann. Was wollen Sie wissen?"

Camarata knurrte: „Fangen wir von vorn an: Was ist das für ein Wald hier? Irgendwas Historisches?“

Cariello zuckte die Schultern. „Ich denke, dass es für jeden offensichtlich ist, dass wir uns nicht an einem x-beliebigen Ort befinden. Der Zypressenhain verbirgt trotz seines verwilderten Zustandes ein antikes Heiligtum der Diana. Das größte Fest dieser Göttin wurde im alten Rom am 13. August begangen. Heute ist der 13. August ...“

Camarata murrte. Er schaltete den Bildschirm seines Telefons an und kontrollierte das Datum. Dann brummte er mehr, als dass er sprach: „Der Kopf könnte hier platziert worden sein, um die Göttin Diana zu feiern – ist es das, was Sie sagen wollen?“

Cariello wiegte den Kopf hin und her. Er hätte es vorgezogen, sich auf keine Behauptung festzulegen.

Gemurmel breitete sich in der kleinen Gruppe der notdürftig auf den Plastikstühlen platzierten Uniformierten aus, dann trat wieder Stille ein.

Cariello fand erneut alle Augen auf sich gerichtet, aber zögerte. Was erwartete man von ihm? Dass er als Archäologe einen Mörder und ein Mordmotiv fand?

Ein Vogel kreischte in den dichten Baumkronen über ihm und die Ausdünstung von trockenem Gras und Pferden wehte zu ihm herüber. Die Tiere wieherten und ihr süßlich-erdiger Geruch war ihm willkommen im Gegensatz zum Leichengestank des Hains, der sich darunter mischte. Er wunderte sich trotzdem, wie man auf die Idee gekommen war, gerade hier eine Pferdefarm anzusiedeln, aber sprach den Gedanken nicht aus. Die Pferde waren als Tiere Poseidons in der Antike im Hain verboten gewesen, aber hatten sicher nichts mit dem Mord zu tun.

Camarata machte eine Geste. „Und weiter, Cariello? Warum hat der Mörder diese eigenartige Kulisse gewählt und den abgetrennten Kopf an die Eiche gehängt?"

Cariello strich seinen Leinenanzug glatt und lehnte sich zu Camarata. Sein Ton wurde schärfer. „Ich kann Ihnen keine Erklärung für das hier geben, Kolonel. Ich bin kein Hellseher, sondern Archäologe." Es war ihm unangenehm, dass man ihm die Rolle des Experten zuspielte. Er wusste genauso wenig über den Fall, wie die Carabinieri. ‚Therese hätte mich nicht herbringen sollen!', dachte er verärgert.

Camarata erwiderte seinen Blick stumm und nüchtern. Er war von seinem Unmut unberührt, vielleicht auch deswegen, weil sein eigener Groll noch größer war.

Cariello riss sich am Riemen und dämpfte die Stimme. „Wenn Sie antike Abbildungen der Göttin Diana ansehen und sie mit dem vergleichen, was man hier im Hain zurechtgemacht hat, wird Ihnen einiges auffallen, Camarata. So wie Jesus heute immer durch das Kreuz identifiziert wird, trug die Göttin Diana üblicherweise eine *Stephane*, eine Art Kranz, im Haar und in der linken Hand hielt sie ein *Venabulum*, eine Stoßlanze zur Wildschweinjagd. Sie haben sicher die Andeutung eines

Kranzes in den Haaren der Leiche gesehen und die Spielzeuglanze, die man neben den Kopf gestellt hat. Ich denke, sie befanden sich nicht zufällig dort. Man hat die Tote mit Kranz und Lanze drapiert, um eine irre Szenerie zu kreieren oder eine feierliche Huldigung vorzunehmen. Es ist an Ihnen, herauszufinden, welches von beidem."

Therese stützte die nackten Ellenbogen auf den Tisch und lehnte sich nach vorn. Sie schien sich nach dem Schock vom Morgen gefangen zu haben und sprang ihm bei. „Der Zypressenhain mag verwildert aussehen, Kolonel, aber hier befand sich einst der wichtigste Kultplatz der Göttin Diana im gesamten Römischen Reich und das Zentrum des latinischen Bundes, der zuvor Rom bekämpft hatte. Der Hain fungierte als Asyl für flüchtige Sklaven und sein Zentrum war schon immer eine geweihte Eiche."

Camarata beäugte Therese. „So wie die, an der der Kopf der Toten hängt?"

Sie nickte zögernd. „Es kann sein, der Mörder hat einen Platz mit religiöser Bedeutung gewählt und kannte sich damit aus. Er hätte den Kopf auch an einen Olivenbaum oder eine Zypresse hängen können. Die Eiche steht zudem an einem ‚Dreiweg', der Gabelung dreier Wege."

„Das ist von Bedeutung?"

„Dreiwege waren der Göttin Diana heilig, wie auch Göttern anderer indo-germanischer Religionen. An solchen Wegkreuzungen verwandelte sich die

Mondgöttin Diana in eine Totengöttin und befahl den wandelnden Seelen."

Für einen Moment sprach niemand. Fliegen füllten die Luft mit ihrem Summen, ansonsten lastete Hochsommerstille auf der Lichtung im Wald. Cariello sah, dass Thereses Augenlider zuckten. Sie schien verlegen darüber, in so einer ernsten Situation vorlaut das Wort ergriffen zu haben.

Die kleine Gruppe der Gesetzeshüter und Archäologen war im Gelände allein und jeder von ihnen war sich dessen bewusst. Sie hätten auch allein auf der Welt oder am äußersten Ende der Erdscheibe sein können, so einsam fühlte sich die Lichtung an.

Für Sekunden fügte sich das Geräusch des Kratzens der Stifte der Carabinieri, die sich die Worte der Wissenschaftler in ihren Schreibblöcken notierten, zum Gebrumm der Insekten. Dann verharrten die Uniformierten erneut, die Blicke auf Therese, Camarata und Cariello gerichtet.

‚Totengöttin' hatte der junge Mann neben Cariello geschrieben, sichtlich beeindruckt von der gespenstischen Umgebung. Cariello las es über seine Schulter hinweg und sah auch die Gänsehaut, die über den Handrücken des jungen Militärs huschte.

Eine hübsche Carabiniere in Uniform mit kurzrasierten Haaren, die zusammen mit der Spurensicherung eingetroffen war und bisher geschwiegen hatte, lächelte ihn schließlich an. Ihr Gesicht wirkte erfrischend im

Reigen ihrer bedrückten Kollegen. Ihre schwarzen Augen glänzten und ihre Zunge stieß charmant gegen die Zähne als sie sprach.

„Darf ich Sie etwas fragen, Professor? Könnte man das Aufhängen des abgetrennten Kopfes als ein der Göttin Diana gewidmetes Menschenopfer verstehen? Am Eingang zum Parkplatz hängen lange Bänder und man hat mir gesagt, sie hingen da schon länger und huldigten Diana … Meinen Sie, wir suchen eine Sekte, die die Mond- oder die Totengöttin anbetet?"

Cariello bewegte sich auf seinem Stuhl hin und her. Dessen zerbrochene Plastikstreben schnitten ihm ins Bein. Er musterte die junge Frau mit den geschorenen schwarzen Haaren und dem breiten Lächeln. Sie war ein südländischer Typ, dem die androgyne Jungenfrisur eigenartigerweise mehr Weiblichkeit verlieh.

Sie stellte die richtige Frage, aber er war sich nicht sicher, wie weit er sich vorwagen sollte. Schließlich war auch er zum ersten Mal in dem Hain. „Es überdauern Berichte über eine antike Menschenopfertradition für Diana, aber heutzutage …?"

Die junge Carabiniere sah ihn fragend an. „Was war das für eine Tradition?"

Cariello rieb sich das Kinn. „Die heilige Eiche des Hains hier wurde früher von einem Priesterkönig, dem *Rex nemorensis*, bewacht. Das war der Tradition gemäß ein entlaufener Sklave. Er hatte sein Amt so lange inne, bis es einem anderen Sklaven gelang, ihn als Opfer für die

Göttin Diana zu töten, einen Ast von der Eiche zu brechen und seinerseits das gefährliche Amt zu übernehmen."

„War das auch an anderen Orten so?"

Cariello schüttelte den Kopf. „Bereits die Römer beargwöhnten die barbarische Tradition. Man betrachtete sie als Relikt aus vorgeschichtlicher Zeit, die nur dem Wald von Nemi eigen war. Wer weiß, vielleicht hat sich heutzutage jemand inspirieren lassen …?"

Schweigen legte sich über die Gruppe. Jedermann sah ihn an. Cariello fuhr sich durch die Haare. Seine Hände suchten eine Beschäftigung, wie immer, wenn er zweifelte. Wieviel Verantwortung wollte er mit seinen Vermutungen übernehmen? „Hören Sie, es ist sicher kein Zufall, dass der Kopf an die Eiche und nicht an eine der Zypressen genagelt wurde", sagte er dann heftiger. „Es wurden Zweige abgebrochen, wie in der antiken Tradition der Entthronung des Priesterkönigs. Man setzte die Zweige der Eiche von Nemi mit dem goldenen Zweig gleich, den Aeneas auf Anweisung der Sibylle abgebrochen hat, um Zugang zum Totenreich zu erlangen. Aber was das bedeutet …?"

Camarata unterbrach ihn. „Ist es in irgendeiner Weise von Bedeutung, dass das Opfer die Direktorin eines Museums ist? Man könnte sie mit Fantasie als Königin von Nemi bezeichnen … auch wenn das zugegebenermaßen absurd klingt ..."

Cariello zuckte die Schultern. „Ich sage Ihnen, was ich weiß. Die Fakten müssen Sie prüfen, Kolonel …"

Cariellos Blick wanderte über die Carabinieri. Den älteren Buzzati, den behäbigen Camarata, vier jüngere Männer und die jugendliche Unteroffizierin. Alle waren in die schwarze Carabinieri-Uniform mit den roten Streifen an der Hose und dem weißen Schwertgürtel gekleidet. Ihre Hüte und das Barett der Frau lagen auf dem Tisch. ‚Sie sehen aus, als hätten sie sich zu einem formellen Picknick im Wald getroffen.' Es fehlte nur Essen und Wein. Und der Appetit, der ihnen allen seit Stunden vergangen war.

Cariello richtete sich auf. „Wenn der abgeschnittene Kopf dieser Frau ein Diana-Opfer ist, wäre das die Ausgeburt eines kranken Gehirns. Die wenigen echten Menschenopfer, die man aus römischer Zeit kennt, sind durch das Eingraben von lebendigen Menschen erfolgt, nicht durch Enthauptungen."

„Charmant." Die trockene Anmerkung Camaratas klang brutal. Cariello fühlte sich brüskiert und verstummte.

Camarata ignorierte seinen Ärger und blätterte in den Papieren auf dem Tisch. Sein südländisches Gesicht mit den strengen Lippen und dem grauschwarzen Dreitagebart wirkte noch immer missvergnügt. Schweiß stand ihm auf der Stirn und er wischte ihn grob mit dem Ärmel ab.

Verspätet und ohne besondere Achtung deutete er auf die junge Kollegin neben sich. „Maresciallo Chiara Ferro ist mir im Übrigen für diesen Fall vom Morddezernat Rom beigeordnet worden. Sie vertritt ihren Vorgesetzten." Seine Geste war kurz und unhöflich. Der niedrige

Dienstgrad der jungen Frau mit den kurzgeschorenen Haaren schien ihn zu ärgern.

Ferro ignorierte tapfer seinen mangelnden Respekt. Lächelnd nickte sie in die Runde und zeigte dabei zwei Reihen schneeweißer Zähne. Als sie Cariellos Blick traf, flatterten ihre Augenlider verlegen. Sie war trotz ihrer Courage gedemütigt von Camaratas Affront.

Sie fixierte Cariello. „Professor, keine Sorge. Wir verstehen sehr gut, was Sie meinen. Die Tat kann mit dem antiken Diana-Kult zu tun haben, aber es kann sich auch um die Inszenierung eines Geisteskranken oder eines Nachahmers handeln. Wir werden alle Möglichkeiten in Betracht ziehen.“ Sie schaute auf ihr Telefon und dann in die Runde. „Eine Hundestaffel dürfte in einer Viertelstunde hier sein. Bis dahin schlage ich vor, wir machen uns an die Arbeit und helfen der Spurensicherung bei der Durchsicht der umliegenden Büsche und des Hains. Wir suchen den Körper der toten Frau. Taucher sind unterwegs, um im See zu suchen. Ich hoffe, wir wissen bald mehr. Verwischen Sie keine Spuren.“

Cariello gefiel ihre offene Art. Sie hatte Camaratas Grimm nicht verdient.

Die Carabinieri um ihn erhoben sich und machten sich auf den Weg zurück ins Dickicht, indem sich in den letzten Minuten Gestalten in weißen Schutzanzügen verteilt hatten. Sie wirkten bei ihrem Abgang wie zur

Zwangsarbeit verdammt und nicht wie stolze Hüter des Gesetzes. Cariello blieb mit Therese am Tisch zurück.

Das Quecksilber war inzwischen noch weiter geklettert, es war fast Mittag und es herrschten mehr als vierzig Grad. Er rieb sich die Schläfen, hinter denen Müdigkeit und Schock hämmerten. Ein paar Zikaden schnarrten und Fliegen summten um ihn her. Nach dem Fortgang der Carabinieri war keine Menschenseele mehr auf der Farm zu sehen und der kleine Picknickplatz lag verwaist. Die Besitzer des verwilderten Anwesens waren abwesend. Cariello seufzte. Er war durstig und müde.

Therese holte Wasserflaschen aus ihrem Rucksack und reichte ihm eine davon. Sie tranken wortlos.

Cariello bemerkte, dass Therese ihn verstohlen musterte. Sie hatte sicher gehofft, ihn umgänglicher vorzufinden, aber sein einsiedlerisches Betragen hielt sie wie schon andere vor ihr zurück, zutraulicher zu werden. Vielleicht fühlte sie sich auch schuldig, ihn in diese Angelegenheit hineingezogen zu haben. Er half ihr nicht. An der Universität war er bekannt dafür, wie ein Eisblock Freundschaftsbezeigungen von sich abperlen zu lassen. Er galt als zynisch, flamboyant und unterhaltsam, aber die extravagante Fassade verbarg Reserviertheit. Er zog es vor, für sich zu bleiben.

Seit seine Frau sich vor vier Jahren das Leben genommen hatte und sein Bruder verschwunden war, mied er zu enge Bekanntschaften. Wenn er ehrlich war, war er auch schon davor verschlossen und eher exzentrisch gewesen. Aber er mochte Therese.

Bevor er etwas sagen konnte, räusperte sie sich. „Verzeihen Sie, dass ich Sie hergebracht habe, Professor. Ich weiß, dass dieser Kopf schrecklich ist. Seit ich die Szene heute Morgen gesehen habe, macht mir der Hain Angst. Was glauben Sie: Hat wirklich jemand der Göttin Diana ein Menschenopfer gebracht?"

Cariello lehnte sich in den zerbrechlichen weißen Plastikstuhl zurück und wischte mit der Hand ein paar Piniennadeln vom Tisch. „Man hat schon die unsinnigsten Dinge auf Erden gesehen: Leute haben sich freiwillig von anderen verspeisen lassen, verwirrte Verrückte haben ihre Mütter enthauptet und deren Köpfe durch die Straßen getragen, satanische Kulte haben kleine Kinder geopfert. Alles ist möglich."

„Aber?"

Er musterte sie. „Aber? Sie wollen wissen, was ich *wirklich* denke? Humbug, denke ich! Firlefanz! Ein Opfer für Diana. Heute. Wo hat man von so was gehört? Hinter dem abgehackten Kopf verbirgt sich etwas anderes."

„Kommen Sie." Er stand auf und stapfte Richtung See. Therese griff ihren Rucksack und folgte ihm.

Der gespenstisch stille Hain von Nemi blieb hinter ihnen zurück, durchforstet von immer zahlloser werdenden Gestalten, die mit blaulichtbestückten Fahrzeugen eintrafen und den verwilderten Parkplatz in ein nach Pferden, Tod und Minze riechendes Chaos verwandelten.

Cariello wandte sich nicht mehr zu ihnen um.

Ein Schiffshangar

Das Gebäude, zu dem Cariello in der Hitze hinüberging und zu dem Therese ihm folgte, beherbergte das Museum von Nemi, dessen Direktorin das Opfer des Anschlags geworden war. Es befand sich mehr als einen Kilometer von den antiken Tempelruinen entfernt in dem nüchtern bordeauxroten Bau, an dem sie bei ihrer Ankunft im Tal vorübergefahren waren. Eine verwilderte Spur von Wanderern führte wie eine geheimer Pfadfinderweg am Ufer zwischen See und Straße zu ihm hinüber.

Cariello war froh, die Szenerie zu wechseln und in bekannteres Terrain zu kommen. Er kannte sich besser mit Museen aus als mit Leichen.

Die Museumsfassade begrüßte ihn in schmucklosem Beton. Ein grüner Zaun lief davor entlang und hielt das Dickicht des Seeufers im Zaum. Trotz der Sommerzeit waren kaum Besucher zu sehen.

Therese blieb stehen und rieb sich die Stirn. „Ich glaube, ich habe einen Sonnenstich. Und meine Haut ist mittlerweile so verbrannt, als hätte man versucht, mich in ein Backhuhn zu verwandeln."

Cariello sah sie an. Die Sonne und die hohen Brennnesseln hatten Therese auf dem Weg die nackten Arme versengt. Er selbst trug ein langärmeliges Hemd und hatte das Unkraut nicht einmal bemerkt. Er bereute, dem Zustand des Weges keine Beachtung geschenkt zu haben und überlegte, ob er Therese seine Anzugsjacke anbieten sollte, die er überm Arm trug. Aber sie hatten das Ziel des Weges fast erreicht und es war zu heiß, um etwas überzuziehen.

Er wandte sich um und winkte sie weiter. Das Gebäude, dem sie sich durch ein Eisentor näherten, hatte die Anmut eines städtischen Schwimmbads und den faschistischen Charme der vierziger Jahre. Links und rechts lagen jeweils eine große verglaste Halle. In der Mitte waren beide durch nachgeahmte Tempelpfeiler verbunden. Cariello trat in den Schatten der Bäume davor und musterte den Bau.

‚*Museo delle Navi Romane* – Museum der römischen Schiffe' stand in einem imitiertem lateinischem Schrifttyp über der Tür geschrieben, der in seiner zackigen Protzigkeit einen Hinweis auf die politische Stimmung zu Zeiten der Erschaffung des Museums gab. Er sah mit krausgezogener Stirn an dem Tempelimitat empor, der das sonst malerische Ufer entstellte. Nationalsozialistische Monumentalbauten waren nicht das seine.

Lachfältchen schlichen sich in Thereses Augenwinkel. „Sagen Sie nicht, Professor, Sie waren noch nie hier?"

„Und das in meinem Beruf, nicht wahr?"

„Sie kennen die Geschichte des Museums?"

Cariello nickte und verzog den Mund. „Es ist ein Schiffshangar. Richtig?"

„Für die Nemi-Schiffe. Die Bergung der Wracks wurde von Mussolini angeordnet und hielt die ganze Welt in Atem."

Cariello zuckte die Schultern und krauste die Nase. „Es gibt, wie Sie sicher wissen, einen guten Grund, warum ich das Museum noch nie besucht habe. Die Wracks, deren Bergung die Welt so sehr in Atem gehalten hat, existieren nicht mehr. Von ihnen bleibt nicht einmal Asche und von Ihrem Diana-Tempel liegen auch nur noch ein paar Steine im Gestrüpp."

Thereses Gesicht verschloss sich und sie wurde blass.

Cariello wurde sich bewusst, dass seine Worte abwerten geklungen hatten. Er musste wirken, wie ein arroganter Professor mit übermäßigem Ego. Hitze, Hunger und Anspannung hatten an seiner Geduld und seiner Höflichkeit gefressen. Mit dem Gefühl, sich unleidlich betragen zu haben, trat er zu einer der Seiten des Gebäudes. Er stieß auf eine Reihe großer Basalt-Pflastersteine, die wie eine Unterwanderung unter der Mauer verschwanden.

Therese folgte ihm nur widerwillig. Ihr Enthusiasmus war von seiner verletzenden Frostigkeit gedämpft worden.

Er schämte sich. In seiner Arroganz hatte er angedeutet, dass sie an einem Tempel arbeitete, von dem kaum etwas geblieben war, und das an einem See, dessen archäologische Attraktion vor Jahrzehnten verbrannt war. Unterschwellige Andeutungen konnten mehr verletzen als klare Worte. Cariello hätte sich ohrfeigen können.

Thereses Stimme klang jetzt reserviert. „Was Sie da sehen, sind Reste der Via Virbia, die sich bei Genzano von der Via Apia trennte und zum Diana-Tempel führte. Man hat sie ins Museum eingefügt."

Cariello versuchte, Therese mit einem Lächeln milder zu stimmen. „Die Straße des Virbius, benannt nach dem von Diana von den Verstorbenen wiedererweckten Königssohn, den sie als Untoten im Hain von Nemi versteckte. Noch ein Totengott …"

„Schlimmer. Ein antiker Zombie, der im vermüllten Gestrüpp bei unwichtigen Steinhaufen lauert", sagte Therese bissig.

Cariello warf ihr einen Blick zu. Ihre Augen blickten trotzig und aggressiv. Er bereute seine Kälte, sagte aber nichts. Es wurde Zeit, er gewöhnte sich daran, dass Therese nicht mehr seine Studentin war.

Hinter ihnen schlug eine Fahrzeugtür zu und Schritte näherten sich. Sie drehten sich um. Ein schlechtgekleideter, magerer Mann mit hoher Stirn kam über den von der brennenden Sonne beschienenen Vorplatz herüber. Er bewegte schob die Nickelbrille auf der knochigen Nase auf und ab und deutete ungelenk einen Gruß an. Sein Aftershave war zu stark aufgetragen und billig. Es stieg Cariello unangenehm in die Nase.

Das braune Haar des Mannes war über der Stirn bereits licht. Seine grauen Augen wirkten kalt und huschten wie Irrlichter von einer Seite zur anderen. „Kann ich Ihnen behilflich sein?" Die Stimme des Argus war heiser und er beäugte sie mit Misstrauen von der Seite.

Therese gab sich höflich. „Tatsächlich können Sie das. Wir wollten die Direktorin des Museums sehen."

Der Mann zögerte. Er hatte sichtlich gedacht, sie wären Touristen und hatte nicht mit der Frage nach der Leiterin der Einrichtung gerechnet. Er scharrte sich seinen mit Ekzemen überzogenen Arm und zog an der dünnen roten Windjacke, die er trotz der erdrückenden Hitze trug und deren Ärmel er unnatürlich weit nach oben gezogen hatte. Sein Gesicht verkrampfte sich. „Die Direktorin ist nicht da", antwortete er schnarrend.

Er wollte sich zum Gehen wenden, aber Cariello fasste ihn am Ärmel. „Können wir mit jemandem sprechen, der die Direktorin vertritt?"

Der Mann war ekelerregend, aber Cariello wollte ihn nicht so einfach gehen lassen. Sein Gegenüber zuckte die Schultern, deutete stumm auf den Eingang des Museums und machte sich mit Gewalt los. Dann verschwand er zur von hohen Pinien beschatteten Rückseite des Gebäudes hin. Sein Abgang glich einer Flucht.

Cariello betrachtete seine Hand und fühlte sich, als habe er einen räudigen Hund berührt. Die Ekzeme des Mannes hatten ihm nach näherem Hinsehen den ohnehin schon revoltierenden Magen umgekehrt. Therese verstand und reichte ihm wortlos Desinfektionsmittel aus ihrem Rucksack. Er reinigte sich und sie nahmen den Weg zum Eingang.

Cariello knurrte: „Haben sie die Haut dieses Kerls gesehen? Und seine Augen? In diesem bizarren Erdenbewohner haben wir unseren ersten Kandidaten für den Posten des perversen Triebtäters gefunden. Wir hätten, statt nach der Direktorin, lieber nach der Beschäftigung dieses Typen am gestrigen Abend und seiner Messerkollektion fragen sollen."

„Wer weiß, wer das war. Es ist nicht jeder gleich ein Mörder."

Das Museum empfing sie mit einer modernen, kühl klimatisierten Halle, deren Temperatur und Kargheit im Kontrast zur brennenden Hitze am Seeufer und der undurchdringlichen Wildnis des antiken Hains stand.

Eine junge Frau, dem Aussehen nach eine Studentin, saß am Empfang der Betonhalle. Sie strahlte sie an, in jeder Beziehung das Gegenteil des seltsamen Mannes, dem sie gerade begegnet waren. „Kann ich etwas für Sie tun?"

Cariello trat näher. „Wir wollten mit der Direktorin sprechen. Professor Cariello. Universität Federico II."

Die braunen Augen der Studentin blickten bedauernd. „Ich habe die Direktorin seit gestern nicht gesehen. Sie ist nicht hier."

„Das dachte ich mir", murmelte Cariello, sich bewusst, dass die Direktorin sich nicht hier, sondern im Hain des Tempels befand – oder zumindest ein Teil von ihr.

Die Studentin zuckte die Schultern. „Sie können es mit der Stellvertreterin der Direktorin versuchen. Sie steht kurz vor der Rente und ist nicht mehr offiziell für das Museum tätig, aber sie kann Ihnen sicher weiterhelfen. Sie ist heute Morgen als Ersatz eingesprungen."

Die Stellvertreterin, die sich nach wenigen Minuten Wartezeit zu ihnen gesellte, erwies sich als eine charmante ältere Dame mit Namen Franchetta, einen Nachnamen nannte sie nicht. Sie war in einen langen vielfarbigen Rock gekleidet, der an den Kleidungsstil einer freiwilligen Helferin der katholischen Kirche erinnerte. Ihr graues Haar war in einem einfachen Knoten zusammengefasst und ihre Augen schauten trotz ihres zerstreuten Großmutteraussehens intelligent.

Franchetta bat sie in ein geräumiges, kühles Büro im hinteren Teil des Museums. „Kaffee?"

Cariello nickte. „Danke. Gern. Etwas Koffein ist immer willkommen." Hätte Franchetta ihm ein vollwertiges Frühstück angeboten, hätte er es noch mehr begrüßt.

Er sah sich um. Der Blick aus dem Fenster des Raumes erwies sich als malerisch. Er reichte weit über den See.

Die vor dem großen rechteckigen Glas wogenden Schilfrohre und die vorüberschwebenden Kuhreiher gaben dem Raum eine Atmosphäre, als wäre er Teil des Ufers und zum Zweck der Vogelbeobachtung im Pflanzenbewuchs verborgen worden. Kein Vorhang behinderte den Blick. Der Arbeitstisch, vor den sich Cariello und Therese setzten, war in tadelloser, spartanischer Ordnung gehalten.

Franchetta reichte ihnen Kaffeetassen und rückte Papiere zurecht, dann verschwand das Lächeln aus ihrem Gesicht und sie ließ sich hinter dem Schreibtisch nieder, Sonne und Schilfrohre im Rücken. Sie verschränkte die faltigen Hände. „Ich denke, Sie sind nicht durch Zufall hier. Ich habe heute Morgen die Carabinieri angerufen, weil unsere Direktorin nicht zur Arbeit erschienen ist. Ich bin angesichts der Notlage eingesprungen. Sie war noch nicht lange hier, aber ich habe sie als sehr korrekte Person kennengelernt. Es war nicht ihre Art, nicht zum Dienst zu erscheinen. Sind Sie von den Carabinieri? Ist etwas geschehen, was wir wissen sollten?"

Cariello zögerte. Sollte er der Frau sagen, was geschehen war, oder war das ein Vorrecht der Behörden? Er hatte sich, ohne zu überlegen, in eine delikate Situation gebracht. Als er anheben wollte, ein paar Floskeln zu sagen, öffnete sich die Tür und ein Neuankömmling enthob ihn der Verlegenheit. Es war Camarata. Der Kolonel hob die Brauen als er ihn und Therese sah, aber schien nicht böse zu sein, dass sie ihm zuvorgekommen waren. Er nickte ihnen behäbig zu.

Cariello erhob sich. „Kolonel, die Neugier hat uns voreilig werden lassen, aber ich weiß nicht, inwieweit wir befugt sind, etwas zu sagen. Kommen Sie und erklären Sie Signora Franchetta, was uns herführt."

Die alte Dame runzelte die Stirn, aber rückte wortlos einen dritten Besucherstuhl heran.

Camarata setzte sich schwerfällig, während Cariello sich wieder auf seinem Stuhl niederließ.

Camarata standen Schweißtropfen auf den Schläfen. Er trocknete sie mit einem großen weißen Stofftaschentuch von einer Art, die Cariello schon lange nicht mehr gesehen hatte. Dann räusperte er sich. „Es tut mir leid, Signora. Sie hatten bei uns angerufen. Ich fürchte, es könnte eine schlechte Nachricht geben. Darf ich Ihnen ein Foto zeigen?"

Er reichte ihr sein Telefon mit einer Teilfotografie des am Morgen entdeckten Kopfes. Die alte Dame zuckte zusammen, nickte jedoch und reichte den Apparat zurück. Ihre grauen Brauen hoben sich und zauberten Myriaden von Falten auf ihre Stirn. Sie war blass geworden.

Camaratas Stimme nahm einen offiziellen Tonfall an und er strich sich mit formeller Geste über die Uniform. „Ich fürchte, die Direktorin dieses Museums, Signora Agnelli, ist tot. Wäre es Ihnen möglich, mir zu erzählen, was es mit diesem Gebäude auf sich hat, was die Aufgaben der Direktorin waren und wann Sie sie zuletzt lebend gesehen haben?"

Franchettas Stimme klang belegt, als sie ihm nach einigem Zögern antwortete. „Das Museum hier ist gebaut worden, um die römischen Schiffswracks aufzunehmen, die man im See gefunden hat."

Camarata sah sie schweigend und abwartend an.

Franchetta nickte. „Ich sehe, Sie kennen die Geschichte nicht. Das wundert mich nicht. Die Schiffe gibt es nicht mehr und daher wissen die meisten Leute nichts von ihnen. Man hat sie von Geheimnissen umgeben gefunden und so geheimnisvoll wie ihre Herkunft ist, so geheimnisvoll war auch ihr Verschwinden."

Sie machte eine bedauernde Geste und strich sich über die Stirn, deren faltige Haut wie dünnes Leder wirkte. „Die Legende von der Existenz zweier römischer Schiffe auf dem Boden des hiesigen Sees, angeblich beladen mit unglaublichen Schätzen, kannte man seit Jahrhunderten. Die örtlichen Fischer zogen dann und wann Gegenstände aus dem Wasser – Holzteile, Ruder, Bleiballast. Seit dem späten Mittelalter hat man versucht, die Wracks zu heben, aber die Kolosse widerstanden jedem Versuch. Erst Mussolini erreichte das Ziel mit brutaler Gewalt. Man ließ das Wasser des Sees in einer gigantischen Aktion ab und brachte die Schiffe hierher."

Camarata stützte die Pranken auf die breiten Knie. „Und? Was wurde aus ihnen?"

„Sie sind in einer Kriegsnacht 1944 verbrannt. So viel Mühe für nichts. Wir haben hier im Museum noch ein paar Reste, Nägel und Verzierungen, aber die Schiffe selbst sind verschwunden. Rauch und Asche. Deswegen haben wir hier nicht viel Personal."

Franchetta lehnte sich zurück und schaute aus dem Fenster. Ihre Augen schienen das bleierne Grau des Sees widerzuspiegeln, der sich vor dem Panoramafenster erstreckte. Ihr Blick folgte dem Wogen der Schilfrohre.

Camarata wartete, aber als sie nicht fortfuhr, riss er sie aus ihren Gedanken. „Was waren die Aufgaben der Direktorin?"

„Um ehrlich zu sein, ist der Posten nicht sehr interessant", erwiderte Franchetta und wendete sich ihm erneut zu. Ihre schmalen Lippen mit den kleinen darauf zulaufenden Falten zeigten ein trauriges Lächeln. „Dottoressa Agnelli ist hierhergekommen, nachdem sie an einem vorherigen Posten Probleme hatte. Welche das waren, darf ich Ihnen nicht sagen, aber es war keine Beförderung, die sie herbrachte." Sie schwieg erneut.

Cariello war von der bejahrten Dame beeindruckt und zugleich eingenommen. Sie war sichtlich von der Nachricht vom Tod der Direktorin erschüttert. Das nüchterne taghelle Büro schien auch ihm kein Ort, wo außergewöhnliche und aufrüttelnde Ereignisse wie ein Mord vorstellbar waren.

Franchetta hatte Mühe, ihre Fassung zu bewahren. Sie strich sich über die Augen. „Ich kann es nicht begreifen, dass sie so mir nichts, dir nichts tot ist. Wer tut so etwas? Eine einfache, ältere Frau."

Cariello beugte sich über den Tisch und legte seine Hand auf die Franchettas, um ihr beizuspringen und sie zu trösten. Sein gepflegter Handrücken kontrastierte auffällig mit ihrer faltigen, von braunen Altersflecken bedeckten Haut. „Wie lange war die Dottoressa schon hier? Was war Ihr Eindruck von ihr?“

Franchetta schaute ihn lange an und die Runzeln um ihre sympathischen Augen wurden tiefer. „Die Dottoressa kam vor drei Monaten hierher. Wir mochten sie. Sie war ein wenig zu bissig und direkt, aber sie war auch unternehmungslustig und enthusiastisch. Sie wollte trotz der Tatsache, dass die Schiffswracks verbrannt sind, wieder etwas aus dem Museum machen. Sie versuchte herauszufinden, wo gewisse Gegenstände von den Schiffen abgeblieben sind, die man vor Mussolinis Zeiten geborgen hatte. Sie beabsichtigte auch, die Funde zurückführen lassen, die sich anderswo befinden, weil man sie im Zweiten Weltkrieg ausgelagert hatte. Sie ist dazu in alle möglichen Archive und Museen gefahren. Ich hatte mich gefreut. Wie schade, dass das jetzt vorbei ist.“

„Hatte sie Feinde? Beruflich oder privat?“

Franchetta zuckte die Schultern. „Es schien mir nicht so. Aber auch das ist nicht an mir, zu sagen.“

Camarata zog die Brauen empor, aber Franchetta fügte dem nichts hinzu. Ihre Traurigkeit über das Geschehene war ansteckend. Sie legte sich wie ein Schleier über den kleinen Raum. Einen Moment herrschte Stille.

Therese versuchte, sich der niedergedrückten Stimmung zu entziehen, und ließ ihre Augen über die Regale wandern. Cariello beobachtete sie aus dem Augenwinkel und folgte ihrem Blick. Bücher, Ehrenpokale und Medaillen überfüllten die Fächer, aber alles war so ordentlich, als wären die Dinge in den Ablagen gerade erst angeordnet worden. Nichts war von Staub bedeckt und nichts stand außerhalb der vorbestimmten Reihe. Steril, geradezu aseptisch.

Cariello begriff. Sie befanden sich im neueingerichteten Büro Agnellis, nicht im Büro Franchettas.

Therese drehte sich zu Letzterer. „Sagen Sie, war die Dottoressa besonders an Diana und Diana-Kulten interessiert?"

Franchetta blies die Wangen auf. Ihre wässrigen blauen Augen weiteten sich. „Natürlich! Der See und die Schiffe waren doch in der Antike der Diana geweiht. Agnelli wusste absolut alles über die Göttin und den hiesigen Kult. Ich arbeite seit vielen Jahren hier und habe noch dazulernen können. Die Göttin war ihr Leben."

Cariello lehnte sich vor. „Woher kam dieses Interesse? Von der Arbeit hier im Museum oder war die Dottoressa schon länger an diesen Themen interessiert?"

Franchetta musterte ihn mit gerunzelter Stirn. „Das muss von lange vorher gewesen sein. Signora Agnelli hat den Posten ja erst vor wenigen Monaten angenommen. Sie konnte ganze akademische Artikel auswendig aufsagen und alle möglichen Experten zitieren. Sie war wohl besonders an der urzeitlichen, Todes-verbundenen Seite und den weiblichen Aspekten des Diana-Kults interessiert."

Cariello lächelte. „Die Dottoressa war eine Feministin?"

Eine Spur von Ärger huschte über Franchettas Gesicht. „Ich mag den Begriff Feministin nicht, er ist genauso abwertend, wie das Wort Macho. Aber ich stimme Ihnen vielleicht sogar zu – Dottoressa Agnelli war wohl eine Feministin. Auf ihre Art eine sehr männliche Feministin – mit den dicken Beinen und diesem schrecklichen Lippenstift ..."

Franchetta verdrehte bei den letzten Worten die Augen und schenkte ihm ein bezauberndes, wenn auch melancholisches Lächeln, das Cariellos Sympathie für die wunderliche alte Dame mit den grauen Haaren noch verstärkte.

Wahnträume

Nebel hing über Rom und der Mond malte Schatten auf die Häuser im Tal. Hoch auf dem Palatin thronte der kaiserliche Palast umhüllt von Schweigen. Auf einem seiner Balkone stand ein junger Mann in der Dunkelheit. Seine Augen irrten über die Stadt zu seinen Füßen. Er hätte viel dafür gegeben, schlafen zu können, doch Morpheus mied ihn und nur die Mondgöttin hielt ihm die Treue in ungerührter Gelassenheit.

Die Ereignisse des Vortags marterten ihn.

Wie in einem Blitz waren ihm beim festlichen Mahl Szenen seiner Kindheit erschienen. Sein Vater im Todeskampf, als er sieben Jahre alt war. Seine Mutter geblendet und blutig geschlagen, als er siebzehn wurde. Die Nachricht vom Tod seiner Brüder, der eine verhungert, der andere ermordet, die man ihm begleitet von Drohungen überbracht hatte. Eine Welle von Panik hatte ihn übermannt und ihm war schwarz vor Augen geworden. Er war vor allen Anwesenden niedergestürzt. Ohne Halt und ohne Freunde. Panik war ihm durch die Adern gejagt.

Hatte man ihm Gift gegeben oder war es seine eigene Ängstlichkeit gewesen, die ihn geschwächt hatte?

Im Palast raunten die Stimmen nun, er liege im Sterben. Er, der Kaiser. Er hatte Fieber, aber er lag nicht im Sterben. Seine Krankheit war Schwäche. Was, wenn man das bemerkte?

Angst würgte ihn, wie so oft. Heiße, kalte Angst. Er war halb Kind, halb Mann, aber kein Herrscher.

Der einsam Wachende presste die Lippen zusammen. Nicht seine Schwäche, sondern die der anderen sollte man sehen. Man würde den zitternden neuen Herrscher nicht hilflos finden …

Er würde sie alle umbringen lassen. Er hatte die Macht dazu.

Erste Spuren

Cariello verließ das kahle Betonmonster des Museums in nachdenklicher Stimmung. Was sie über das Mordopfer erfahren hatten, erklärte nicht die eigenartige Szenerie, in der man den Kopf zur Schau gestellt hatte.

Agnelli war laut Franchetta eine ältere, unverheiratete Frau gewesen, weder schön noch alteingesessen. Sie war nicht mit dem Personal zerstritten, hatte keine Kinder und kein Erbe zu vergeben. Sie schien eine Feministin mit einem gewissen Hang zum militanten Forschertum zu sein, aber keine Person, die aus perverser Neigung an ihrer eigenen Opferung für eine heidnische Göttin hätte interessiert sein können.

Er kannte Fälle, in denen Personen davon geträumt hatten, sich opfern oder essen zu lassen, aber das schien in diesem Fall abwegig. Was war es also, das Agnelli das Leben gekostet hatte, und das in so schrecklicher Weise? Franchetta hatte gesagt, ihre Chefin habe Probleme gehabt und Feinde. Aber welche waren das und wo war die Verbindung zum Hain der Göttin?

Auf die Einladung Camaratas hin machte Cariello sich mit ihm und Therese auf den Weg zum Zentrum des höhergelegenen Nachbarortes Genzano, um mehr über die Direktorin des Museums in Erfahrung zu bringen.

Er drängte sich mit Mühe neben Therese in den schwarzen Alfa Romeo mit der weißen Carabinieri-Aufschrift und dem ‚CC'-Nummernschild, den man Camarata zur Verfügung gestellt hatte und den er vorm Tor des Museums geparkt hatte.

Ausrüstungsgegenstände und Uniformjacken stapelten sich auf der Rückbank. Cariello schob sie ohne Kommentar beiseite.

Camarata wartete nicht, bis er fertig war, und fuhr an. Dann steuerte er das Fahrzeug mit der gleichen unerschütterlichen Behäbigkeit den Hang hinauf, mit der er lief und sprach. Mit seinen grauen Haaren und dem fülligen Bauch wirkte er auf Cariello wie ein älterer Bankdirektor und nicht wie ein Militär. Er sah aus wie ein brummiger mürrischer Funktionär.

Auf der Fahrt fielen Cariello die Bänder auf, die die junge Carabiniere erwähnt hatte. Sie hatte recht. Die Textilstreifen waren überall. Sie waren an Äste und Büsche entlang des Sees geknüpft und bewegten sich in der Brise der vorüberfahrenden Fahrzeuge, Zeichen der noch immer gehegten Verehrung der Gottheit von Nemi. Cariello wusste, was sie bedeuteten, und ihre Botschaft gefiel ihm nicht.

Die Straße führte steil nach oben. Der See lag in einem ehemaligen Vulkankrater, auf dessen einer Seite hoch oben das kleine Nemi lag, und auf dessen anderer Seite auf gleicher Höhe und ebenfalls am Kraterrand, sich das größere Genzano befand. Beide waren hochummauerte Festungsstädte, die auf einer Seite in die steil abfallende Caldera und auf der anderen Richtung Meer schauten.

Je steiler die Straße wurde, desto schneller lenkte Camarata den Dienstwagen um die Kurven und sie erreichten die ersten Häuser daher kaum zehn Minuten später. Er verlangsamte den Wagen erst am Ortseingang.

Genzano erwies sich als malerisch und trotz der Nähe zu Rom provinziell. Ein Hauch von altweltlichem Charme lag über den Gassen, in denen alte Frauen in Schwarz zur Kirche schlurften und Hunde am Straßenrand dösten. Der Ort lag nah der Metropole, die einst die Welt beherrscht hatte, und doch schien er Cariello so weit weg von Rom, als läge er auf einem anderen Kontinent. ‚Weder Genzano noch Nemi sind der Nabel der Welt.'

Genzanos Blumenrabatten lagen aufgrund der anhaltenden Trockenheit brach. Kaum eine Blume hatte sich in den Beeten an den Straßen erhalten und kaum ein Einheimischer war auf den Gehwegen zu sehen. Nur ein paar Touristen waren in den engen ockerfarbenen Gassen unterwegs, aber die meisten Geschäfte waren geschlossen. Es ging auf die Hochsommerferien zu, die Großzahl der Bewohner war im Urlaub am Strand und nur ein paar alte Männer saßen auf Plastikstühlen vor einem einfachen Café und spielten Karten. Sie erinnerten Cariello an die Dichter der Antike, die in Dantes Göttlicher Komödie im Fegefeuer sitzen und freundlich beiseite rutschen, um dem Neuankömmling auch einen Platz in der Glut zu lassen. Die Hitze ließ die Luft über den Pflastersteinen flimmern und trieb noch die umherstreunenden Katzen in den Schatten.

Vor einer barocken, mit Putten und Heiligen verzierten Kirche waren Anschlagtafeln aufgestellt, die ein Fest zu Ferragosto, Mariä Himmelfahrt, ankündigten.

Camarata parkte davor, indem er die Spitze seines Fahrzeugs in den Schatten eines Feigenbusches wühlte und die fiepende Alarmanlage der Parkhilfe ignorierte. Er holte sein Telefon aus der Tasche. „Ich sende kurz eine Nachricht an meine Kollegen, um ihnen mitzuteilen, wo ich mich befinde."

Cariello nickte und stieg aus dem in der Sonne glühend heiß werdenden Wagen. Er rettete sich in den Schatten der Anschlagtafeln und Therese folgte ihm.

Cariello musterte die Zettel und Poster, während sie auf Camarata warteten. Die bunte Kollektion übereinander geklebter Papiere bestand hauptsächlich aus Ankündigungen der Festlichkeiten und er konnte es sich nicht verkneifen, zu spotten. „Sehen Sie, Therese, das Datum des Marienfestes, der 15. August, stimmt fast genau mit dem Festtag der Diana überein. Wer eine neue Religion anzupreisen hat, darf nicht zimperlich sein und muss die Feste nehmen, wie sie fallen."

Die Hypokrisie der Religionen und derer, die von ihrer Vermarktung profitierten, erheiterte ihn. „Religionen sind Geschichten, erzählt von Menschen für Menschen, um die Leiden einiger zu erleichtern und die Taschen so manch anderer zu füllen."

„Diana ist gleich Maria?"

„Das morgenländische Christentum hat den Mann Jesus vermarktet, aber im indo-germanischen Europa hat sich mit Maria die uralte Muttergottheit wieder zurückgeschlichen. Sie ist Diana, Nerthus, Kybele und

Demeter.“ Cariellos Lachen tönte über den ruhigen Platz. „Besonders hier in der Gegend trennt man sich ungern von der Anbetung der Frau. ‚La Mamma, la Mamma‘ - es lebe die italienische Mamma.“ Er rührte mit den Händen vor seiner Brust herum.

„Keine falschen Thesen, Cariello“, brummte der hinter ihm hinzutretende Camarata angesichts der ausladenden Gesten, die sehr weibliche Formen nachgestalteten. „Wir sprechen sowohl bei Diana als auch bei der Mutter Jesu von einer Jungfrau.“

Sie schmunzelten und ein zaghaftes Gefühl der Kameraderie stellte sich ein. Thereses Augen huschten verstohlen zu Cariello. Ihr eben noch gegen ihn verspürter Ärger schien versiegt. Um ihre Verlegenheit zu überspielen, wandte sie sich ab und schaute ebenfalls auf die Aushänge. Einer von ihnen war bunter und größer als die anderen. Gleich neben der Ankündigung des Marienfestes sah ein gepflegter Endfünfziger mit hellen Augen auf den Betrachter, als wolle er ihn hypnotisieren.

Sie zeigte auf ihn. „Siehe da! Man organisiert eine Vorlesung zum neu entdeckten Caligula-Manuskript. Hier in Genzano … Der Fund war in allen Zeitungen.“

„Ts“, machte Cariello.

Die Qualität der Schlagzeilen und der Artikel, die er gelesen hatte, war mehr als variabel gewesen, aber es hatte in der Tat kaum ein Journal der Welt gegeben, das nicht von dem Caligula-Palimpsest berichtet hatte. Er hatte eine Vielzahl der Texte studiert, aber keiner hatte ihn überzeugt.

Das Publikum hatte nach Neuigkeiten über die Handschrift des bizarrsten Herrschers von Rom gegiert und man hatte seine Neugier bedient. Caligula war ein antiker Diktator gewesen, der für seine Grausamkeit berühmt gewesen war, und den man nach nur vier Jahren Herrschaft ermordet hatte. Wen interessierte das nicht? Wenn nur genug Blut im Spiel war, verschlang der Leser jede Schlagzeile.

Cariello verschränkte die Arme hinterm Rücken. „Das Manuskript hätten Sie auch gern entdeckt, nicht wahr, Therese?"

Sie nickte und er lächelte, aber zweifelte an dem Caligula-Manuskript. Es lag ein Geruch von Sensation und Mangel an Beweisen über den Artikeln in der Presse, der ihm nicht gefiel.

Seinen Gesichtsausdruck verriet ihn und schlug sich auf Thereses Zügen nieder. Sie runzelte die Stirn.

„Bei großen Funden sollten Sie immer großes Misstrauen haben", murmelte er leise. Dann drehte er sich um und folgte Camarata in Richtung des Stadtzentrums.

Therese schloss sich ihm an. Er erklärte seine Worte nicht, aber es schien, dass sie verstanden hatte, was er sagen wollte.

Sie erreichten den Markt von Genzano nach wenigen Schritten. Er war ein weitläufiger, gepflasterter Platz, von dem steil abfallende Straßen Richtung See führten. Modernere Häuser aus den fünfziger Jahren verdarben eine seiner Flanken. Auf der anderen Seite prangten in verblasstem Rot verputzte Stadtpaläste aus der Renaissance, verziert mit Wappen und Fahnen.

Die Stadt war sichtlich im Krieg von Bomben entstellt worden. Cariello schüttelte den Kopf. Der Geschmack der Neuzeit stand eklatant hinter dem des dunklen Mittelalters zurück. Die Neubauten waren deprimierend einfallslos und wirkten, wie schlecht verheilte Wunden.

Zwei Carabinieri kamen ihnen über den Platz entgegen und informierten Camarata, dass sie die Einwohner Genzanos über die Direktorin des Museums befragt hatten, aber wenig brauchbare Informationen erhalten hatten. Cariello trat mit Therese näher, um zuzuhören.

„Die Frau ist kaum bekannt", berichtete der ältere Carabiniere, der mit seinen weißen Haaren und dem hageren Gesicht erfahren wirkte. „Man hat Agnelli in dem einen oder anderen Geschäft gesehen, aber anscheinend hat sich niemand wirklich mit ihr unterhalten. Sie ist in Genzano eine Unbekannte."

Der Jüngere der beiden räusperte sich und ersuchte mit dem Blick seinen Kollegen um Erlaubnis, ebenfalls sprechen zu dürfen. Dann streckte er militärisch die Brust heraus. „Wir haben in der Ortschaft auch nach verdächtig wirkenden Personen geforscht, Kolonel, und zur Antwort bekommen, dass eine Woche vor der Tat eine Gruppe bizarr gekleideter, übergewichtiger amerikanischer

Frauen Aufmerksamkeit erregt hat. In der Pension, in der sie übernachtet haben, haben sie der Wirtin gesagt, sie seien zu ‚Ritualen' angereist. Mehr war nicht herauszufinden. Die Wirtin hat uns gesagt, sie spräche schlecht Englisch und habe ihre Gäste nicht weiter beobachtet. ‚Touristen kommen und gehen', hat sie gemeint."

Der schneidige Ton der Stimme des jungen Mannes kontrastierte mit dem leisen Murmeln seines betagteren Kollegen.

Der ältere Carabiniere fischte mehrere Zettel aus der Tasche und hielt sie Camarata hin. „Zum Glück hat die Wirtin die Personalausweise der Touristengruppe vorschriftsmäßig kopiert und wir haben uns die Namen der Amerikanerinnen geben lassen können."

Camarata nahm die Papiere. „Danke, gut gemacht. Seien Sie so freundlich und ermitteln Sie auch noch den Wohnort Agnellis. Wir sollten ihre Wohnung durchsuchen."

Der jüngere Carabiniere schlug eifrig die Hacken zusammen. „Das ist bereits im Gang, Kolonel. Maresciallo Ferro vom Morddezernat aus Rom hat sich darum gekümmert. Die Stadtverwaltung hat sie in die richtige Richtung weisen können. Agnelli hat sich erst kürzlich in Rom umgemeldet." Er strich sich über seinen kleinen, affektiert wirkenden Schnurrbart.

Cariello warf ihm einen Blick zu. Der junge Carabiniere war sicher im Privatleben ein Schürzenjäger und seine

Haut unter der schwarzen Uniformjacke mit Herzen und Madonnenbildern verziert. Es gab wenige junge Männer in Italien, die ihre gebräunten Körper nicht mit Tätowierungen bedeckt hatten, um sie bei passender Gelegenheit stolz am Strand zur Schau zu stellen. Die Tattoos des Carabiniere waren am Kragen seines Hemdes sichtbar. Was eine Uniform verbarg …

Camarata nickte indessen seinen beiden Kollegen zu und verabschiedete sich von ihnen sowie von Cariello und Therese mit verschlossenem Gesichtsausdruck. Er schien es plötzlich eilig zu haben. Er drehte sich um und eilte den Weg Richtung See hinunter. Sein verschwitzter Trenchcoat wehte hinter ihm her, als wolle er Flügel ausbreiten.

Cariello begriff. Es war Camarata bewusst geworden, dass er als leitender Ermittler am See und bei der Hausdurchsuchung sein sollte und nicht nur seine junge Beigeordnete.

Therese, sichtlich der brütenden Hitze leid und nicht bereit, den Rückweg zum See ebenfalls zu Fuß anzutreten, schenkte den beiden vor ihr stehenden Carabinieri geistesgegenwärtig ein strahlendes Lächeln. „Sie könnten uns doch sicher zum Tempel der Diana zurückfahren, wo unser Fahrzeug zurückgeblieben ist, nicht wahr?“

Die Gesichter der beiden Männer erhellten sich, als habe sie ein Zauberwort gesprochen.

Cariello war im Stillen dankbar, von einer bezaubernden Blondine begleitet zu sein. Genzano lag mehrere Kilometer von den Tempelruinen entfernt und er brauchte eine Pause, Wasser und endlich ein Frühstück. Im Stillen fragte er sich, wie lange es dauern würde, bis Camarata den Irrtum bereuen würde, sein Dienstfahrzeug an der Kirche von Genzano stehengelassen zu haben, aber er sagte nichts.

Die beiden Carabinieri erklärten sich zu seiner Erleichterung eifrig bereit, Therese – und natürlich dem Herrn Professor – weiterzuhelfen. „Wir müssen auch kontrollieren, was am Seeufer vor sich geht", versicherte der Ältere von ihnen und der Jüngere strahlte zustimmend.

In der Tiefe des Hains

Chiara Ferro stand die Hände auf die Knie gestützt vornübergebeugt im Dickicht und lauschte in die Stille, die sie knisternd und atmend umgab.

Sie hatte seit Stunden nach dem Körper der toten Frau gesucht und war den hechelnden Hunden gefolgt, die mit gesenkter Schnauze und heraushängenden Zungen durchs Gestrüpp und die verwilderten Böschungen voller Brennnesseln und Disteln gehetzt waren.

Sie war außer Atem. Brombeerbüsche hatten ihr die Hände zerkratzt und Kletten waren an ihrer Uniform hängengeblieben. Ihre Haut schmerzte. Sie hatte noch immer das Gefühl, sich die Spinnweben vom Gesicht wischen zu müssen, die ihr wieder und wieder den Weg versperrt hatten.

Noch im Laufen hatte sie per Telefon die Spurensicherung zur Durchsuchung des Hauses Agnellis gesendet und mit dem Gerichtsmediziner gesprochen, immer wieder unterbrochen vom Nachlassen der Telefonverbindung im Inneren des Waldes. Sie war entkräftet.

Jetzt stand sie in ihrer viel zu warmen Kleidung in der drückenden Schwüle. Sie steckte bis zu den Oberschenkeln in den hohen Gräsern des Zypressenhains und musterte die sie umgebenden Hecken, Steinhaufen und Arkaden.

Die letzteren waren so hoch wie der Hang, aber überdauerten nur in zerbrochenen Resten. ‚Das ursprüngliche Gebäude muss die Höhe des Schiffs einer Kathedrale gehabt haben', dachte sie stumm.

Nur eine Handvoll Pfeiler und Marmorkapitelle zeugten von der einstigen Pracht, aber sie waren so mächtig, dass es Chiara unmöglich gewesen wäre, die Säulen mit ihren Armen zu umfassen. Sie sah über die Lichtung. Sie hatte alles getan, was menschenmöglich war, um die Ermittlung voranzutreiben. Der Mordfall war ihr wichtig.

Bisher hatte sie es nicht einfach gehabt. Die Carabinieri waren noch immer von Männern beherrscht und ihr Chef hatte sie viel zu oft aufgefordert, Kaffee zuzubereiten, während ihre gleichgradierten Kollegen mit gewichtigem Kopfnicken zu begehrten Aufgaben entsendet wurden.

Es war das erste Mal, dass man ihr einen eigenen Mordfall anvertraute, auch wenn es nur der Urlaubszeit geschuldet war und man ihr den übergewichtigen Neapolitaner vor die Nase gesetzt hatte. Camarata wirkte auf sie wie eine Mischung aus Zerberus und Anstandswauwau. Sie war entschlossen, zu beweisen, was sie konnte. Mit oder ohne ihn. Er war seit zwei Stunden verschwunden und sie hatte keine Ahnung, wo er sich befand. Es war ihr gleichgültig.

Ein betäubender Geruch von Wildkräutern und Lehm drang ihr aus dem verwilderten Wald in die Nase und es raschelte. Sie zuckte zusammen und hob den Kopf, aber es waren nur Hasen und Vögel. Bei jedem neuen Geräusch durchforstete sie mit den Augen das Dickicht, aber nichts Menschliches regte sich. Die Wildnis hatte das Tal zurückerobert und die Spuren des Homo sapiens waren Fremdkörper geworden, verdrängt von Ranken und Wurzeln.

Chiara versuchte durchzuatmen. Der Anblick des abgeschnittenen Kopfs der älteren Frau war ihr in die Knochen gefahren. Dieser ihr vorher unbekannte Hain am See hatte etwas Unheimliches. Sie wusste nicht zu definieren, was es war, aber der Ort schien zu atmen wie ein wildes Tier, das sich im Unterholz versteckt hält, bereit hervorzuspringen, halb majestätisch und halb gefährlich. Sie hätte gern auf die eigenartige Aura des

Ortes verzichtet. ‚Als ob eine zerhackte Tote nicht genug des Bizarren wäre.'

Vielleicht hätte sie die heidnische Göttin des Ortes um Erlaubnis bitten müssen, bevor sie anfing zu arbeiten? Sie rieb sich über den kurzrasierten Kopf. ‚So ein Unsinn. Das sind antike Mauerreste. Einer der vielen noch unausgegrabenen alten Steinhaufen Roms. Nicht weniger, aber weiß Gott auch nicht mehr.' Sie seufzte und richtete sich auf, um den zunehmenden Schmerz in ihrem Rücken zu erleichtern.

Ihre Haut war in den letzten Wochen dünn geworden und ihr Körper verkrampft. Sie hatte sich am Vorabend endgültig von ihrem Ehemann getrennt. Paolo war Carabiniere wie sie. Bei der Verhaftung eines Drogenhändlers war er vor zwei Monaten in einem Schusswechsel geraten und verletzt worden, sein Partner war dabei gestorben. Paolo kam nicht über den Vorfall hinweg. Seine körperlichen Wunden waren verheilt, aber die seelischen nicht.

Sie hatte über Wochen zu ihm gehalten, aber es wurde jeden Tag schlimmer. Er war nicht mehr der Mann, den sie gekannt hatte. Er hatte die Kinder angegriffen und geschlagen. Sie konnte ihre Söhne nicht Terror aussetzen und war mit den Nerven am Ende. ‚Wenn das so weitergegangen wäre, hätten wir irgendwann beide die Dienstwaffen gezogen und hätten uns gegenseitig abgeschossen.'

Nun warteten zwei kleine Jungen auf ihren Vater und sie selbst fragte sich auch nach dem Vater ihrer Kinder, der die ganze vorhergegangene Nacht nicht nach Hause gekommen war. Hatte Paolo in einem Hotel geschlafen, bei einem Freund oder auf der Straße?

Der Boden unter ihr war ein unstabiler Sumpf geworden, und drohte, sie nicht mehr zu tragen. Und das gerade jetzt …

Das abgeschnittene Haupt der Leiche mit seinen geweiteten Augen und dem offenen Mund in dem verwunschenen antiken Tempel hatte sein Übriges getan, um sie zu destabilisieren. Der Nemi-See hatte in der Region um Rom einen Ruf. Er war, so sagte man, der Hort antiker Geister, Gespenster und Hexen. Ein grünes Geheimnis in einem Krater und verborgener Eingang zur Unterwelt nahe der Ewigen Stadt.

Chiara hatte noch nicht einmal gewusst, dass es um Rom Vulkane gegeben hatte, aber nach dem Studium der einschlägigen Internetseiten wusste sie es jetzt im Detail.

Sie massierte sich die Schläfen. Die beiden Männer, die sie vor kaum zwei Stunden kennengelernt hatte, Kolonel Camarata und Professor Cariello, hatten sie zusätzlich eingeschüchtert. Zwei wesentlich ältere Männer mit ähnlichem Namen, viel Autorität und teuren Anzügen. Mit Camaratas mürrischer Behäbigkeit kam sie noch klar, aber die aristokratische Eleganz des Professors, den sie aus Fernsehen und Zeitung kannte, schüchterte sie ein.

Cariello sah gut aus mit seinen scharf geschwungenen Brauen, den dichten schwarzen Haaren und den dunklen Augen. Aber mit seiner souveränen Art hatte er ihr auch vor Augen geführt, wie jung und unerfahren sie war. Ein kleines Mädchen gegenüber gestandenen Machos.

„Wie die Beiden ihrer Sache sicher gewesen sind", sagte sie leise.

Sie beschloss, mit der jungen Archäologin zu reden, die Cariello zu ihnen gebracht hatte. Sie brauchte eine Verbündete in dem mysteriösen Opferspektakel und die Blondine mit dem Gesicht wie aus einem Renaissance-Gemälde hatte so gewirkt, als wisse sie, wovon sie redete. Sie schien Cariello und Camarata zu kennen und würde ihr vielleicht sagen können, was es mit den geheimnisvollen Accessoires der toten Frau auf sich hatte …

Caligula

Der See lag spiegelglatt im Mondschein. Gaius stand am Ufer und blickte auf das Wasser, das in der nächtlichen Stille reglos dalag. Hier fühlte er sich sicher. Das Meergespenst, das ihn an der Küste in Puteoli des Nachts zu verschlingen gedroht hatte, kam nicht in die Berge und in dieses Dickicht. Nur die Mondgöttin kam hierher, die Göttin der Untoten, die in der Nacht seine tote Schwester Drusilla herbeiführte. Drusilla war nur zweiundzwanzig Jahre alt geworden, hilflos und jung wie er.

Er hatte seine Tochter nach ihr benannt, aber bereute es.

Das Mädchen war eigenartig. Die Kleine zerkratzte die Gesichter der anderen Kinder, wenn sie mit ihr spielen wollten. Sie schloss keine Freundschaften und zeigte kein Mitgefühl. Sie lernte nicht und achtete nicht auf das, was man ihr zeigte. Die Sklaven mochten sie nicht.

Einen der Unfreien hatte Gaius in Stücke hacken lassen, weil er sich nicht mit Ehrerbietung um seine Tochter gekümmert hatte. Es war ihm egal, dass es ungerecht gewesen war.

War er selbst als Kind ebenfalls so unleidlich gewesen? Er hatte sich selbst vergessen. Vielleicht hatte Gaius als Kind nie existiert.

Seufzend blickte er auf den See. Er würde sich Schiffe bauen lassen, um mit ihnen über das Wasser zu fahren, weit weg von Meer und Land. Große Tempelschiffe sollten es werden, wie in Ägypten.

Hinter ihm begann sich eine mächtige Villa zu erheben. Cäsar hatte sie einst begonnen, aber war vom See geflohen, weil er Gespenster gesehen hatte, die daraus hervorgestiegen waren.

Er, Gaius, würde die Villa beenden. Die Geister der Mondgöttin waren ihm lieber als lebendige Menschen. Er fürchtete sie nicht.

Castel Gandolfo

Cariello kehrte nach Castel Gandolfo zurück. Er hatte vorgehabt, an diesem Morgen seinen Vortrag für den kommenden Tag vorzubereiten. In der Konferenz im Apostolischen Palast drohte ihm die nörgelnde Kritik altehrwürdiger Konkurrenten im Professorenstand. Er hatte angekündigt, umstrittene Thesen über Diokletian zu verteidigen. Jetzt jedoch war es bereits Nachmittag und er hatte noch kein Wort geschrieben.

Die beiden Carabinieri fuhren ihn zurück, nachdem sie Therese am Diana-Tempel abgesetzt hatten. Auf der Fahrt fragten sie ihn höflich über seine Arbeit aus und sie kamen ins Gespräch.

Der Ältere bestätigte Cariello in ruhigem, gedämpftem Ton, dass Genzano im Krieg schwer beschädigt worden war und Cariellos Frage ging dem Mann unerwartet nahe. Unterdrückte Wut klang in seinen Worten mit. „Die Stadt wurde mehrfach von den Alliierten bombardiert und fast vollkommen zerstört. Meine Mutter hat mir erzählt, wie das gewesen ist. Sie war damals ein Kind. Unter dem Platz vor der Kirche lag ein unterirdischer Gang." Die Augen des Carabiniere fixierten die Straße. „Man hatte dort in alten Zeiten Steine für den Bau der Häuser abgebaut. Dorthin hatten sich in der schlimmsten Bombennacht mehr als fünfzig Einwohner, hauptsächlich Frauen und Kinder, gerettet. Die Sprengsätze sind runtergekommen und alles ist zusammengebrochen. Sie sind lebendig begraben worden. Man hat noch versucht, die Leute zu retten. Einige haben noch mehrere Tage gelebt und die Kinder haben herzzerreißend um Hilfe gerufen. Aber sobald man an einem Stein zog, setze sich alles in Bewegung. Soweit ich weiß, sind sie alle gestorben. Eine Großtante von mir war auch dabei. Sie war dreizehn und ein hübsches Mädchen. Meine Mutter hat ihr noch zugerufen, durchzuhalten. Aber keiner konnte etwas für die Kleine tun."

Cariello hob die Brauen. „Sie liegt noch immer da unten?"

„Soweit ich weiß ... Krieg machte die Leute zu Monstern. Auf allen teilnehmenden Seiten." Der Carabiniere verstummte.

Cariello war betroffen von seiner unausgesprochenen Trauer. Die Kinder, die lebendig unter Steinhaufen begraben lagen, gaben der verträumten Kleinstadt Genzano ein anderes Gesicht als das des stillen Provinznestes, das es ihm gezeigt hatte. Die Kriegsverlierer sprachen nicht über ihren Verlust, aber gerade deswegen blieb er in den Menschen stecken wie ein Stachel.

Als sie Castel Gandolfo erreichten, verabschiedete Cariello sich. Er stieg aus und betrat sein Hotel, die Jacke seines Anzugs in der Hand, verstört, verschwitzt und hungrig. Die grün blinkende Anzeige einer Apotheke vor der Tür zeigte 42 Grad Celsius. Sein Hemd klebte ihm am Rücken und das Innere seines Mundes war ausgetrocknet. Er fühlte ein existenzielles Verlangen nach Wasser und Ruhe.

Der ungewöhnliche Tagesanfang hatte ihn aus der Bahn geworfen und seine Gedanken trieben im Kreis. „Zum Teufel mit dem Vortrag über Diokletian."

Er war den Anblick abgetrennter Köpfe in mysteriösen Hainen nicht gewohnt. Veraltete Hörsäle und verstaubte Bibliotheken beherrschten sein Leben, nicht verwilderte Geisterseen. Der Kopf der Toten im Dickicht ging ihm nicht aus dem Sinn. Es waren weniger das Blut und die Grausamkeit, die ihn verstörten, als der Tatort.

Das Bild der gemarterten Stirn der Frau vor der Rinde der Eiche stand ihm wie der Nachhall eines überhellen Lichts vor den Augen. Es alarmierte ihn, dass man das Haupt eines Menschen gerade im verlassenen Hain der Diana aufgehängt hatte und die Kriegsgräuel aus Genzano machten es nicht besser.

Er erinnerte sich an die alten Geschichten aus Griechenland. König Agamemnon hatte einst seine Tochter Iphigenie der Mondgöttin Diana opfern wollen, um ihre Gunst zu erringen und Troja zu erobern.

Die Worte Ovids, Euripides und Goethes hatten die grausame Tat mit der Aura des Mythos verklärt, als habe es sich um mehr gehandelt als um die irre Grausamkeit eines ruhmgierigen Vaters. Die Artemis oder Diana von Tauris, der Agamemnon damals hatte opfern wollen, war die gleiche wie die im Hain von Nemi. Agamemnons Sohn Orestes hatte der Legende nach ihr Bild gestohlen und in den Hain am See bei Rom gebracht.

Die Dichter hatten sich daran ergötzt, zu ergründen, was eine Frau wohl fühlte, wenn man sie zur Schlachtbank führte, den kalten Stahl an der Kehle und das grölende

Gemenge der Krieger um sich her. ‚Aber wer tut so etwas wirklich? Wer opfert einen Menschen?‘

Cariello konnte sich nicht vorstellen, wie es sein musste, mit einem Messer einen Hals durchzuschneiden. Sehnen, Muskeln, Adern. Selbst Agamemnon hatte laut einiger Stimmen Iphigenie am Ende verschont und das blutdurstige Kultbild der Diana war seit den Zeiten der Antike verschollen.

Noch immer betroffen, durchquerte Cariello das Foyer des Hotels, um endlich etwas Essbares zu sich zu nehmen – das Frühstück, das er nicht hatte einnehmen können. Er hatte die Terrasse fast erreicht als sein Telefon vibrierte. Es war seine Mutter.

Ameisen der Unruhe huschten ihm durch die Adern. Seine Eingeweide zeigten eine eigenartige Reaktion, sobald das Bild seiner Erzeugerin auf dem Bildschirm erschien. Sie verkrampften sich in einem dumpfen Knoten. Er nahm ab. „Schön, dass du anrufst. Wie geht es dir?“

Seine banalen Worte täuschten. Er konnte seit Wochen nicht mit seiner Mutter sprechen, ohne eine Vorahnung der Hiobsbotschaften zu empfinden, die sie ihm überbringen könnte. Seine Mutter war einst eine bildschöne Frau gewesen, mit schwarzen Locken und glühenden Augen, aber war seit Jahren erkrankt und erst seit zehn Tagen aus einer psychiatrischen Anstalt nach Hause zurückgekehrt. Tiefe Falten durchfurchten seitdem ihr Gesicht und ihr Haar war grau geworden. Das Leben hatte Spuren des Leids in ihre Züge gegraben. Sie hatte das Verschwinden ihres Sohnes Avelardo, Cariellos älterem Bruder, nicht verwunden.

Cariello behandelte sie seitdem behutsam, aber seine Fürsorge half nicht darüber hinweg, dass sein Verhältnis zu ihr gestört war. Es war seit seiner frühesten Kindheit untergraben von mangelndem Vertrauen, Geheimnissen und Eigenartigkeiten. Er hatte seine Mutter nie ganz verstanden. Seine Erzeugerin war ihm ein Rätsel, auch wenn er wusste, dass sie keine Sekunde gezögert hätte, ihr Leben für ihn zu geben.

„Addo, ich bin in Sorge um deine Schwester", hörte er ihre klare, sonore Stimme mit der gepflegteren Version des neapolitanischen Dialekts aus dem Telefon klingen. Sie klang herrisch, aber gleichzeitig von Angst gelähmt. Alarmglocken begannen in Cariello zu schellen. Er blieb im Schatten stehen, das Telefon am Ohr.

Sein Privatleben war auch Jahre nach dem Tod seiner Frau und dem Verschwinden seines Bruders ein Chaos, nicht zuletzt wegen seiner jüngeren Schwester, die Archäologin war wie er. Anna war eine raue, wenn auch schöne Frau. Ihrer beider Kindheit war durch den frühen Tod ihres Vaters erschüttert worden und er war die einzige Person, der sich Anna in ihrer Jugend anvertraut hatte. Nicht immer, aber zuweilen. ‚Meine Mutter ruft mich an, um zu wissen, wo meine Schwester ist.' Cariello zog eine Grimasse.

Zum einen beruhigte ihn, dass seine Mutter realisierte, dass Anna nicht bei ihr war. Sie hatte Phasen, in denen sie das Geschehene ignorierte und sich benahm, als seien ihre drei Kinder im Raum nebenan. Zum anderen aber wusste auch er nicht, wo Anna sich aufhielt.

Seit Avelardo verschwunden war, irrte sie auf der Suche nach ihm durch die Welt. Wütend auf alle und am Boden zerstört. Sie hatte eine enge Bindung zu ihm gehabt, die sich auch durch das bizarre Schicksal und die Geschichte ihrer Familie erklärte.

Cariello verbarg seine Unruhe und antwortete seiner Mutter in gelassenem Ton. „Anna ist, soweit ich weiß, seit Wochen im Orient, irgendwo zwischen Syrien und Jordanien. Ich habe keinen Einfluss darauf, was sie dort treibt. Ich habe auch keine Neuigkeiten von ihr. Aber beruhige dich, Mamma. Sie ist erwachsen und sie ist nicht der Typ Person, der verlorengeht."

Er ging nicht darauf ein, dass auch Avelardo nicht der Typ Person gewesen war, der verlorenging und trotzdem seit vier Jahren wie vom Erdboden verschlungen war.

Nach vielen Worten der Beruhigung legte er auf. Als er das Telefon wieder einstecken wollte, musste er es mehrfach versuchen. Seine Hände bebten. Er hatte seit den Ereignissen vor vier Jahren noch immer nicht seine innere Ruhe wiedererlangt und seine Mutter noch weniger. Sie war ein Pulverfass, das er nur mit Mühe von der Explosion abhielt. Er verzog grimmig den Mund.

„Warum gleicht dieser Tag einem aufgewühlten Schlachtfeld?“

Die Frage nach dem Aufenthaltsort seiner Schwester war ihm selbst noch dringlicher als die nach dem Mörder der Museumsdirektorin. Er würde Nachforschungen anstellen müssen und hatte keine Ahnung, was er tun würde, wenn Anna etwas zugestoßen wäre. Er hing an ihr, auch wenn sie sich gegenseitig anblafften, wann immer sie sich sprachen. Sie war ihm trotz ihres unerträglichen Charakters lebenswichtig, vor allem seit Avelardo verschwunden war.

Er fuhr sich übers Gesicht. Bis seine Kindheit durch den Tod seines Vaters beendet worden war, war er glücklich gewesen, dann hatte die Heiterkeit den Sorgen Platz gemacht. Schließlich war seine Welt endgültig an einem Tag vor vier Jahren ins Wanken geraten, als er seiner Mutter beim Ausräumen des Stadtpalastes ihrer Eltern geholfen hatte.

Seine Großeltern mütterlicherseits waren zu jenem Zeitpunkt schon lange verstorben, aber seine Mutter hatte sich geweigert, ihren Kindern Zugang zu dem verfallenden Gebäude zu gestatten. Ihre Launen waren in der Familie legendär und Avelardo hatte zynisch gemeint, das müsse am Inzest im alten neapolitanischen Adel liegen. Anna und er hatten sich daraufhin gestritten. Aber Cariello konnte nicht von der Hand weisen, dass seine Mutter bizarre Phasen hatte.

Insgeheim war er froh, dass sein Vater trotz seiner Stellung als Botschafter nur aus dem höheren Bildungsbürgertum stammte. Die Haut seiner Kinder war nicht blau durchscheinend und Cariello hatte trotz der Tatsache, dass seine Mutter Aurora ihnen allen Namen mit ‚A' gegeben hatte, noch keine Spur von inzestuösem Irrsinn an sich selbst bemerkt.

Er hatte keinen Grund gesehen, warum man den Stadtpalast mit dem Familienwappen an der Fassade verfallen lassen sollte, und hatte seine Mutter zum Verkauf gedrängt.

Sie hatte auf die lange Verbindung der Familie mit dem Gemäuer hingewiesen, aber Cariello verband nichts mit ihrer Rasse und seine Geschwister auch nicht. Seine Großeltern hatten sie nie sehen wollen und waren so hart und uninteressiert gegenüber ihnen gewesen, dass ihm ihr ganzer Adel herzlich gestohlen bleiben konnte.

Erst als der Dachboden dabei war, einzustürzen und Ratten sich in dem Gebäude ausbreiteten, hatte seine Mutter dem Verkauf zugestimmt.

In dem Gemäuer hatten die Möbel kreuz und quer gestanden, als sie ihn zum ersten Mal nach zwei Jahrzehnten betreten hatten. Sie waren halb mit weißen Laken bedeckt gewesen und halb mit Staub. Teure Renaissancegemälde hatten neben alltäglichen Familienfotos gehangen. Und dann hatte diese Truhe im Dachgeschoß gestanden. Cariello hatte sie in seiner

Neugier geöffnet, bevor seine Mutter es hatte verhindern können.

Sie war voller alter Dokumente und Aufzeichnungen gewesen und ein kleiner Samtbehälter hatte auf dem Boden gelegen, eingehüllt in Ölpapier und fest versiegelt.

‚Hätte ich ihn nur nie angefasst und hätte ich nur das Siegel dort gelassen, wo es war.'

Sein Bruder Avelardo hatte ihn auf Knien gebeten, den Behälter wieder in die Truhe zu legen, als er erfahren hatte, was sich darin befand. Er hatte seine mageren Finger gerungen und dabei mit seinem Bart und der geraden Nase ausgesehen, wie der heilige Franziskus von Zurbaran.

Seine Mutter dagegen hatte sich die Haare gerauft. Und er, Adalgiso Cariello, das mittlere und neugierigste ihrer drei Kinder, hatte es nicht lassen können. Er hatte die Büchse der Pandora geöffnet und den Inhalt des Pakets eingesteckt.

Cariello seufzte und verscheuchte seine Gedanken. In den vergangenen Jahren hatte er sich genug gequält. Es brachte nichts. ‚Besser, ich denke nicht daran und tilge alles, was geschehen ist, aus der Erinnerung.'

Trotzdem bedauerte er mittlerweile, dass er den Palast in Neapel verkauft hatte. Das Gebäude hatte einen seltsamen Zauber ausgestrahlt. ‚Eines Tages kaufe ich ihn zurück und alles wird wie früher.'

Er lenkte die Schritte zum Restaurant auf der Außenterrasse des Hotels, den Blick auf den einfallslosen Baustil gerichtet. Das Hotel stammte wie die Häuser am Markt von Genzano aus den fünfziger Jahren. Auch Castel Gandolfo war im Krieg bombardiert worden. Geschichte und Vergangenheit hinterließ Wunden.

Cariello setzte sich an einen der Tische, immer noch vertieft in seine Grübeleien. Thereses Besuch am Morgen hatte ihn berührt. Sie war von einer Wärme, die ihm seit Jahren fehlte. Er fühlte sich ihr gegenüber unzulänglich, alt und unsozial. Und nach dem Anruf seiner Mutter auch einsam und traurig.

Trotzdem ließ er sich ein Frühstück kommen, das um diese Tageszeit ein spätes Mittagessen wurde. Dann ging er auf sein Zimmer und holte sich einen Stapel Dokumente aus seinem Koffer. Er setzte sich an die Arbeit über Diokletian, die er aus Neapel mitgebracht hatte.

Von da an starrte er stundenlang auf die Wörter vor sich, aber las kein einziges.

Beunruhigende Entdeckungen

Camarata stolperte über die antiken Pflastersteine und die handbreiten Wurzeln, die sie untergraben hatten. Im Halbdunkel der Baumriesen fingerte er nach seinem vibrierenden Telefon. ‚Was hat mich geritten, mich zu

Fuß auf den Weg zum See zu machen? Und wo ist dieser verdammte Apparat?'

Er hatte Seitenstechen, seine Brust schmerzte und seine Füße waren ihm noch nie so schief und platt erschienen wie jetzt.

„Kolonel, kommen Sie zum Seeufer. Ferro hat den Körper der Direktorin gefunden", hörte er die atemlose Stimme des älteren Carabiniere, der ihn schon in Neapel angerufen hatte. Camarata versuchte sich zu erinnern, wie er hieß. ‚Bu, Bu, Buzzati.' ... ‚Goffredo.'

Camarata entfuhr ein Ächzen. Er hatte sich als ach so hochgradierter Offizier nach Rom begeben und die Kollegen vor Ort waren kompetenter, als er gedacht hatte. ‚Ich bin ein nutzloser fetter alter Kerl, keuchend, ewig schlecht gelaunt, mit diesem dummen Mantel, den ich besser zu Hause gelassen hätte.'

Die jugendliche Schönheit, die ihm das römische Morddezernat zur Seite gestellt hatte, hatte sichtlich nicht nur hübsche Augen, sondern auch mehr Gehirn dahinter als er. Sie war schneller zu einem Ergebnis gekommen, als er gedacht hatte.

Und er war zu Fuß unterwegs, im Dickicht und kam sich lächerlich vor. „Die Sonne muss mir ins Gehirn geleuchtet haben, dass ich einfach losgerannt bin", knurrte er grimmig. Er schwitzte und seine Füße schmerzten auf den unebenen Steinen der Straße. Warum hatte er nicht den Dienstwagen genommen, um an den See zurückzukehren? Er hatte es so eilig gehabt, dass er vergessen hatte, dass man ihm ein Fahrzeug geliehen hatte.

Der Weg ins Tal war länger, als er es nach der kurzen Autofahrt erwartet hatte. Es war heiß und ihn quälte erbärmlich der Durst, während er schimpfend und keuchend den Weg durch den Wald hinunterpolterte. Er trug Uniformjacke und Trenchcoat überm Arm und sein weißes Hemd war schweißgetränkt. Er öffnete es und fügte seine schwarze Krawatte dem Kleiderstapel auf seinem Arm hinzu. Er bedauerte, dass er nicht unten im Tal ohne Uniformhose erscheinen konnte. Er hätte sie ebenfalls ausziehen mögen.

Als er am See ankam, schämte er sich für seine Abwesenheit und sein Aussehen, aber niemand schien Notiz zu nehmen. Buzzati ließ ihm keine Zeit, sich zu erklären oder nach Wasser zu fragen, sondern brachte ihn zum grasbewachsenen Ufer.

Der Körper des Opfers lag unter dem kleinen Holzpier einer Bootsanlegestelle.

„Die Hunde haben uns zu ihm geführt", murmelte Buzzati. „Er ist ohne viel Aufwand, wie Schlachtabfall, unter die Planken ins Wasser geworfen worden."

Camarata trat näher. Der Leichnam war bekleidet und mit Ausnahme des fehlenden Kopfes gab es auf den ersten Blick nichts Besonderes an ihm. Er roch nach Schlamm und Algen. Techniker, Hundestaffel und uniformierte Carabinieri standen um den Pier, erschöpft von der Suche und erschüttert über den so lange gesuchten Körperteil. Sie blinzelten in die brennende Sonne, die Köpfe abgewandt von dem, was zu ihren Füßen lag und schwiegen.

Camarata stierte auf die Szene. Sie schien ihm surreal wie schon der Hain und der Tempel am Morgen. Er sah sich selbst wie einen Betrachter neben dem blutigen Leichnam am grünen Ufer stehen. Als wäre er ein unbeteiligter Dritter, der den Geruch nach Algen und moosigem Wasser nur gefiltert wahrnahm und sich wunderte, dass es nicht nach Leiche roch. Wie war er aus Neapel hierher geraten? Er hatte am Morgen in den Urlaub fahren wollen.

Die Museumsdirektorin lag wie ein nasser dunkler Sack im Gras, Beine und Arme lang ausgestreckt. Sie trug ein dunkelblaues Kostüm mit einem schlecht geschnittenen Rock und flache schwarze Schuhe. Die Tatsache, dass sie Nylonstrumpfhosen trug, obwohl es auch am Vortag erdrückend heiß gewesen war, ließ Camarata vermuten, dass sie noch zur Dienstzeit ermordet worden war. Er erinnerte sich daran, dass es im Büro Agnellis eine Klimaanlage gab.

Die Fingernägel der Toten waren kurz, aber in dem gleichen Karminrot lackiert, wie ihre Lippen geschminkt gewesen waren. Sie leuchteten aus dem trüben Uferschlamm hervor, wie Krebstiere im Schlick. Ihr Rumpf war breit und gedrungen. Agnelli war keine attraktive Frau gewesen und ohne den Kopf wirkte der Leichnam wie ein großes, eigenartiges Quadrat.

Camarata kauerte sich neben die Tote. Sein Bauch war ihm im Weg und er versprach sich wie so oft, weniger zu essen und Sport zu treiben. Er hielt seine guten Vorsätze nie ein.

Die Spurensicherung hatte den Körper freigegeben und das Rot der Nägel zog seinen Blick an. Er nahm die nassen, durch das Wasser aufgedunsenen Hände der Leiche aus dem Schlamm und betrachtete sie. Sie waren grob wie bei einem Mann, nur der Nagellack leuchtete auf der grauen Haut. Die Nägel waren sorgfältig bemalt und Camarata fiel auf, dass die Handrücken keine Haare aufwiesen. Sie schienen epiliert zu sein. Es war das erste Mal, dass er so etwas sah. Seine eigenen, schwarz behaarten Pranken standen in eigenartigem Kontrast dazu.

Die Form der Hände Agnellis war der seinen ähnlich, aber nicht bedeckt von Gorilla-Pelz, sondern nackt. Ansonsten waren die Hände der Frau unverletzt und es gab keine Anzeichen, dass sie sich gegen ihren Mörder gewehrt hatte. Keine Kratzer, keine Schwellungen, nur die vom Wasser aufgequollene Haut. ‚*Accidenti*. Was für ein brutales Werk', dachte Camarata betroffen. ‚Wer immer das getan hat, hatte keine Skrupel.'

Er betrachtete den Hals der Leiche. Das Purpur des zerschnittenen Fleisches leuchtete unwirklich im dunklen Schlamm. Die Kehle war mit einem scharfen Gegenstand durchtrennt worden. Nur bei der Wirbelsäule hatte der Mörder Mühe gehabt und hatte mehrfach ansetzen müssen. Ein Wurm kroch aus der weiß aus dem Fleisch herausleuchtenden Halsschlagader und Camarata sah eilig weg. Sein Magen verkrampfte sich unangenehm.

Er ließ den Blick umher wandern. Das Blut aus Agnellis Hals musste in einem großen Schwall herausgeflossen sein, falls das Abtrennen des Kopfes die Todesursache war, aber er sah keine Blutlache. Der grasige Uferrand wies zwar Fuß- und Schleifspuren auf, die daher rührten, dass man den Körper Agnellis aus dem Wasser geborgen hatte, aber er sah keine Anzeichen des Mordgeschehens.

Er wandte sich über die Schulter zu Buzzati. „Wenn der Schnitt durch den Hals die Todesursache ist, ist Agnelli nicht hier am See gestorben."

Buzzati nickte und seufzte.

Camarata nahm eine weitere Person hinter sich wahr und drehte sich vollends um. Es war Chiara Ferro. Die junge Carabiniere hatte sich im Gegensatz zu ihm Schutzkleidung angezogen und ließ ihn durch ein deutliches, wenn auch charmantes Zeichen wissen, dass sie das auch von ihm erwartet hätte. Camarata geriet einen Moment aus der Fassung, dann erhob er sich aus dem Gras, streckte den Bauch voran und zog die buschigen Brauen tiefer. „Ich bin Spezialist für Kulturgutschutz und nicht für Morde, Ferro. Ihre Techniker vom Morddezernat haben mir grünes Licht gegeben. Woher kann ich wissen, dass ich trotzdem Zellophan um mich wickeln soll? Sehen Sie sich das hier an, was für ein verdammter Mist das hier ist."

Er zeigte auf die Leiche, mürrisch und laut knurrend. Ablenkend. Natürlich wusste er, was er hätte tun müssen. Er war lange genug beim Morddezernat gewesen. Er hatte aus Faulheit keine Schutzkleidung angezogen und war nachlässig gewesen. Mit einer beiläufigen Geste entschuldigte er sich und fluchte innerlich auf sich und seine Behäbigkeit. Er hatte die junge Frau wegen ihres geringeren Grades unterschätzt und machte sich nun schon zum zweiten Mal lächerlich.

‚Ich bin ein Trampeltier. Meine Leute in Neapel sagen es mir immer wieder durch die Blume. Wenn ich nicht aufpasse, wird man es mir hier in Rom bald auf den Kopf zu sagen.'

Camarata ließ den Blick über den bleiern daliegenden See schweifen, dann wandte er sich zu Chiara und erzählte ihr, was er über Agnelli erfahren hatte.

Er tat es freundlicher und höflicher als zuvor. Es war eine Abbitte. Am Morgen hatte ihm sein abgesagter Urlaub so sehr die Laune verdorben, dass er sich an seiner jungen Kollegin ausgelassen hatte. Er war sich seines unmöglichen Betragens bewusst und bereute es.

Chiara hörte ihm kritiklos zu. Sie war deutlich jünger als er, um die Dreißig. Ihr schwarzes Haar war so kurz, dass er die Kopfhaut sehen konnte, aber wenn sie sprach, zauberte ihr unverhältnismäßig großer Mund mit den strahlend weißen Zahnreihen einen intensiven Charme über ihr Gesicht. Wenn sie nicht lächelte, schien sie bedrückt zu sein, aber sobald er sie ansprach, bemühte sie sich um Freundlichkeit. Seine Augen blieben an ihren Lippen hängen. Sie trug fast die gleiche Lippenstiftfarbe wie das Opfer. Karminrot. Aber bei ihr sah es bezaubernd aus. Jungenhaft charmant.

Camarata biss sich auf die Zunge. ‚Wer weiß, wie der Lippenstift gewirkt hätte, wenn man Chiara Ferro den Kopf abgeschnitten und an einen Baum gehängt hätte.'

Chiara wusste nichts von seinen Gedanken und er war froh darüber. Sie gab dem Leichentransport ein ruhiges Zeichen, den Körper der toten Frau fortzubringen. „Ich will bitte so bald wie möglich einen Bericht von der Gerichtsmedizin haben." Dann winkte sie Camarata, ihr zu folgen.

Sie ging mit ihm zu ihrem Dienstwagen, reichte ihm im Gehen eine Wasserflasche und veranlasste telefonisch, dass sein Fahrzeug aus Genzano geholt wurde, wo er es zurückgelassen hatte.

Sie kritisierte ihn nicht. Er tat es stattdessen selbst. Wie hatte er so dumm sein können?

Chiara holte Agnellis Adresse hervor und gab sie in den GPS ihres Telefons ein. „Wir fahren nach Rom. Die Spurensicherung ist bereits von hier zu Agnellis Wohnung weitergefahren. Wir begeben uns ebenfalls dorthin. Sie erwarten uns."

Camarata nickte. Chiara überließ ihm als Chef das Steuer, aber er fühlte sich wie ihr Chauffeur. Ein alter fetter

Mann, der eine junge Dame im mit Blaulicht bestückten Carabinieri-Wagen spazieren fahren durfte.

Sie schwiegen während der Fahrt. Der Weg führte durch verschlafene Vororte und über eine Schnellstraße. Die große Stadt Rom verschluckte sie mit sommerlicher Hitze und ausgestorbenen Straßen, über denen das Licht flimmerte wie über einer Wüste.

Camarata sah sein müdes und gestresstes Gesicht mit dem grauschwarzen Dreitagebart im Rückspiegel und wurde noch mürrischer bei dem Anblick. ‚Wie kann man so breit, alt und ungepflegt aussehen wie ich? Mit Tränensäcken und Bartstoppeln.' Er starrte auf die Straße, aber warf von Zeit zu Zeit einen Blick zu seiner Beifahrerin. Die junge Offizierin neben ihm wirkte wie die Moderatorin einer Jugendshow, sein eigenes Bild im Spiegel dagegen wie genau das, was er war – ein behäbiger älterer Gendarm.

Er ignorierte sein Abbild und nahm einen gierigen Schluck aus der Wasserflasche, die er abwechselnd zwischen den Knien und in seiner Pranke hielt. Das daran kondensierende Wasser tropfte beim Trinken an der Plastik herab und rann seinen behaarten Ellenbogen herunter.

Im Radio kamen belanglose Nachrichten. Es gab kaum etwas zu berichten, außer Meldungen über die andauernde Hitze und die aufflammenden Waldbrände. Durch das offene Fenster drang mit dem Fahrtwind heiße, staubige Luft herein. Sie fuhren am Flughafen

Ciampino vorbei in die Stadt. Ein Buschfeuer ließ eine der Straßen unbefahrbar werden und sie verloren Zeit, um trotz der Qualmwolken auf die neue Via Apia abzubiegen, ansonsten waren die Schnellstraßen menschenleer.

Agnelli hatte in der Innenstadt hinterm Park der Domus Aurea nahe dem Kolosseum gewohnt. Ihr Haus lag in einer beschaulichen Allee, gesäumt von hohen alten Gebäuden. Ausladende Platanen warfen ihre Schatten über die breiten Bürgersteige. Der Wagen der Techniker zeigte ihnen an, wo ihre Kollegen bereits am Werk waren. Diesmal war Camarata bedachter und zog sich wie Chiara einen weißen Schutzanzug über. In der Hitze klebten seine Hände an den Plastikhandschuhen, Schweiß begann ihm den Rücken hinunterzulaufen. Er fühlte sich wie ein Gefangener in Zwangsjacke, als er hinter Chiaras weißer Schneemannfigur das Mietshaus betrat. Es kam nicht von ungefähr, dass er solcherart Pflichtübungen gern vergaß.

Im Hausflur war es zu seiner Erleichterung kühler. Auf den schwarzen Marmorstufen, die sie einer hinter dem anderen hinaufstiegen, standen technisches Material und Beleuchtungsapparate. Das Appartement Agnellis lag im zweiten Stock. Sie fanden es schnell, da die Tür offenstand und ein polizeiliches Absperrband davor gespannt war.

Gleißende Helligkeit drang durch die großen vorhanglosen Fenster in den Raum. Die Wohnung war weitläufig, aber wenig wohnlich, schlicht und nur mit vereinzelten Möbeln bestückt. ‚Agnelli ist auch hier erst vor Kurzem angekommen', dachte Camarata.

Die Wände waren weiß und mit überfüllten Bücherregalen bedeckt. Es waren keine Blutspuren zu sehen. Auch hier war nicht der Tatort.

Nach einer kurzen Durchsuchung der halbleeren Schränke und Tische wandte Camarata sich den Regalen zu. Die umfangreiche Literatur, die sich darin befand, war zumeist wissenschaftlich. Sie handelte von der Geschichte Roms, von Religionen und Kulten. Viele Bücher waren der Weiblichkeit gewidmet, eine ganze Wand Diana. Er fand eine erhebliche Kollektion von Werken Carlo Ginzburgs, eines Historikers, der sich auf Hexensabbate und Hexenverfolgung spezialisiert hatte. Ginzburg schien einer der bevorzugten Autoren Agnellis gewesen zu sein.

Camarata griff sich ein Buch aus einem der Regale. Es lag abseits und schien oft gelesen worden zu sein, der Umschlag war in schreienden Farben koloriert. Es war modernen heidnischen Kulten gewidmet, die sich auf vorchristliche Riten beriefen. Es erinnerte ihn an die Szenerie des Mordes und er schlug es auf. Das Buch war in englischer Sprache verfasst, einige Textstellen waren grell markiert, Klebemarker zierten die abgegriffenen Seiten. Er ging zum Fenster, um das Buch im Licht anzusehen.

Die Autorin nannte sich laut Umschlag Zsuzsana Budapest. Sie gab auf der Rückseite des Buches an, eine Hexe zu sein. Das daneben prangende Bild der Frau erinnerte Camarata aufgrund ihrer kurzen weißen Haare jedoch eher an die Inhaberin eines Teeladens. Er lachte in der Stille des Raumes ungläubig auf. „Eine Hexe? Heutzutage?“

Als er die erste Seite des Werkes aufschlug, erwartete ihn hingegen eine Überraschung. Darauf prangte das Zeichen, welches auf die Stirn der Toten geritzt gewesen war: Ein Kreis flankiert von zwei Halbmonden. Er rief Chiara heran. „Das Zeichen wird in den Ritualen des Dianischen Wicca-Kults verwendet.“ Er schüttelte den Kopf. „Es ist ein Ritualzeichen von modernen Heiden!“

Chiara schnalzte mit der Zunge. „Wir sollten schleunigst die Amerikanerinnen aus Genzano verhören.“

Camarata nickte. „Das denke ich auch.“

Villa D'Este

Die Glut der Sahara lastete seit Wochen auf dem Latium. Die Stadt Rom hatte den Wassernotstand ausgerufen und an den Straßenrändern der Vorstädte flammten in beunruhigender Häufigkeit Buschfeuer auf. Das ausgetrocknete Gras der Rabatten verzehrte sich darin wie Streichhölzer in der Glut.

Das Kanalisationssystem der Metropole zerbrach in der Hitze und die ewige Stadt, in ebenso ewiger finanzieller Not, hatte keine Kapazitäten, um es zu reparieren. Das Wasser lief trotz des Notstands über die staubigen Alleen, nur um in Sekundenschnelle von einer unbarmherzigen

Sonne aufgeleckt zu werden. Der Geruch nach brennendem Gras lag über den Gassen wie der Geruch der nahenden Apokalypse. Die Thermometer zeigten Hitzerekorde und nur französische Touristen liefen noch durch die glühenden Ruinen des Forum Romanum. Man hatte Angst vor größeren Bränden und die Feuerwehrleute verharrten in Bereitschaft, verdrossen, nicht wie der Rest der Bevölkerung ans Meer fliehen zu können.

Therese konnte nicht mit ihrer Arbeit am Diana-Tempel in Nemi fortfahren. Orange Plastikbänder überzogen den verwilderten Zugang zum Hain und sie war zur Untätigkeit verdammt. Notgedrungen hatte sie sich für einen Ausflug entschieden. Der Strand von Ostia war keine Option. Er war im August ein Menschenmeer. Sie zog es daher vor, zum Park der Villa D'Este in Tivoli zu fahren, einer weitläufigen Kardinalsvilla nahe Roms.

‚Alles ist besser, als einen weiteren Tag allein am Seeufer zu verbringen.' Ihr schauderte vor dem bleigrauen Gewässer, seit der Mord in den Uferwäldern geschehen war. ‚Du brauchst den Job und solltest den Nemi-See anheimelnd finden, wenn du nicht in ein paar Monaten obdachlos sein willst', ermahnte sie sich verbissen.

Sie hatte ein halbes Jahr lang Mühe gehabt, Arbeit zu finden und ihre Miete zu bezahlen. Ihr Stolz hatte sie zurückgehalten, Cariello um Hilfe zu bitten und war einer der Gründe dafür, dass sie den Kontakt zu ihm verloren hatte. Die Arbeit am Nemi-See war ein Glücksfall gewesen und trotz Cariellos hochmütiger

Bemerkungen vom Vortag war der Diana-Tempel atemberaubend. Was sie bisher unter den urwaldartigen Büschen gefunden hatten, war einzigartig. Aber jetzt war darin ein Mord geschehen … Sie brauchte einen Szenenwechsel, um den Schock zu verarbeiten.

Als sie mit ihrem ächzenden Fiat die auf einem Hügel liegende Renaissance-Villa der Este erreichte, wirkte diese wie ein Gemälde auf der sonnenverbrannten Anhöhe. Therese zog eine Grimasse. ‚Kreiert, um im Abendrot eine pittoreske Silhouette zu zeichnen und den ärmeren Mitmenschen eine gebührende Idee von der Macht und dem Portemonnaie ihres Besitzers zu vermitteln.'

Der Kirchenprinz, der das mächtige rote Gebäude mit den Zinnen und Türmen gebaut hatte, hatte weder der Askese noch der Demut gefrönt. Therese schämte sich, die verrostete Ruine ihres Fiat in der Nähe solcher Pracht zu parken. Das Leben war großzügiger zu einigen und weniger generös zu anderen. Ihre Großmutter hätte dazu in ihrer direkten Art gemeint, der Teufel scheiße immer auf einen großen Haufen.

Therese ließ ihren Wagen vor dem Tor stehen und durchquerte den Innenhof des Palasts. Wenig später fand sie sich in einem Park wieder, in dem ihr moosbedeckte Brunnen und Tierköpfe Wasser entgegenspien. Der Garten der Villa d'Este war ein Eden mitten im Fegefeuer der Savannen von Rom. Dichter Farn bedeckte die Hänge, durchbrochen von Springbrunnen und Kapitellen an moosigen Kaskaden. Die Kuppeln der Stadt der sieben Hügel glänzten aus der Ferne herüber, umgeben von

Dunst und hier und da umrahmt von der grauen Säule eines Brandes, die den Reichtum der Villa mit dem Bild des allgemeinen Leidens untermalte.

Therese ging zu einer der Bänke bei einem Fischteich und setzte sich. Unruhige Gedanken belagerten ihren Kopf. Sie hatte Cariello ein Jahr lang nicht gesehen und hatte gemeint, sie hätte mit ihm abgeschlossen. Aber sie hatte einen Adrenalinstoß verspürt, als sie seinen Namen auf der Liste der Sprecher der Konferenz im Papstpalast gelesen hatte und war zu ihm gefahren, sobald sich ein Vorwand gefunden hatte, auch wenn es ein schlimmer gewesen war. In einer frühmorgendlichen Aktion hatte sie alle Hotels in Castel Gandolfo angerufen, um ihn zu finden und hoffte, dass er nie davon erfuhr …

Sie schloss die Augen, bemüht, das Hämmern hinter ihren Lidern zum Schweigen zu bringen. ‚Cariello ist zurück nach Castel Gandolfo gefahren und hat nichts mehr von sich hören lassen. Hatte ich gedacht, dass er auf einmal seine Liebe für mich entdecken würde?' Sie nahm sich ein weiteres Mal vor, ihn zu vergessen. Es war lächerlich, dass sie ihre Schwärmerei aus Studentenzeiten noch immer nicht *ad acta* legen konnte.

Entschlossen holte sie ein Buch aus ihrem Rucksack und öffnete es, aber die Zeilen verschwammen vor ihren Augen. Der Geruch des Wassers mischte sich mit dem der Pinien. Gruppen von Besuchern, die an ihr vorüber durch die Alleen flanierten, zogen ihre Aufmerksamkeit auf sich. Sie legte das Buch beiseite. ‚Ich sollte froh sein, dass ich hier bin, jung und am Leben, und nicht in Stücke geschnitten an einen Baum gehängt, wie die Frau im Zypressenhain.'

Sie atmete durch und sah sich um. Wasserdunst und grünglänzende Blätter waren überall. Ihr Blick blieb an einem gepflegt gekleideten Mann hängen, der sich unweit von ihr gesetzt hatte und las. Trotz der Hitze hatte er einen hellgelben Pullover um die Schultern gelegt, sein blaues Hemd war gestärkt und die grau melierten Haare in Wellen frisiert.

Therese hatte das Gefühl, dass sie sein Gesicht kannte. Faltenlose Stirn, übermäßig gepflegte Brauen und feingeschnittene Lippen. Erst nach Minuten fiel ihr ein, wo sie ihn gesehen hatte: In Genzano. Er war der Mann von der Anschlagstafel an der Kirche, der angeblich die Handschrift des Kaisers Caligula entdeckt hatte.

Thereses Blick glitt zum Buch in seinen Händen. Es war geziert vom Bild der französischen Adeligen Diane von Poitiers, gekleidet als Göttin Diana. Das Diadem der Abgebildeten jagte ihr einen Schauer über den Rücken. Es bestand aus einem Kreis flankiert von einem Halbmond und war fast identisch mit dem Zeichen, das in die Stirn der toten Museumsdirektorin geschnitten worden war.

Sie zuckte zusammen. ‚Warum bin ich nicht eher darauf gekommen? Es ist das Zeichen der Diana!' Aber etwas daran war anders, als sie es in Blutrot im Fleisch der Toten eingeschnitten gesehen hatte … Was hatte sie verwirrt?

Bevor Schüchternheit und gute Sitten sie zurückhalten konnten, stand sie auf und ging zu dem Lesenden. Direkt neben ihm ließ sie die Karte des Gartens fallen, die man ihr am Empfang in die Hand gedrückt hatte. Die Aktion war ungelenk und durchschaubar, aber der Lesende reagierte, wie erhofft, und hob die Karte auf.

Thereses Puls hämmerte. „Danke. Ein schöner Park, nicht wahr? Was lesen Sie?“

Die verblüffend blauen Augen ihres Gegenübers musterten sie frostig. Es waren Turmaline in einem sorgfältig sonnengebräunten Gesicht. Er lächelte eisig. „Ein Buch über die Geschichte eines französischen Königs. Es erzählt von seiner zerstörten Kindheit und seinem frühen Tod. War ihre Kindheit glücklich, Signorina?“

Therese zögerte. Ihre Kindheit hatte nichts mit den Kindheitstagen französischer Könige gemein. „Ich glaube, ich habe die Ankündigung Ihres Vortrags in Genzano gesehen. Verzeihung, kenne ich Sie? Ich bin Archäologin. Ich grabe am Tempel in Nemi. Wir scheinen in der gleichen Zeitepoche herumzustöbern.“ Sie reichte ihm die Hand.

Der Mann ergriff sie, erhob sich halb und deutete eine distanzierte Verbeugung an. Seine Rechte war weich und gepflegt.

Thereses Blick fiel auf einen auffällig glänzenden Ring an seinem Finger, der ihn als adelig auswies.

Der Mann blickte prüfend unter den silbernen Brauen hervor, als er sich erneut auf die steinerne Bank sinken ließ. Seine Schultern wirkten stocksteif. „Giancarlo Maria Bazzoni. Einer meiner Ahnen hat damals Lord Savile erlaubt, den Diana-Tempel in Nemi auszugraben. Sie arbeiten dort, nicht wahr? Er gehörte uns früher."

Therese wurde heiß. Sie stand vor dem letzten Erben der berühmten Bazzoni. In Genzano hatte sie nicht auf den Namen des Mannes geachtet, sonst wäre ihr der Zusammenhang aufgefallen. Die Bazzoni waren über Jahrhunderte die Herren von halb Rom und von ganz Nemi gewesen. Es hieß, sie seien verarmt, aber der Mann vor ihr betrug sich wie ein Spross des Hochadels und ihre Herkunft hätte der seinen nicht ferner sein können.

Sie fürchtete, dass sie sich mit dem Gespräch übernommen hatte, aber blieb stehen. „Darf ich das Buch ansehen, dass Sie dort auf dem Schoß haben?"

Er reichte es ihr und sie setzte sich auf die Bank neben ihn, angespannt und überrascht von ihrer eigenen Courage. Ihr Herz schlug bis zum Hals. Sie platzierte sich neben einen Mann, der einen der bekanntesten Namen Italiens trug. Bibliotheken, Plätze und Paläste waren nach seiner Familie benannt. Den Namen Bazzoni umgab die Aura von Operndramen und berühmten Gemälden aus Meisterhand.

‚Ich habe ein dummes Pulver genommen, als ich ihn angesprochen habe. Und jetzt setze ich mich auch noch wie ein aufdringliches Groupie neben ihn.'

Ihre Hände umklammerten nervös das Buch und sie wagte nicht, aufzusehen. In Italien war es wichtiger als anderswo, aus welchem Rennstall man stammte. Im Vergleich zu Bazzoni war sie ein Niemand. Trotzdem redete sie weiter. „Das ist Diane von Poitiers, nicht wahr?"

Bazzoni nickte und schien dabei einen freien Raum um sich zu schaffen. Reserviert und unnahbar. „Das Bild der Diane kennt jeder, der die französischen Loire-Schlösser besichtigt hat, aber die wenigsten wissen, wer sie war. Ihre Geschichte hat etwas … Tröstliches."

Therese blickte Bazzoni fragend an.

Seine blauen Augen flackerten. „Diane war die Geliebte Heinrichs II., aber wussten Sie, dass sie neunzehn Jahre älter war als er?"

Therese schüttelte den Kopf, erleichtert, dass Bazzoni sich dazu herabließ, mit ihr wie mit einem Menschen zu reden. ‚Was denkt er über mich? Hält er mich insgeheim für so kindisch, wie ich mich fühle?' Wenn sie sich wenigstens etwas Besseres als ein Tanktop angezogen hätte.

Bazzonis Stimme klang gepflegt und gekünstelt an ihr Ohr. „Diane von Poitiers begleitete Heinrich im Jahr 1526, als er und sein Bruder im Kindesalter als Geiseln an die Spanier übergeben wurden. Nachdem König Franz I. von Frankreich in der Schlacht bei Pavia in spanische Kriegsgefangenschaft geraten war, mussten seine beiden Söhne als Geisel in kastilische Festungen in Haft gehen, um seine Rückkehr nach Frankreich zu ermöglichen. Um einen Fluchtversuch der Thronfolger auszuschließen, wurden die Kinder in ein Verlies geworfen. Heinrich war sieben Jahre alt. Heute würde man keinem Erwachsenen so etwas antun, nicht wahr? Er wurde im Käfig gehalten, weil er ein Königssohn war."

Bazzoni schwieg, als erwarte er eine Reaktion.

Als Therese nicht antwortete, seufzte er und ließ seinen Blick über den Fischteich schweifen. „Man kennt die Daten von Schlachten und Regierungsjahren, aber am Ende ist auch jeder König nur ein Mensch. Nur dass sich dafür keiner interessiert."

Therese fühlte einen Knoten der Verlegenheit in ihrem Magen. Sie wusste nicht, was sie erwidern sollte. Sie kam aus einfachen Verhältnissen und hatte für Adel und Monarchie nie viel übriggehabt. Die italienischen Zeitungen widmeten den italienischen und englischen Prinzen ganze Artikel, nur weil sie gewinkt, geweint oder gehustet hatten. Sie las nie mehr als die Titel und bedauerte die Kinder, von denen jeder Ausflug und jedes Lächeln die Aufmerksamkeit der Welt auf sich zog. War es diese Aufmerksamkeit, über die sich Bazzoni beschwerte?

Bazzoni fuhr fort, als spräche er zu sich selbst. „Der Kerkeraufenthalt hat Heinrich sein Leben lang gezeichnet, ein trauriger Herrscher, gekleidet in Schwarz. Diane von Poitiers hatte ihn damals beim Abschied als Einzige mütterlich geküsst. Sie hatte mit ihm gefühlt, als man ihn im Kerker eingeschlossen hat. Er hat es ihr nie vergessen. Das Kind muss im Kerker von ihr geträumt haben. Die Geschichte ist anrührend, finden Sie nicht?"

Es gab sichtlich etwas an der Erzählung, das Bazzoni persönlich wichtig war, aber Therese wollte nicht danach fragen, aus Angst, ihm zu nahezutreten und auch, weil sie das Gefühl hatte, dass sie mit der Antwort nichts würde anfangen können.

Die Angehörigen alter Adelsgeschlechter hatten sicherlich eine andere Sicht auf das Leben als sie. Sie gab ihm das Buch zurück und deutete auf das Porträt auf dem Einband. „Warum trägt Diane diesen Kopfputz?"

Bazzoni zögerte. „Das Diadem stellt einen Halbmond dar. Das Zeichen der Mondgöttin Diana, Dianes Namensvetterin. Wenn Sie am Diana-Tempel arbeiten, sollten Sie das wissen. Der Mond repräsentiert im romanischen Sprachraum das weibliche Prinzip im Gegensatz zur Sonne, dem männlichen. Er steht für Jungfräulichkeit und Keuschheit. Als solches ist die Mondsichel auch von der Kirche für Maria benutzt worden."

Therese nahm einen Stock und ritzte die Variante des Zeichens in den Boden, die sie auf der Stirn der Leiche gesehen hatte – zwei Halbmonde, jeweils von rechts und links einen Vollmond flankierend. Stille trat ein und Bazzoni wurde blass. Sie spürte, dass er Mühe hatte, die Fassung zu bewahren. Röte kroch seinen Hals hinauf.

Therese wurde ihrerseits beklommen zumute. „Was ist so besonders an dieser Variante des Symbols?“

Bazzoni schluckte. „Nichts.“ Er erhob sich ruckhaft. „Ich habe leider noch eine Verabredung und nicht auf die Uhr geachtet. Entschuldigen Sie mich.“

Therese hatte gerade noch Zeit, ihn auf seinen Vortrag in Genzano anzusprechen, und sich von ihm einladen zu lassen, dann war er verschwunden. Eine Antwort bezüglich des Zeichens hatte er ihr nicht gegeben und seine Einladung hatte erzwungen geklungen. Sie hatte den Eindruck, dass Bazzoni es vorgezogen hätte, sie nicht wiederzusehen.

Um sie herum lärmten Zikaden und das Wasser rauschte aus den Wasserspeiern, aber sie hatte kein Ohr mehr für das Plätschern. Sie musste Cariello anrufen. Etwas kam ihr an der Reaktion dieses reservierten Prinzen aus Nemi eigenartig vor.

Das Geheimnis der Schiffe

Camarata fuhr am darauffolgenden Tag nach Castel Gandolfo, um Cariello aufzusuchen. Er tappte mit seinen Ermittlungen im Dunkeln und hatte beschlossen, um Hilfe zu bitten. ‚Besser, ich frage jemanden, den ich kenne und der es niemandem weitererzählt, als meine römischen Kollegen, die sich über den hinterwäldlerischen neapolitanischen Chef amüsieren würden.‘ Man kultivierte Vorurteile in Italien und der

Norden war stets überzeugt, reicher und intelligenter als der Süden zu sein. Nur zehn Prozent der Menschen im Süden würden überhaupt arbeiten, hieß es. Rom lag nicht im Norden, aber immerhin nördlicher als Neapel. Besser, Camarata verteidigte seinen Ruf.

Trotz der Aussicht auf Hilfe war er schlecht gelaunt. An sich mochte er Cariello und freute sich, ihn zu sehen, aber er fühlte sich verloren, fern der Heimat, in dem ihm wenig bekannten Rom. Es ärgerte ihn, dass nur er das Gefühl zu haben schien, mit dem Mord am See überfordert zu sein. Die lokalen Carabinieri gingen ihren Aufgaben nach, als hätten sie den Mörder bereits in der Zelle sitzen, dabei gab es noch nicht einmal einen Verdächtigen.

Als Camarata in Castel Gandolfo ankam, lag die mittelalterliche Stadt der Päpste verlassen. Sie wirkte auf ihn, der sie zum ersten Mal sah, wie eine Szene aus einem surrealen Theaterstück. Übermannsgroße Anschläge priesen eine wissenschaftliche Konferenz an und wiesen auf die Princeton University hin. Sie waren das einzige moderne Element an den übermannshohen Mauern.

In den schmalen Gassen davor war niemand zu sehen. Tauben flogen gurrend vor ihm auf, als er sich dem Hotel näherte, dessen Adresse man ihm gegeben hatte, und es roch nach auf kleinem Feuer köchelnden Tomaten und Basilikum. Aus einem Fenster klangen die unbeholfenen Töne einer Klavierstunde herab.

Camarata hatte sich das berühmte Castel Gandolfo anders vorgestellt, mit Weihrauchduft und Glockenläuten. Mit Papamobil und Scharen von Pilgern. Alles, was er sah, war eine provinzielle Kleinstadt, die eine eher durchschnittliche mittelalterliche Festung mit hohem Tor und Wachen davor umgab. Die Mauern des Palastes waren ordentlich verputzt und noch nicht einmal von der Romantik des Verfalls gezeichnet. Man hätte das Gebäude des Papstes für ein Rathaus halten können.

Wasser tropfte von einem der Balkone der anliegenden Häuser, auf dem eine alte Dame stand, die die darüber wuchernden Gardenien goss. Camarata hätte einen huldvollen Kirchenfürsten vorgezogen. ‚Segnet der Papst die Menge nicht irgendwo vom Balkon aus?'

Camarata fühlte sich ausgelaugt. Angesichts der Sommerhitze wäre er gern bei seiner Frau und seinen Kindern am Meer gewesen, aber noch nicht einmal die Besichtigung des Papstes würde ihn für den Verlust entschädigen. Er mochte *il papa,* so wie die Engländer ihre Königin mochten. Mehr aus Prinzip als aus einer privaten Kenntnis der Person. Er hätte gern einen Blick auf den alten Herrn geworfen, aber er schien sich nicht im Palast zu befinden.

Im Gegensatz zum Papst fand Camarata Cariello schnell. Er saß nach absolvierter Tagung im Terrassen-Café seines Hotels und las, die langen Beine in seiner charakteristischen Art überschlagen, das Kinn in die Hand gestützt. Auch er schien müde. Falten umgaben seine Augen. Cariello legte seine Lektüre beiseite, als

Camarata sich an seinem Tisch niedersinken ließ. Im Schatten der ausladenden Sonnenschirme war die Temperatur erträglicher und Camarata knurrte zum Gruß: „Hier ist es besser …“

Cariello musterte ihn mit einem Hauch von Ironie in den Augenwinkeln. „Sie sehen erschöpft aus, Kolonel. Kommen Sie nicht weiter?“

Camarata deutete stumm auf die mitleidlos auf die Ebenen um Rom herabbrennende Sonne. Dann winkte er der Bedienung, um sich ein Bier zu organisieren. Die junge Frau ignorierte ihn. In Camaratas Brust machte sich ein dumpfer Schmerz bemerkbar. Die schwere Histoplasmose, an der er vor einigen Monaten gelitten hatte, hatte ihn ausgezehrt und anfällig gemacht, auch wenn er froh sein konnte, dass er überhaupt wieder auf den Beinen war. Die Ärzte hatten damals jeden Tag besorgter dreingesehen und seine Frau hatte pausenlos geweint. Die Ersteren hatten ihm den Eindruck vermittelt, dass es schlecht um ihn stand, die Letztere hatte ihn mit ihrem Schluchzen wieder aufgerichtet. Es war gut zu wissen, dass man von seiner Frau noch geliebt wurde.

Seit er sich erholt hatte, war er kurzatmig geblieben und sah Schatten, wenn er in seinem Schlafzimmer das Licht ausschaltete. Zuerst hatte er gedacht, es gäbe bei ihm zu Hause Geister, dann hatte ihn der Augenarzt seiner Befürchtungen beraubt und ihm gesagt, das komme nach Histoplasmosen häufiger vor.

Geister …, wenn er beim Thema war.

Camarata wischte mit der Hand über den billigen Metalltisch und suchte nach einem Anfang für seine Fragen. „Cariello, als Neapolitaner kenne ich die Region hier um Rom wenig, aber es ist mir nicht entgangen, dass sich bizarre Legenden um den Nemi-See ranken. Es scheint, das Gewässer und seine Dickichte bergen mehr Geheimnisse, als uns Carabinieri lieb ist. Ich muss ihnen auf den Grund kommen, wenn ich den Tod der Direktorin verstehen will."

Er fixierte den kühl-entspannten Cariello, der unachtsam mit den Büchern und Stiften auf dem Tisch spielte. Cariello reagierte nicht. Camarata blaffte, wie ein Hund, der den Postboten anbellt: „Helfen Sie mir?"

Ein heiteres Funkeln schlich sich in Cariellos Augen und er zuckte mit den Schultern. „Soweit ich kann, aber erwarten Sie keine Wunder. Ich bin ein langweiliger Universitätsprofessor mit Staub auf den Kleidern und vom Studieren abgewetzten Ellenbogen. Ich opfere eher selten Menschen in dunklen Hainen."

Camarata brummte lachend. Er mochte die kühle Ironie Cariellos und hatte sich gefreut, ihn im Hain am See zu sehen. Es war ein unpassender Ort gewesen für den eleganten Akademiker. Cariello hatte mit seinem hellen Anzug und den edlen Mokassins erheiternd ausgesehen. Man hatte ihn gegen seinen Willen in eine Wildnis verpflanzt und den Efeuranken ausgeliefert. Er hatte gewirkt, als sei er pikiert, seinen Indiana Jones Hut vergessen zu haben.

Camarata rieb sich die Stirn. Er hätte freundlicher zu Cariello und Therese sein sollen, aber jetzt war es zu spät. Er blieb beim Knurren: „Ich will nichts umwerfend Schwieriges wissen. Ich stelle mir nur die Frage, wer diese angeblich so gigantischen Schiffe, die früher im Museum gestanden haben, in den See gesetzt hat. Der Fischteich dort im Tal reicht kaum zum Angeln. Wozu braucht man dort Schiffe?"

Cariello legte den Stift beiseite. Seine Augen blitzten spöttisch. Mit alten Legenden kam er besser zurecht als mit Efeuranken. „Die Schiffe bergen eines der großen Geheimnisse der Geschichte. Wie Franchetta schon sagte, ihre Herkunft ist mysteriös und ihr Verschwinden noch mysteriöser. Es hat sich schon so mancher gefragt, was sie dort im See zu suchen hatten. In ihren Bleiverzierungen tragen sie jedoch einen Namen eingeprägt, der vieles erklärt. Caligula. Es scheint, der Kaiser ließ sie zwischen den Jahren 37 und 41 unserer Zeitrechnung bauen. Und er war recht Gaga ..." Cariello tippte sich mit dem Zeigefinger gegen die Schläfe und schmunzelte.

Camarata holte ein Taschentuch hervor und trocknete sich das verschwitzte Gesicht ab. „Und deshalb brauchte er Schiffe für den Angelteich?"

„Der Kaiser litt an Epilepsie, die man damals Mondkrankheit nannte. Er sprach wohl des Nachts im Wahnsinn zum Vollmond und verehrte die Göttin Diana, die Herrin des Nemi-Sees."

Camarata nickte. *Caligula* – der Name rief bei ihm das gleiche Gefühl hervor, das er bei blutrünstigen Meldungen größerer Unglücksfälle im Fernsehen empfand. Eine Mischung aus Schrecken, Staunen und Sensationslust. Caligula war ihm als einer der pittoreskesten Kaiser Roms bekannt, als Schlächter und Perverser. Es gab wenige negative Adjektive, die man dem Herrscher nicht angehängt hätte, vor allem das Wort *wahnsinnstoll* hatte er oft gehört. Caligulas Name war ihm so bekannt wie der Gaddafis, Saddam Husseins und Pinochets. Er kannte nicht die Details, aber er hatte eine gewisse Idee vom vorherrschenden Charakterzug der Person.

„Was macht diesen Caligula so interessant für die Leute? Sie sehen auch aus, als bewunderten Sie ihn."

Cariello zuckte die Schultern. Er blinzelte in die Sonne und die Schatten des Sonnenschirms zeichneten scharfe Linien auf sein Gesicht. „Caligula war ein bizarrer Kaiser, aber schon seit Menschengedenken liebt das Publikum das Bizarre und Blutrünstige. Der Name Caligula ist heute besser bekannt als der des weisen Mark Aurel, der den Ruhm eher verdient hätte. Angeblich war der junge Caligula inzestuös, psychopathisch und sadistisch. Er regierte keine vier Jahre, aber jedermann kennt seinen Namen."

„Ich finde das eher abstoßend. Und der Name?"

„Es ist ein Spitzname, der sich von *Caliga*, dem Soldatenstiefel ableitet, da der Kaiser in einem

Soldatencamp aufgewachsen ist. Sein Vater war der berühmte Feldherr Germanicus. Caligula hieß eigentlich nach seinem großen Vorbild Gaius Julius Caesar und war ein Urenkel des Adoptivsohns Caesars, des Kaisers Augustus."

Camarata hob erneut den Arm, um der Kellnerin ein Zeichen zu geben. Diesmal reagierte sie. „Ein Bier, groß und kalt. Nastro Azzurro." Er zeigte mit den Händen die Größe des gewünschten Krugs und die junge Frau nickte. Er hoffte, dass sie wirklich so große Gläser besaß.

„Für mich ein Wasser", sagte Cariello.

Die Kellnerin nickte erneut.

Camarata verzog die Nase. Hatte er sich den Anschein eines Säufers gegeben, weil er Bier vorzog? Er sah auf Cariellos athletische Figur und auf seinen eigenen Bauch, dann fuhr er sich über die Wampe. ‚Man lebt nur einmal.' Verstohlen prüfte er, ob jemand seine Geste gesehen hatte. Die Hotelterrasse war außer ihnen menschenleer. Es war keine Essenszeit und die Touristen, die im Hotel abstiegen, waren um diese Zeit anderweitig unterwegs.

Aber Cariellos Augen blitzten spöttisch. Er hatte seine Gewissensbisse bemerkt, aber kommentierte sie nicht. Stattdessen fuhr er fort: „Caligula war der Sohn eines blendend aussehenden kaiserlichen Feldherrn, aber er selbst war hässlich. Der Urenkel des Kaisers Augustus erlebte trotz seiner illustren Herkunft eine Kindheit voller Terror. Seine Familie wurde von seinem Vorgänger, Kaiser Tiberius, wegen ihrer Thronansprüche nach und nach abgeschlachtet. Das hat den jungen Mann verrückt werden lassen und hinterhältig. Wenn man seine Geschichte liest, verwundert es nicht. Nichts prägt einen Menschen so, wie Misshandlungen und Angst im Kindesalter. Als man Caligula trotz aller Anfeindungen mit fünfundzwanzig zum Kaiser machte, ging anfangs alles gut, bis er nach einem angeblichen oder echten Giftanschlag durchdrehte."

„Er glaubte, man wolle ihm ans Leder?"

„Und betrieb von da an öffentlich Inzest mit seinen Schwestern, ermordete seinen Adoptivsohn, seinen Schwiegervater und wer immer ihm missfiel, folterte und verbreitete eine Aura des Schreckens. Wenn man den Historienschreibern Glauben schenken darf, ließ er beim Festmahl regelmäßig seine Feinde vor aller Augen in Stücke hacken."

„Brr. Und da hat niemand was dagegen gehabt? Mir würde das den Appetit verderben."

Cariello blinzelte in die Sonne. „Als Caligula schließlich die Hauptstadt des Reiches nach Ägypten verlegen wollte, hatten die Römer genug. Caligula wurde, wie sein Namensvetter Caesar, in einem Theaterkorridor ermordet. Er wurde keine dreißig Jahre alt. Man hasste ihn so sehr, dass die Attentäter noch seine kleine Tochter an einer Wand zerschmetterten."

Camarata strich sich über das untersetzte Kinn. Namen in Geschichtsbüchern hatten nicht viel mit Realitäten zu tun, schien es. „Kurzgesagt: Caligula war ein junger Spunt mit psychologischen Problemen, den man überraschenderweise an die Spitze eines Imperiums gesetzt hat. Eine vorhersehbare Fehlbesetzung."

Mit einem freundlichen Lächeln brachte die füllige Kellnerin die bestellten Getränke an den Tisch. Die Unterbrechung wirkte surreal angesichts der Erzählung.

Camarata griff gierig nach dem Bier, trank einen großen Zug und schüttelte dann grimmig den Kopf. „Wie auch immer, der Bengel scheint noch widerlicher gewesen zu sein als unsere heutigen Politiker. Tröstlich, dass das geht. Zumindest hatte er die Ausrede einer schweren Kindheit. Vor Gericht zieht das immer."

Cariello lachte und trommelte auf den Tisch.

Camarata leerte das von Kondenswasser feuchte Glas bis auf den Grund und schnaufte. „Heil sei den Ägyptern, die das Bier erfanden. So ein kühler Schluck ist ein guter Grund von Rom nach Ägypten umzuziehen … Was war nun mit den Schiffen?"

„Sie waren Spielzeug für den Bengel. Sueton schreibt von zwei juwelenverzierten Schiffen, die Caligula sich bauen ließ – mit zehn Ruderbänken, vielfarbigen Segeln, Bädern, Salons, Galerien und sogar Obstbäumen darauf. Die Schiffe waren wohl des Kaisers Zeitvertreib. Wenn man plötzlich Geld und Macht ohne Ende hat …"

„Das sagt mir noch nicht, warum sie sich schließlich auf dem Grund des Sees wiederfanden."

Cariello griff nach seinem Wasser und Camarata seufzte mit Blick auf sein eigenes leeres Glas. Er suchte nach der Kellnerin, um sich ein zweites Bier bringen zu lassen. „Ich brauche mehr zu trinken", rechtfertigte er sich. „Es ist heißer in Rom als in Neapel. Wir haben wenigstens das Meer."

„Mit Vorsicht. Bei der Hitze steigt Alkohol zu Kopf."

„Vor allem sinkt es schnell auf die Vorderseite", lachte Camarata und schlug sich erneut auf den Bauch.

Die Kellnerin sah sein Winken, verstand und nickte von fern.

Cariello trank sein Wasser. „Ich vermute, das Spielzeug Caligulas wurde absichtlich versenkt. Das Personal des Diana-Tempels hat ihn innig gehasst. Zu Caligulas Zeit war die Tradition, den Oberpriester von einem Sklaven abschlachten zu lassen, bereits vergessen ... bis Caligula aus Anlass seines Amtsantritts anordnete, man solle einen Gladiator zum Tempel senden und den regierenden Priester nach alter Sitte töten."

Camarata lachte. „Ein sicheres Mittel, sich beliebt zu machen ..."

„Man empfand die Tat als Mord. Die ungerechte Handlung eines arroganten Herrschers, der hinter den Ohren noch nicht trocken war. Das Versenken der Schiffe kann auch einen religiösen Hintergrund gehabt haben. Wasseropfer sind bei indo-germanischen Völkern häufig, vor allem, wenn man Totengöttern wie Diana huldigen will. Der See funktioniert als Eingang zur Unterwelt. Man gab der durch den Mord an ihrem Priester beleidigten Göttin die Schiffe als Opfer in Obhut."

Camarata kratzte sich am Kopf. „Also waren die Schiffe Opfergaben?" Er brummte. „Wie groß waren sie noch mal?"

„Siebzig Meter lang und zwanzig Meter breit. Eines beherbergte einen Palast, das andere einen Tempel. Der wahnwitzige Einfall eines wahnsinnigen Kaisers, der noch nicht einmal schwimmen konnte.

Camarata erinnerte sich mit Schmerzen daran, dass er auch kein guter Schwimmer war. „Große Opferboote also. Und dann hat man sie aus dem Wasser geholt und ins Museum gestellt?

„Die Bergung war eine Geschichte für sich. Eine Schlammschlacht. Es gibt aus antiken Zeiten einen unterirdischen Tunnel, der den Nemi-See mit der Außenwelt verbindet. Eines der großen, geheimen Meisterwerke der Antike. Man hat ihn dazu in Stand gesetzt."

Camarata schnalzte mit der Zunge. „Ich erinnere mich. Man hat das Wasser aus dem See abgelassen … Im Museum war eine Fotografie."

Cariello nickte. „Ja, aber die Begleitumstände waren bedrohlich. Das umliegende Erdreich wurde mit dem Absenken des Wasserspiegels instabil und es kam zu Erdrutschen. Dann gab es einen mysteriösen Sturm. Man sagt, es sei gewesen, als habe der See der Geister seine Beute behalten wollen. Der Nemi-See ist üblicherweise spiegelglatt, daher nennt man ihn auch den ‚Spiegel der Diana'. Die hydraulische Station, die man mühsam gebaut hatte, sank beim Sturm unter Wasser und, statt die Schiffe des Kaisers zu heben, musste erst einmal die Station geborgen werden. Eins der Schiffe hatte man schon fast aufgegeben, bevor es doch noch gelang, es zu bergen. Und als man endlich Erfolg hatte, beschwerten sich böse Zungen, weil man nur Schiffe fand und keine Juwelen und Statuen wie in Herculaneum."

„Aber die Schiffe waren doch interessant?"

Cariello beugte sich über den Tisch und stieß mit dem Zeigefinger in die Luft, die Augen glühend. „Die Schiffe waren einzigartig. Einer der Anker brachte den modernen Schiffsbauern viel Spott. Sein Typ war Ende des 19. Jahrhunderts als neueste Erfindung gepriesen worden – und fand sich schon auf Caligulas Schiff. Man hatte es nicht für möglich gehalten, dass die Römer sowas schon einmal erfunden hatten."

Camarata knurrte. „Noch einmal: Warum ist dieser verrückte Caligula überhaupt auf die Idee gekommen, dass er in so einem kleinen See so große Schiffe benötigen könnte?"

„Caligula hatte sich beklagt, dass es ihm schwerfallen würde, berühmt zu werden. Augustus habe in der Varus-Schlacht ganze Legionen verloren und sei damit berühmt geworden. Tiberius habe so viele Menschen beim

Einsturz eines Theaters umkommen sehen, das würde man nie vergessen. Aber er, Caligula? In seiner Herrschaftsperiode ging es dem Volk gut, es gab keinen Krieg, wie sollte sein ewiger Ruhm garantiert werden? Und siehe da – er ist der Attraktion des ägyptischen Kanopus erlegen, wie nach ihm auch Kaiser Hadrian."

Camarata hob die Augenbrauen: „Wer zum Henker ist Kanopus?"

„Nicht *wer*. Wo. Sie müssen fragen, *wo* ist Kanopus?! Kanopus war in der Antike eine ägyptische Küstenstadt im westlichen Nildelta nahe Alexandria. Genau wie die Schiffe von Nemi und die Villen der römischen Kaiser in Baiae existiert es nicht mehr."

„Es liegt unter Wasser?"

„Der Klimawandel ist nichts Neues. Der Meeresspiegel hebt sich seit ein paar tausend Jahren. Im Mittelmeer gibt es an die hundertfünfzig versunkene Städte und Kanopus ist eine davon. Es liegt heute unter Wasser, aber war damals berühmt für sein Osiris-Orakel und seine luxuriöse Tempellandschaft. Caligula liebte es so sehr, dass er die Hauptstadt des Römischen Reiches dorthin verlegen wollte. Es verzauberte die Römer so wie uns heute Venedig beeindruckt. In Pompei, das nur wenige Jahrzehnte nach Caligulas Tod unter der Lava des Vesuvs versank, findet man überall Malereien, die Kanopus darstellen, den Traum vom Paradies."

„So wie man heute von der Freiheit in Amerika träumt und ‚Route 66' an die Häuserwände malt?"

„Rom bewunderte Kanopus, nachdem Caesar dem Charme seiner Herrscherin Kleopatra erlegen war."

Camarata schnaufte. „Aber wozu die Boote?"

„Eines der berühmtesten Zeichen von Kanopus waren die Nilbarken. Sie haben Caligula inspiriert. Er wollte Rom in Ägypten verwandeln, als er Schiffe auf dem Nemi-See setzte und den Diana-Tempel mit Isis-Statuen schmückte. Caligula war nach Alexandria gefahren und hatte dort die goldene Brustplatte aus dem Grab Alexander des Großen mitgehen heißen. Dabei hat er Kanopus kennengelernt und wollte dem Ruhm Alexanders nacheifern. Der irre Traum eines Größenwahnsinnigen …"

Cariello malte mit seinen feingeschnittenen Händen Barken in die Luft und Camarata sah die Papyrusfelder vor sich, die heiligen Ibisse und den Nil. Er verdrehte die Augen. Die römische Faszination für das alte Ägypten war ihm bekannt. Man hatte in Rom Isis-Tempel gefunden und in der Stadt stand eine Pyramide, die sich ein reicher Römer als Grabmal hatte bauen lassen.

Er wurde in seinen Gedanken von der Kellnerin unterbrochen, die ihm ein zweites Bier hinstellte. Er griff danach und trank, wie ein Verdurstender, bis es leer war.

Dann stellte er es ab, seufzte und sah Cariello erneut mit seinen Bulldoggenaugen an. „Nach alledem sind wichtige, aber heute nicht mehr vorhandene Schiffe im Nemi-See gefunden worden. Sie wurden von einem Irren der Diana oder Isis gewidmet. Und nun wird die Direktorin der Anlage, die sie einst beherbergte, in einer

Art wahnwitzigem Kult hingerichtet. Was soll das?" Er rieb sich mit dem Ärmel den Schweiß vom Gesicht. Das Bier stieg ihm in den Kopf und lähmte seine Zunge.

Cariello sah ihn mit glitzernden Augen an. „Eine Antwort habe ich nicht, aber ich würde mit voreiligen Schlüssen vorsichtig sein. Wir wissen nichts über die letzten Tage im Leben der Direktorin, wir haben keine Ahnung, wen sie traf und warum. Ich würde das Spektakuläre der Enthauptungsszenerie nicht sofort für einen Beweis religiöser Begeisterung oder für einen rätselhaften Einfluss Caligulas gelten lassen."

Camarata grunzte. „Ich würde es aber auch nicht ausschließen."

Cariello machte eine weitausladende Geste. „Bitte halten Sie sich nicht zurück, über Caligulas oder Dianas Anhängerschaft im heutigen Umland Roms zu forschen. Aber denken Sie auch daran, dass Franchetta gesagt hat, die Direktorin habe erhebliche persönliche Probleme gehabt. Immerhin wurde sie aus diesem Grund versetzt. Ein eifersüchtiger Ehemann kommt wesentlich häufiger vor als ein religiöser Eiferer und Anhänger einer längst vergessenen Göttin."

Camarata presste die Lippen aufeinander. Cariello hatte Recht. Er beschloss, seinen Rat zu befolgen und vorerst auf dem Boden der Tatsachen zu bleiben. Es galt, mehr über die Direktorin herauszufinden, bevor er in Ägypten nach dem Mörder suchte.

Brummend bedankte er sich und stand auf. Statt großer Abschiedsworte klopfte er auf den Tisch. Cariello nickte zurück, aber etwas hielt seine Aufmerksamkeit gefangen. Er grübelte …

Camarata warf einen Geldschein auf den Tisch und ging. Er würde sich ein Schläfchen in seinem Wagen genehmigen. So benebelt wie er war, konnte er nicht zurück nach Rom fahren.

Im Camp

Therese saß im Gras vor dem übermannshohen weißen Zelt, in dem sie seit Wochen wohnte, und zog ihre Sandalen an. Die Archäologen hatten sich in zehn groben Rot-Kreuz-Zelten in einem Areal nahe den Ruinen des Diana-Tempels eingerichtet. Das Gebiet diente sonst den örtlichen Ausflüglern als Picknick-Platz und in seiner Mitte stand, umrahmt von hölzernen Biergartenbänken und ungepflegten Obstbäumen, die verfallene und abgesperrte Ruine einer Kapelle.

Einer ihrer Kollegen, Matteo, war dabei, seine Sachen zu packen, die er in den offenen Kofferraum seines Fahrzeugs verstaute. Er hatte nach dem Mord einige Tage in Rom verbracht und hatte seine Habseligkeiten in seinem Zelt zurückgelassen. Jetzt war er zurückgekommen, um sie zu holen und die Ausgrabung, soweit es ihn betraf, für beendet zu erklären.

Therese schaute ihm wütend zu. „Was soll das? Die Grabungen werden in ein, zwei Tagen wieder aufgenommen. Du kannst doch nicht einfach fahren. Du bist für die virtuelle Kartographierung und die Echosonden zuständig. Das neue System kennt keiner außer dir."

Der braungelockte Römer zuckte die Schultern. „Ich bin doch nicht verrückt, dass ich hier in der Wildnis übernachte, während ein Mörder frei herumläuft. Sei nicht naiv, Therese. Eine Frau ist keine zweihundert Meter von hier geköpft worden. Ratsch. Kopf ab. Mit 'nem Messer. Und ständig hängen diese eigenartigen Lametta-Bändchen überall. Ich habe keine Lust, als Opfer der lokalen Kannibalen zu enden." Er spuckte aus. „Drüben auf der Pferdefarm gibt es ein großes Diana-Gemälde an der Wand. Und in der Nacht, als die Frau geköpft wurde, habe ich lautes Singen und Reden aus den Ruinen gehört. Dieser See und sein Ufer hier sind bewohnt von Verrückten und Menschenfressern."

Therese knurrte.

Matteo sah sie abschätzend an. „Und sowieso: Ich suche mir einen andren Job. Archäologie geht mir auf die Nerven. Am Ende ist alles immer nur ein Loch. Eine Sondierung ist ein Loch, das ich graben soll. Eine Prospektion ist ebenfalls ein Loch, das ich graben soll, genauso wie eine Kernprobe und eine vertikale Stratigraphie. Alles Löcher, die ich schaufeln soll. Sogar ein Kammergrab ist doch, wenn wir ehrlich sind, nur ein Loch. Gott sei Dank, eins, das ich nur säubern muss und nicht auch noch für euch aus dem Stein zu hauen habe. Und das alles für einen Hungerlohn.“ Er spuckte erneut aus.

Therese stampfte im Sitzen auf den Boden. „Dann geh doch zurück auf die Baustelle. Und was hat ein abgetrennter Kopf mit Kannibalen zu tun? Soweit ich weiß, hat ihn keiner angebissen.“

Sie bekam keine Antwort. Matteo warf ihr abschätzige Blicke zu, während er seinen Rucksack in den Kofferraum warf. Dann drehte er sich noch einmal um und musterte ihre Sandalen. „Wo willst du hin?“

„Nach Genzano. Ein Caligula-Manuskript sehen.“

„Dass du dich noch für so was interessierst, während wir hier unser Leben riskieren.“ Matteo besann sich. „Soll ich dich mit dem Auto mitnehmen?“

Therese schüttelte wütend den Kopf.

Matteo zuckte die Schultern. „Weißt du, warum Archäologe ein Scheißjob ist?“

„Nein.“

„Dein ganzes Leben liegt in Ruinen.“

„Haha.“

Matteo grinste, stieg ein und fuhr mit heulendem Motor davon.

Die Schrift Caligulas

Der Abend kam mit Gewitterdunst über die Hügel gezogen. Wetterleuchten färbte die Wolken abwechselnd gleißend hell und schwarz. Noch lag drückende Schwüle über Genzano, aber das Unwetter kündigte sich bereits an. Therese erreichte den Palazzo Cesarini, in dem der Vortrag über das Caligula-Palimpsest stattfinden sollte, als eine der Letzten. Man schloss die Türen hinter ihr, als schlösse man die Arche Noah.

Im Festsaal, den sie außer Atem betrat, empfing sie eine Atmosphäre andächtiger Erwartung, die bizarr mit dem Sturmleuchten vor den Mauern kontrastierte. Die Kronleuchter waren angezündet worden, die Stuhlreihen gefüllt und die Luft geladen von unterdrücktem Flüstern. Die Frauen trugen lange Kleider und Juwelen, die Männer Smoking. Die Blicke aller Anwesenden waren starr nach vorn auf das Podium gerichtet, wie Wachspuppen in einem bizarren Traum.

Die Szene wirkte auf Therese, als sähe sie auf ein apokalyptisches Gemälde. Sie schaute auf ein heiteres Fest während der Jüngste Tag hinter den Wartenden an die Tür klopfte.

Sie blinzelte, um die beängstigende Vision zu verscheuchen. Es war keine Zeit für Träumereien. Die Lichter wurden bereits gedämpft. Eilig suchte sie sich einen Platz an einem der Fenster, da sie sich mit ihrer sandfarbenen Arbeitskleidung zu fehl am Platz vorkam, um sich zu den anderen Besuchern zu gesellen. Es war ohnehin kein Sitzplatz mehr frei. Mindestens fünfhundert Personen drängten sich in den Saal. Eine Handvoll junger Leute von der Presse besetzte die Plätze am Podium. Therese stellte sich an eins der Fenstersimse neben ihnen.

Bevor sie sich anlehnte, sah sie nach draußen. Vor dem Fenster sah sie den Nemi-See. Er lag gleißend im Tal umgeben von schwarzen Wäldern. Kreisrund, weiß und glatt wie der legendäre Spiegel der Diana, nach dem man ihn benannt hatte, und der seit Jahrtausenden das Symbol der Frau war. Über dem sonst so stillen Gewässer formten sich an diesem Abend hurrikanartig aufgetürmte Wolken. Die fromme Ruhe im Festsaal wirkte gefälscht angesichts des dräuenden Sturms über dem Kessel.

Ein rau kratzendes Geräusch ließ Therese herumfahren. Ein fülliger junger Mann probierte auf dem Podium das Mikrofon aus und begann, die Honoratioren zu begrüßen. Er war in ein weißes Hemd gekleidet und trug eine dazu passende Anzughose und unpassende Turnschuhe. In seiner unerfahren und linkisch wirkenden Art wirkte er so irreal, wie die Szene, die ihn umgab.

„Meine Damen und Herren." Das Mikrofon knisterte. „Ruhe. Darf ich als Bürgermeister Genzanos um Ruhe bitten? Guten Abend. Ihnen auch, Signore. Danke. Schön, Sie zu sehen." Stille trat ein.

Der Redner fixierte seine Zuhörer. „Wir haben die Ehre, Ihnen heute eine Attraktion zu präsentieren. Ich schicke voraus, dass es nicht evident war, dass wir diese Vorlesung hier in Genzano organisieren können. Dass wir

Erfolg hatten, ist der Tatsache geschuldet, dass die Familie desjenigen, den wir heute Abend begrüßen, über Jahrhunderte Herr der Gegend war."

Applaus kam auf. Der Bürgermeister nahm ihn steif und ohne Lächeln entgegen.

„Herr Bazzoni wird Ihnen heute ein besonderes Fundstück präsentieren. Ein Schriftstück aus der Hand des Kaisers Caligula. Caligula ist als Schlächter und wahnsinniger Tyrann verschrien. Der Historiker Sueton schreibt, Caligulas Wahlspruch sei gewesen: *Oderint dum metuant* – ‚Sie können mich hassen, solange sie mich fürchten'. Caligula sei hässlich gewesen, bösartig und grausam."

Murmeln füllte den Saal. Jemand lachte.

Der Redner schaute dem Lachenden ernst in die Augen. „Frage an Sie: Glauben Sie das?"

Er bekam keine Antwort und räusperte sich. „Ich rufe Ihnen ins Gedächtnis, dass es sich bei Caligula um einen sehr jungen Mann gehandelt hat, der eine schwere Kindheit durchgemacht hatte. Seine Eltern und Brüder wurden ermordet. Man neidete ihm die Macht. Verleumdungen waren an der Tagesordnung. Das war damals nicht anders als heute. Demgemäß die Frage: Was wissen wir eigentlich über den 25-Jährigen? War er ein Schlächter oder ein junger Mann, der an Ränkespielen zugrunde ging? Der Historiker Sueton schrieb seine Worte über ihn fast 100 Jahre nach ihm. Vielleicht irrte er sich oder vielleicht täuschte er Sie und mich? Es wäre wichtig, authentischere Quellen zu haben, nicht wahr?" Der junge Bürgermeister sah sich um.

Dann las er von einem Zettel ab: „Zitat: *Obwohl sein Gesicht von Natur aus abweisend und hässlich war, machte er es absichtlich noch wilder, indem er vor einem Spiegel alle möglichen schrecklichen und furchterregenden Ausdrücke übte.* – So beschreibt man einen Kaiser? Noch ein Zitat: *Er war weder körperlich noch geistig gesund.* – Wenn das so war, warum ernannte man ihn überhaupt?" Der Mann schüttelte den Kopf. „Caligula ist uns, wenn wir ehrlich sind, ein Rätsel. Was in unseren Geschichtsbüchern steht, ist vielleicht wahr, aber vielleicht auch Erfindung. Machen wir uns nichts vor: Alle Geschichtsbücher sind Schönfärbereien, zurechtgemachten Historien und arrangierten Wahrheiten. Was man hinterher schreibt, ist das, was man uns glauben machen will."

Therese musste dem Bürgermeister unwillkürlich recht geben. Geschichtsschreibung war von jeher eine Anpassung der Wahrheit an das Bild, das eine interessierte Partei der Nachwelt übermitteln wollte. Welcher siegreiche Feldherr wünschte schon, dass man sich daran erinnerte, dass er vor der Schlacht vor Angst geschlottert hatte, oder dass sein Gegner ein besserer Mensch gewesen war als er? *Vae victis*. Wer verlor, hatte Unrecht, war Übeltäter und Tunichtgut. Wer gewann, war ein unbescholtener Held. Aber wusste man wirklich nichts über Caligula und waren die Worte des großen Sueton Verleumdung?

Der Redner trank Wasser aus einem Glas, das auf einem kleinen Tisch auf dem Podium stand, und zog sein Hemd zurecht. Er wirkte auf Therese trotz der ungeschickt gewählten Kleidung überraschend klarsichtig. „Heute verfälschen sich Berichte von wichtigen Ereignissen innerhalb von Tagen. Wer glaubt schon hundert Prozent, was im Corriere della Sera steht? Was konnte man also damals, als es keine Zeitung und kein Internet gab, nach Jahren oder Jahrzehnten noch nachprüfen? Was wurde erdichtet? Erfunden? Gefälscht? … Sehr geehrte Damen und Herren, ich habe heute die Ehre, unseren illustren Mitbürger Giancarlo Maria Bazzoni anzukündigen. Er sagt, es sei ihm gelungen, in der Bibliothek seiner prominenten Familie ein Palimpsest zu finden und dieses enthalte die Wahrheit über Caligula."

Ein Murmeln erhob sich im Saal. Beifall brach aus. Einige der Anwesenden erhoben sich.

Therese konnte kaum mehr stehen in der Enge. Ihr Herz hämmerte in der aufgeheizten Atmosphäre, zu der die Worte des Redners beitrugen. Die ersten schweren Regentropfen klatschten hinter ihr aufs Fenstersims wie Trommelschläge. Draußen herrschte mehr und mehr eine Weltuntergangsstimmung. Sie sah hinaus und zuckte zusammen. Die Landschaft war in das dunkelrote Licht einer dräuenden Katastrophe getaucht.

Im von Provinzhonoratioren gefüllten Saal fühlte sie sich als Fremdkörper und hatte erneut das Gefühl, dass nur sie echt sei und der Rest ein wirrer nächtlicher Traum.

Sie versuchte zu sehen, was auf dem Podium vor sich ging und reckte den Hals. Man applaudierte noch immer. Die Augen des Bürgermeisters trafen die ihrigen und sie war davon getroffen. Etwas in seiner Art bewegte sie, als sei er die einzige reale Person außer ihr und versuche, ihr etwas mitzuteilen. Kannte er sie?

Nachdem der Beifall abgeebbt war, begann der junge Funktionär erneut: „Vielleicht sollte ich ein kurzes Wort darüber sagen, was ein Palimpsest ist." Er holte ein zweites Papier aus seiner Hosentasche und faltete es auseinander.

„Palimpsest, vom Lateinischen, ‚abschaben', bezeichnet eine Manuskriptseite, die beschrieben, durch Schaben oder Waschen gereinigt, und danach ein zweites Mal beschrieben wurde. Der Grund für dieses vor allem im Mittelalter übliche Vorgehen war ein Mangel an Schreibmaterial. Ab dem 5. Jahrhundert wurde im Westen des Römischen Reiches für Bücher praktisch nur noch Pergament, also ungegerbtes Leder, verwendet, da Papyrus kaum noch verfügbar war. Besonders in der Mitte des 7. Jahrhunderts wurde Schreibmaterial so unerschwinglich teuer, dass man begann, Papyrus- und Pergamentbücher wiederzuverwenden. Dem fielen zahlreiche antike Texte zum Opfer, die für Heiligengeschichten Platz machen mussten. Spuren des Originaltextes sind jedoch oft erhalten und können durch Fluoreszenzfotografie und Röntgenstrahlung sichtbar gemacht werden, sodass ein Lesen der alten Texte wieder möglich wird."

Der Bürgermeister warf einen Blick in den Saal. „Viele antike Texte sind nur als eine solche ‚Schrift unter der Schrift' überliefert. Ciceros *De res publica* genauso wie ein Palimpsest-Buch des Archimedes, in dem dieser die Grundzüge der modernen Integralrechnung beschreibt. 1998 wurde letzteres auf einer Auktion bei Christie's von einem unbekannten Sammler für 2,2 Millionen Dollar ersteigert." Die Nennung des Betrages rief ein beeindrucktes Flüstern im Raum hervor.

Der Bürgermeister nickte. „Sie sehen, das Finden eines Palimpsestes ist eine hübsche Sache, und unsere heutige Konferenz verspricht Spektakuläres. Wir befinden uns in der Gegenwart des Entdeckers des Caligula-Textes und nicht nur das. Auch den Text selbst hat Signore Bazzoni für Sie mitgebracht. Wir haben heute also das große Privileg, Caligula bei uns zu haben. Ich bitte Sie alle, von nun an nicht mehr aufzustehen und nicht während des Vortrags nach vorn zum Podium zu kommen. Es herrschen strenge Sicherheitsmaßnahmen, um das Schriftstück zu schützen."

Er wandte sich zu einer Tür im hinteren Teil des Raums, die sich öffnete und unter erneutem donnernden Applaus Bazzoni, begleitet von zwei Leibwächtern einließ. Die Menschen missachteten die Anweisung und erhoben sich. Bravo-Rufe wurden laut.

Therese hatte nicht mit den Jubel-Szenen gerechnet. Bazzoni hatte noch kein Wort gesprochen, während der Saal bereits tobte. Eine alte Frau neben ihr rief mit schriller Stimme „großartig" und „Bravo". Therese spürte

Ärger in sich aufsteigen. Die Alte war mager und gekrümmt. Sie hatte sich ein auffallendes Abendkleid angezogen, das sicherlich in besseren Zeiten gekauft worden war, und sie flüsterte hörbar mit ihrem Ehemann, der noch hagerer war als sie und ihr nicht zuzuhören schien. „Das ist ein Bazzoni. Ein echter Prinz. Hast du gesehen?“ Der Alte nickte und verdrehte die Augen.

Seltsamerweise hatte Therese das Gefühl, dass auch der Bürgermeister die gleiche Spitze von Spott und Ironie durchschauen ließ. Sie fragte sich, warum.

Bazzoni schritt zum Tisch auf dem Podium und platzierte darauf ein mittelalterliches Kirchenbuch von fast einem Meter Länge. Er war wie beim letzten Mal, als Therese ihn gesehen hatte, in ein gestärktes Hemd gekleidet und hatte einen Pullover um die Schultern gelegt. Seine Schuhe und seine Kleidung waren teuer und an seinen Fingern funkelten Ringe, von denen der Größte im Licht der Lüster glitzerte. Es war der Ring mit dem eingravierten Löwen, der ihr bereits aufgefallen war.

Bazzoni bedeutete dem Publikum mit einer schüchtern wirkenden Geste, sich zu beruhigen. Nachdem Stille eingetreten war und er sich verbeugt hatte, ergriff er das Wort. Sein Ton war seriös und die Sätze gewählt. „Wie Sie wissen, sind die Bazzoni eine weitverzweigte römische Familie, die zwischen 1100 und 1900 maßgeblichen Anteil an der italienischen Geschichte hatte. Wir besitzen mehrere Palazzi in Rom und eine Bibliothek, die tausend Jahre zurückgeht. Unsere Sammlung enthält aufgrund unserer langen Verbindung mit dem Vatikan eine Kollektion von bedeutenden kirchlichen Schriften aus dem Mittelalter. Ich habe mich vor einigen Jahren persönlich um einen Spezialisten gekümmert, um einige der wichtigsten Werke restaurieren zu lassen. Und so kam es zu dieser Entdeckung, von der ich zu berichten beabsichtige …"

Bazzonis Worte wurden von einem dröhnenden Donnerschlag übertönt. Therese zog erschrocken die Schultern empor und sah nach draußen.

Das Gewitter brach los. Heißer Wind drang heulend durch die Fenster und die Läden klappten hin und her. Im Saal reagierte niemand. Die Anwesenden zuckten mit keiner Miene und die Tatsache schockte Therese noch mehr als der Sturm. Das Publikum wirkte, wie eine Vision toter Marionetten am Tag des Gerichts. Hinter ihnen die Apokalypse und vor ihnen provinzielle Banalität, die ihre ganze Aufmerksamkeit gefangen nahm.

Außer ihr schienen nur der Bürgermeister und Bazzoni von dem Donnerschlag erschüttert. Bazzoni legte die Hand auf das Kirchenbuch, als wolle er sich daran festhalten, und Therese bemerkte, dass er trotz seines salbungsvollen Auftretens bebte. Er gab sich Mühe, Haltung zu bewahren, aber war verunsichert. Sie sah Furcht in seinen Augen.

Der Bürgermeister reagierte nüchtern und ging zu den Fenstern, um sie zu schließen. Der Saal jedoch verharrte stumm, versteinert und beeindruckt, nicht nur einen echten Caligula, sondern auch einen echten Bazzoni bestaunen zu dürfen. Reglos und wortlos.

Als Bazzoni bemerkte, dass niemand auf das Donnern reagierte, räusperte er sich und fuhr fort: „Als der Restaurator zum ersten Mal andeutete, dass dieses Buch mehr als nur *einen* Text enthält, habe ich nicht damit gerechnet, was für eine Entdeckung wir machen würden. Wir erkannten, dass unter dem mittelalterlichen Text eine antike Handschrift überlebt hatte." Er trank Wasser und wischte Schweißtropfen von der Stirn. Im Saal hätte man eine Stecknadel fallen hören können. Vor den Fenstern war es nun bedrohlich still.

„Sie alle fragen sich jetzt sicherlich, was auf diesen Seiten geschrieben steht ..." Bazzoni zog eine Grimasse, die sicher ein Lächeln sein sollte. „Die Presse hat in den letzten Wochen viel Falsches veröffentlicht. Die Wirklichkeit ist beeindruckender als jede Vermutung, und vor allem ist jetzt klar, dass dieser Text echt und von kaiserlicher Hand verfasst ist. Wir haben herausfinden können, dass es sich um eine Niederschrift der Geschichte der Herrschaft Caligulas aus der Hand Caligulas *selbst* handelt."

Ein Raunen lief durch den Saal, erneut wurden Bravo-Rufe laut. Unruhig kratzten die Anwesenden mit ihren Stühlen übers Parkett, es roch nach dem schweren Parfüm der älteren Damen und über allem prangte der Stuck des alten Palastes, flackernd erhellt vom Wetterleuchten vor den Fenstern.

Bazzoni befeuchtete die Lippen, den Rücken stocksteif. „Caligula hat mit seinem Dokument versucht, sich selbst zu verherrlichen. Trotz dieser einseitigen Sichtweise gibt uns das Schriftstück einen anrührenden Blick auf den jugendlichen Kaiser, der, wie Sie vielleicht wissen, nur vier Jahre im Amt blieb. Um einige der wichtigsten Eckpunkte dieses unglaublichen Textes zu nennen …“ Bazzoni hielt inne.

Hinter ihm leuchtete eine Projektion auf.

„Erstens: Der Kaiser trauert um seine verstorbene Schwester Drusilla, die er die Jungfräuliche nennt, also keine Spur von dem behaupteten Inzest mit ihr.“ Bazzoni nickte bestätigend in den von Gemurmel erfüllten Saal. „Zweitens: Er berichtet, dass er seinen Vorgänger, Kaiser Tiberius, verehrt habe und dass er einen seiner Getreuen, einen gewissen Macro, zum Selbstmord aufgefordert habe, da er dessen Mord an Tiberius aufgedeckt hatte. Was für eine Entdeckung! Hier ist eine viel überzeugendere Erklärung für den plötzlichen Tod seines Vorgängers, den man bisher immer Caligula angedichtet hat. Sie erinnern sich – man sagte, Caligula habe Tiberius mit einem Kissen erstickt.“ Bazzoni hüstelte nervös und vergaß das drittens. „Caligula berichtet im Weiteren von seiner angsterfüllten Kindheit, umgeben von Häschern, die ihn um seines Anspruchs auf den Kaiserthron willen ermorden wollten. Das raubte ihm in der Nacht den Schlaf und erfüllte ihn mit Verehrung für die Mondgöttin. Er gibt Anweisungen für einen neuen Diana-Kult und das Dokument enthält hier Spuren einer Zeichnung.“

Der Bürgermeister unterbrach ihn. „Und das sind unsere Nemi-Schiffe?“

Bazzoni lächelte diskret. „Ich erlaube mir, vorzuschlagen, es könnte sich um eine Zeichnung der Nemi-Schiffe handeln, aber bessere Experten als ich sind natürlich berufen, zu klären, was wir hier vor uns haben.“

Der Bürgermeister nickte. „Verzeihen Sie die Unterbrechung. Bitte. Fahren Sie fort.“

„Caligula bestätigt, Anweisungen für die Hinrichtung von Senatoren gegeben zu haben, aber tut dies in einem Ton des Bedauerns über deren Verbrechen und nicht so blutrünstig, wie der antike Sueton es uns glauben macht. Caligula war, wenn wir diesem Dokument vertrauen dürfen, nicht wahnsinnig, sondern wurde ungerechterweise ermordet.“ Bazzonis Stimme brach. „Die wortwörtliche Übersetzung des Inhaltes dieses Textes überlasse ich dem zukünftigen Besitzer, der, wie ich hoffe, ein großes Museum oder eine Universität sein wird.“ Er schloss seinen Vortrag abrupt.

Es kam wieder zu Applaus. Das Publikum meldete sich mit Fragen nach dem genauen Jahr der Verfassung des Schriftstücks und nach seiner zukünftigen Verbringung. Ein älterer Mann hob den Finger und rief: „Wohin geht das Buch? Ins Museum?“ Die letzte Frage interessierte auch Therese.

Bazzoni enttäuschte den anders gesinnten Besucher, indem er bekanntgab, das Buch sei zu verkaufen. Seine Worte wurden vom Grollen des Gewitters untermalt. „Ich warte auf die Genehmigung der Ausfuhr durch das Kulturministerium, dann geht es mit den mittelalterlichen Heiligenschriften und den Spuren der antiken Hand Caligulas zur Auktion in die USA. Der Einstiegspreis liegt bei zwei Millionen US-Dollar."

Therese runzelte die Stirn. Das war der Preis, der zuvor für das Archimedes-Manuskript genannt worden war. Ein echtes Caligula-Manuskript würde mehr bringen und das musste auch Bazzoni offensichtlich sein. Der Archimedes-Text war nur eine Abschrift aus dem frühen Mittelalter, kein authentischer Text aus der Hand des Griechen. ‚Die Beschreibung von wahrhaftigen Bluttaten wird auch mehr Interesse wecken als die Integralrechnung.' Es blieb abzuwarten, ob das Caligula-Schriftstück überhaupt echt war und, wenn ja, ob die Behörden seine Ausfuhr erlauben würden. Bei seltenen Dokumenten konnte die Regierung erwägen, die Ausfuhr zu untersagen und sie anzukaufen.

Der Bürgermeister beendete freundlich lächelnd die Veranstaltung, Stühle wurden gerückt, Türen klappten. Bazzoni verschwand mit Buch und Leibwächtern zur Hintertür hinaus. Zurück blieb ein schaler Geschmack von verpassten Gelegenheiten, Spektakel und Verlust.

Therese suchte über ihr Telefon im Internet nach Bazzonis Erkenntnissen. Die Neuigkeiten waren bereits überall im Web erwähnt. Man applaudierte der neuen Sicht auf Caligula. Der Kaiser wurde in seriösen Journalen als ‚rehabilitiert' bezeichnet. Er war auf einen Schlag vom inzestuösen Schlächter zum leidenden jungen Mann geworden, den ein habgieriger Verwandtenkreis hatte umbringen und verleumden lassen.

Therese war beeindruckt. Ihr Blick wanderte zum jungen Bürgermeister der Hände schüttelte, Komplimente entgegennahm und begann, Stühle und Tische eigenhändig zusammen zu räumen. Er tat es mit den flapsigen Bewegungen eines römischen Studenten, der eine überzogene Party für beendet erklärt. Er war Therese sympathisch und sie hätte gern mit ihm sprechen wollen, aber er ging mit einer jungen Frau nach draußen.

Therese wusste nicht, warum, aber sie zögerte, das Erlebte Cariello zu erzählen. Wenn sie an ihn dachte und sich vorstellte, was seine Reaktion auf das alles wäre, dann erwartete sie trotz der Seriosität Bazzonis, dass Cariello in schallendes Gelächter ausbrechen würde. Sie rief ihn schließlich trotzdem an.

Draußen tobte jetzt vollends der Sturm. Wasser hämmerte in harten Salven gegen die Fensterscheiben und sie würde ohnehin nicht so schnell zu ihrem Zelt zurückkommen.

Paradies

„Ich will den Mond über dem Wasser sehen können und in Schiffen reisen, nicht in Sänften." Die Stimme des jungen Kaisers war schneidend. *„Der Sitz der Regierung wird zum Ende des Jahres nach Antium verlegt! Dort werde ich eine Flotte vorbereiten lassen und im nächsten Jahr wird der Kaiserhof nach Alexandria in Ägypten umsiedeln. Ich erwarte*

die Zustimmung des Senats. Wer nicht einverstanden ist, kann vortreten."

Ein grimmiges Raunen ging durch den Saal. So weit war es also gekommen. Was hatte man nicht vor Cäsar und seinen Gelüsten nach unbeschränkter Macht gewarnt. Mit seinem Adoptivsohn Augustus und dessen Schwiegersohn Tiberius hatten sich Kaiser in Rom eingerichtet, die ihren Thron vererbten wie Könige. Und dieser hier, der dritte der nach der Göttlichkeit gierenden Tyrannen, drohte schließlich und endlich damit, das ewige Rom zu vernichten.

Dieser Kaiser war jedem der Senatoren gefährlich. Er war dabei, alle bedeutenden Patrizier umbringen zu lassen. Es ging das Gerücht, Caligula besitze zwei Hefte, von denen das eine die Aufschrift ‚Schwert', das andere ‚Dolch' trüge. Sie enthielten, so hieß es, die Namen der zum Tode bestimmten Personen. Caligula besäße auch, so hieß es weiter, einen großen Schrank voller Gifte. Von Zeit zu Zeit probiere er sie aus. Einem Gladiator habe er bei den Spielen im Zirkus einen dieser Tränke in eine frische Wunde gegossen und der arme Mann sei unter ärgsten Schmerzen wimmernd im Sand der Arena verendet. Caligula habe sich an dem Schauspiel geweidet.

Was für ein Monster war dieser jugendliche Kaiser? Die Augen quollen ihm aus dem Kopf, wenn immer er Blut sah. Röte bedeckte seine Stirn und seine Nüstern blähten sich beim Geruch des Todes wie die seines verrückten Pferdes Incitatus. Noch nie waren die Spiele im Zirkus so grausam gewesen.

Man hatte willkürlich Menschen aus dem Publikum gegriffen und vor die Löwen geworfen. Man hatte die Schönsten der Patrizier verstümmelt. Und der Kaiser, so hatten es alle gesehen, betrieb Unzucht mit Mnester, dem Komödianten. Dabei, sagte man, habe sich Caligula in die Gewänder der Göttin Venus und in Frauensocken gekleidet. Man munkelte, Mnester sei die Vergewaltigung durch den Kaiser aufs tiefste zuwider, aber er könne sich wie so manch anderer nicht wehren. Der Kaiser habe sich auch mit Gewalt an den Söhnen der Senatoren vergriffen. Einer von ihnen sei weinend durch den Palast gelaufen und habe geklagt, der Kaiser habe ihn entehrt und krank gemacht.

Es war Zeit. Man musste sich um diesen Gaius Caligula kümmern.

In der Nacht

Der Mond stand klar und voll am nächtlichen Firmament. Sein Strahlen erleuchtete den See taghell. Jedes Blatt und jeder Zweig waren überdeutlich zu sehen. Das Quaken der Frösche hatte nachgelassen und nur eine Nachtigall war zu hören. Es roch nach Feuchtigkeit und blühenden Seerosen.

Wie ein dunkler Fels saß ein Mann seit nunmehr vier Stunden am Ufer bei den Zypressen, reglos und schweigend. Lediglich das Glühen seiner Zigarette zeigte seine Gegenwart an. Camarata störte das Warten nicht und seine Geduld wurde schließlich belohnt. Er warf die Zigarette ins Wasser und stand auf.

Am anderen Ufer setzte sich ein Boot in Bewegung, in dem mit weißen Laken umhüllte Frauen standen. Sie hatten Mühe, in dem schmalen Nachen das Gleichgewicht zu halten, aber setzten sich nicht. Es war windstill und nur die Ruder störten das Wasser. Das Bild erinnerte Camarata an die Toteninsel Böcklins. Der Maler hatte das Gemälde vier Mal geschaffen, so sehr hatte es ihn behext: Ein lautlos dahingleitendes Boot mit weiß umhüllten Figuren mitten in der Nacht auf dem Weg zu einem geheimnisvollen Zypressenhain.

Seit dem Mord im nemorensischen Tempel waren mehrere Tage vergangen. Die Presse hatte wenig darüber berichtet, da die Carabinieri auf Camaratas Anraten hin die bizarren Details des Falles für sich behalten hatten. Die meisten der Bewohner Genzanos, Nemis und auch Roms wussten daher nichts von dem, was im Hain am See geschehen war und auch die Personen im Boot schienen nichts davon zu ahnen. Ihr Nachen steuerte direkt auf das Ufer zu, an dem sich der Tempel befand.

Camarata gratulierte sich im Stillen. Er hatte Recht gehabt, zu kommen. Fast wäre es ihm nicht aufgefallen, dass diese Nacht von Bedeutung war, aber im Radio hatte ein Gelehrter einen Vortrag über den ‚Blauen Mond' im amerikanischen Sprachgebrauch gehalten, den zweiten Vollmond in einem Monat. Laut dem Mann ein seltenes Ereignis, das Esoteriker aller Couleur anzog und so sichtlich auch diese.

Die Figuren aus dem Nachen stiegen an Land und überquerten eine nach der anderen das nächtliche Ufer. Feierlich gingen sie den Hang hinauf, wenn auch zuweilen unelegant stolpernd. Auf den Armen trugen sie Bücher, Decken und Bündel. Camarata folgte ihnen. Es fiel ihm nicht schwer, unentdeckt zu bleiben. Die Frauen vor ihm keuchten so laut, dass ihn keine bemerkte.

Als sie die Lichtung des ehemaligen Tempels erreichten, legten die Amerikanerinnen ihre Bündel aus und begannen, Reisighaufen zusammenzutragen. Dann zündeten sie Fackeln an, welche die verwilderte Wiese im Dickicht schon bald in ein tanzendes, warmes Licht tauchten, das im bizarren Gegensatz zum ruhigen Leuchten des Mondes stand.

In der Mitte des kleinen Areals wurde ein fünfter Haufen errichtet, um den die Frauen mit ausladenden Gesten einen Kreis zeichneten, flankiert von zwei Halbmonden. An seiner Seite brannten die von ihren fülligen Formen und den Laken behinderten Wicca ein Feuer an, dessen Schein Minuten später die Tempelarkaden erleuchtete.

Camarata besah besorgt das Dickicht. Die letzten Wochen waren trocken gewesen und trotz der feuchteren Umgebung am See schien es ihm gewagt, ein so großes Feuer anzuzünden. Er verbarg sich hinter einer Zypresse, die ihm notfalls die geschützte Flucht aus dem Wald erlaubt hätte, und verfolgte die Aktivitäten durch die Zweige.

Eine der Frauen, die schlanker und wendiger war als die anderen, hob an, die Stirn der Anwesenden mit einer Flüssigkeit zu bestreichen. Dann warf sie etwas ins Feuer und Rauch begann die Lichtung einzuhüllen. Camarata roch den intensiven Geruch von Myrrhe oder Weihrauch. Mit einem Messer schnitt die Frau einen Kreis in den grasigen Boden und sang dabei eine Litanei, aus dem er nur das Wort ‚Diana' heraushören konnte. Die anderen begannen, auf mitgebrachte Trommeln zu schlagen und zu singen, während das Feuer immer heftiger loderte. Ihre Stimmen klangen dünn in einem dissonanten Chor und ihre Gesten waren linkisch.

Trotz der hausbackenen Rituale riefen die Mühen der Frauen einen eigenartigen Effekt hervor. Der Hain erwachte vor Camaratas Augen zum Leben. Die Bäume schienen im flackernden Schein der Flammen aufzuatmen und die Luft erzitterte in der immer schneller werdenden, hämmernden Musik.

Camarata beobachtete das Geschehen, gefangen von dem Bild. Der Tempel schien sich der ungeschickten, naiven Frauen zu bemächtigen. Fast hätte er erwartet, dass sich im dichten Grün ein Maul öffnen würde, um die Amerikanerinnen zu verschlingen.

Als Carabinieri aus Nemi eintrafen, sicher alarmiert von Anwohnern, die den Feuerschein gesehen hatten, war die bizarre Zeremonie in vollem Gange. Die weißgekleideten Frauen tanzten vor den verblüfften Uniformierten im Kreis und warfen die Hände in die Höhe. Feuer flackerte mannshoch aus dem Dickicht und weihrauchschwangerer Rauch stieg in Wolken aus den Ruinen auf.

Für eine Sekunde standen die sprachlosen Beamten vor Camarata im Gebüsch, ohne ihn zu bemerken. Das blaue Licht der Dienstfahrzeuge, die sich krachend in den verwilderten Büschen festgefahren hatten, mischte sich in der surrealen Kulisse mit dem roten Schein der Flammen. Die Carabinieri standen wie versteinert in den Brombeeranken, die ihre Dornen in ihre Beine schlugen und sie ungewollt Teil des Spektakels werden ließen. Das Aufheulen der Sirenen, die einer der Carabinieri entnervt anschaltete, beendete den Spuk.

Betretenes Schweigen senkte sich auf den Hain. Die erhitzten Gesichter älterer amerikanischer Touristinnen schauten in die verärgerten Mienen italienischer Militärs. Es herrschte Totenstille und Verlegenheit. Pässe wurden verlangt und vorgezeigt, Identitäten kontrolliert, Begründungen für die Gegenwart der Frauen im Bereich der archäologischen Ausgrabungen geradebrecht. Nur eine der älteren Amerikanerinnen sprach etwas Italienisch und die Uniformierten waren kaum des Englischen mächtig. Am Ende kam man zum Schluss, dass es sich bei den weißgekleideten Personen um die Reisegruppe handelte, von deren Anwesenheit im Gebiet die Carabinieri schon wussten. Sie waren erneut zur Anbetung der Diana in den Tempelbereich gekommen.

Camarata fluchte. Er hatte gehofft, das Ende der Zeremonie zu sehen, aber davon war keine Rede mehr. Er gab auf und trat zu seinen Kollegen, die nur einen Meter von ihm entfernt standen und ihn erstaunt begrüßten. Dann drehte er sich zu den Wicca. Sie enttäuschten ihn. Die dicklichen Frauen schwitzten in ihren langen Gewändern. Ihre Gesichter waren gerötet. Keine unter ihnen war jünger als fünfzig. Sie sahen aus, als hätten sie gerade an einer Lektion Aerobic teilgenommen und wöllten jetzt erschöpft in die Umkleideräume abtreten. Nur ihre betretenen Mienen sprachen eine andere Sprache.

Seine römisch-katholischen Kollegen rümpften die Nase, als Camarata ihnen erklärte, worum es sich bei dem Wicca-Kult handelte. Dass auch die Christen einst als ungläubige Heiden beschimpft worden waren, interessierte sie nicht. „Wir schauen auf zweitausend Jahre etablierte Kirche zurück. Was zum Teufel ist im Gegensatz dazu Wicca?“ Die Gesten der vier Uniformierten waren verachtend und entnervt.

Camarata besah die Szene, dann veranlasste er noch im Hain und mit den Füßen im Dickicht stehend, dass alle elf Wicca über Interpol kontrolliert wurden. Noch während er sich darum kümmerte, traf Chiara ein. Man hatte sie mitten in der Nacht aus dem Bett geworfen. Er nickte ihr zu und machte sich trotz der späten Stunde mit ihr ans Verhör der Amerikanerinnen. „Wir hätten diese Frauen viel eher kontrollieren sollen.“

Chiara seufzte und nickte.

Natürlich hätten sie die Wicca schon am Tag der Auffindung der Leiche verhören sollen und der erlittene

Zeitverlust war ein Problem. Camarata ärgerte sich, aber konnte den Fehler nicht mehr gutmachen.

Die Atmosphäre wirkte mit dem herunterbrennenden Feuer, den Fackeln und den im Mondlicht vorbeihuschenden Fledermäusen wie aus einem Gespensterfilm. Außer dem Murmeln der Amerikanerinnen war kein Geräusch zu vernehmen. Die Frauen ließen sich nah beieinander auf der verwilderten Wiese zwischen den Zypressen nieder und sahen sich betreten an. Ab und an fluchte eine von ihnen und schlug nach Mücken und Insekten. Taschen und Umhänge lagen auf dem Boden. Sahen so Mörderinnen aus?

Als Erste vernahm Camarata mit Chiara die ältere Frau, die sich als die Priesterin der Gruppe bezeichnete. Sie war im Gegenteil zu den anderen drahtig. Ihre grauen Haare waren in einen verwilderten Knoten gewunden und mit Blumen verziert, ihre Augen mit Kajal umrandet. Der Lippenstift, den sie ursprünglich aufgelegt hatte, war verwischt und nur der Rand ihrer Lippen leuchtete rot.

„Sie wissen, warum wir Sie vernehmen?“, radebrechte Camarata auf Englisch.

Die Frau krauste schuldbewusst die Nase. „Man darf im Tempel keine Feiern abhalten.“

„Hm.“ Camarata zog grimmig drohend die Brauen zusammen. „Als Sie das letzte Mal hier waren, haben wir am nächsten Morgen den Kopf der Direktorin des nahen Museums dort an der Eiche hängend gefunden. Waren Sie das?“

Die Frau riss die Augen auf. „Einen Kopf?" Sie deutete auf ihre Schläfe, um zu prüfen, dass er in der Tat von einem Kopf sprach. Es sah aus, als wolle sie sagen: ‚Spinnen Sie?'

Camarata knurrte drohend.

Die Priesterin biss sich auf die Lippen und rang die Hände. Ihre Toga wirkte in dieser Situation lächerlich und das schien auch ihr aufzufallen. Sie zog sie zusammen. „Ich habe diese spirituelle Reise nach Nemi organisiert", sagte sie schließlich, das Englisch gefärbt von einem starken amerikanischen Akzent. „Wir Wicca sind Neuheiden und Anhänger des Diana-Kultes. Aber wir bringen niemanden um."

„Wie viele sind Sie?"

„Unsere Gruppe umfasst ungefähr dreihundert Anhänger. Wegen der Kosten sind nur die elf hier Anwesenden mit nach Europa gekommen. Die Reise wird von uns als Wallfahrt verstanden, so wie Christen nach Rom fahren und Muslime zur Hadsch. Es geht um eine religiöse Erfahrung, aber Gewalt ist nicht im Spiel. Wir kennen hier auch keine Menschenseele." Sie strich über ihre grauen, strähnigen Haare. Ihre geröteten Augen blickten panisch.

Camarata schwieg und stierte sie in der Düsternis an. Sein Schweigen lastete auf der Frau, die mit noch mehr Stress reagierte und zunehmend fahrig wurde. „Es stimmt, unsere Gruppe war bereits in der Nacht zum 13. August, dem Festtag der Diana, hier. Wir haben eine Zeremonie veranstaltet. Die heutige, zweite Feier ist der Präsenz des vollen Mondes geschuldet." Sie zeigte zum Vollmond, der über ihnen durch die Spitzen der hohen Zypressen lugte und sich mit einem silbernen Dunsthof umgab. „Eine dritte Zeremonie ist nicht geplant. Wir beabsichtigen, übermorgen abzureisen. Die erste Feier war, genau wie die heutige, begleitet von Musik und Tanz. Das ist alles. Danach gehen wir heim."

Camarata musterte die Frau mit zusammengezogenen Brauen. Er verspürte Abneigung gegen das, was er als religiösen Firlefanz empfand. Grimmig gab er Chiara ein Zeichen, zu übernehmen. Er kannte sich. Wenn ihm etwas nicht gefiel, verlor er schnell die Geduld.

Chiara erwies sich als religiös aufgeschlossener und notierte ohne Widerspruch die Erklärungen der Amerikanerin. Sie grinste nicht herablassend, ironisierte nicht und übte keinen Druck aus. Camarata musste sich eingestehen, dass er sie bewunderte. Hätte er weitergemacht, wäre er sich mit der sogenannten Priesterin in die Haare geraten. Den neu erfundenen Kult nahm er als einen Angriff auf seinen eigenen religiösen Glauben wahr. Im nächtlichen Tempel schien ihm der feste Boden zu entgleiten und er hielt sich vorsichtshalber an seiner altgewohnten Weltsicht fest.

Die Priesterin, die sich Chiara mit dem merkwürdigen Namen Ischtar vorstellte, und den Götter-Namen erstaunlicherweise in ihrem Pass stehen hatte, gab an, sechzig Jahre alt zu sein. „Ich war Bankmanagerin in New York, bevor ich mich Naturreligionen zugewendet habe.

Den Wicca-Kult empfinde ich als eine Offenbarung", murmelte sie leise zu Chiara, die sich zu ihr beugte. Camarata verstand sie trotzdem. „Ich bin seit nunmehr zehn Jahren hauptamtlich Priesterin."

Die Frau benahm sich, als wolle sie die Carabiniere von ihrem neuen Glauben überzeugen. Sie warf immer wieder ihre Haare zurück in den Nacken und gestikulierte weitausgreifend. Ihre Aufmachung war in der Hitze des Ritualtanzes aus den Fugen geraten und Teile der Blumengebinde, die sie auf dem Kopf trug, fielen ihr in die Augen. Fledermäuse flogen vor den Scheinwerfern der Dienstwagen vorüber und warfen flüchtige Schatten auf die Gesichter der Anwesenden. Man hatte die Lichter brennen lassen, um die Szene zu beleuchten, aber sie zogen Nachtgetier und Insekten an.

Camarata war unwohl zumute. Er besah schweigend die Amerikanerinnen, das zugewucherte Tempelgelände und den Vollmond. Es wäre ihm lieber gewesen, zur mitternächtlichen Stunde an einem anderen Ort zu sein als in diesem eigenartig verfallenen Gemäuer. Diana war auch die Göttin der Toten und Geister. Jungfräulich, geburtshelfend und totenleitend. ‚Wer weiß, was sich die alte Gottheit angesichts des beleidigenden Humbugs in ihren heiligen Hallen als Strafe einfallen lässt.'

Er hatte in den letzten zwei Tagen gelernt, dass weder Artemis noch die mit ihr identifizierte Diana eine so harmlose Jagdgöttin gewesen war, wie er bisher gemeint hatte.

Camarata hörte Chiaras freundliche Stimme murmeln. „Wovon leben Sie? Von Ihrem Priesteramt?"

Die Frau antwortete ebenso leise. „Aber nein. Ich habe in meinem früheren Beruf genug verdient."

Ischtar begann, die Überzeugungen des Kultes zu erklären. Ihr Ton war missionarisch und Camarata hatte Mühe, ruhig zu bleiben. Er trat mit seinen breiten Füßen auf der Stelle herum und trampelte das Gras platt. Chiara schien im Gegensatz zu ihm mit ihrem strahlenden Kinderlächeln und den unschuldig dreinblickenden schwarzen Augen das Herz der Priesterin zu gewinnen. Es hätte nicht viel gefehlt und die beiden Frauen hätten sich im Halbdunkel der Nacht an den Händen gefasst.

Die Amerikanerin war daher ohne Misstrauen, als Chiara sie über die Nacht zum 13. August ausfragte. „Sicher, die Gruppe hat im Hain gefeiert. Das sagte ich doch. Wir haben bei der ersten Zeremonie kein Feuer abgebrannt. Nur Kerzen."

„Warum?"

„Die Feier hat bei Sonnenuntergang stattgefunden und es war ein heißer Tag. Es ist zu warm gewesen. Uns war allen mehr nach Eiscreme als nach Feuer zumute." Ischtar lächelte. „Die Zeremonie ist jedoch veranstaltet worden, und zwar dort an der Eiche. Wir haben Kerzen aufgestellt und Fahnen und Bänder verteilt."

Unter den eindringlichen Blicken Camaratas lenkte sie ein: „Ich schwöre, dass dabei niemand zu Schaden gekommen ist! Wir haben die von Ihnen erwähnte Tote nicht gesehen. Wir waren allerdings einen Tag zuvor – zivil gekleidet – im Museum am Seeufer. Sie sprachen doch von einer Museumsdirektorin, richtig? Außer uns war niemand bei dem Tempel während unseres nächtlichen Fests. Der verwilderte Hain war in der Nacht verlassen, so wie heute auch. Wir haben ungestört gefeiert und sind dann gegen elf Uhr abends zum Hotel zurückgekehrt. Dieses haben wir am folgenden Tag verlassen, da das Schwimmbad zu wünschen übrigließ und wir mehr im römischen Stadtzentrum logieren wollten."

Chiara nickte. Dass die Wicca-Gruppe am 12. August abends gegen elf Uhr in die Pension zurückgekehrt war, war den Carabinieri von deren Besitzerin bestätigt worden.

„Ihre Gruppe hat nicht auf Mitternacht und damit auf den eigentlichen Festtag der Diana gewartet. Was war der Grund?"

„Wir hatten Opernkarten für die Norma für den Abend des 13. August gekauft und es galt, einen Kompromiss zu finden. Ausreichender Schlaf ist uns allen wichtig."

Camarata rieb sich übers müde Gesicht und schüttelte den Kopf. ‚Ausreichender Schlaf … ts.' Mit einer rührenden Bewegung des Zeigefingers vor seinem Bauch gab er Chiara ein Zeichen, fertig zu werden.

Sie verhörten im Anschluss auch die übrigen zehn Frauen. Diese bestätigten die Angaben ihrer Anführerin und ließen sich freiwillig Fingerabdrücke abnehmen. Die fülligen Damen sahen genauso müde aus wie Camarata sich fühlte. Er erlaubte den Amerikanerinnen letztendlich, wieder in ihr Hotel im Stadtzentrum Roms zurückzukehren. Die Frauen liefen gehorsam mit ihren Taschen bepackt und von Taschenlampen geleitet zu ihrem Boot am Seeufer. Ein einheimischer Fischer hatte sie herübergebracht und tauchte aus der Dunkelheit auf, als er die Gruppe kommen sah.

Der Mann akzeptierte stumm die harschen Worte, die ihm einer der Carabinieri sagte. Er wusste, dass es nicht korrekt war, in antiken Tempelhainen nächtliche Feste zu feiern. Er nickte, zuckte die Schultern und verfrachtete die Damen erneut in sein Boot. Diesmal weniger feierlich und ohne Gesang.

Camarata blieb mit Chiara im Hain zurück, umgeben von den Überresten der Feier der Wicca – Kerzen und Grablichter. Es gab keine Anhaltspunkte für Gewalttätigkeit. Bei der erneuten Zeremonie hatte es kein Opfer gegeben, weder Mensch noch Tier waren zu Schaden gekommen … Aber die Szene, die an der alten Eiche zurückblieb, ähnelte erschreckend derjenigen, die Agnellis Kopf umgeben hatte.

Camarata seufzte: „Hätten die Kollegen, statt die Feier zu unterbrechen, eine Beobachterstellung eingenommen, wer weiß, was wir gesehen hätten. Aber im Moment gibt es keine Handhabe gegen die Amerikanerinnen. Man kann sie nicht verhaften, jedenfalls nicht ohne einen Abgleich der Fingerabdrücke und der DNA mit Spuren an der Leiche vorzunehmen."

Chiara hatte den Wicca mit einem charmanten Lächeln bedeutet, dass sie vorerst das Land nicht verlassen durften. Die Ankündigung war von ihr ausgesprochen worden, als ginge es um Hochzeitsglückwünsche. Die Reaktion der Wicca war jedoch ganz dem Inhalt ihrer Worte entsprechend ärgerlich gewesen …

Camarata konnte ein Lächeln nicht unterdrücken. Er würde kein zukünftiger Anhänger des Wicca-Kults werden und vermutete, Chiara auch nicht. Er wandte sich um und stapfte mit behäbigen Schritten zu seinem Dienstwagen zurück. Es war Zeit, ins Bett zu gehen.

Chiara folgte ihm, mühsam in der Dunkelheit durch das hohe Gras stolpernd. Die Batterie ihrer Taschenlampe hatte nachgelassen. Ihr Fuß stieß auf etwas, sie bückte sich und hob es auf.

Camarata starrte sie an. Sie hielt ein Messer in der Hand.

Das Palimpsest

Cariello reagierte am nächsten Morgen auf Thereses Bericht über die Vorstellung des Textes von Caligula, wie sie es erwartet hatte. Er brach in Gelächter aus und sie hörte minutenlang seine weiche Baritonstimme in Lachsalven durchs Telefon klingen … „Sie meinen, wie mir scheint, genau wie ich, dass die Mär zu schön ist, um wahr zu sein, richtig, Therese?"

Therese fühlte eine heiße Welle der Scham ihren Hals emporrollen. Sie war froh, dass Cariello ihren Farbwechsel nicht sah. Sie hatte ihn am Vorabend nicht erreicht und jetzt bei Tageslicht schien ihr die Sache mit dem Palimpsest noch fragwürdiger als am Abend zuvor. Sie fühlte sich, als ob sie eine Koryphäe wie Cariello nicht mit einer so unsinnigen Geschichte belästigen dürfe. „Mir ist diese Entdeckung Bazzonis nicht geheuer, aber seine Familie ist so bekannt und er selbst ist so erhaben in seiner Bescheidenheit ... und anscheinend glaubt es die gesamte Weltpresse." Sie wusste nicht, was sie sagen sollte und suchte nach Worten.

Cariello räusperte sich, noch immer amüsiert. „Das ist alles? Ihnen scheint die Caligula-Geschichte glaubwürdig? Weil die Presse es schreibt?" Sie hörte sein Glucksen.

„Was weiß ich? Es scheint mir zumindest glaubhaft, dass man Caligula verleumdet haben könnte. Das Erzählen von Wahrheiten war noch nie die Stärke derjenigen, die die Welt regieren. Einer von Caligulas Nachfolgern hat vielleicht den Mord an ihm rechtfertigen wollen. Es gab ja noch die Nachfahren seiner zwei Schwestern und deren Thronansprüche. Caligulas Schwester war die Mutter von Nero."

„Und man hat den Leuten schon immer Geschichten aufgetischt, richtig ...?"

„Man glaubt Erzählungen von wiederauferstehenden Gekreuzigten, von Engeln, Teufeln und der Hölle und politische Schönfärbereien jeglicher Art. Napoleon war ein großer Befreier und Alexander ein großer Feldherr, egal dass der Erstere die Französische Revolution ad absurdum führte und der Zweite sein mit Blut und Leid erobertes Reich sofort wieder verlor. Geschichte ist per se gefälscht. Warum also nicht die von Caligula?“

Cariello lachte. „Warum höre ich Wut aus Ihrer Stimme, Therese? Sie zweifeln, aber sind sich nicht sicher …?“

Therese knurrte: „Ich zweifle, weil ich erwarten würde, statt eines überdistinguierten Adeligen ein wissenschaftliches Expertenteam am Tisch sitzen zu sehen. Dieses hätte seit nunmehr zehn Jahren an der Sache geforscht, hundert Tests durchgeführt und würde seine Ausführungen mit dem Wort ‚möglicherweise‘ beginnen.“

Cariello lachte erneut, aber brummte dann amüsiert. „Ich werde sehen, was ich tun kann.“ Ohne weitere Worte legte er auf und Therese hörte nur das plötzliche Freizeichen des Telefons.

Sie fühlte sich vor den Kopf gestoßen, aber besann sich. ‚So wie ich Cariello kenne, ist er weit mehr an dem Palimpsest interessiert, als er zugibt. Alles andere würde mich wundern. Warten wir ab.‘

Auf der Suche nach der Wahrheit

Cariello, der gerade noch gelangweilt am Frühstückstisch seiner Pension gesessen hatte, sprang auf und eilte in langen Schritten auf sein Zimmer. Im alltäglichen Umfeld seiner Universität gab er den diplomatisch abwägenden Wissenschaftler, aber wie die meisten seiner Kollegen liebte er Rätsel und sah es als seine Pflicht an, als Kämpe für die wissenschaftliche Wahrheit ins Feld zu ziehen.

So einfach war die Sache allerdings in diesem Fall nicht. Bazzoni war nicht irgendjemand, vor allem nicht in Rom. Egal, ob er selbst reich war oder arm, Bazzonis Familie gehörte zum Kreis der Mächtigen und eine Krähe hackte der anderen kein Auge aus. Selbst ein bekannter Professor wie Cariello konnte Bazzoni nicht frontal angreifen, ohne einen Skandal zu riskieren.

Cariellos erste Handlung war daher, sich seine Waffen mit Bedacht zu wählen. ‚Wenn ich mich mit einem Bazzoni duellieren will, sollte ich das Schlachtfeld gut vorbereitet betreten. Nicht nur die Politik, auch die Presse hat einen Hang, dem alten Hochadel den Vortritt zu lassen, als habe er die Wahrheit gepachtet.'

Cariello setzte sich auf sein Hotelbett und studierte mit zusammengezogenen Brauen die Teilnehmerliste der Konferenz, die er dabei war, zu besuchen. Er hatte einen Namen in ihr gesehen, der ihm bekannt war und dessen Trägerin er zwar nicht persönlich kannte, aber die in ihm Hochachtung hervorrief. Er blätterte durch den Konferenzkatalog und las die darin abgedruckten Lebensläufe, neben denen die Bilder der jeweiligen Wissenschaftler abgebildet waren, dann machte er sich auf den Weg. Sein Frühstück blieb unangerührt auf dem Tisch der Pension zurück, ein Opfer der örtlichen Tauben, und sein gerade noch herbeigesehnter Kaffee wurde ohne ihn kalt.

Wenig später näherte er sich bereits im Versammlungsaal des Papstpalasts einer stattlichen älteren Wissenschaftlerin in leuchtend blauer Kleidung. Ihr Name war auf dem Schild an ihrem Revers mit Professor Mildred Thomson, Princeton University, angegeben. Sie war im Katalog als eine der bedeutendsten Expertinnen in der Erforschung alter Schriften beschrieben. Ihr Kostüm und ihr Raubvogelgesicht ließ sie aus der Menge der Anwesenden herausstechen. Sie war dramatisch geschminkt und wenn sie das tat, um Aufmerksamkeit zu erregen, so gelang ihr das mühelos. Ihre blauen Augen waren dunkel umrahmt, die Lippen rot geschminkt und die Nägel lackiert. Ihre Magerkeit verriet, dass sie sich selbst im Alter von über sechzig Jahren noch immer einem drastischen Fitnessprogramm unterwarf.

Cariellos Augen funkelten amüsiert, als er sich im Auditorium dem Sessel neben dem Thomsons näherte. „Darf ich Sie stören, Signora?“

Thomson zog die sorgsam gepflegten Brauen nach oben und musterte ihn wie einen lästigen Schuljungen. Dann flog ein Lächeln über ihre überschminkten Lippen. Sie hatte ihn erkannt und machte ihm mit majestätischer Freundlichkeit Platz. Hinter ihrem Harnisch aus Farbe und edlen Textilien verbarg sich ein wachsamer Geist.

Cariello setzte sich nicht. Während auf dem Podium bereits die ersten Präsentationen begannen, griff er

Thomson am Arm und deutete flüsternd zur Tür. „Ich benötige Ihre Hilfe, Signora. Ich bitte Sie." Er zeigte zur Tür.

Thomson klappte mit einem neugierigen Blick aus Raubvogelaugen ihr Brillenetui zusammen, nahm ihre teure rote Handtasche und folgte ihm wortlos in das im Garten des Palastes eingerichtete Konferenz-Café.

Cariello ging ihr zu einem der kleinen weißen Tische unter den Sonnensegeln voran und zog ihr einen Stuhl näher.

Thomson lehnte mit geringschätziger Geste ab, als er ihr anbot, Englisch zu sprechen, auch wenn er es seit seiner Kindheit in Washington akzentfrei sprach. „Danke, Professor. Geben Sie sich keine Mühe. Ich spreche fremde Sprachen. Auch die Ihrige." Sie setzte sich. Thomsons schlohweißes Haar wirkte im Sonnenlicht wie ein Walkürenhelm und ihre Augen blitzten prüfend unter dem dunkelgrauen Lidschatten hervor. Sie funkelte Cariello interessiert an, nicht unähnlich einem archaischen Vogel, der ein interessantes Beutetier auf Essbarkeit prüft.

Cariello musste ihr Geschmack und Mut zugestehen. Thomson war eine Majestät und rollte die Worte guttural, als bewege sie Cognac oder heiße Kartoffeln im Mund. Er setzte sich ihr gegenüber und wartete mit übereinander geschlagenen Beinen ab, bis die Bedienung den bestellten Kaffee vor ihnen abgestellt hatte. Dann räusperte er sich förmlich: „Ich mache mir Sorgen um die wissenschaftliche Genauigkeit gewisser jüngster Palimpsest-Entdeckungen, Frau Professor. Deswegen wollte ich Sie konsultieren. Ich benötige Ihre Hilfe und danke, dass Sie mir Ihre wertvolle Zeit opfern."

Thomson hob die Brauen, was so viel bedeuteten sollte, wie ‚ich höre'.

Cariello lehnte sich zu ihr. „Erinnern Sie sich an den Fall der neapolitanischen Lehrerin, Clara Miccinellis, die in ihrem Wohnhaus in Neapel erst Schriften des Alchimisten-Prinzen San Severo und dann solche der Inka fand?"

Thomson nickte. „Sie entdeckte eine spektakuläre Schrift über die Geschichte Perus in ihrer angeblich ererbten Kommode …" Ihr Mundwinkel zuckte.

„Und wissen Sie noch, wie die Zeitungen ganz Italiens sich in jubilierenden Meldungen überschlagen haben und man Konferenzen organisiert hat, während die Frau die Dokumente auf ihrem Küchentisch fabriziert hatte?"

Thomson nickte erneut.

Cariello legte die Hand auf den hageren Arm seiner Kollegin. „Gestern hat ein hochadeliger Herr in einem Ort nahe von hier etwas Ähnliches getan. Er hat ein Palimpsest vorgestellt, das angeblich eine originale Schrift Caligulas enthält. Ererbt und durch Zufall in einer alten Bibliothek gefunden. Die Sache ist für meinen Geschmack zu wunderbar und zu spektakulär, um wahr zu sein. So wie die Funde Miccinellis. Frage an Sie, meine liebe

Kollegin, wie weise ich die Fälschung des Palimpsestes nach?"

Thomson kräuselte die faltigen Lippen. „Das ist es, was Sie umtreibt? Ich habe von dem Fall gehört." Ein majestätisches Nicken begleitete ihre Worte. „Und ich habe auch den illustren Namen des Finders zur Kenntnis genommen. Die Sache ist nicht einfach." Ihre blauen Augen wurden stechend. „Mein lieber Cariello, solche Fälle, wie der Miccinellis sind kein Einzelfall, daher zweifle ich gern mit Ihnen an diesem Palimpsest ..."

Cariello lächelte. „Trotz der Artikel in der Presse?"

Thomson winkte ab. „Die schreibt viel Unsinn und gern auch mehr Spektakuläres als auch dem Gutgläubigsten glaubhaft ist. Vor allem, wenn es um archäologische Funde geht, nehmen die meisten Journalisten Indiana Jones zum Maßstab."

Cariello war erheitert. Er erinnerte sich gut an die Szene, in der Indiana Jones einer Mumie den Arm abgebrochen hatte, um sie als Fackel zu verwenden. Er hatte sich stundenlang darüber aufgeregt.

Thomson putzte ihre Brille. „Ich kenne viele solcher Fälle. Vor fünf Jahren hat ein Tunichtgut mit viel Lärm die Entdeckung der Santa Maria, des Schiffes von Christopher Columbus, angekündigt. Die Presse hat sich überschlagen. Keine Frage nach Beweisen, keine Frage nach Kompetenz. Nachdem er von ernsthaften Wissenschaftlern verjagt worden war, ist der Kerl nach Madagaskar gegangen und hat dort mit genauso viel

Lärm das Wrack und den Schatz des Piratenkapitäns Kidd gefunden. Der Präsident des Landes hat ihm dafür sogar eine Zeremonie organisiert. Der Mann hatte keinen Schatz, sondern ein wertloses Stück Blei-Ballast gefunden, und besaß auch keine Grabungserlaubnis. Aber die Öffentlichkeit glaubte erneut seinem Märchen und applaudierte, weil das, was er erzählte, spektakulär war. Journalisten schreiben es gern und wie oft hat die Öffentlichkeit falsche Nachrichten als richtig akzeptiert, insbesondere, wenn sie gut verpackt oder die Täuschung politisch begehrt war? Die halbe Weltgeschichte ist pure Erfindung."

Cariello machte eine ungeduldige Geste. „Wenn ich kann, werde ich dabei nicht untätig zusehen. Wie kann ich nachweisen, dass das Palimpsest Caligulas gefälscht ist?"

Die feinen Falten um Thomsons Mund vertieften sich und ihre Augen glitzerten. Sie musterte Cariello, sein Gesicht, die Haare, die Kleidung. Dann klopfte sie mütterlich seine Hand. „Der Entdecker des Caligula-Textes muss Sie ja sehr verärgert haben …" Ein Lächeln huschte um ihre Mundwinkel. „Erste Gegenfrage: Warum denken Sie, der Text sei falsch? Palimpseste antiker und historischer Schriften sind nicht selten. Nach dem Fall des Römischen Reiches wurden ganze Bibliotheken wiederverwendet. Man hat Abschriften eines Archimedes-Textes als Palimpsest gefunden, Teile der Ilias, des Alten Testaments, der Texte Ciceros. Der älteste Text der koranischen Suren versteckte sich in einem Palimpsest. Oft sind uns heute diese ‚Untertexte' wichtiger als das, was man darüber geschrieben hat. Sie existieren und sind nicht selten."

Cariello schüttelte den Kopf und zog die Brauen zusammen. „Ich habe zu oft solche Scharlatane gesehen. Es kribbelt in meinen Fingern wie eine Allergie, wenn ich diese Art von Geschichten höre. Wenn Sie wüssten, wie viele Bernsteinzimmer mir schon angetragen wurden, wie viele Nazi-Züge voller Gold unter Schloss Fürstenstein bei Waldenburg. Man hat mich zu absolut geheimen Grotten geschleppt, in denen man mir Wandmalereien besser als Altamira versprochen hat. Ich habe drei Monate auf See verbracht, auf der Suche nach einem römischen Wrack, dessen Existenz mir ein Mann durch eine Amphore bewies, die er im Internet gekauft hatte. Das Einzige, was mich noch erstaunt, ist, mit wie viel Selbstsicherheit und Nonchalance diese Halunken lügen. Die meisten Palimpseste mit Texten antiker Persönlichkeiten enthalten Kopien ihrer Schriften. Hier sagt man uns, es handele sich um einen Text aus Caligulas eigener Hand – und wie erstaunlich sein Inhalt ist, bahnbrechend und blutrünstig – und vor allem erwerbbar. Bei mir haben sofort alle Alarmglocken geschrillt. Wenn dieses Dokument echt ist, gehe ich barfuß nach Canossa."

Thomson lächelte. „Hatten Sie das Dokument in den Händen? Haben Sie es gesehen?"

Cariello ließ seine Daumen umeinander spielen. „Sagen wir, ich hätte es."

Thomson lächelte noch breiter und ihre künstlichen Zähne blitzten zwischen ihren rotgeschminkten Lippen hervor. Sie schlug sich schließlich lachend auf die mageren Schenkel. „Sie gefallen mir, Cariello, aber wenn Sie wollen, dass ich für Sie die Echtheit eines Dokuments überprüfe, müssen Sie es mir schon verschaffen. Ich würde sagen, man täuscht mich nicht so schnell und wenn ich Zweifel habe, habe ich gute Freunde. Ich kann für Sie Alter, Tintenart, Zeichensetzung und so weiter überprüfen. Ich kann Ihnen mit Leichtigkeit und, wenn Sie erlauben, auch mit Vergnügen weiterhelfen. Aber ich brauche das Manuskript."

Auch in Cariellos Augenwinkeln wurden die Falten tiefer. Er drückte Thomsons knochige Hand. „Ich organisiere das. Ich besorge das Manuskript und Sie helfen mir, es zu überprüfen."

Cariello ahnte in diesem Moment noch nicht, wie sehr sich seine Forschungen mit der Suche nach dem Mörder Agnellis vermengen würden. Er freute sich im Moment nur, gute Neuigkeiten für Therese zu haben. Und einen Grund, sie endlich wiederzusehen.

Im Vatikan

Der Morgendunst erhob sich in den Farben reifer Pfirsiche über den Ziegeldächern Roms. Die majestätischen Pinien der Alleen verharrten reglos in den ersten Sonnenstrahlen, die Gassen lagen leer und die Jalousien der Straßencafés rollten nur nach und nach mit klackenden Geräuschen nach oben. Der Regen des Gewitters zwei Tage zuvor hatte die Straßen beschädigt, aber den Bäumen die langersehnte Erfrischung gebracht. In der Nacht hatte es erneut geregnet. Es roch noch immer nach feuchtem Staub und geschnittenem Gras.

Camarata wollte den Tag nutzen, um Nachforschungen anzustellen. Schon beim ersten Klingeln seines Weckers rappelte er sich schwerfällig aus dem eichenen Bett des Hotelzimmers, das er an das weit geöffnete Fenster geschoben hatte. Sein Rücken schmerzte nach seinem vorabendlichen Ausflug an den See und er hatte schlecht geschlafen. Seine Frau fehlte ihm. Das Laken roch ungewohnt und fremd. Seine Laune war schlecht. ‚Ich hätte mit meiner Familie am Meer sein sollen, statt hier.'

Der Vollmond, der durchs Fenster hereingeschienen hatte, hatte ihn immer wieder geweckt, aber er hatte es nicht schließen wollen, da ihn der lastende Druck der von den Mauern bewahrten Hitze erstickt hatte. Im Traum hatte er die lodernden Heidenfeuer der Wicca gesehen und mittendrin eine totenleitende Mondgöttin. ‚Totenleitend. Was für ein Wort. Wenn ich das Zeitliche segne, brauch ich keinen Touristenführer mehr. Nur noch ein Krematorium.' Er war froh, aufstehen zu dürfen.

Nach einer Dusche und einem schlechten Espresso aus der kleinen Maschine in seinem Hotelzimmer ging es ihm besser. Er zog sich die Uniform an, auch wenn er fürchtete, dass er in wenigen Minuten schweißgebadet sein würde. Er beabsichtigte, einen formellen Eindruck zu erwecken. Während er sich vor dem Spiegel die schwarze

Krawatte umband, schimpfte er auf sich selbst. „Wieso bin ich sofort von Neapel angereist, als man mich angerufen hat, um mir von dem Fall in Nemi zu erzählen? Bisher hat man kein Kunstwerk gestohlen und vielleicht ist der Kulturgutschutz überhaupt nicht für diesen Fall zuständig. Warum überlasse ich nicht alles dieser Chiara Ferro? Sie schlägt sich doch tapfer … Ich könnte im Urlaub sein."

Er seufzte und schlurfte nach unten zur Rezeption. Ihm hatte der Kaffee auf seinem Zimmer nicht geschmeckt. Das Croissant, das man ihm kurz darauf in der kleinen Hotelbar reichte, war noch unleidlicher. Er wischte sich Finger und Mund an einer Serviette ab und machte sich griesgrämig, aber entschlossen auf den Weg durch die verstaubten Gassen der Altstadt Roms. Die Aufklärung des Mordes an Agnelli schien ihm noch weit entfernt und er konnte sich der Befürchtung nicht erwehren, dass er nie hinter das Geheimnis des abgeschlagenen Kopfes in Nemi kommen würde. ‚Und ich nie ans Meer.'

Er hatte versucht, dem Privatleben Agnellis auf den Grund zu gehen. In den offiziellen Aufzeichnungen der Behörden hatten sich jedoch weder Ehemann noch Kinder gefunden, die Eltern der Direktorin waren verstorben, Geschwister hatte sie keine. Mehr hatte man ihm nicht gesagt, aber er hatte das unterschwellige Gefühl gehabt, dass ihm nicht alles mitgeteilt worden war. Er seufzte. „In Neapel hätte ich die richtige Person gekannt und wir hätten im Stillen einen Kaffee getrunken … Vollständige Informationen bekommt man nur unter der Hand."

Er machte sich auf den Weg zur früheren Arbeitsstätte Agnellis, den Museen des Vatikans, in denen sie gearbeitet hatte, bevor sie nach Nemi gekommen war. Die Museen schienen ihm im Moment die einzige Anlaufstelle, um mehr über die von Franchetta erwähnten privaten Probleme zu erfahren. Er hatte Chiara gebeten, ihn zu begleiten. Als er anlangte, erwartete sie ihn vor der Tür der Museen, adrett in Uniform gekleidet wie an den Vortagen, auch wenn ein dunkler Schimmer unter ihren Augen lag. Auch sie schien kaum geschlafen zu haben. Camarata fragte sich, welche Sorgen sie quälten, aber sagte nichts. Er kannte sie erst seit Kurzem und ihn alten fetten Kerl ging das Privatleben der jungen Schönheit nichts an.

Sie legten ihre Dienstmarken vor und die Wachhabenden ließen sie an der wartenden Touristenschlange vorbei passieren.

Die Museen bestanden aus einem Komplex von Sammlungen, der fast tausend Mitarbeiter beschäftigte. Agnelli war in der römischen Antiken-Sammlung tätig gewesen. Ihr ehemaliger Chef, ein gewisser Andrea Grispigni, hatte nach langem Drängen akzeptiert, sie zu empfangen.

„Ich bin auf dem Weg in die Ferien und reise noch heute Abend ab. Ich habe die Ferragosto-Festtage gearbeitet und nichts und niemand kann mich davon abhalten, meiner Frau und meinen Kindern am Strand Gesellschaft zu leisten", hatte er am Telefon geschimpft. Camarata hatte bei seinen Worten geseufzt, aber geschwiegen.

Als er und Chiara nach einem langen Irrgang in den marmornen Korridoren der Museen bei Grispigni eintrafen, wurde es schnell offensichtlich, dass nicht nur der Wunsch nach Ferien für die Widerspenstigkeit des Funktionärs verantwortlich war. Er kam ihnen zwar anfänglich entgegen, aber wand sich dann auf seinem Stuhl in seinem hässlichen, überfüllten Büro.

„Agnelli? Ja. Eine Koryphäe. Beeindruckend. Tolle Artikel. Ich habe sie alle hier im Schrank. Ganz wunderbar.“

Mehr war aus ihm nicht herauszubekommen. Er ließ sich über die wissenschaftliche Kompetenz der Frau aus und komplimentierte die Carabinieri auf zwei Besucherstühle vor seinem Schreibtisch, während sein Blick immer wieder zur Tür glitt.

Camarata griff zu seiner üblichen Strategie und machte sich auf dem ihm angebotenen Stuhl so breit wie möglich, ließ den Kopf zwischen die Schultern sinken und musterte stoisch sein Gegenüber. Ein unbeweglicher, misstrauischer Fels in der Brandung.

Grispigni war noch korpulenter als er. Sein Bauch spannte das blaue Hemd, das er bis zum letzten Knopf geschlossen hatte und er strich von Zeit zu Zeit über den glattpolierten kahlen Schädel, bemüht, erhaben und wichtig zu erscheinen. Er blinzelte jedoch unter Camaratas Blick. „Die Frucht unserer Zusammenarbeit mit Dottoressa Agnelli waren wunderbare Publikationen, für die es allgemeine Anerkennung gab, und man schrieb in der Zeitung, dass sie von einer wahren Größe in der Kenntnis der Traditionen und religiösen Kulte des alten Roms stammten", psalmodierte er erneut salbungsvoll.

Das Büro war gekühlt und Camarata fröstelte. Der kleine Plastikstuhl unter ihm knarrte. Er hatte den Eindruck, Grispigni zitiere aus einem Nachruf. Nichts konnte so verworren und langatmig sein, wie die italienische Sprache im Munde eines Staatsbedenkenträgers wie diesem Museumsdirektor.

Chiara strahlte den Mann so bezaubernd an, dass Camarata insgeheim stolz auf sie war. Sie spielte den guten Gendarmen und er den bösen. Ihm war die Rollenverteilung recht.

Chiara gurrte: „Bitte verzeihen Sie, dass ich Sie unterbreche. Dottoressa Agnelli ist ermordet worden. Man hat uns von Problemen bei ihrer vorhergegangenen Arbeit berichtet. Bitte verstehen Sie, dass wir dem nachgehen müssen. Warum ist die Dottoressa von einer so renommierten Einrichtung wie den vatikanischen Museen weggegangen, und hat ein kleines, mehr oder weniger obsoletes Provinzmuseum übernommen?"

Der dicke Beamte vor ihnen begann, trotz der aus den Klimaanlagen blasenden Kälte zu schwitzen, und sein Kopf wurde röter. „Das Museum von Nemi ist kein Provinzmuseum, ich bitte Sie. Die Nemi-Wracks waren einst eine archäologische Entdeckung von Weltrang. Es war eine Ehre für die Dottoressa, das Museum zu übernehmen."

Chiaras breiter Kirschmund wurde einen Deut schmaler und ihre Stimme scharf. „*Warum* ist Agnelli weggegangen?"

Camarata musste sich das Grinsen verbeißen. Jetzt wurden sie zwei böse Gendarmen.

Grispigni rieb sich panisch über den Froschmund, sein Blick huschte von dem unbeweglichen Camarata zu der insistierenden Chiara. Schließlich lenkte er ein. „Agnellis Lebensstil passte einfach nicht in diese Einrichtung. Bitte begreifen Sie: Es gibt Dinge, die man nicht ausspricht, aber die trotzdem Gesetz sind. Wir sind nicht die Museen von Berlin, Chicago oder Auckland. Wir sind die Museen des Vatikans. Sogar der Botschafter eines bedeutenden Landes wurde nicht am Vatikan akkreditiert, obwohl er im freundschaftlichen Verhältnis mit dem Papst stand. Wer ist dagegen Agnelli, dass man auf einmal Sondergesetze schüfe? Was keiner weiß, was im Verborgenen bleibt, interessiert niemanden, aber wenn es zu offensichtlich wird … dann muss man gehen."

In dem Büro herrschte einen Moment absolute Stille. Es war allen klar, dass Grispigni von Agnellis sexuellen Neigungen sprach.

Bei Franchetta

Nach der morgendlichen Tagung verbrachte Cariello den frühen Nachmittag damit, sich um seine Privatangelegenheiten zu kümmern. Er saß auf der

Terrasse der Pension und rief auf der Suche nach seiner Schwester die archäologischen Institute des Orients an. Sein Mobiltelefon glühte. Jeder vergebliche Anruf ließ den Knoten in seinem Magen wachsen und ihm wurde in der Hitze des Nachmittags zunehmend übel vor Sorge.

Der Betrieb in dem kleinen Restaurant auf der Terrasse störte ihn mit dem Scheppern des Geschirrs, aber er wollte nicht in sein Zimmer gehen. Er fürchtete dessen erdrückende Einsamkeit. Seufzend rieb er sich die Schläfen. „Eine ermordete Museumsdirektorin, ein fragwürdiges Caligula-Manuskript und das Verschwinden meiner Schwester sind zu viel auf einmal."

Eigentlich vertrugen er und seine Schwester sich nicht. Sie warf ihm vor, nicht für sie da gewesen zu sein, als ihr Vater gestorben war, und verantwortlich zu sein für das Schicksal seines älteren Bruders. Er warf ihr vor, ihn emotional auszusaugen mit Vorwürfen und Forderungen. Zudem ließ Anna ihre Mutter allein. Sie waren wie Hund und Katze, aber eigentlich waren sie jeder dem anderen das Bild seiner eigenen Probleme.

Cariello wusste, dass er und seine Schwester sich ähnlich sahen. Seit ihrer Kindheit kommentierte man diese Ähnlichkeit. Sie hatten dieselben feingeschnittenen Züge, dieselben rabenschwarzen Haare, dunkle Augen, dichte Brauen und lange, athletische Glieder. Cariello betonte nichtsdestotrotz, dass sie grundverschieden seien. Er tat es aus Prinzip und ohne Überzeugung. Sie sahen beide ihrer Mutter Aurora ähnlich und waren weder so hager noch so hellhäutig, wie ihr Bruder Avelardo. Sie konnten beide eisig und reserviert sein und andere Menschen einschüchtern. Auch das hatten sie von ihrer adligen Erzeugerin.

Aber erst hier, unter dem schattigen Sonnenschirm auf der Terrasse der Pension in Castel Gandolfo wurde ihm zum ersten Mal bewusst, dass er seine Schwester lebenswichtig brauchte. Dieses herbe, kalte Wesen, das an ihm hing, wie eine Ertrinkende, war seine einzige verbleibende Familie neben seiner vom Wahnsinn gemarterten Mutter.

‚Anna, wohin hat es dich verschlagen?' Schmerz zog ihm den Magen zusammen und seine Hände verkrampften sich. Jeder vergebliche Anruf machte seine Sorge schlimmer. Er fluchte schließlich und gab auf. ‚Ich weiß nicht einmal, wo ich mit der Suche anfangen soll.'

Er ließ seine Nachforschungen sein, aber die Unruhe blieb. Mit gerunzelter Stirn saß er im Schatten der Terrasse und trommelte auf den Tisch, entnervt von den anderen Gästen und der Kellnerin.

Schließlich beschloss er, Erkundigungen zum Tod der Museumsdirektorin einzuziehen. Alles war besser als Nichtstun. ‚Ich werde bei dieser Franchetta vorbeigehen. Wenn ich mehr über Agnelli wissen will, scheint mir die alte Dame ein guter und vielleicht auch mein einziger Anhaltspunkt. Besser, als hier zu sitzen und mir die Fingernägel abzukauen.'

Ihm war Franchettas ungewöhnlich langer Rock aufgefallen. Solche Kleidung trugen Hippies,

Anhängerinnen katholischer Gebetsgruppen, Sektenmitglieder oder Buddhistinnen. ‚Aber keine provinziellen Rentnerinnen in den Vorstädten Roms.' Wer war Franchetta und was wusste sie? Wenn sie denn etwas wusste …

Cariello rief sich ein Taxi. Er kam sich dabei vor, als täte er etwas Verbotenes. Er pfuschte Camarata ins Handwerk und verstand weder etwas von Ermittlungsarbeit noch hatte man ihn um diesen Beitrag gebeten. Er war als Archäologie-Professor konsultiert worden, nicht als Sherlock Holmes, aber machte sich trotzdem auf den Weg. Das Taxi setzte ihn nach kurzer Fahrt nahe dem Heim Franchettas in Nemi ab. Cariello hatte die Adresse der alten Dame zu seinem Erstaunen ohne Probleme in einem Verzeichnis auf der Webseite der Gemeinde gefunden. Es gab nur eine Franchetta im Ort.

Das Haus, vor dem er sich wiederfand, kauerte umgeben von Blumen am Hang über dem See. Der Ausblick war atemberaubend, aber das aus hellem Naturstein geschaffene Gebäude klein und brüchig. Es musste darin an Platz fehlen, selbst wenn es nur eine Person beherbergte.

Die alte Frau zog die Brauen empor, als sie ihn vor ihrer Tür vorfand, aber bat ihn trotzdem herein. Der Geruch von Räucherstäbchen und Gewürzen schlug ihm entgegen. Die Duftmischung war schwer und eigenartig und es wurde ihm bewusst, dass man wenig von einer Person wusste, wenn man nicht den Geruch im Inneren ihres Hauses kannte. ‚Von den alten Römern und dem fürchterlichen Caligula weiß ich noch weniger als von Franchetta', dachte er. ‚Ich habe nie erfahren, wie Caligulas Villen rochen, ich habe nie seine Stimme gehört, aber halte in Neapel ohne Scham Vorlesungen über diesen Unbekannten …'

Franchetta bat ihn mit einer Geste, sich auf die Terrasse zu setzen. Er trat durch den dunklen Flur ins Freie auf der anderen Seite des Hauses.

„Kaffee?"

Er nickte und sie verschwand in der Küche. Cariello nahm vorsichtig auf einem wackeligen Gartenstuhl zwischen umherstehenden Blumen Platz und sah sich um. Er hätte die ihn umgebende Dekoration eher in einem Ort der Meditation in Bali oder einem Hare-Krishna Tempel erwartet als im Haus einer älteren Dame. Franchetta lebte sichtlich allein. Im Haus fand sich nicht die Spur eines Mannes oder irgendeiner anderen Person, stattdessen hingen Geweihe und Gebetsfahnen von der Wand. Franchetta trug zudem ein indisch anmutendes Sari-Kleid, war barfüßig und ihre Zehen waren mit Ringen besteckt. Ein Gefühl gespannter Erwartung beschlich Cariello. Er schob den kleinen Stuhl, auf den er sich gesetzt hatte, von einer Seite zur anderen. Bougainvillea, Zitronen und Rosmarin nahmen den vorhandenen Platz in Anspruch und hingen ihm in den Nacken, wo immer er sich anzulehnen versuchte.

Franchetta kehrte mit einem Tablett zurück, auf dem sie Kaffee und Gebäck balancierte. Er nahm die Tasse, die sie ihm reichte, und fand, dass das schwarze Getränk darin eigenartig schmeckte, wenn auch nicht unangenehm. Einen Moment zweifelte er, ob sie ihm Hexenkräuter hineingemischt hatte, dann erinnerte er sich, was es war, das den Geschmack hervorrief. Es war Kaffee mit Kardamom, wie man ihn in Arabien zuzubereiten pflegte. Er ärgerte sich über seine Vorurteile und versuchte, seine Gefühle zu verbergen.

Franchetta beobachtete stehend sein vorsichtiges Testen. Auch er musterte sie, ohne etwas zu sagen.

Sie räusperte sich. „Darf ich fragen, was Sie herführt, Professor? Sie wollen etwas wissen, richtig?“

Cariello stellte die Tasse ab. „Verzeihen Sie, dass ich frage, und verzeihen Sie auch, dass ich Sie ohne Vorankündigung aufsuche. Sie, die schon lange hier am Nemi-See wohnen, können mir sicher eine Auskunft geben. Es geht um die Umstände von Agnellis Tod. Ich habe wegen dieser Sache viel über moderne heidnische Gruppierungen und neuzeitliche Rituale gelesen, aber sehe keine solche Gruppen in der Gegend. Ich habe auch keine neuzeitliche Hexe auf der Straße getroffen. Gibt es solche Leute hier überhaupt?“

Franchetta lachte. Sie stand in ihrem bunten Kleid vor ihm, eine kleine, farbenfrohe Person, und schaute ihn strafend an. Ihre Stimme klang rau, aber sympathisch. „Wenn Sie glauben, dass ich aus dem Nähkästchen plaudere und Ihnen den Ritual-Mord an meiner Direktorin gestehe, Professor, dann irren Sie sich. Ich bin jedenfalls keine Hexe und ich kenne auch keine …" Ihre Augen blitzten.

Cariello lächelte. „Verzeihen Sie. Ich hatte eine allgemeine Frage stellen wollen. Es war nicht meine Absicht, Ihnen etwas zu unterstellen, aber Sie sind sicherlich von allen Personen hier in der Gegend am besten über alles informiert, was mit Kulten und Bräuchen zu tun hat. Sie sehen, wer kommt, wer geht, wer im Museum auftaucht, Fragen stellt, nicht wahr …?"

Franchetta setzte sich ihm gegenüber auf ein Kissen auf einer kleinen Mauer und nahm ihren Kaffee in die schmale Hand, die mit ihren Ringen und den zerbrechlichen Fingern an die Schwingen eines kleinen Vogels erinnerte. „Lassen Sie mich sehen ..."

Sie trank und bewegte einen Moment die faltigen Lippen, als wolle auch sie den Kaffee examinieren. Er schien ihre Prüfung zu bestehen und sie hob an: „Viele feministische Gruppierungen, die heutzutage heidnischen Bräuchen nachleben wollen, beten zur Göttin Diana als der Verkörperung des Ewig-Weiblichen und natürlich bekommen wir die Folgen davon im Museum mit. Diana ist nicht von antiken Feministinnen erschaffen worden und männliche Kaiser haben sie verehrt. Aber heute ist ihr Kult verändert worden – wie bei Goethes Faust, ‚das ewig Weibliche zieht uns hinan.'"

Sie zuckte die Schultern und rieb die mageren Hände an der Tasse. Ihre Ringe klapperten dabei über das angeschlagene, Porzellan mit den falschen Meissner

Rosen. „Ich habe mit so etwas nichts zu tun und das Museum auch nicht, aber ich schaue natürlich hin was passiert. Und es gibt gewisse Kulte …" Sie zögerte.

„Was für Kulte?"

„Zumindest einer davon wird Sie interessieren: Der US-amerikanische Wicca-Kult, gegründet von der selbsternannten ‚Erbhexe' Zsuzsanna Budapest. Er konzentriert sich auf das Weibliche der Göttin Diana, ohne einen männlichen Gegenpart zuzulassen."

„Die Wicca sind hier in der Gegend tätig?"

„Nicht wirklich. Sie sind aus den USA. Diese Leute haben uns Briefe ins Museum gesendet und waren auch vor kaum einer Woche da. Nichts für mich und wie die Mormonen und die Zeugen Jehovas Heilsbringer, die fest an ihre selbsterfundenen Dogmen glauben. Die meisten der Gruppierungen dieses Wicca-Kults schließen Männer aus. In manchen Regionen in den USA setzt man Wicca daher mit lesbisch gleich, aber eigentlich ist die lesbische Orientierung keine Voraussetzung, um dem Kult beizutreten. Das haben diese ‚Missionarinnen' mir versichert. Die wollten mich anwerben und ich bin nicht lesbisch, also nicht, dass ich wüsste, jedenfalls." Franchetta lächelte und die Falten um ihre blauen Augen belebten ihr herzliches Gesicht. Sie strich sich übers graue Haar, dann beugte sie sich vor und sagte eindringlicher: „Die Wicca verbieten, so haben sie mir kurz vor Agnellis Tod persönlich gesagt, Opfer, Zauberei und negative Verwünschungen, aber ich habe das nachgelesen und das stimmt nicht für alle. Sehen Sie, ich stelle mir die gleichen Fragen wie Sie." Sie zwinkerte.

„Die Wicca opfern Menschen?"

„So weit, dass ich das behaupten würde, würde ich nicht gehen. Die Gründerin des Kults, Budapest, hat sich jedoch dahingehend geäußert, dass man diejenigen, die Frauen schaden, verhexen dürfe. Von Menschenopfern hat sie nichts gesagt. Also nicht jedenfalls, dass ich das gelesen oder gehört hätte. Aber die Rituale des Wicca-Kults sind nicht festgeschrieben und ich kann Ihnen daher nicht sagen, wie sie aussehen. Nur eines haben die Gruppen anscheinend gemeinsam – das Zentrum der Religion ist die Anbetung des Weiblichen als lebensgebend."

Franchetta nahm ein Stück Papier zur Hand und zeichnete zwei Halbmonde, in deren Mitte sie einen Kreis setzte. „Das ist das Zeichen der weiblichen Göttin bei den Wicca. Es zeigt die Dreifaltigkeit des menschlichen Lebens, die Jugend, die Mutter und die alte Frau."

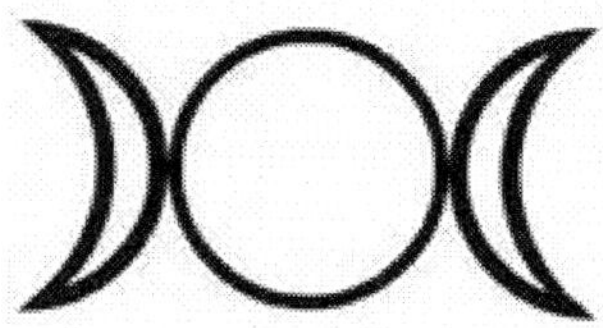

Cariello schnalzte mit der Zunge. „Das ist das Zeichen, das wir auf Agnellis Stirn gefunden haben! Ich kenne die Mondsichel der Diana, aber nicht diese Abwandlung davon." Er beugte sich zu Franchetta und griff ihren Arm. „Denken Sie, die tote Direktorin war Mitglied in diesem

Kult? Halten Sie es für möglich, dass sie von diesen Frauen, die im Museum waren, geopfert wurde? Vielleicht war sie sogar damit einverstanden? Eine Hohepriesterin, die sich schlachten lässt?"

Franchetta schüttelte laut auflachend den Kopf. Sie war Cariello in ihrer direkten Art sympathisch, aber ihr Lachen brüskierte ihn. Er runzelte die Stirn.

„Sehen Sie, Professor, so entstehen Gerüchte: Wenn man die Fakten nicht kennt, umdeutet oder ignoriert. Die Gründerin des Kults, Budapest, wurde heftig kritisiert, da sie den Diana-Kult als einen rein weiblichen Kult festlegte. Sie lehnte alles nicht-Weibliche ab. Das verschloss den Kult auch für trans-gender Mitglieder."

Franchetta klopfte mit ihren schmalen Großmutterhänden auf Cariellos Handrücken, als wolle sie ein Kind beruhigen. „Die Dottoressa Agnelli war nicht als solche geboren, Professor, sondern als Dottore. Sie war ursprünglich ein Mann. Ich hatte ihre persönlichen Probleme erwähnt, aber es schien mir unpassend, ins Detail zu gehen. Das sollte der Familie überlassen bleiben. Aber damit Sie es wissen und sich nicht in abwegige Vermutungen verlieren: Man hat Agnelli aus ihrer vorherigen Stellung herausgetrieben, nachdem sie sich zur Frau umoperieren ließ."

Cariello fühlte, wie ihn eine heiße Welle der Verlegenheit durchflutete. Was war er für ein Esel. Eine Sekunde war er aus der Fassung gebracht. „Es tut mir leid, dass das so schwer für den, die Dottore war. Ich hatte nicht damit gerechnet …"

Franchetta kicherte und tätschelte erneut seine Hand. Die bescheidene Vertraulichkeit der alten Frau war Cariello angenehm und er entspannte sich. Er, dem es Gewohnheit war, Barrieren der Reserviertheit und der Distanz um sich aufzubauen, war für einen Augenblick entlastet von seinen Vorbehalten. Es roch nach dem Kardamom und den ihn umgebenden Rosen.

Franchetta nickte ihm herzlich zu, aber ein Funken Traurigkeit hing in ihren Augen. „Es muss schrecklich sein, nicht zu wissen, wo man hingehört. Als Frau zu fühlen und als Mann wahrgenommen zu werden. Sich immer unvollkommen und ungewollt zu fühlen. Mir tat Agnelli leid, als ich das erfahren habe. Manche haben es im Leben einfach, andere nicht. Man bekommt die Karten gemischt, wie sie kommen. Wenn man jung ist, verurteilt man solche Menschen. Man denkt, jeder muss entweder Mann oder Frau sein und ja nichts dazwischen. Nicht schwul, nicht lesbisch und nicht transgender. Wenn man älter wird, begreift man, dass das Leben mehr als eine Facette hat, und man sich manches nicht aussucht. Nicht seine Ängste, nicht seine Wünsche und in manchen Fällen noch nicht einmal sein Geschlecht."

Cariello empfand Zuneigung für Franchetta. Er räusperte sich und versuchte, zu seinen Nachforschungen zurückzukehren. „Das bringt mich zu zwei Überlegungen: Wurde Agnelli ermordet, weil ‚sie' als transgender Mann einer Diana-Kultstätte vorstand und die Wicca dies verhindern wollten? Oder aber wurde ‚er' ermordet, weil er als Mann den Rex Nemorensis, den männlichen Vorsteher des Hains symbolisierte?"

„Aber das ist doch Unsinn!" Franchetta warf die Hände in die Luft und ihre Armringe schepperten. „Wer bringt denn einen Rex Nemorensis um? Im einundzwanzigsten Jahrhundert! Und der vorhergehende Direktor des Museums war ein Mann – und niemand fand das jemals unpassend."

Cariello nickte. Wie immer er die Sache drehte oder wendete, sie blieb bizarr. Er rührte zum zehnten Mal seine leere Espresso-Tasse um. „Was wissen Sie über die Göttin von Nemi, Franchetta? Wieso hat man den Tod Agnellis als Opfer für sie inszeniert?"

Franchetta seufzte. „Die Diana von Nemi war speziell. Sie wurde früher als eine blutrünstige, zynische Version der Göttin verehrt. Das hatte damit zu tun, dass man der Legende nach ihre erste Darstellung aus einem anderen Tempel in Tauros, auf der heutigen Krim, herübergebracht hat, in dem man Menschenopfer praktiziert hatte. Menschenopfer in Verbindung mit Diana sind daher nicht abwegig, wenn auch urzeitlich. Das gilt insbesondere für die Diana von Nemi, auch wenn ich es unglaubwürdig finde, dass das heute noch zu einem Opfer für sie geführt haben soll."

Franchetta schüttelte den Kopf und presste die faltigen Lippen aufeinander. Ihr schmales Gesicht drückte Missbilligung aus.

Cariello erkannte, dass er nicht weiterkam. Der Fakt, dass man in der frühen Antike der Diana Menschen geopfert hatte, erklärte nicht, warum man heute einen Kopf in ihren Hain gehängt hatte.

Wer hatte den Kopf Agnellis abgeschnitten und damit eine religiöse Szene nachgebildet? Ein Geistesgestörter, ein Fanatiker oder ein Nachahmer, der ganz andere Motive hatte?

Er beschloss die Wicca, von denen Franchetta erzählt hatte, nicht aus den Augen zu lassen, auch wenn sie nicht die einzigen Verdächtigen waren. Auch die Einheimischen hatten Bänder für Diana aufgehängt und er wusste bisher nicht, wie die Ortsansässigen zum Tempel standen.

Nachdem er seine Kaffeetasse abgestellt hatte, erhob er sich, um sich zum Gehen zu wenden, aber gab noch einmal seinem vorherigen Bauchgefühl nach. „Signora Franchetta, noch eine Frage, und bitte nehmen Sie es mir nicht übel: Sie haben Jagdtrophäen und Hirsch-Geweihe von der Decke hängen. Sie sind eher alternativ gekleidet. Was sind ihre eigenen religiösen Ansichten? Wäre ein Diana-Kult nichts für Sie?“

Franchetta schien in ihren Gedanken versunken und sah ihn mit leeren Augen an, die in diesem Moment nicht einen Funken Gefühl verrieten. Das Gesicht der noch vor wenigen Sekunden so herzlichen Frau war auf einmal ausdruckslos, als habe der Wind jede Emotion aus ihren

Zügen geweht und die Sonne sie zu einer Wüste verbrannt.

Sie gab ihm keine Antwort. Cariello hatte den Eindruck, dass sich unter Franchettas Herzlichkeit etwas verbarg, das er nicht ergründen konnte, aber konnte nicht sagen, was es war.

Eine Sekunde später war der Augenblick verflogen und Franchetta begleitete ihn zur Tür, wieder ganz ihr herzliches Selbst.

Ermittlungen

Chiara saß in ihrem Büro in Rom. Ihre Adern brannten und ein Kloß verschloss ihr den Hals. Paolo hatte sie angerufen und hatte am Telefon geschrien. Seine Worte waren eine Ansammlung von Beleidigungen und Aggressionen gewesen. Die Situation fraß sie auf. Jede Minute des kaum begonnenen Tages war eine Qual und es schien ihr, als verfolge sie den Mörder aus dem Hain von Nemi nur, um die Gedanken an ihren Mann zu betäuben. Sie hatte ihn geliebt und liebte ihn noch immer. Seine dunklen Augen, die gebogene Nase und die schwarzen Locken hatten ihr vom ersten Augenblick an gefallen. Paolo war ein Römer, der der Statue eines idealisierten Kaiser Augustus glich. Seit seiner Verletzung war er ein gefallenes Idol.

Ihre kleinen Söhne hatten am Morgen schreiend und weinend an ihr gehangen, als sie aus dem Haus gehen wollte. Sie hatten Angst, ihre Mutter würde sie auch verlassen, so wie ihr Vater, der seit Wochen nicht nach Hause gekommen war.

Chiara rieb sich mit den Handflächen heftig über den Kopf, um ihre Verzweiflung zu vertreiben. Ihre kurzen Haare kratzten über ihre Handflächen. Sie stand auf, suchte nach einem Taschentuch, und warf einen Blick in den Handspiegel. Wollte sie sich wirklich dem Mord am Nemi-See widmen? Was, wenn sie ebenfalls verletzt wurde oder Schlimmeres geschah? ‚Warum zum Teufel bin ich zu den Carabinieri gegangen?'

Sie verjagte den Gedanken. Es war Zeit, sich zum Versammlungsraum zu begeben. Camarata hatte eine Besprechung einberufen. Man erwartete sie. Chiara betrat den Saal wenig später mit einem Gefühl des Drucks im Magen.

Der Raum war voll. Alle mit dem Fall beschäftigten Kollegen waren gekommen. Es war noch früh am Vormittag und die Fenster des Besprechungssaales standen offen. Ab und an fuhr vor dem Gebäude in der ruhigen Vorstadtstraße ein Fahrzeug vorbei und störte die ansonsten vorherrschende Stille. Die Alleen Roms lagen aufgrund der Ferienzeit wie ausgestorben.

Chiara atmete durch und gab vor, zu lächeln. Kollegen hatten kein Mitgefühl, sondern nur Interessen, und besser, sie blieb professionell. Es waren einige im Raum, die ihr den Fall vom Nemi-See neideten. ‚Nur keine Schwäche zeigen.' Sie machte den Rücken steif.

Die Hitze war schon am Morgen unerträglich. Alle, die in die Vermittlungen einbezogen worden waren, hatten in der Stadt bleiben müssen, und saßen schwitzend in kurzärmeligen Blusen und Hemden am Tisch. Chiara kam es vor, als ob jedermann sie ansähe. Auch Camarata musterte sie. Er hatte sich ein leichteres Oberhemd angezogen, das sich über seiner fülligen Figur spannte. Wie ein überfütterter Meister Petz wischte er sich mit einem Taschentuch den Schweiß ab und hatte bereits eine der bereitgestellten Mineralwasserflaschen geleert. Er griff nach einer zweiten. Camarata bemerkte sichtlich ihre verschwollenen Augen, aber sagte nichts.

Schweigend machte er ihr den Platz neben sich frei, indem er sein Sakko von der Lehne nahm. Seine behäbige Neutralität hatte etwas Beruhigendes. Chiara begann den bärbeißigen Neapolitaner zu mögen und drückte sich vorerst in den Schatten seines breiten Rückens.

Camarata klopfte mit der Handfläche auf den Tisch und es trat Ruhe ein. „Der Fall der ermordeten Museumsdirektorin ist vom Ministerium zur Priorität erklärt worden", blaffte er in tiefem Bass in den Raum. „Man hat mir zu verstehen gegeben, dass wir froh sein können, dass die Presse auf Grund der sommerlichen Ruhepause den Braten noch nicht gerochen hat." Er schaute seine Kollegen düster an. „Die Aufmerksamkeit wird sicher nicht auf sich warten lassen. Sobald die Herren und Damen Journalisten aus dem Urlaub zurückkommen, wird ein heidnisches Menschenopfer in einem alten Tempel leider nicht nur italienische

Schlagzeilen machen. Es taugt auch zum Füllen ausländischer Kolumnen. Besser, wir halten uns ran. Das Ministerium und Brigade-General Valers haben mich informiert, dass wir bis morgen einen Mörder vorzuweisen haben. Sie hören richtig: Bis morgen!"

Gemurmel beantwortete seine Worte. Jedermann verstand. Man machte ihnen Druck.

Chiara hatte die erste Präsentation übernommen und Camarata nickte ihr zu. Sie erhob sich und griff ihre Dokumente, um nach vorn zu gehen. Ihre Knie wurden weich. Sie hatte sich am Morgen in einer Art Trotzreaktion in Zivil gekleidet und hoffte jetzt, in der engen Jeans und der leichten schwarzen Bluse trotz allem einen professionellen Eindruck zu machen. Normalerweise hätte sie Uniform tragen müssen. Camarata schien das nicht zu kümmern, aber jeder im Raum wusste es.

Sie fragte sich, wie sie bis zum nächsten Tag eine Lösung für den Fall finden sollten, aber begann trotzdem mit einer Darstellung dessen, was die Gerichtsmedizin gesendet hatte.

„Das Ergebnis der Autopsie hat gezeigt", sagte sie, „dass Agnelli ein Mann gewesen ist, bevor er eine Geschlechtsumwandlung vornehmen ließ."

Ein erstauntes Murmeln ging durch den Raum.

„Sie haben richtig gehört. Ansonsten war sie ein älterer Mensch, der noch ein langes Leben vor sich gehabt hätte.

Herz, Lunge, Niere waren gesund." Chiara blätterte in den Papieren. „Es gibt noch einige weitere Details, die uns bei den Ermittlungen nützlich sein können. Der Arzt hat die Wunden der Toten untersucht. Das Opfer ist zwar enthauptet worden, das ist jedoch erst mehrere Stunden nach seinem Tod geschehen. Der Schnitt durch die Kehle war nicht die Todesursache."

Camarata fiel ihr brummig ins Wort: „Das erklärt, warum so wenig Blut geflossen ist."

Chiara nickte. „Agnelli ist mit einem Strick von hinten erwürgt worden. Das Mal der Kordel ist laut dem Mediziner deutlich auf der Haut erhalten, auch wenn sich der Mörder Mühe gegeben hat, über dem Würgemal durch den Hals zu schneiden. Die Augen der Toten zeigen zudem Unterblutungen, Petechien, Anzeichen für einen Tod durch Ersticken."

Camarata knurrte erneut. „Agnelli ist also am 12. August getötet worden und nicht, wie wir dachten, am Ehrentag der Diana?"

„Ihr Kopf wurde einige Stunden nach ihrem Tod, aber noch am 12. August abgetrennt. Der Arzt vermutet eine Enthauptung zwischen neun Uhr abends und Mitternacht. Aber auf alle Fälle vor Mitternacht …" Sie hob den Bericht hoch. „Noch bizarrer ist der Fakt, dass das in die Stirn geritzte Zeichen, das wir gesehen haben, ebenfalls erst post mortem in die Haut geschnitten worden ist. Das Blut, das davon über die Wange der Toten gelaufen war, ist mit einer Spritze oder einem ähnlichen Objekt aufgebracht worden. Es handelt sich um Blut aus dem Körper der Leiche, das mit See-Wasser verdünnt worden ist."

Eine Minute herrschte Schweigen. Chiara sah in die Gesichter ihrer Kollegen. „Die Mordszene ist eine Inszenierung. Der Mörder hat entweder erst Stunden später seinen Plan für die theatralische Aufmachung des Mordes als heidnisches Opfer gefasst oder hat Agnelli getötet und für die religiöse Zeremonie aufbewahrt, wie eine Gans für Weihnachten. Es handelt sich jedenfalls nicht um eine Opferung, bei der dem lebenden Menschen der Kopf abgetrennt wurde, wie man es bei einem typischen Menschenopfer erwartet hätte …" Eilig fügte sie hinzu: „Wenn es denn so etwas wie ein typisches Menschenopfer gibt." Chiara sah sich um. Alle nickten, keiner sprach.

Ein leichter Wind blies durch die offenen Fenster herein und schuf Erfrischung. Ein Ventilator brummte gleichmäßig in einer Ecke. Ansonsten hätte man eine Stecknadel fallen hören können.

Chiara musterte ihre Kollegen und sprach leiser, aber eindringlicher weiter: „Agnelli hat den Angriff nicht erwartet. Sie hat sich nicht wehren können und nur der Schmutz an den Spitzen ihrer Schuhe lässt vermuten, dass sie im Todeskampf die Füße in den Boden gebohrt hat. Ansonsten gibt es keine Abwehrverletzungen. Sie muss das Museum zur Mittagszeit verlassen haben, da man sie kurz vor der mutmaßlichen Todeszeit gesehen hat, und muss ihren Mörder wenig später getroffen haben. Ich denke nicht, dass wir davon ausgehen sollten, dass der Täter aus Affekt gehandelt hat. Er oder sie muss Agnelli aufgelauert haben und muss sie durch einen Überfall von hinten getötet haben. Agnelli muss binnen Minuten erstickt sein."

Chiara war auf der letzten Seite des Berichts angelangt und hatte nichts mehr hinzuzufügen. Sie nickte Camarata zu, um ihm zu bedeuten, dass sie fertig war. Er kritzelte etwas auf ein Blatt Papier vor sich und schaute nicht auf.

Der leitende Techniker der Spurenermittlung ergriff ungefragt das Wort. Er war ausnahmsweise hinzugezogen worden und war verstimmt, dass man ihn gezwungen hatte, persönlich zu erscheinen. Er raschelte mit seinen Papieren und stieß mehrfach unschön auf. Er hatte kein Haar mehr auf dem Kopf und wischte mit der blanken Hand durch den Schweiß auf seiner Glatze, was ihn nicht sympathischer machte. Mit auffallend tiefer Bassstimme erklärte er seine Resultate, während Chiara noch immer an der Stirnseite des Tisches stand und bevor sie sich setzen konnte. Sie empfand sein Betragen als unhöflich, aber sprach es nicht aus.

„Wir haben eine Vielzahl von Spuren am Tatort gefunden", brummte der Mann. „Die Kerzen tragen diverse Fingerabdrücke. Sie sind billiger chinesischer Herstellung mit italienischer Aufschrift, die üblichen Friedhofskerzen, die man in jedem Kleinhandel und in jeder Kirche in Rom kaufen kann. Auf mehreren von ihnen haben wir neben anderen Abdrücken die Fingerspuren der amerikanischen Wicca-Anhängerinnen gefunden. Da die, soweit ich verstanden habe, zugegeben haben, am Tatort gewesen zu sein, und dort Kerzen aufgestellt zu haben, heißt das nur, dass ihnen die Accessoires der bizarren Szene zugeordnet werden können. Es ist Ihre Sache, festzustellen, ob sie auch die Mörder sind, Kollegen."

Camarata blickte auf und nickte. Chiara wusste, dass er die Priesterin mit dem Namen Ischtar auf seiner Verdächtigen-Liste stehen hatte.

Der Techniker fuhr fort und berichtete von einer Vielzahl von Fasern, die man auf den Kleidern der Toten gefunden hatte. Pflanzenmaterial, Moos und Tierhaar. Es würde Zeit brauchen, das alles durchzusehen. Die Tests dauerten an. „Es hat sich zudem gezeigt, dass der Leichnam der Frau ein Stück Wegs geschleift worden ist. Die Hinterseite der Beine und der Schuhe war mit Erde beschmutzt. Da die Nylon-Strümpfe nicht zerrissen sind, kann es sich nur um eine kurze Distanz gehandelt haben. Die Verschmutzung daran ist typisch für das Seeufer." Damit schloss er seine Erörterungen, schlug den Hefter vor sich zu und schaute sich trotzig-grimmig um. Es fehlte nur die Frage, ob er gehen könne …

Camarata sagte nichts. Chiara nutzte ihrerseits die Pause, um zu ihrem Platz zurückzukehren.

Weitere Informationen wurden von einem fülligen Kollegen hinzugefügt, der das Mobiltelefon und die elektronischen Nachrichten des Opfers ausgewertet hatte. Er schniefte laut und schnappte beim Sprechen nach Luft.

„Unsererseits haben die Nachforschungen ergeben, dass Agnelli eine manische Benutzerin des Mobiltelefons war", berichtete er. „Die Liste, der zuletzt von ihr kontaktierten Individuen besteht mehr oder weniger aus allen Personen, die im Museum angestellt sind. Eine Leistung für eine Frau, die erst seit drei Monaten dort arbeitete. Sie hat täglich quasi alle Angestellten des Museums angerufen. Eine ältere Putzfrau hat uns recht spitzzüngig gesagt, die Direktorin habe kurze Kommandos per Telefon bevorzugt und wohl beabsichtigt, durch das Vermeiden des direkten Kontakts zu lange Schwatzereien zu vermeiden." Ein Grinsen huschte über das Gesicht des Sprechenden.

Chiara hatte mehr Verständnis als er. Angesichts der Tatsache, dass Agnelli ein Interesse daran gehabt hatte, ihren persönlichen Hintergrund zu verbergen, schätzte sie, dass die Direktorin versucht hatte, ihr Inkognito zu wahren. Dafür sprachen auch ihre von der Gerichtsmedizin erwähnten epilierten Hände. In der Ermittlung half es wenig.

Der füllige Kollege fuhr sich durchs schüttere Kraushaar und fuhr fort. „Agnelli hat am Tag ihres Todes mit sage und schreibe siebzehn Personen telefoniert und das, obwohl sie mittags gestorben ist. Sie hätte mit jeder der angerufenen Personen ein Treffen verabreden können. Und natürlich kann das Treffen auch mit einer anderen Person als dem Mörder verabredet worden sein. Sie kann am Tatort gestanden haben, um die Aussicht zu genießen, und sie kann ein Treffen seit drei Wochen vorgemerkt haben."

Er hüstelte und klang erkältet. „Es wäre also zu klären, warum das Opfer dort gewesen ist, wo es starb. Schriftliche Nachrichten hat Agnelli so gut wie keine gesendet, weder über ihr Telefon noch über ihren Computer. Eine einzige Nachricht von Interesse ist registriert. In dieser hat sie das verwaschene Foto eines bleiernen Objektes an eine nicht zu identifizierende Telefon-Nummer gesendet, mit der Bitte, ihr zu sagen, wo sich das Stück heute befinde."

Der dicke Carabiniere, dessen polnischen Namen Chiara sich nicht gemerkt hatte, hielt das Foto hoch, auf dem nicht mehr als die Umrisse einer Art Tasse zu sehen waren.

Camarata gab ihm ein Zeichen, dass er das Foto herumreichen sollte, was er tat.

Camarata seufzte, breit und behäbig auf den Tisch gestützt. „Es ist schwierig nachzuverfolgen, womit Agnelli sich in den letzten Wochen vor ihrem Tod beschäftigt hat. Die Befragung der Mitarbeiter, die Durchsuchung ihres Schreibtisches sowie der Verlauf ihrer Recherchen im Internet haben, soweit ich Sie alle verstehe, nur ergeben, dass sie versucht hat herauszufinden, wohin die Gegenstände verstreut worden sind, die einst aus den Nemi-Schiffen entfernt worden sind. Sie sind als Leihgabe, Geschenk oder Ausstellungsstück weggegeben worden, andere sind zu ihrem Schutz im Zweiten Weltkrieg ausgelagert worden und nach dem Brand des Museums nicht zurückgekehrt. Agnelli hat sogar versucht, herauszufinden, wo die Souvenirs geblieben sind, die man im 19. Jahrhundert aus dem Holz der Schiffe gefertigt hatte. Alle diese Bemühungen zielten sichtlich darauf ab, die Objekte wieder dem Museum in Nemi zuzuführen und dieses sehenswerter zu machen. Agnelli ist sogar so weit gegangen, sich brieflich nach den Preisen einiger Statuen zu erkundigen, die von den ersten englischen Ausgräbern aus dem Tempel der Diana geborgen und verkauft worden waren. Die Antworten, die sie laut Akten auf ihre Anfragen erhalten hatte, nennen ohne Scham mehrstellige Millionenbeträge. Aber ich sehe in alledem kein Mordmotiv." Er zuckte die Schultern und sah seine Untergebenen an.

Der Kollege, der schon über Agnellis Telefon berichtet hatte, hob den Finger. Er wollte erneut das Wort ergreifen.

Camarata nickte ihm zu. „Nur los, Gro … Gro …"

„Sagen Sie einfach Giuseppe, Kolonel." Der Mann lächelte. Er kannte die Hürden seines Nachnamens und Chiara war erleichtert, dass sie nicht die Einzige war, die ihn nicht behalten konnte.

„Wir haben das Telefon Agnellis zum Zeitpunkt ihres Todes und danach geortet. Genaueres konnte nicht festgestellt werden, da die Ortung in dem abgelegenen Tal nicht präzise genug ist. Das Telefon und der

Leichnam sind jedoch anscheinend niemals weit vom See entfernt worden." Er räusperte sich. Schniefend holte er ein Taschentuch heraus, schnäuzte sich und fuhr fort. „Verzeihung. Erkältung. Klimaanlage ... Auch die Videokameras des Museums sind überprüft worden. Sie zeigen, wie Agnelli das Gebäude kurz nach Mittag allein verlässt, und zielgerichtet Richtung See läuft. Mehr ist nicht zu sehen und weitere Kameras gibt es im Umkreis nicht. Das Ufer des Nemi-Sees wird trotz der Reste des Tempels und der Gefahr von Raubgräbereien nicht überwacht."

Camarata nickte griesgrämig. „Ihre Daten sind hilfreich, aber geben uns leider keine Hinweise auf einen möglichen Mörder. Auch das Messer, das Chiara im Zypressenhain gefunden hat, hat sich als einfaches Küchenmesser ohne Blutspuren darauf entpuppt. Es muss von den Amerikanerinnen stammen." Camarata seufzte. Er hatte die nackten behaarten Ellenbogen auf den Tisch gestützt und rang die Bärenpranken, die er auf Kinnhöhe hielt.

Chiara teilte seine Frustration. Es konnte sich bei dem Mörder genauso gut um eine Person aus dem privaten Umfeld Agnellis handeln, wie um einen Täter aus ihrer beruflichen Umgebung. Es war nicht einmal sicher, dass es sich um einen einzigen Straftäter handelte. Alles was sie bisher wussten, war, dass Agnelli zur Mittagszeit am 12. August ermordet worden war, man am Abend ihren Kopf abgetrennt hatte und diesen am nächsten Morgen an einer Eiche angeschlagen gefunden hatte.

Es schien, sie hatten noch lange Stunden der Arbeit vor sich.

Ischtar

Camarata erhob sich nach der vormittäglichen Sitzung vom Tisch. Er hatte seine vorübergehenden Mitarbeiter zu ihren jeweiligen Aufgaben entsendet und wollte seinerseits die Wicca-Priesterin überprüfen, die sich ihm mit dem Namen Ischtar vorgestellt hatte. Als Kolonel hatte er üblicherweise keine Ermittlungen mehr vorzunehmen, aber nach seinen vielen Jahren im Dienst langweilte es ihn, nur gewichtig herumzusitzen.

Er war sich sicher, dass die Wicca außer dem Pseudonym auch einen echten Namen besaß und einen Lebenslauf hatte, der über ihre beschönigenden Beschreibungen hinausging. ‚Vielleicht hat sie ein ellenlanges Strafregister und ist in Kannibalenforen im Internet aufgefallen.' Er hatte in seiner Karriere schon so manche Überraschung erlebt …

Behäbig schlurfte er in das Büro, das man ihm zur Verfügung gestellt hatte, und testete den silbrig-glänzenden Rechner. Er tat es selbst für seine Verhältnisse zu langsam. Seine Lunge tat weh, sein Rücken schmerzte und ihm war zu warm. Aber der Apparat gefiel ihm. „Wenn wir mal auch in Neapel solche schönen Computer bekämen."

Jemand hatte ihm eine Pflanze aufs Fensterbrett gestellt. Er war sich sicher, dass es Chiara gewesen war, und dankte der jungen Frau im Stillen. Auf den Zehenspitzen stehend warf er einen Blick nach draußen. Vor dem Fenster lag eine menschenleere Straße. Die Alleen Roms waren groß und breit und zu dieser Jahreszeit leer. Die Römer waren am Meer. Rom war anders als das stets überfüllte Neapel. Es war noch immer die Hauptstadt Italiens, weil man Respekt für seine Geschichte und für den Papst hatte, auch wenn das eigentliche Zentrum des Landes schon lange im Norden lag. „Bei der Hitze hier kann man ja auch nicht denken und arbeiten", knurrte Camarata und öffnete das Fenster. Der Ventilator, den man ihm gegeben hatte, scheuchte nur die heiße Luft im Kreis.

Da das Flugticket der Amerikanerin, von dem er eine Kopie gesehen hatte, sie aus Rom wieder nach Detroit zurückbringen sollte, ging Camarata davon aus, dass die Priesterin die Wahrheit sagte, wenn sie angab, in einem Vorort der Stadt zu wohnen. Er hatte daher über verschiedene Kontaktpersonen und Interpol die Behörden in Detroit um Hilfe gebeten. Ein Videogespräch war für den frühen Nachmittag vereinbart worden. ‚Wenn in Detroit die Sonne aufgeht.' Es war noch nicht ein Uhr und er beschloss, vorerst ins Freie zu gehen, um sich in einem Café nahe der Wache ein paar Tramezzini geben zu lassen und sich die Verhörmitschriften anzusehen. Er hatte Zeit.

Als er in den kleinen Garten im Innenhof des weit und breit einzigen Cafés trat, das zur Augustzeit geöffnet hatte, sah er auch Chiara in einer schattigen Ecke unter einem Feigenbaum sitzen. Sie hatte Dokumente vor sich auf dem Tisch ausgebreitet und war allein. Ihre Stirn war gerunzelt und der Mund zusammengepresst. Sie beachtete die Papiere nicht.

Einen Moment zögerte er, dann trat er zu ihr, zog sich mit einer Hand einen der Eisenstühle heran und setzte sich. Halb von ihr weggedreht und nur mit einem Ellenbogen auf den Tisch gestützt, nickte er ihr zu. Die dunklen Schatten unter den Augen der jungen Frau machten ihm Sorgen. Chiara war jeden Tag schmaler und müder und er fragte sich seit dem ersten Moment, an dem er sie gesehen hatte, was sie quälte.

„Alles in Ordnung?"

„Geht schon."

Er musterte sie bärbeißig, aber nicht unfreundlich von der Seite. „Das Leben ist lang. Manchmal geht es abwärts und manchmal bergauf. Lass dich nicht unterkriegen, Mädchen."

Sie nickte stumm. Er sah, dass sie versuchte, die Tränen zu unterdrücken, die ihr in die Augen schossen, und rückte auf dem Stuhl hin und her. Junge Frauen trösten war nicht seine Stärke. Er nahm die Tramezzini, die der Kellner ihm brachte und schob sie mit ein paar großen Bissen in den Mund. Im Kauen war er begabter.

„Das wird noch dauern hier. Sie verpassen Ihren Urlaub", murmelte Chiara und tippte auf die Akten.

Camarata nickte. „Meine Frau ist sauer auf mich. Und meine Kinder auch."

Chiara lächelte. Sie holte tief Luft und rieb sich über den Kopf. „Ich bin mir sicher, da wo Sie stationiert sind, sind Sie ein guter Chef."

„Ich habe gute Leute." Camarata kaute, nahm einen großen Schluck von dem Wasser, das er sich hatte bringen lassen, und ließ das Schweigen zwischen ihnen andauern. Dann lachte er brummig auf. „Kennen Sie das? ‚Ein Chef, der nicht zuhört, hat Mitarbeiter, die nicht reden'?"

Chiara nickte und seufzte. Sie hob den Blick nicht und gab vor die Papiere anzusehen. „Ich habe mich gestern von meinem Mann getrennt. Und auch meine Kinder sind sauer auf mich. Und auf ihn."

Camarata schob das Kinn vor. „Sie sind ein hübsches Mädchen. Er kommt schon zurück." Einen Moment saßen sie stumm da. Camarata kaute und blinzelte in die Sonne, dann deutete er auf die Papiere. „Kannten Sie den Nemi-See schon vorher?"

Chiara schüttelte den Kopf. „Nein. Ich hätte nie gedacht, dass es so nahe bei Rom einen erloschenen Vulkan gibt. Der See ist schön. Eigenartig, dass dort niemand wohnt."

Camarata schluckte hinter und wischte sich den Mund ab. „Ich hatte immer angenommen, Diana sei die Göttin der Jagd. Mit Pfeil und Bogen und nacktem Busen. Aber Cariello redet vom Mond und der Totengöttin."

Chiara lächelte, hob den Blick und sah ihn an. „Uns fehlt halt als Hütern der Ordnung die nötige Bildung."

„Na, unser schöner Professor hat ja zum Glück zuhauf davon." Camarata lachte und klopfte mit der Pranke auf den Tisch. „Die Arbeit ruft." Er nickte Chiara zu und stand auf.

Er war froh, dass er mit ihr geredet hatte. Sie war unglücklich und er würde von jetzt an ein Auge auf sie haben. Wo hatte er alter fetter Bär seine Gedanken gehabt, dass es ihm nicht aufgefallen war, dass sie Hilfe brauchte? Mit bedächtigen Schritten kehrte er ins Büro zurück. Er tat es gerade rechtzeitig. Der Bildschirm des neuen Computers mit dem silbernen Rand begann aufdringlich zu blinken. Sein Video-Gegenpart auf der anderen Seite des Atlantiks meldete sich zur verabredeten Telekonferenz.

Camarata klickte darauf und ein fülliger Polizist um die dreißig mit schwarzen Locken erschien, der ihm in Englisch mit einem breiten amerikanischen Dialekt ‚Guten Morgen' wünschte. Camarata brauchte einen Moment, um zu verstehen, dass der Gruß der Zeitdifferenz geschuldet war. Er verstand den Mann kaum und musste wiederholt um eine Bestätigung des Gesagten per schriftlicher Nachricht bitten. Er bewegte dazu die Finger und deutete das Schreiben auf der Tastatur an. Es funktionierte.

Sein Gegenüber hieß Paciotti und pochte stolz auf seine sizilianischen Ahnen. Die Handvoll italienische Worte, die er einstreute, machte die Verständigung jedoch eher schwieriger als leichter.

Da die Behörden in Detroit etwas Zeit zur Nachforschung gehabt hatten, hatte der Amerikaner einen größeren Aktenordner mit Informationen über den Wicca-Kult vor sich liegen.

„Im Moment gibt es mehr als 300.000 Wicca-Anhänger in den USA. Sie verehren verschiedene Götter des alten Europas, nicht nur Diana", informierte er Camarata. „Rituelle Tötungen sind in Extremfällen vorgekommen, aber nicht üblich, größere Probleme gibt es keine. Der Kult ist friedlich, auch wenn wir die Sache im Auge behalten." Paciotti kaute die Worte zwischen den Zähnen hervor. „In Florida sind drei Personen von einem Wicca-Anhänger erschossen worden. In einem anderen Fall hat eine Jugendliche einen schizophrenen Freund im Namen Wiccas überzeugt, ihren Vater zu töten. Irre gibt es immer." Er lachte. „Unsere Bevölkerung ist von jeder Art von Kult angezogen, weil sie zu viel billige TV-Schauen sieht, die mit Begeisterung über diese Art von Unfug berichten. Die Leute bekommen erzählt, was sich verkauft, egal ob es wahr ist. Sie fantasieren sich dann jede Art von Heiden- oder Satans-Religion zusammen, verbrennen Hähne, Katzen, Schafe, je nach Geschmack, und fühlen sich durch reißerische Fernsehserien bestätigt."

Camarata brummte zustimmend. „*Yes. I see.* Ehem." Sein Englisch war eine Schande. Alle anderen Fremdsprachen, die er versucht hatte zu lernen, auch. Selbst sein

Italienisch war von Nicht-Neapolitanern kritisiert worden. Er schürzte die Lippen, zog die Uniform glatt und drückte den Bauch heraus.

Paciotti räusperte sich und wurde ernster. „Es ist nicht ausgeschlossen, dass Ihre Wicca-Gruppe in Rom einen Mord begangen hat, vor allem angesichts der Tatsache, dass der letzte Vollmond ein ‚Blauer Mond' gewesen ist, also der zweite Vollmond in ein und demselben Monat. Ungewöhnlich ist allerdings, dass der rituelle Mord, wenn es denn ein solcher gewesen sein sollte, nicht bei der Feierlichkeit dieses zweiten Mondes, sondern am Tag der ersten Feier am 12. August stattgefunden haben soll. Es hat auch noch nie einen Mord gegeben, der mit den Wicca verbunden wurde und außerhalb der USA stattgefunden hat. Aber es gibt ja immer ein erstes Mal." Paciottis Ton wurde erneut zynisch-ironisch und er lachte.

Camarata glotzte auf den Bildschirm vor sich, dechiffrierte die Erzählungen des Mannes mit aufgeblasenen Wangen und zusammengekniffenen Augen und ab und an grunzte er zur Bestätigung, froh, dass kein ganzer englischer Satz von seiner Seite benötigt wurde.

Der füllige Detroiter schien kompetent zu sein und erfreute ihn damit, dass er eine Akte über die Frau vor sich liegen hatte, die sich Ischtar nannte.

„Sie hat nach unseren Unterlagen früher April Smith geheißen und war eine Bankmanagerin. Sie hat sich von ihrem Mann getrennt und sich mit ihren immerhin fünf Kindern zerstritten, um Priesterin zu werden."

„Ehem. *Criminal*?"

Paciotti schüttelte den Kopf. „In ihrer Jugend hat sie mehrere kleinere Strafen abgebüßt, wegen Drogenbesitzes, Fahrens unter Alkoholeinfluss, Ruhestörung und Ähnlichem. Einen Mord hat man ihr jedoch nie nachgesagt. Wir haben uns aufgrund Ihrer Anfrage in ihrem näheren Umfeld umgehört und haben Zeugen befragt. Was wir gefunden haben, ist nichtssagend."

„Ehem, *please*?"

„Ihre ‚Ischtar' scheint als Priesterin erfolgreich zu sein und verkauft über Internet allerlei Hexenmittelchen, Salben und erlaubte Halluzinogene. Ihre Gruppierung hier in der Stadt hat eine gute Anhängerschaft und praktiziert allerhand Zauber bei Nacht im Mondenschein. Den Bewohnern des Vorortes, in dem sie am Werk ist, ist das Ganze ein Dorn im Auge. Ein Methodistenpriester, den ich befragt habe, hat geschworen, es gäbe satanische Rituale und Opfer, die sich im Stadtwald des Nachts ereigneten. Ob das stimmt, war nicht nachzuprüfen. Einen abgehackten Kopf haben wir jedenfalls nicht gefunden."

Nur eines, was der junge Beamte erzählte, ließ Camarata aufhorchen.

„Diese Ischtar ist die Betreiberin einer Webseite, die sich vor allem an Jugendliche richtet, Bücher über Gothic-Rituale und Satansopfer verkauft und eine Nachricht wie ein Tantrum wiederholt: Man soll dem Opfer, das man bringt, einen Mond flankiert von zwei Halbmonden in die Oberfläche schneiden, so dass die Göttin das Opfer annähme." Der junge Amerikaner lachte. „So ein Unsinn, nicht wahr?"

Camarata grunzte erneut. Seine eigenen Gedanken hierzu zu erläutern, hätte ihn zu viele englische Worte gekostet. Aber er dachte sich seinen Teil.

Im Camp

Der See lag ruhig und die Nacht kam auf gedämpften Fledermausschwingen herangezogen. Therese lauschte den Geräuschen der Käuze, Grillen und Frösche.

Sie war aus Rom nach Nemi zurückgekehrt, dorthin, wo hinter den Resten des Tempelgebäudes die Zelte der Archäologen aufgebaut waren, die im Sommercamp die Ausgrabungen vornahmen. Wie alle der übermannshohen Rot-Kreuz-Zelte war auch das ihrige groß, weiß und umgeben von hohem Gras. Rissige braune Bänke standen davor. Der Boden darunter war trocken und mit Holzstreu bedeckt.

Alles war still. Der größte Teil des Teams war abwesend. Die meisten der Studenten kamen aus Rom und waren wegen der vorübergehenden Schließung der

Ausgrabungen zu ihren Familien zurückgekehrt. Sie hatten auf die Nachricht von der Ermordung der Museumsdirektorin und den Fund des Kopfs im Tempel verschreckt reagiert. Auch Therese fühlte sich nach Matteos Abreise und seinen warnenden Worten beklommen, allein im Wald nahe dem Tatort zu übernachten. Die ungemähten Uferwiesen beim Camp dufteten jedoch betäubend nach Honig und trockenem Gras. Eine Nachtigall sang ihre melodischen Tonfolgen. Die Atmosphäre wirkte tröstend, auch wenn Therese unterschwellig Angst verspürte.

Die Orte Nemi und Genzano leuchteten mit ihren Lichtern von den Felsen herab. Sie schaute zu ihnen hinauf. ‚Was die alten Römer dazu bewogen haben kann, an diesem verwunschenen See ihre Villen und Tempel zu bauen? Die Gegenwart von Wasser, das Grün der Wälder im Gegensatz zur Gluthitze Roms oder die Legende von den Gespenstern des Sees?'

Das Wort Nemi bedeutete Heiliger Hain. Die Gegend war schon immer als verzaubert angesehen worden. Der Krater eines erloschenen Riesen verbarg eine grüne Oase in der Wüste, die die ewige Stadt umgab. Auch anderen Kraterseen hatten die Römer mystische Eigenschaften angedichtet. Dem Avernersee bei Neapel, an dem die Grotte der Sybille lag, sagten sie nach, den Eingang zum Hades zu verbergen. Der Fusaro-See speiste laut Virgil den Acheron, der die Unterwelt umfloss.

Therese rieb sich die Augen. Abendlicher Nebel erhob sich über der Wasseroberfläche, wie eine Spur der

Gegenwart der viel beschworenen Geister und Götter. Unwirklich und surreal. Sie hatte sich an der Kreuzung des kleinen Weges niedergesetzt, der zu ihrem Zeltlager führte und schaute auf die Lichter auf den Höhen und den See.

Ihr Vater hatte regelmäßig an Wegkreuzungen gescherzt: „Gehst du nach links, verlierst du dein Pferd. Gehst du nach rechts, verlierst du dein Leben. Gehst du geradeaus, verlierst du beides." Und jetzt saß sie hier an einer Wegkreuzung und wusste nicht wohin mit sich in dieser lauen Sommernacht.

Diana Trivia war die Göttin der Wegkreuzungen, der Untoten und verlorenen Seelen. Eine alte Frau aus der Gegend hatte ihr erzählt, man stelle Madonnenaltare an den Kreuzwegen auf und brenne Grablichter davor an, um die Untoten zu bannen. Der Aberglaube an die Zauberkraft der drei-geteilten Pfade hatte sich über Jahrtausende bewahrt.

Abendkühle kroch aus dem Gras herauf und Therese fröstelte, trotz der noch immer warmen Temperaturen. Das Bild des abgeschlagenen Kopfes der Direktorin des Nemi-Museums stand vor ihrem inneren Auge, blicklos, mit blutigem Halsstumpf. Sie befand sich kaum zweihundert Meter entfernt von dem Ort, an dem man ihn gefunden hatte. Ihr war beklommen zumute. Sie konnte nicht darüber hinwegsehen, dass sie, eine junge Frau von dreißig Jahren, allein in einem verlassenen Zypressenhain saß. Wenn ein Mörder aus dem Dickicht treten würde, wäre sie ihm hilflos ausgeliefert.

Sie seufzte. ‚Angesichts der verwunschenen Stimmung kann ich froh sein, wenn der Mörder ein Mensch von Fleisch und Blut ist und keine Menschenopfer-verlangende Herrin der Untoten.‘ In der Stille der hereinbrechenden Nacht, in dem feucht-duftenden Wald, hielt sie auf einmal alles für möglich. Was, wenn der Tod Agnellis übernatürliche Ursachen hatte?

Sie schüttelte den Kopf und stand auf. „Ich beginne schon, zu fantasieren." Aber ihr Schritt, der sie zu ihrem Zelt führte, war schneller als sonst.

Der Wahrsager

Der Astrologe hatte seit Stunden Weihrauch verbrannt und Zeichen gelesen. Er stellte das Horoskop der Geburt des Kaisers auf. Gaius wollte wissen, welchen Einfluss die Gestirne im Augenblick seiner Geburt auf sein Schicksal ausgeübt hatten. Die Himmelskörper sollten ihm Rückschlüsse auf die kommenden Ereignisse in seinem Leben geben. Sulla, der Astrologe, war über die Aufgabe nicht froh. Sein Gesicht wurde immer finsterer. Gaius musterte ihn. Was das bedeutete, war Sulla klar. Gaius dachte, dass er versuche, seine Stimmung zu erraten und ihn zu belügen.

Gaius begann, durch den Saal zu wandern. „Sie hassen mich alle", blaffte er. „Schon immer haben Sie mich ermorden wollen. In der Nacht kann ich nicht schlafen. Immer und immer wieder sehe ich meinen sterbenden Vater vor mir, Schaum vor dem

Mund. Und ich sehe, wie meine Mutter aus dem Saal geschliffen wird und mein Bruder."

Sulla nickte und zog den Kopf zwischen die Schultern. „Ich sehe Schlimmes, Herr. Es naht Euch auf das Bestimmteste gewaltsamer Tod."

Gaius schrie auf und begann, sich auf die Brust zu schlagen. „Auch das Orakel von Antium hat mir diese Warnung gegeben, Sulla. Es sagt, ich möge mich vor einem Cassius hüten. Ich habe nachgedacht und habe den Befehl gegeben, Cassius Longinus, den Prokonsul von Asien, hinzurichten."

Sulla holte tief Luft. Er hatte zumindest eins richtig erraten. Dieser bebende Jüngling dort vor ihm war gefährlich. Er war gefährlich aus Angst. Cassius Longinus war ein anerkannter Mann, der nie jemandem Böses getan hatte. Und jetzt starb er wegen eines Orakels. Es gab viele Cassius in Rom.

Sulla nickte dienstbeflissen. „Ihr habt wohlgetan, Herr. Ihr habt wohlgetan."

Wenige Stunden später träumte Gaius, der Kaiser, einen seiner seltenen Träume in den sonst so oft schlaflosen Nächten. Er träumte, er stehe im Himmel neben dem Thron Jupiters und werde von dem Göttervater mit der großen Zehe des rechten Fußes fortgestoßen und auf den Erdball hinabgeschleudert.

Er schrak auf und sprang aus dem Bett. „Jupiter will mich nicht", schrie er in die Nacht. „Tempel habe ich ihm gebaut, verehrt habe ich ihn … Und ja, Jupiters größtes Standbild will ich aus Olympia nach Rom bringen lassen, aber das ist doch nur rechtens, dass ich dies vorhabe. Ich, der Kaiser, ein Gott …" Gaius trommelte sich auf die Brust und raufte sein Haar. Er schrie noch lauter. „Ich bin doch ein Gott!?"

Kein Laut war um ihn herum zu hören. Alles lag still.

Der Astrologe Sulla hatte eiligen Schritts den Palast verlassen. Und die Götter hassten den Kaiser.

Der Brand

Camarata war erneut nach Castel Gandolfo gefahren. Er war den hindernisreichen Weg zu dem kleinen Vorort mittlerweile gewohnt und bugsierte sein Fahrzeug an die gleiche Stelle vor dem gelbgetünchten Altersheim, an der es bereits zuvor abgestellt hatte. Ihm war wie schon in den vorhergehenden Tagen unerträglich warm. Der überhitzte Zustand, in dem ihm ständig Schweiß den Rücken und die Kniekehlen hinablief und seine Brust dumpf hämmerte, war in Rom seine Tagesform geworden. Die hohen Platanen der unteren Altstadt Castel Gandolfos machten seinen auserwählten Parkplatz mit ihrem Schatten noch erträglich, aber sobald er den steilen gepflasterten Weg zum Marktplatz in Angriff nahm, brannte die Sonne auf ihn nieder.

Er ließ sich bei seiner Ankunft in der kleinen Pension am Hang ohne Umschweife neben Cariello sinken, der wie jeden Nachmittag auf der zum Albaner-See gewandten Terrasse saß und die Aufzeichnungen über die Vorlesungen des Tages durchsah.

Camarata hielt keine Vorreden, kaum, dass er Guten Tag sagte. Er kratzte sich den Dreitagebart und kam zur Sache. „Professor, diese Franchetta hat uns im Museum gesagt, die Schiffe gäbe es nicht mehr und sie seien 1944 zerstört worden. Machen Sie mich schlau."

Cariello legte die Papiere beiseite, die er gelesen hatte und musterte ihn. „Sie sehen schon wieder aus, als kämen Sie nicht weiter, mein lieber Kolonel. Es tut mir leid, die Antwort auf Ihre Frage wird hieran nichts ändern. Wenn ich ehrlich sein will, weiß man nicht, wer die Schiffe verbrannt hat. Wollen Sie auch einen Kaffee, bevor ich Ihnen die Geschichte erzähle?"

Camarata nahm ein Taschentuch heraus und wischte sich das Gesicht ab. Er musste lächerlich aussehen, schweißgebadet wie er war. Man sah ihm also an, dass er nicht weiterkam … sahen das alle, oder nur Cariello?

Die Kellnerin reagierte auf Cariellos Zeichen und Camarata bestellte wie dieser einen Kaffee und Wasser, statt des Biers, das er im Sinn gehabt hatte. Er dachte an sein schlechtes Gewissen vom Vortag. Außerdem konnte er nicht jeden Tag zwei Stunden lang seinen Rausch ausschlafen. Schließlich nickte er Cariello auffordernd zu.

Dieser schmunzelte. „Das mit der Vernichtung der Wracks ist gegen Kriegsende geschehen. Ich habe in den letzten Tagen viel über die Geschichte nachgelesen. Im Zweiten Weltkrieg waren die Albaner Berge um Rom Schauplatz von Kämpfen zwischen deutschen und alliierten Truppen. Die Italiener hatten zum Ende des

Krieges schon aufgegeben, aber die italienische Zivilbevölkerung war natürlich auch überall in der Gegend. In Genzano und in Castel Gandolfo wurden Lazarette stationiert, es kam zu Gefechten und Kampfhandlungen. Zehntausende Flüchtlinge waren aller Orten. Die Lage war kurz und gut unübersichtlich. Sie können mir folgen?"

Camarata brummte zustimmend.

„Im Mai 1944 kam es zu einer Verlagerung der Front direkt nach Genzano und Nemi. Dabei wurde eine deutsche Flak-Geschützstellung nahe dem Museum untergebracht, das die Wracks Caligulas beherbergte. Nicht darinnen, nur auf dem flachen Platz am Seeufer nahebei, dort, wo heute die kleinen Hütten stehen. Die Deutschen forderten das Museumspersonal auf, in Höhlen der Umgebung Schutz zu suchen, da bereits das berühmte Kloster Monte Cassino und die Ruinen von Pompeij von den Alliierten bombardiert worden waren. Sie kennen die Geschichte … Im Gelände des nahen apostolischen Palasts, hier in Castel Gandolfo, waren einige hundert zivile Flüchtlinge und Nonnen im *Collegio di Propaganda Fide* durch alliierte Bomben umgekommen. Jeder, der sich nicht in Sicherheit brachte, riskierte sein Leben."

Camarata unterbrach Cariello. „Das sagen Sie so, aber warum haben sich die Deutschen auch so nah beim Museum stationiert? Sie mussten doch wissen, dass sie die Schiffe in Gefahr brachten."

Cariello zuckte die Schultern. „Das Seeufer war die einzige ebene Fläche, um die Flaks aufzustellen. Es ist schon als Rücksicht zu betrachten, dass die Deutschen sich nicht wie wenig später die Amerikaner im Museum selbst einquartierten. Sie hätten auch auf keine andere Stellung ausweichen können. Sehen Sie sich am Nemi-See um. Das Seeufer beim Museum ist die einzige unbewohnte Gegend und der Vulkankrater beschützte die Soldaten. Wären sie nach links oder rechts auf die Felsenhöhen ausgewichen, hätten sie sich und die Zivilbevölkerung in Nemi oder Genzano in Gefahr gebracht. Die beiden Orte waren bereits bombardiert worden und lagen nach dem Krieg zu achtzig Prozent in Schutt und Asche. Die Deutschen hatten keine andere Wahl."

„Es kam zum Beschuss?"

„Am 31. Mai 1944 bombardierte, wie vorherzusehen, eine Fliegerstaffel der Alliierten die deutsche Stellung und die Orte am See. Die deutsche Flak erwiderte. Das Ganze dauerte Stunden. Gegen 8 Uhr abends war der Spuk vorbei, die Nacht fiel auf den See. Das Museum schien heil geblieben zu sein … aber dann geschah das Unerklärliche."

Cariello räusperte sich und Camarata beugte sich zu ihm über den Tisch, um sich nichts entgehen zu lassen.

„Das Museumspersonal berichtete später, dass es in jener Nacht vor den Höhlen gestanden habe, in denen es untergekommen war, und anderthalb Stunden nach dem

Ende der Bombardierung einen Lichtschein im Museum gesehen habe. Das Gebäude fing Feuer und brannte lichterloh von innen aus. Niemand wagte, zu reagieren, und erst viel später traute sich das Personal, ins Museum zurückzukehren. Was sie dort vorfanden, war niederschmetternd. Beide Boote Caligulas waren verbrannt, und zwar vollständig."

„Warum? Warum so viel später?"

„Eine Erklärung hierfür hatte man nicht. Die Bombardierung war lange vorher beendet worden. Alles war still gewesen. Nach dem Krieg setzte man eine Kommission ein, die feststellen sollte, wer die Schuld hatte und wie es zu dem Brand kommen konnte. Der Bericht der Kommission ist frei erhältlich. Die Feststellungen zu dem Brand, die gemacht wurden, sind klar, die daraus gezogenen Schlüsse reine Verdächtigungen."

Cariello machte eine Pause, da die Kellnerin die Getränke brachte. Dann fuhr er ernst fort. „Es stellte sich mehreres heraus: Zum Ersten – keine größere Bombe hatte das Gebäude direkt getroffen. Das Museum hatte von innen gebrannt, nicht von außen. Es hatte auch keine größere Explosion gegeben. Granaten oder ähnliche fallende Objekte hatten jedoch an mehreren Stellen das Dach durchschlagen und es waren Löcher darin. Etwas hatte die beiden Wracks in Brand gesetzt."

Camarata brummte: „Schwer war das sicher nicht. Die Boote bestanden aus uraltem Holz, das sicher mit Konservierungsmittel getränkt war."

Cariello nickte. „Die Schiffe brannten und niemand hat die Feuerlöscher bedient. Aus diesen Befunden zog die Kommission den Schluss, dass sich deutsche Soldaten ins Gebäude geschlichen und die Wracks in Brand gesetzt hätten. Als Beweis hierfür wurde eine kleine Säule angeführt, die von einem der Schiffe geborgen worden war, und von ihrem Ausstellungsort gefallen war. Ich halte diesen Schluss für wenig überzeugend. Es können deutsche Soldaten gewesen sein, es kann aber auch sehr gut sein, sie waren es nicht."

„Was spricht dagegen?"

Cariello zuckte die Schultern. „Zum einen war der deutsche Oberbefehlshaber in Süditalien, Kesselring, ein großer Kunstliebhaber und hatte wiederholt den Schutz der archäologischen Stätten angeordnet. Er hatte versucht, Monte Cassino zu beschützen, er hat Rom zur offenen Stadt erklärt, um das Forum Romanum zu retten. Warum sollte jetzt der Befehl ergangen sein, eine so wichtige Entdeckung wie die Nemi-Schiffe mir nichts dir nichts zu verbrennen, vor allem wo Mussolini selbst sie sozusagen als sein Steckenpferd hatte bergen lassen? Zum anderen waren den Deutschen gerade eine gute Anzahl Bomben auf den Kopf gefallen und sie hatten sicher Besseres zu tun, als hinterlistig durchs Gebüsch zu schleichen und Museen anzuzünden, die sie vorher selbst zum Schutz evakuiert hatten." Cariellos Gesicht war düster und er schüttelte den Kopf.

Camarata blies die Wangen auf. „Aber wenn es die Deutschen nicht waren, wer war es dann?"

Cariello rieb sich das Kinn. „Es ist nicht auszuschließen, dass die Wracks durch eine alliierte Bombe in Brand gesteckt wurden. Chemisch-mechanische Langzeitzünder wurden im Luftkrieg des Zweiten Weltkriegs in großem Umfang in Sprengbomben der britischen Royal Air Force und der United States Army Air Forces verwendet. Sie sollten Lösch- und Bergungsarbeiten unmöglich machen und durch die Detonation der Bomben noch Stunden nach Ende des Luftangriffs Zivilpersonen treffen, die ihre Schutzräume verlassen hatten. Es kann sein, dass eine kleinere solche Bombe durch das Dach des Museums gefallen war und erst zwei Stunden nach der eigentlichen Bombardierung zündete. Es gab britische Langzeitzünder, die in unter zwei Stunden reagierten. So eine Bombe hätte zu einem Brand aus dem Inneren des Museums heraus geführt, genau, wie er beobachtet wurde. Dass man die Explosion der Bombe nicht hörte, heißt nicht, dass sie nicht stattfand. Das Personal stand zwei Kilometer vom Museum entfernt. Falls es kein Langzeitzünder war, kann es sich immer noch um einen durch Granaten verursachten Schwelbrand gehandelt haben, der seine Zeit brauchte, um auszubrechen."

Camarata notierte sich die Fakten, die Cariello ihm erzählte, und hob dann den Kopf. „Hätte die

Untersuchungskommission die Überreste der Bombe nicht finden müssen?“

Cariello schüttelte den Kopf. „Direkt nach dem Abzug der deutschen Truppen besetzten die Amerikaner das Museum. Sie reinigten es, um darin ihre Truppen unterzubringen. Das Museum als solches war ja relativ unversehrt. Die Untersuchungskommission erwähnt diese Reinigung zwar, aber sie bringt trotzdem das Fehlen der Bombenreste als Beweis ihrer Nichtexistenz an. Aber das Gebäude war gesäubert worden und natürlich hätte man Bombenreste als Erstes entfernt. Blindgänger und Langzeitbomben waren eine reale Gefahr. Keiner hätte sich umgeben von Bombenresten schlafen legen wollen. Ob im Museum Bomben gelegen hatten, konnte die Untersuchungskommission daher nicht mehr sagen.“

Camarata lachte kurz und scharf. „Aber Deutschland hatte den Krieg verloren und die Amerikaner hatten ihn gewonnen. Also war es opportuner zu befinden, die Deutschen hätten die Schuld?“

Cariello lächelte. „Noch so eine PR-Katastrophe wie Monte Cassino wollten die Amerikaner nicht haben. Geschichtsschreibung ist nie objektiv.“

Camarata nickte. „Sie glauben also, es war eine Bombe der Alliierten?“

Cariello seufzte. „Ich glaube nichts. Ich stelle nur fest, dass es mehrere Hypothesen gibt und man keine beweisen kann. Man weiß in Wahrheit nicht, was geschah. Es gab hier in der Gegend Anschuldigungen, dass Flüchtlinge der Bombardierungen das noch relativ unbeschädigte Gebäude in der Nacht als Fluchtort benutzt hätten und dabei das Holz der Wracks zum Feuermachen benutzen wollten. Es war jedoch mit Konservierungsmitteln getränkt und brannte schneller als gedacht."

„Aber die Leute müssen doch gewusst haben, wie wichtig diese Boote waren?"

„Wenn Ihnen gerade eine Ansammlung von Bomben auf den Kopf gefallen ist und in Ihrer ganzen Stadt kein Stein mehr auf dem anderen steht, sind Ihnen alte Schiffe vielleicht nicht mehr so wichtig? Es kann auch sein, der Brand war keine Absicht, und ist nur beim Feuermachen mit anderen Materialien auf die Boote übergesprungen."

Camarata knurrte und biss auf seinem Stift herum. „Sie wundern sich sicher, warum ich Sie das alles frage, Cariello. An sich könnte es uns ja egal sein, wer die Schiffe verbrannt hat, so lange nach dem Krieg. Wir suchen nach dem Mörder einer toten Museumsdirektorin, nicht nach demjenigen, der den Inhalt ihres Museums vor achtzig Jahren niedergebrannt hat. Aber ich habe einen Grund für meine Fragen." Er griff in die Tasche und holte eine Plastikfolie heraus, die ein Blatt Papier enthielt. Er reichte es Cariello, der es aufmerksam betrachtete.

Das Papier war aus einem Ringblock herausgerissen worden. Es war kariert und darauf war in Druckschrift mit blauem Kugelschreiber notiert: ,*1944 Incendio Parti Navi Roma?! 12.30 Tempio*'.

„Was schlussfolgern Sie daraus?"

Cariello nahm seine Lesebrille aus der Tasche, setzte sie auf und las das Papier mehrmals, als ob er Details der großen klaren Schrift übersehen haben könnte. „,1944 Brand Teile Schiffe Rom'. Sie haben das bei Dottoressa Agnelli gefunden?"

„Ja, das ist ihre Schrift und der Zettel wurde in der Tasche des Kostüms der Leiche gefunden."

Cariello nickte. „Sie hat sich etwas zu den Wrack-Teilen notiert, sowie eine Zeit. 12.30 könnte die Stunde sein, zu der sie sich mit ihrem Mörder verabredet hatte. Sie starb in etwa um diese Zeit, nicht wahr? Und ,Tempio' könnte den Diana-Tempel meinen, wo man sie später fand ..."

„Das mit den Teilen bezieht sich vielleicht auf die verstreuten Teile der Boote?

„Alle Klein-Teile der Bootsfunde wurden wegen der Kämpfe im Zweiten Weltkrieg nach Rom gebracht. Sie befinden sich zum großen Teil noch heute im Museo Nazionale im Palazzo Massimo. Ein zweiter Teil der Funde macht heute die noch verbliebenen Sammlungen des Nemi-Museums aus. Das ist allgemein bekannt und Agnellis Worte könnten sich auf die verstreuten Teile der Schiffe beziehen."

Camarata nickte ungeduldig. „Was machen Sie aus dem Ausrufezeichen, dem Fragezeichen und dem Wort Brand?“

Cariello krauste die Stirn. Sein Ton wurde ernst und trocken. „Machen Sie sich keine Sorgen, Camarata. Ich finde heraus, was es mit diesem Zettel auf sich hat. Als Erstes, denke ich, brauchen wir eine Liste aller Gegenstände, die sich ursprünglich im Museum befunden haben, und zweitens eine Liste aller Gegenstände, die heute noch in Museen sind, entweder in Nemi oder in Rom. Ich bin neugierig, ob es Unterschiede gibt. Ich möchte wissen, ob Gegenstände weggekommen sind, die nicht hätten weggekommen sein dürfen ...“

Der Hausmeister

Es war der späte Vormittag des Folgetages. Der vom Albaner-See heraufwehende Wind trug bereits lange vor der Mittagsstunde keine Frische mehr herauf und die Straßen von Castel Gandolfo lagen menschenleer. Nur vor den Toren des Papstpalastes hielt sich eine Handvoll verirrte Touristen auf. Die gemächliche Kleinstadt war einst das stolze Albalonga gewesen, erbitterter Gegner Roms. Davon war ihr wenig geblieben. Sie war zur behaglichen Ortschaft mit alten Häusern, Blumen und Touristencafés geworden.

Das Gebäude des Palastes in ihrer Mitte war ihre Attraktion, aber dessen schmucklose Fassade bot dem Auge wenig Grund zum Verweilen an. Die verputzten

Mauern verbargen, dass ihr Grundstein vor zweitausend Jahren von den Kaisern Roms gelegt worden war. Die mittelalterliche Burg, die man über die Reste der Kaiser-Villa gebaut hatte, hatten die Päpste erst viel später von einem seiner Besitzer wegen unbeglichener Rechnungen beschlagnahmt. Seither war das klotzige Bauwerk von fast allen Kirchenherren in den Sommermonaten genutzt worden.

Im Weltkrieg hatte der Papst von hier zum Frieden aufgerufen und hatte dreizehntausend Flüchtlinge in Gebäude und Park aufgenommen. Dann waren beide trotz des neutralen Status von den Alliierten bombardiert worden. Die Entschuldigung der Amerikaner hatte gelautet, es wären Deutsche im Castel gewesen. Das stimmte, aber es hatte sich um eine Handvoll Insassen des Lazaretts gehandelt und man hätte auch diese nach den geltenden Genfer Konventionen nicht bombardieren dürfen.

2016 hatte Papst Franziskus angekündigt, Castel Gandolfo nicht mehr als Sommerresidenz nutzen zu wollen. Cariello verstand ihn. Mit Marmor verkleidete Säle waren nicht jedermanns Vorstellung vom Ausruhen.

Seitdem diente die Papstwohnung als Museum. Zu ihr gehörten auch zwei Villen. In einer davon befand sich das Kongresszentrum in dessen Räumen die Tagung stattgefunden hatte, zu der Cariello gekommen war. Die Konferenz war mittlerweile beendet und Cariellos Kollegen abgefahren. Er war noch immer in der Altstadt und wanderte durch ihre schmalen Gassen, die Hände auf dem Rücken und die Stirn gerunzelt. Er hatte weder Neuigkeiten von Therese noch von Camarata, aber wollte noch nicht aufbrechen. Unruhe trieb ihn um.

Um die Zeit zu töten, hatte er den Palast angesehen und den Park besichtigt. Er konnte verstehen, warum die amerikanischen Wicca es vorgezogen hatten, ins Zentrum Roms umzuziehen. Weder Castel Gandolfo noch Genzano oder Nemi waren lebhafte Städte.

Cariello seufzte. Er hatte zwar Indizien im Fall der ermordeten Museumsdirektorin aufspüren können, aber wie Camarata schien ihm niemand, den er bisher getroffen hatte, wirklich verdächtig. Er traute weder der sympathischen Franchetta noch dem mageren Mann, den er am Museum getroffen hatte. Zudem hatte er von Therese Eigenartiges über Bazzoni gehört, aber das alles erlaubte nicht mehr als Spekulationen. Er war kein Ermittler und die Carabinieri hielten ihre Erkenntnisse für sich. Trotzdem … Jetzt da man ihn einmal um Hilfe gebeten hatte, wollte er mehr wissen.

Er bereute, die Wicca-Touristen nicht gesehen zu haben. Chiara hatte sie und ihr nächtliches Fest Therese gegenüber erwähnt, die ihm die Sache weitererzählt hatte. Therese gab zu, im naheliegenden Zeltlager geschlafen und nichts von den Zeremonien der älteren Damen mitbekommen zu haben. Er hatte daraufhin die Wicca nachgeschlagen, aber ohne sie gesehen zu haben, konnte er sich keine Meinung bilden. Er war bei seinen Forschungen nicht weitergekommen und Camarata kam immer nur mit Fragen, aber nie mit Informationen zu ihm. Der behäbige Ermittler hatte sicher keine Wahl. Trotzdem ärgerte es ihn …

Eine weitere Sache quälte Cariello. Er hatte auch keine Neuigkeiten von seiner Familie. Seine Schwester war und blieb verschwunden. Seine Mutter grollte, dass er nichts für sie tun konnte, und antwortete nicht mehr auf seine Anrufe. ‚Und auch Therese kommt nicht nach Castel Gandolfo. Allerdings habe auch ich sie nicht kontaktiert.' Er hätte es als unangemessen empfunden, als Thereses Lehrer bei ihr anzurufen, aber ihre frische Lebhaftigkeit fehlte ihm.

Als er bei diesem Punkt seiner Grübeleien angekommen war, fiel ihm eine Gestalt auf, die ihm im Schatten der Häuser folgte. Er erkannte, um wen es sich handelte. Es war der hagere Mann, der sie im Museum am Tag des Auffindens der Leiche Agnellis gegrüßt hatte. Er hatte die Schultern emporgezogen, als wolle er seinen Kopf verstecken und trug die gleiche schmierige Jacke, die ihm bereits bei ihrer ersten Begegnung aufgefallen war.

Cariello hielt inne. Er war nicht der Typ Mensch, der dem Schicksal seinen Lauf ließ, zumal er gerade an den Mann gedacht hatte. Im Gegenteil – er war froh, dass sein langweiliger Vormittag unterbrochen wurde und steuerte kurzentschlossen auf seinen Verfolger zu. Ihm entging nicht der Schimmer von Panik, der über dessen Gesicht huschte, als er ihn kommen sah. Seine Augen verdrehten sich nach oben und zeigten das Weiß des Augeninneren, ein scheuendes Tier kurz vor der Flucht.

Cariello beschleunigte seinen Schritt und sprach ihn an. „Wir haben uns bereits einmal gesehen, nicht wahr? Wie heißen Sie?“ Er erhielt keine Antwort. Der Mann duckte sich in den Schatten des Hauses, vor dem er angehalten hatte, und krümmte den Rücken, als erwarte er Schläge.

Cariello zögerte. Seine Direktheit schien den Mann zu verschrecken. Ihm war bewusst, dass er Autorität besaß. Seine Studenten reagierten oft verängstigt. Er drehte sich, so dass er neben dem Mann stand und nicht mehr direkt ihm gegenüber und musterte die Blumen der Rabatten, als habe er keine andere Sorge im Leben. „Es ist heiß heute, nicht wahr? Was für ein Wetter. Unerträglich, finden Sie nicht?“

Der Mann zögerte, aber blieb stehen.

„Die Cafés schließen zu früh in diesem Ort. Wenn die Tage nicht so lang wären ...“

Und so weiter. Die Taktik half. Die schmächtige Figur an seiner Seite entspannte sich, der Kopf erschien zwischen den hochgezogenen Schultern. Der Mann richtete sich langsam auf. Sie begannen Seite an Seite den Weg hinaufzugehen.

Nach einer Weile hörte er „Zefirelli.“

„Zefirelli wie der Opernregisseur?“

Der Mann nickte.

Cariello war erfreut über seinen bescheidenen Erfolg. „Sie arbeiten im Museum?“

Der Mann nickte wieder. Er schien nicht bereit, von sich aus mehr als drei Worte zu stammeln. Cariello war neugierig, aber hatte Angst, Zefirelli zu verschrecken. Er tastete sich langsam voran. „Haben Sie Agnelli gekannt?“

Nicken.

„Haben Sie sie gemocht?“

Schulterzucken.

„Wann haben Sie sie zuletzt gesehen?“

„Im Museum.“

„Wann?“

„Den Tag, bevor Sie gekommen sind.“

„Früh? Abends?“

„Gegen Mittag. Sie verließ das Museum.“

„Zu Fuß?“

„Ja.“

„Allein?“

„Ja.“

„Hat Sie etwas zu Ihnen gesagt? In welcher Stimmung war sie?“

Cariello bekam keine Antwort. Der Mann neben ihm wand sich. Er war rot angelaufen und atmete gepresst, sichtlich unter starkem seelischem Stress. Cariello war dem Problem zu nahe gekommen.

Er versuchte es erneut mit einem Umweg. „Was tun Sie im Museum?"

„Hausmeister."

„Was heißt das? Wenn etwas nicht funktioniert, reparieren Sie es? Reinigen Sie auch das Gebäude? Kümmern Sie sich um Ausstellungsstücke?"

Die Fülle der Fragen war zu viel für den Mann. Es herrschte eine Weile Stille. Dann murmelte er: „Schon mein Vater war Hausmeister."

Cariello wagte einen Seitenblick auf Zefirelli. Er war mindestens fünfzig Jahre alt. Ihm kam ein Gedanke. „War Ihr Vater lange Hausmeister?"

„Fast fünfzig Jahre."

„Seit der Eröffnung des Museums?"

„Er hat mir den Posten vererbt. Ich bin nicht intelligent. Ich hätte sonst keine Arbeit gefunden."

„Sie sind schon lange Hausmeister?"

„Ja."

Cariello holte tief Luft. Er befand sich in Präsenz des Sohnes des Hausmeisters des Museums, der nun ebenfalls Hausmeister war. Außer den beiden hatte es keine Hausmeister gegeben. Und der Mann wusste sichtlich etwas, sonst wäre er ihm nicht so beharrlich gefolgt. Zefirelli brannte sein Wissen auf der Seele, aber er war intellektuell nicht in der Lage, es zu formulieren. Er war nahe der geistigen Behinderung.

„Lebt Ihr Vater noch?“

„Im Altersheim.“

„Würde es Ihnen etwas ausmachen, wenn ich ihm einen Besuch abstatten würde?“

Cariello hatte den Nagel auf den Kopf getroffen. Zefirelli winkte ihm eifrig, ihm zu folgen, und lief ihm wie neu belebt voraus. Er durchquerte kleine Straßen, um in den tiefergelegenen Teil der Stadt zu kommen. Vor einem großen gelben Gebäude hinter einem imposanten Tor hielt er an. Es handelte sich laut Aufschrift um das örtliche Altersheim. Der Geruch nach Desinfizierungsmittel und Urin im Eingangsbereich bestätigte das.

Cariello lief ein Schauer über den Rücken. Seine Einstellung zu Altersheimen war von unterdrückter Furcht und Ablehnung geprägt. Trotzdem folgte er Zefirelli durch die weißgetünchten Gänge, vorbei an über ihre Stöcke gekrümmten alten Frauen und sabbernden Männern an Gehhilfen.

‚Warum können diese armen älteren Leute nicht in normalen Häusern wohnen, statt in dieser Art desinfizierter Notunterkunft?‘, schoss es ihm durch den Kopf. Er hielt die Luft an und folgte eilig seinem Führer.

Sie traten in eins der Zimmer, welches im ersten Stock des Gebäudes lag. Auf einem Sessel am Fenster saß ein Greis. Seine Knie waren trotz der Bruthitze mit einer Decke geschützt und er stierte aus dem Fenster. Der Fernsehapparat lief, aber der Ton war abgedreht.

Das Zimmer war klein und seine Ausstattung bestand nur aus einem Bett, einem kleinen Tisch und einem Schrank. Es roch nach altem Mann. Auf dem Tisch stand ein halbverwelkter Blumenstrauß.

Der Greis drehte sich um und sah Cariello mit wachen Augen an. Seine Stimme schnarrte. „Hat mein debiler Sohn Sie also doch noch hergebracht. Ich hatte ihn darum gebeten, aber er ist seit Tagen unfähig, zu Ihrer Pension zu gehen und Ihnen zu sagen, dass Sie mich besuchen sollten."

Der Greis war trotz seines Alters aufgeweckter als sein Nachkomme. Seine Augen waren blau, wenn auch durch das Alter verwaschen. Er schien an grauem Star zu leiden. Er war sichtlich über neunzig. Sein Haar war schlohweiß, aber voll. Es krönte seinen Kopf wie eine Löwenmähne. Cariello deutete eine Verbeugung an, stellte sich vor, erklärte, wer er war und dankte für die Einladung.

Der Greis grummelte. „Ich dachte, Sie wären von den Carabinieri?"

„Nein. Ich bin Professor der Archäologie. Ich assistiere den Carabinieri in diesem Fall, da Indizien vermuten lassen, dass der Mord an Frau Agnelli, der Direktorin, in Verbindung mit dem Museum und den archäologischen Stätten steht."

Der Alte keckerte. „Agnelli als Frau Direktorin. Lächerlich. Mit den altmodischen Schuhen und dem Rock über dem flachen Arsch."

Er brach in schallendes Gelächter aus, das unangenehm laut von den Wänden hallte. Dabei riss er den Mund auf, wie ein abgemagertes Nilpferd, das aus dem Wasser auftaucht, und schlug sich auf die Schenkel. Das Gelächter des Greises ging in raues Husten über. „Ich kannte Agnelli, als er ein Mann war. Ein Mann! Wussten Sie, dass Agnelli nicht nur sein Geschlecht geändert hat, sondern auch seinen Namen? So ein Gestörter."

Der alte Zefirelli begleitete seine Worte mit einem Wedeln der Hand vor seinem Gesicht, um die geistige Störung Agnellis klarzumachen. „Aber er ist angeblich einer der besten Forscher zum Thema der Diana-Kulte gewesen, den es gab. Eine Koryphäe. Schade drum. Er war geistig blem blem, aber eine Koryphäe." Zefirelli brach wieder in sein knarrendes Gelächter aus.

Cariello zuckte bei jedem Lachanfall unangenehm berührt zusammen. Kein Wunder, dass Agnelli seinen Namen geändert hatte, um nicht mehr mit solchen Personen wie dem alten Zefirelli konfrontiert zu werden. Das obere Gebiss des Greises löste sich und fiel klappernd von seinem Gaumen auf den Unterkiefer. Er brach das Gelächter schlagartig ab, um seine Zähne zu ordnen, peinlich berührt von dem Zwischenfall.

Cariello bemühte sich, seine gewohnte Ruhe selbst in diesem Rahmen zu bewahren. „Darf ich fragen, ob

Agnelli Sie in den letzten Monaten besuchen kam und was das Thema des Gesprächs war?"

„Na, aber sicher dürfen Sie das. Deswegen wollte ich Sie doch sehen. Agnelli ist hierhergekommen und wollte wissen, wie das damals war, als die Schiffe verbrannten und wo die verschiedenen Sachen hingekommen sind."

„Waren Sie damals in der Nacht des Feuers anwesend?"

„Nicht im Museum. Ich stand auf dem Hügel und habe zugesehen, wie die ganze Herrlichkeit zu Schanden gegangen ist. Da habe ich Jahre gearbeitet, um die Schiffe mit aus dem Schlamm zu ziehen, habe mit an diesem Hangar von Museum dort am Ufer gebaut, und dann das. Zum Teufel das Ganze. Brennholz."

Cariello bereitete sich auf einen weiteren Lachanfall des Alten vor, aber es kam keiner. „Haben Sie eine Meinung, wer die Schiffe abgebrannt haben könnte?"

„Sie wollen wissen, ob ich eine amerikanische Bombe habe drauf fallen sehen oder einen kleinen deutschen Soldaten in der Nacht mit einem abgebrannten Streichholz getroffen habe? Nix da. Nada. Das habe ich auch Agnelli gesagt. Keiner weiß es und wer behauptet, er wüsste, wer's war, der lügt."

„Aber es gab Berichte, man habe in der Nacht, eine Stunde nach dem Ende des Bombenangriffs, eine Person und Feuerschein im Museum gesehen."

„Man hat Feuerschein gesehen. Das mit der Person kommt von Ihnen. Ich war da. Man hat den Schein von

Feuer hinter den Fenstern gesehen, mehr nicht. Das kann auch gut und gerne schon eine Stunde geschwelt haben. Bei den trockenen Booten hätte ein dumm gefallener Funken ausgereicht. Es schwelt, es züngelt, keiner tut was, es brennt und Schwups, Mussolinis Lieblinge sind nicht mehr."

Cariello wusste nicht, was er von dem greisen Hausmeister halten sollte. Warum hatte Zefirelli seinen Sohn zu ihm gesendet und was wollte er? „Wenn Sie gestatten – alles, was Sie sagen, weiß man. Was wollte Agnelli von Ihnen? Eine Bestätigung der Geschichte?"

„Agnelli wollte wissen, warum der damalige Museumsdirektor kurz vor dem Brand in einem seiner Bücher angemerkt hatte, Bazzoni sei ein elender Lügner und Tunichtgut."

Cariellos Augenbrauen wanderten nach oben. Sein Ausflug zu Zefirelli begann sich zu lohnen. „Und, wissen Sie warum? War Bazzoni ein Tunichtgut? Er muss doch noch ein Kleinkind gewesen sein."

Zefirelli zuckte unwirsch die hageren Schultern. „Es ging um den alten Prinzen Bazzoni, nicht den jetzigen aufgeblasenen Kerl, der in allen Journalen steht. Es ging um den Vater. Bazzoni und der Direktor konnten sich nicht leiden. Sie haben schon bei der Konstruktion des Museums gestritten. Einige Artefakte des Diana-Tempels, die von Bazzonis Gelände kamen, waren ins Museum gebracht worden und Bazzoni wollte sie wiederhaben ... um sie zu verkaufen, wohlgemerkt. Bazzoni war in

Geldnot, er wollte im Palast wohnen, ohne zu arbeiten. Wollen wir das nicht alle?“ Ein klapperndes Gelächter folgte.

Cariello ertappte sich dabei, wie er die Schultern genauso hochzog, wie Zefirellis Sohn.

Der Alte fuhr fort. „Dann, Beginn 1944 kam es zum Eklat. Worum es ging, weiß ich nicht. Aber der Direktor und Bazzoni lieferten sich eine Schreischlacht. Es kam fast zu Handgreiflichkeiten. Ich war damals dabei, eine Wasserleitung vorm Büro des Direktors zu reparieren und habe alles gehört. Es ging um Caligula, den Kaiser, wissen Sie? Im Museum war alles Diana und Caligula. Der Direktor schrie ‚Caligula‘ und Bazzoni schrie ‚Caligula‘. Dann knallte und krachte es im Büro. Als es bedenklich wurde, habe ich mir erlaubt, die Tür zu öffnen, um im Notfall meinem Chef zu Hilfe zu kommen.“

„Was haben Sie gesehen?“

„Das Büro war eine Wüste und bei meinem Eintreten hatte Bazzoni den Direktor an der Gurgel gepackt. Beide waren hochrot im Gesicht, mit zerrauften Haaren. Sie haben sich dann noch ein paar Schlechtigkeiten zugefaucht und schließlich ist Bazzoni gegangen. Er hat mich keines Blickes gewürdigt und der Direktor auch nicht.“

Cariello beugte sich zu dem Alten. „Was waren diese ‚Schlechtigkeiten‘? Erinnern Sie sich an den Wortlaut?“

Zefirelli zuckte erneut die mageren Schultern. „Der Direktor hat gesagt, er würde ‚das alles' öffentlich machen und Bazzoni hat gefaucht, er würde den Direktor, den alten Nazi, nach dem Krieg an den Galgen bringen und bald würde man sowieso nichts mehr beweisen können."

Cariello spürte sein Herz vor Anspannung schneller schlagen. „Wenn Bazzoni meinte, dass man bald nichts mehr beweisen könnte, was glauben Sie, meinte er damit? Meinen Sie, er könnte von einem Plan, die Wracks anzuzünden, gewusst haben?"

Zefirelli spuckte vor sich auf den Boden. Cariello schauderte bei dem Anblick, aber sagte nichts.

„Bazzoni ist tot und begraben. Fragen können Sie ihn nicht mehr. Er war ein einflussreicher Mann und sein Sohn hat ihn beerbt. Wenn der Direktor es nicht gewagt hat, den Mund aufzumachen, warum sollte ich es wagen?"

Cariello nickte. „Aber unter uns – halten Sie es für möglich, dass Bazzoni von dem Plan, die Wracks zu vernichten wusste?"

Zefirelli knurrte. „Natürlich halte ich es für möglich, sonst hätte ich Sie nicht hierhergebeten. Der Direktor ist gleich nach dem Krieg gegangen. Er war einer von Mussolinis Leuten. Keiner sonst hat den Mund aufgemacht. Aber lassen Sie sich eins gesagt sein: Abgesehen von seinen politischen Ansichten war der Direktor ein ehrlicher Mann. Er hing an den Wracks und war ein

Wissenschaftler. Wenn er Bazzoni in Bezug auf etwas, was die Schiffe betraf, einen Lügner geschimpft hat, dann war Bazzoni ein Lügner. Bazzoni muss etwas über den Direktor gewusst haben, so dass dieser den Mund hielt. Das war damals nicht schwierig. Politisch hatte der Direktor sicher manches am Stecken und jeder hatte Angst vor den Folgen dessen, was er in den Jahren unter Mussolini getan und beteuert hatte. Aber nach dem, was ich Bazzoni habe sagen hören, wurden die Wracks nicht lediglich aus Zufall verbrannt. Man hat den Beweis für etwas vernichtet. Was das war und wer das Streichholz an das Holz gehalten hat, weiß ich nicht. Aber ich habe das alles genauso, wie ich es Ihnen sage, Agnelli erzählt und jetzt ist er tot. Anscheinend hat er eine Antwort auf das, was er wissen wollte, gefunden." Ein knarrendes Gelächter erschütterte erneut den Raum, gefolgt von einem Hustenanfall.

Als Cariello wieder auf der Straße stand, musste er tief Luft holen, um sich von dem auf ihm lastenden Druck zu befreien. ‚Der Alte ist eine Scheußlichkeit!'

Er bedankte sich bei Zefirellis Sohn, der ihn nach draußen begleitet hatte und konnte es sich nicht verkneifen, ihm den Besuch eines Psychotherapeuten zu empfehlen, um sich von der Last seines Vaters zu befreien. Er hatte den Eindruck, dass er nicht der Erste war, der ihm dies sagte.

Nachdem, was ihm der Greis erzählt hatte, wurde es f noch unumgänglicher, sich mit den Fundstücken im Museum zu beschäftigen. Es gab sichtlich etwas, das sie übersehen hatten.

Trastevere

Der Abend war mild und erfüllt vom Lachen der Müßiggänger. Der letzte Sonntag im August kündigte nostalgisch den Abschied des Sommers an, während die Feiernden im Trastevere in Rom noch ihre Freiheit genossen. Die Jungen und Schönen huldigten an diesem letzten Tag vor dem Beginn des Septembers genau wie die Alten und Hässlichen dem roten Wein der Hügel, die die ewige Stadt umgaben. Die Luft war lau und die Stimmung ausgelassen.

Therese hatte sich ein weißes Kleid angezogen und ihre Locken offengelassen. Der Sommerwind wehte ihr die Strähnen in die Augen. Sie trug hochhackige Sandalen und in ihrem Glück darüber, auszugehen und zu feiern, war ihr jeder der Pflastersteine, die sie hart unter den dünnen Sohlen fühlte, willkommen.

Im Vorübergehen fiel ihr Blick auf die Titel der Presse an den Kiosken und dämpfte ihre Laune. Das Geschehen vom See von Nemi hatte die Öffentlichkeit erreicht. Die Schlagzeilen redeten von Satan und von Hexensabbaten im heiligen Hain. Krude Theorien und Pentagramme füllten die Seiten.

Sie versuchte, die Titel zu ignorieren. Für ein paar Stunden war sie nicht mehr verdammt, allein im Camp am See zu sein, bedroht von Mördern, Totengöttinnen und Fledermäusen. Sie hatte sich mit Chiara verabredet und würde sich unter die Feiernden mischen, mit einem Recht auf Aufmerksamkeit und Glück, umgeben von

Musik und auf bunten Kissen ausgestreckten Müßiggängern. Ein brodelndes Gefühl von Jugend und Fröhlichkeit tobte in ihr und verjagte die Gedanken an den Mord.

Chiara erwartete sie in Zivil gekleidet an einem Tisch. Therese wollte ihr in die Arme fallen, aber bemerkte Chiaras müde Augen und das Glas Wasser, das statt des erwarteten Cocktails vor ihr stand.

Ein Lächeln huschte über den kirschroten Mund der Carabiniere. „Da bist du ja endlich."

„Verzeihung, ich bin zu spät. Hast du dich verteidigen können?" Therese bemühte sich zu lachen. „Du trinkst Wasser? Hast du die Cocktails tapfer abgelehnt, die man dir von allen Seiten angetragen hat, um mit mir klaren Kopfs über antike Philosophie reden zu können?"

„Ich habe den ganzen Sonntag gearbeitet und mir ist nicht nach Cocktails." Chiaras Stimme klang nüchtern. Sie war blass. „Der Mord in Nemi ist überall in der Presse. Ich komme mir vor, als würde man mich anstarren. Wir kommen nicht weiter und ich bin eine Versagerin. Meine Vorgesetzten kommen morgen aus dem Urlaub zurück und ich habe ihnen bewiesen, dass ich unfähig bin."

Therese runzelte die Stirn. „Wir sollten um diese Jahreszeit am Meer liegen und nicht wie Inquisitoren Hexen jagen, nicht wahr?"

Eine junge Kellnerin brachte ihr den bestellten Wein. „Etwas zu essen?"

Therese schüttelte den Kopf. „Danke. Später."

Chiara wartete, bis das Mädchen gegangen war und lehnte sich über den Tisch. Ihre Züge waren ernst. „Therese, ich bin nicht zum Feiern hier. Ich wollte dich sehen, weil mich dieser Fall in Nemi ratlos macht. Ich muss dringend wissen, was es mit diesen esoterischen Beigaben auf sich hat, die um den Kopf der toten Frau am See drapiert worden sind. Es gibt doch keine Menschenopfer in Rom …?!"

Therese hatte keine ernste Unterhaltung erwartet und bedauerte Chiaras Verzweiflung. „Bei esoterischen Riten hätte ich an Hobby-Sektierer gedacht, nicht an echte Kriminelle, Chiara, aber ich bin nicht der Maßstab der Dinge. Mit so etwas kenne ich mich nicht aus." Als sie Chiaras Blick sah, legte sie ihr die Hand auf den Arm. „Etwas habe ich vielleicht für dich. Ich habe bei meiner Arbeit am Tempel in Nemi einen Altar bemerkt, der zu den Ruinen gehört und auf dem jeden Tag Blumen und Früchte niedergelegt werden. Wer die Sachen bringt, habe ich bisher nicht herausgefunden. Ich habe daran nichts Bedrohliches gefunden und ging davon aus, dass Einheimische an alten Traditionen festhängen, so wie man den Weihnachtsbaum schmückt. An den Büschen entlang des Pfades zum Tempel hängen auch Stoffstreifen und Lametta. Aber vielleicht solltet ihr euch die Leute der Gegend genauer ansehen …"

Chiara verdrehte die Augen. „Ich habe die halbe Bevölkerung befragen lassen, um der Sache mit dem Lametta auf den Grund zu gehen, Therese. Dabei ist vor allem Unsinn herausgekommen. Jugendliche haben uns Geschichten von satanischen Ritualen am Nemi-See erzählt. Andere behaupten, man würde des Nachts Hexen über dem See fliegen sehen. Eine junge Frau hat uns allen Ernstes erklärt, unter dem See gäbe es eine verborgene Welt voller Zwerge. Wir haben mehrfach nachgefragt, ob sie das ernst meint, bis wir feststellen mussten, dass sie wirklich dieser Überzeugung war." Chiara blies die Wangen auf.

„Das war alles?"

„Ein paar ältere Leute haben verlässlichere Angaben gemacht. Sie haben Feuerschein am See gesehen und Musik gehört. Das waren die Wicca, die am Abend des Mordes am Tatort gefeiert haben. Aber irgendetwas hält mich davon ab, diese Amerikanerinnen zu verdächtigen. Ich kann nicht glauben, dass Ausländer in ein fremdes Land reisen und dort in nächtlichen Zeremonien eine Einheimische töten. Mörder schlagen in einem vertrauteren Gebiet zu oder fliehen zumindest sofort vom unbekannten Tatort. Sie kommen nicht zurück, um am Schauplatz ihres Mordes spektakuläre Feste zu feiern." Chiara spielte unentschieden mit ihrem Wasserglas. „Wie gut kennst du dich in den Ruinen am See aus, Therese? Befindet sich noch mehr als der Diana-Tempel dort im Wald?"

Therese fuhr sich durch die Locken. „Ich weiß nicht, ob das euren Mordfall lösen wird, aber es ist kein Wunder, dass es Gerüchte gibt. Wenn du hinter dem Tempel in den Wald gehst, erlebst du dein blaues Wunder."

Chiara hob die Brauen. „Inwieweit?“

Therese fühlte sich beklommen. Die Feiernden des Sommerabends wirkten plötzlich wie Puppen auf sie. Seit der Mord im Hain von Nemi geschehen war, hatte sie das Gefühl in einer Parallelwelt zu leben. Sie nahm eine der Papierservietten vom Tisch und begann eine Skizze des Sees und des ihn umgebenden Tals zu zeichnen. „Wir haben ein Inventar der archäologischen Stätten erstellt. Der Wald um den See verbirgt sie, aber es gibt hunderte. Hier ist ein historisches Aquädukt.“ Sie zeichnete ein Kreuz. „Es ist verfallen, aber die Mechanismen sind noch vorhanden. Eine fantastische Konstruktion, aber zugewachsen und unheimlich. Ein paar Schritte weiter kommst du an eine alte Kirche, ebenfalls überwachsen und unter welken Blättern begraben.“ Sie zeichnete weitere Kreuze ein. „Es handelt sich dabei um die paleochristliche Kirche des Heiligen Nikolaus aus dem Jahr 313.“

„Ist das nicht das Jahr, in dem Kaiser Konstantin mit dem Mailänder Edikt die Verfolgung der Christen aufgehoben hat?“

Therese nickte. „Die Kirche ist gut und gern die erste legale Kapelle des Römischen Reiches – und liegt verschüttet unter Unkraut ... Gleich dahinter liegt eine Nekropole. Ich denke, man fährt gut damit, die Erschaffung der Grabhöhlen auf das Jahr 1000 vor Christus zu datieren. Neben der Kirche befindet sich eine weitere überwachsene Struktur. Das sind die Mauern einer seit der Antike berühmten heilenden Therme, der

Therme der Nymphe Egeria aus dem 1. Jahrhundert vor Christus. Ihre Geschichte wird von Ovid erzählt. Die Nymphe war die Geliebte des Königs von Rom und zerfloss mit ihren Tränen in eine Quelle, als er starb. ‚*Non tamen Egeriae luctus* – Doch nichts linderte die Qual der Trauer Egerias.'"

Chiara seufzte. „Und das Ganze siehst du, wenn du dir die Beine brichst, über Äste und abgestorbene Bäume springst, den Unrat nicht beachtest und dich weder Schutt noch Scherben stören?"

Therese zuckte die Schultern. „Ich habe auch ein unterirdisches antikes Aquädukt gefunden, das hunderte Meter unter Tage verläuft und an einer uralten Eremitenbehausung in der Gegend unterhalb von Nemi endet. Die Eremitage ist geschmückt mit Fresken aus dem 14. Jahrhundert, übermalt von Graffiti aus dem 21. Jahrhundert."

Chiara zog die Brauen zusammen.

Therese erriet ihre Gedanken. Auch sie konnte sich den Zustand der Umgebung des Sees nicht erklären und fragte sich, welches Geheimnis die Ruinen in den Dornröschenschlaf versenkt hatte und warum sich Geister und Untote der Dickichte bemächtigt hatten und keine Touristen. „Italien hat zu viel Geschichte. In Amerika stünden Wegweiser zu diesem Ort fünfhundert Kilometer bevor man ihn erreicht. In Italien wirft man seinen Dreck daneben. Die erste christliche Kirche, der größte Tempel der Diana, eine bemalte Einsiedelei.

Niemand weiß davon. Sogar die Schiffswracks von Nemi kennt, wenn wir ehrlich sind, keiner."

Chiara seufzte. „Was, wenn der abgeschlagene Kopf der Direktorin eine Finte war? Agnelli wollte das Museum wiederbeleben und die Ausgrabung des Diana-Tempels fördern. Soweit wir in Erfahrung bringen konnten, hat sie eine Ausstellung von geraubten und wiedergefunden Artefakten im Museum organisiert und eine archäologische Mission angestrengt, die nach einem dritten Schiffswrack Caligulas im See suchen sollte. Gerüchte über ein drittes, größeres Wrack, das im See verblieben sein könnte, gibt es anscheinend seit Jahren, auch wenn man bisher nichts gefunden hat. Hätten die Aktivitäten Agnellis jemanden stören können? Kunsträuber, Drogenhändler, Immobilienspekulanten?"

Therese schürzte spottend die Lippen. „Der See liegt weit abseits von Rom. Mit Immobilien spekuliert man anderswo. Vielleicht solltest du doch besser nach Satanisten suchen. Die Gerüchte über Pentagramme am See sind in der Region außergewöhnlich lebendig. Bei Castel Gandolfo gibt es einen Selbstmörderfelsen und im nahen Galeria liegen antike Häuser, die ein Treffpunkt von Satansanbetern sind. Vielleicht gehen ein paar Irre so weit, für solche Flausen zu töten." Sie trank von ihrem Wein und musterte die Passanten. Sie hatte vorgehabt, sich Lästereien hinzugeben, aber Chiara war sichtlich nicht nach Plaudereien zumute. An sich hatte sie Recht – ein Mord war geschehen. Aber sie hätte viel dafür gegeben, den düsteren Hain der Diana für einen Augenblick vergessen zu können.

Sie besann sich. „Cariello hat mir berichtet, dass ihm der ehemalige Hausmeister des Museums erzählt habe, Agnelli habe ihren Namen gewechselt. Ich habe im Moment nicht darauf reagiert, aber es ist mir später wieder eingefallen. Ihr habt sicher Agnellis ehemaligen Arbeitgeber besucht und habt Zugang zu den offiziellen Akten." Sie stellte ihr Glas ab. „Chiara – wie hieß Agnelli früher? Kann ihr früheres Leben der Grund für den Mord sein?"

Chiara sah sie an und sagte ihr den Namen Agnellis.

Therese schnappte nach Luft.

Verdacht

Camarata hatte einen Termin mit einem Kollegen bei den römischen Carabinieri vereinbart. Giovanni Adrio befasste sich mit Verbrechen geistig gestörter Personen im Gebiet der Stadt. Er kannte, so hatte man Camarata gesagt, jeden Psychiater der Metropole, hatte jeden relevanten Kriminalfall studiert, wenn nicht gelöst, und hortete Dokumente und Informationen, die sonst niemand besaß. Fälle von Delikten, die auf Grund geistiger Störungen begangen wurden, waren in Großstädten wie Rom häufig. Jugendliche, die ihre Eltern angriffen, Obdachlose, die im Alkoholwahn Passanten belästigten, verrückte Mütter, aggressive Väter und verzweifelte Depressive gab es zuhauf. Es schien, Adrio kannte sie alle.

Als Camarata in sein Büro trat, hatte er das Gefühl, dass dessen Studienobjekte auf ihn abgefärbt hatten. Es herrschte Unordnung in dem kleinen abgedunkelten Raum. Akten stapelten sich auf den Stühlen und Tischen und an den Wänden hingen Pläne von psychiatrischen Anstalten. Fotos von geistig behinderten Schwerstkriminellen standen auf dem Tisch an der Stelle, wo andere Personen Familienfotos ausstellten. Es stank nach Zigaretten, als sei das Arbeitszimmer des Nachts eine Bar.

Camarata hielt den Atem an. „Darf ich eintreten?"

„Sie sind ja schon drin. Warum fragen Sie dann noch, als hätte ich eine Wahl?"

Adrio war bereits im fortgeschrittenen Alter und in seinem Erscheinungsbild noch bizarrer als sein Büro. Camarata schien es, dass er nicht in die Ferien gefahren war, da er in seinem Arbeitszimmer lebte. Er saß hinter seinem Schreibtisch vergraben, mit zu Berge stehenden Haaren und einem aus der Hose hängenden Hemd, dessen Ärmel fleckig und abgestoßen waren. Der Schuh, der unter dem Schreibtisch hervorlugte, hatte ein gähnendes Loch. Am Fenster trocknete Kleidung.

Nichtsdestotrotz erwies sich Adrio als kompetent. Er sah die Namen, Adressen und Fotos der Personen durch, die Camarata ihm reichte und die ins Visier der Ermittler des Nemi-See-Falles gekommen waren. Mit den fahrigen

Gesten eines zerstreuten Professors blätterte er einen Ordner nach dem anderen durch und hielt schließlich bei einem der Fotos inne. Er legte es beiseite, fuhr durch sein unordentliches graues Haar, das nach oben stand, wie von einer Sturmböe bewegt, sah alle weiteren Hefter genauso aufmerksam durch und kam schließlich erneut zum ersten Foto zurück.

Er drehte sich mit rollenden Augen zu seinem Computer, sah verschiedene Dokumente auf diesem durch und tätigte einen Anruf. Seine Finger waren fahrig, aber seine Handlungen zielgerichtet. Am Ende seiner Untersuchungen druckte er eine einzige Seite Papier aus und reichte sie Camarata. Das Dokument enthielt einen kurzen medizinischen Bericht, der sichtlich nur für die Behörden angefertigt worden war und aus dem Teile herausgekürzt worden waren. Schwarze Balken prangten darüber.

Der Name in der ersten Zeile des Textes sprang Camarata trotzdem ins Auge. „*Franca Raggi. 61 Jahre, chronisch paranoide Schizophrenie. Mehrfache Internierung im Krankenhaus Santa Maria della Pieta in Rom, da Wahnvorstellungen der Patientin für ihre Umgebung gefährlich wurden. Hört Stimmen, die ihr Befehle geben und gibt an, Kontakt mit Göttern zu haben. Hat in ihrer Jugend ihre Großmutter erstochen. Wahn daher ernst zu nehmen*", las er laut vor.

„Der Fall hat damals Schlagzeilen gemacht", murmelte Adrio. „Die alte Frau ist verblutet, während ihre Enkelin dabeisaß und ihr nicht geholfen hat. Raggi gab später an, ihre Großmutter vergöttert zu haben, aber Stimmen hätten ihr gesagt, sie müsse sie töten, um sie vor Satan zu retten."

Camarata schaute auf das Foto. Es war vor vielen Jahren angefertigt worden, aber Franchetta war darauf klar zu erkennen. Er hätte sich vor die Stirn schlagen können, der älteren Dame vertraut zu haben.

Anna

Cariello saß auf der Terrasse seiner Pension an dem Platz, an dem er nun schon oft gesessen hatte. Der falsche Marmor der Eingangshalle mochte geschmacklos sein, aber der Ausblick von der schattigen Terrasse war angenehm. Vor ihm stand sein Laptop. Er hatte eine Nachricht von der Botschaft Italiens in Damaskus erhalten. Sie war kurz und enthielt lediglich die Telefonnummer eines Hotels nahe Palmyra.

Cariello biss sich auf die Lippen. Seine Schwester war mit einer Gruppe von polnischen Archäologen in die zerstörte Wüstenstadt gefahren. Dorthin, wo sich seit Jahren islamistische Extreme, russische Soldaten und Nationalgarden des herrschenden Diktators geschlagen hatten. Die antiken Tempel der Stadt waren gesprengt worden. Im römischen Amphitheater hatte man Scharen von Einwohnern des Ortes gehängt. Der syrische Chefarchäologe, der versucht hatte, die antiken Stätten zu retten, war enthauptet worden … „Und meine Schwester hat nichts Besseres zu tun, als sich dort herumzutreiben."

Cariello stöhnte. „Sie hat es nicht für nötig gehalten, mich oder unsere Mutter zu informieren. Kein Wort, keine Nachricht. Noch nicht einmal ein Testament." Er fühlte sich wie gelähmt.

„Es ist ein Akt der Idiotie in Gebiete zu fahren, aus denen jeder andere flieht!" Seine Schwester hatte Goethes Empfehlung, sich über Kriege nur zu unterhalten und dabei zu Hause ein Glas Wein zu trinken, in den Wind geschlagen und stattdessen das Flugzeug genommen.

Cariello wählte mit heftigen Bewegungen die Nummer des Hotels, die ihm die Botschaft gesendet hatte. Ein Mann meldete sich. Cariellos Arabisch war seit seinen Ausgrabungen in Jordanien und Syrien leidlich. Er ließ sich daher ohne Umstände das Zimmer seiner Schwester geben.

Deren raue Stimme antwortete ihm wenig später in gelangweiltem Ton, als sei nichts geschehen und als säße sie an ihrem Küchentisch in Neapel. „Hat dich Mama auf die Spur gesendet? Ich hatte ihr gesagt, dass ich in den Orient fahre, und sie hat dich angerufen, um mich zurückzupfeifen, richtig, Addo?"

Cariello blies die Luft durch die Nase und begann auf seine Schwester einzureden, dass sie nach Europa zurückkehren solle. Sein Tonfall ging angesichts ihrer frostigen Antworten schnell von ruhiger Argumentation in wütendes Bellen über. „Bist du des Teufels, dich an so einem Ort herumzutreiben, Anna? Was soll das? Denkst du, du baust Palmyra mitten im Krieg wieder auf? Weil es so eilig ist und die Touristen Schlange stehen?"

Seine Schwester schnarrte: „Ich kümmere mich nicht um die Ruinen, um Touristen zu gefallen. Die Einheimischen hier schleppen Steine und Kapitelle mit nach Hause. Wenn das nicht sofort zum Halt gebracht wird, ist in ein paar Monaten nichts mehr von den Tempeln Palmyras übrig." Anna fauchte mit ihrer rauchigen Stimme ins Telefon, das es knisterte. „Was schert es dich, ob ich in Palmyra bin? Du hast mich nie unterstützt. Du warst immer Mamas Liebling, dem alles gelingt und der mehr im Fernsehen zu sehen ist als bei Ausgrabungen. Immer gutaussehend, immer elegant. Stört es dich, dass ich hier im Wüstensand etwas Nützlicheres tue, als du, und nicht in irgendeinem Büro Akten von rechts nach links schiebe? Du kannst mir die Regelung meines Lebens selbst überlassen. Ich bin erwachsen."

Cariello schlug sein Puls wie ein Tamburin in den Ohren. Er versuchte, seine Emotionen zu zügeln und seiner Schwester nicht im gleichen Ton zu antworten. Die Gäste des Hotels begannen, zu ihm herüberzusehen. Seine Stimme klang ihm selbst befremdlich und gepresst. „Anna. Sei vernünftig. Ich rufe dich nicht an, um dich zu gängeln, aber diese Gegend in Syrien ist kreuzgefährlich. Wenn morgen Verbrecher vor deiner Tür stehen und jemanden für ihr Enthauptungsvideo suchen, dann kommt dir niemand zu Hilfe. Du wirst eine Anekdote in der Zeitung sein, eine Fußnote wie der Tod von Khaled. Was soll das? Bitte. Komm zurück. Ich kann dir mit den

Tempeln helfen. Wir können einen Aufruf starten, den Handel mit Artefakten zu unterbinden. Wir können Satellitenüberwachungen anregen. Aber es ist nicht nötig, dass du dort vor Ort stirbst. Komm nach Hause." Seine Stimme brach. „Bitte", fügte er hinzu.

Seine Schwester blaffte erregt: „Du verstehst nichts. Ich muss tun, was ich für richtig halte. Ich habe es satt. Wenn ich geköpft werde, ist das meine Sache. Hier in dieser Wüste ist meine Schlacht und du, Adalgiso, du bist ein Westentaschen-Archäologe. Sitz dir deinen eleganten Hintern in deiner Universität platt, aber lass mich in Ruhe. Und denk an Avelardo, wenn du mich vermisst."

Cariello hörte ein Klicken. Anna hatte aufgelegt.

Er schluckte. Seine Schwester hatte absichtlich seinen vollen Vornamen, Adalgiso, genannt, um ihn zu beleidigen. Sonst nannte sie ihn Addo, wie seine Mutter. Sie wusste, dass er seinen altmodischen Vornamen hasste.

Er war unfähig, zu denken. Ihm stand Nebel vor den Augen, als sei er betrunken. Er hatte es wie immer nicht fertiggebracht, seiner Schwester zu sagen, dass er sie liebte. Er hatte kein persönliches Wort über die Lippen gebracht, nur Befehle. Und seine Schwester hatte genau darauf reagiert. Wie immer. Sie hatte nicht geschrien, weil sie in Palmyra sein wollte, sondern weil sie von ihm oder ihrer Mutter hören wollte, dass es ihnen leidtun würde, wenn Terroristen ihr den Kopf abschlagen würden. Sie wollte hören: ‚Ich liebe dich' und er hatte nur gesagt: ‚Sei vernünftig.'

Cariello bemerkte, dass ihn die Emotionen überwältigten. Das Bild seines an einer Straßenlaterne an den Händen aufgeknüpften und blutüberströmten Freundes Khaled al-Asaad stand vor seinen Augen. Man hatte dem 83-jährigen syrischen Archäologen den Kopf zwischen die nackten Füße geklemmt, der Bart unrasiert durch die lange Zeit der Gefangenschaft und Folter, die Brille wie eine Dekoration auf der Nase und die Lider dahinter für immer geschlossen.

Cariello liebte seine Schwester und hasste sie zugleich. Und er überlegte, wie er am besten nach Palmyra kommen konnte ...

Die Museen

Zwei Carabinieri unterbrachen Cariellos Gedanken. Sie traten auf die Terrasse des Hotels und trugen Kartons mit Akten aus dem Nemi-Museum herbei. Sie überreichten ihm zudem ein Inventar der Gegenstände aus der Antikensammlung des Palazzo Massimo in Rom, die vom Nemi-See stammten. Als die Dokumente in Stapeln auf Cariellos Tisch aufschlugen, erhob er sich, wie eine Furie und begann wütend auf der Hotelterrasse Runden zu drehen. „Es ist nicht an mir, Ihre Akten durchzugehen und Listen zu vergleichen. Was denkt Camarata, wer ich bin? Sein Handlanger?"

Cariello knurrte die beiden Carabinieri an. Es waren die gleichen, die ihn einige Tage zuvor zurück ins Hotel gefahren hatten. Sie zuckten erschrocken zurück. Die anderen Gäste hörten auf zu essen und widmeten sich dem ihnen dargebotenen Spektakel. Sie hatten Cariello erkannt und ihm am Morgen an der Hotelrezeption Komplimente gemacht. Jetzt waren sie Aug' und Ohr. Cariello war immer noch erregt vom Gespräch mit seiner Schwester und nutzte die Gelegenheit, um seinen Emotionen Luft zu machen. Ihm war die öffentliche Aufmerksamkeit, die er auf sich zog, egal.

Therese, die im gleichen Moment im Hotel eintraf, reagierte weitaus enthusiastischer auf die Akten. Sie requirierte die beiden geschockt und eingeschüchtert im Foyer verharrenden Militärs, ließ sie die Dokumente ordnen und setzte sich mit ihrem tragbaren Computer an einen Tisch, um die Inventarlisten zu vergleichen.

Sie ignorierte Cariellos Wut und erstellte zuerst eine Liste aller bekannten Funde, die von den Nemi-Schiffen stammten, ob im Inland oder im Ausland befindlich, ob zerstört oder erhalten. Dann kreuzte sie alle die Gegenstände unter ihnen an, die im Nemi-Museum ausgestellt waren, und alle die, die sich in Rom befanden. Cariello beäugte ihren blonden Lockenkopf, die legere Sommerkleidung und die schmalen Hände, die über die Tasten des Computers huschten, und wippte gequält von Ungeduld auf den Zehenspitzen auf und ab. Er fühlte sich lächerlich.

„Der Palazzo Massimo in Rom besitzt die wichtigsten Fundstücke", murmelte Therese. „Acht bronzene Tierköpfe und eine Medusa, die große Ringe in ihren Mäulern halten, eine Schiffsreling mit kleinen Säulen und

Dionysos-Köpfen ... Es handelt sich um die Sammlung, die Agnelli nach Nemi zurückführen wollte. Das Nemi-Museum hat nur die Nägel zurückbehalten, die aus den verbrannten Schiffen gerettet worden sind, kleine Verzierungen, Rohre und Ähnliches."

Cariello war klar, dass der Palazzo Massimo die spektakuläreren Überreste der beiden Schiffe nicht wieder nach Nemi senden würde. Sowenig sie im Vergleich zu den ganzen Schiffen darstellten, sie waren immer noch atemberaubend. Er wanderte um Therese herum und knurrte: „Ich weiß nicht, warum Sie sich so willig bereiterklären, alle Arbeit zu tun. Camarata soll gefälligst herkommen."

Therese antworte nicht. Ihre Stirn war gerunzelt und ihre Augen auf die Dokumente gerichtet. Cariello erwartete, dass sie sich mit ihm beschäftigen würde, aber zu seiner Verärgerung war sie in die Papiere vertieft. Er wusste, dass die Dokumente und die Carabinieri nichts mit seiner Wut zu tun hatten, aber ließ sich trotzdem mürrisch über beide aus. Therese bemerkte seine Unruhe und Wut, wusste jedoch nichts damit anzufangen. Sie zog nur die Brauen nach oben und ignorierte ihn weiter. Er spürte, wie sich sein Magen zu einem Knoten verkrampfte.

Eine Stunde später hatte Therese eine Übersichtstabelle erstellt und blickte mit zusammengezogenen Brauen auf ihre Resultate. „Nach dem Abgleich der Listen ergibt sich, dass mehrere wichtige Funde fehlen. Sie sind laut der Dokumente in den vierziger Jahren aus dem See geborgen worden, aber weder im Nemi-Museum noch im Palazzo-

Massimo weiß man, wo sie geblieben sind." Sie wandte sich zu ihm. „Es fehlen mehrere kleinere Gegenstände, die gut und gern mit den Wracks verbrannt sein können. Es fehlen jedoch auch mehrere große Marmor- und Bronzegegenstände, die nicht den Flammen zum Opfer gefallen sein können. Säulen, eine Büste, bronzene Beschläge der Reling."

Cariello setzte sich ihr gegenüber an den Tisch und vergaß seinen Ärger. „Wirklich?"

Therese sah ihn aufmerksam an. „Es fehlt auch noch eine Inschrift, die man auf einem Stück Blei gefunden hat und die zum Zeitpunkt der Bergung des Wracks ausgiebig in der Presse kommentiert worden war, aber sie kann natürlich geschmolzen sein."

Cariello nickte. „Ich erinnere mich. Auf den Schiffen hat man bleierne Rohre und Abdichtungen gefunden. In mehreren davon war der Name Caligulas eingeprägt."

„Caesaris Augustus Germanicus."

Cariello nickte erneut. „Diese Inschriften haben damals die Zuschreibung der Schiffe erlaubt. Sie waren kaum verwittert, da das giftige Blei im Wasser keine Algen oder Bewüchse zugelassen hatte. Silber wäre korrodiert." Er lächelte. „Manche Kollegen sagen dem im alten Rom so oft benutzten Blei nach, die Ursache des Wahnsinns von Caligula gewesen zu sein. Rohre, Trinkgefäße und Töpfe, alles war aus dem einfach zu bearbeitenden Blei gefertigt. Wein und Traubensirup, den die römische Elite als Zucker benutzte, wurde Bleioxyd zugefügt, um die Säure zu neutralisieren. Die Auswirkungen auf die Gesundheit Caligulas muss katastrophal gewesen sein. Schon bei der täglichen Aufnahme eines Milligramms Blei kommt es zu Vergiftungserscheinungen, Unfruchtbarkeit und Wahnsinn."

Therese erwiderte sein Lächeln. „Ein Freund von mir hat für seine Doktorarbeit römische Skelette getestet. Monatelang. Knochen für Knochen. In denen der Aristokraten hat er ein Vielfaches von dem Bleigehalt gefunden hat, den er in den Skeletten der Unterschicht fand."

„Nur Aristokraten konnten sich gesüßten Wein leisten?"

Therese nickte. „Er meint, die Vergiftung sei die Ursache der Kinderarmut der Kaiser gewesen, die sie gezwungen hat, ihre Nachfolger zu adoptieren."

Cariello seufzte. „Und nun fehlt ein Stück Blei von den Wracks?"

„Ja, und es scheint, das Wichtigste. Eines mit einer seltenen Inschrift. Ich habe das Bild des fehlenden Trinkgefäßes in der Doktorarbeit meines Freundes gesehen. Es ist auch hier in den Akten der Bergung der Wracks erwähnt, aber ich kann es nirgends lokalisieren." Sie legte Cariello die Papiere vor und tippte auf die Notiz, die ihr ins Auge gesprungen war. Er besah stirnrunzelnd die Information zu dem fehlenden Gefäß. Auf dem Behältnis, das laut Presseartikeln auf einem der Boote gefunden worden war, hatte man eine handschriftliche Gravur gefunden.

„Bei der Inschrift handelte es sich erneut um den Namen Caligulas", sagte Therese. „Er war jedoch anders abgekürzt und nicht geprägt. Die Inschrift war mit einem Griffel in das weiche Blei geritzt worden. Man hat gemutmaßt, es habe sich bei der Ritzung um die eigene Hand Caligulas gehandelt. Als Quelle hatte mein Freund ein Zeitungsinterview angegeben, das einen der ersten Archäologen des Nemi-Funds zitierte. Ob diese Zuordnung zu Caligula stimmt, kann man nicht nachweisen. Jeder Diener Caligulas hätte den Namen seines Herren schreiben können."

„… aber es ist trotzdem beunruhigend, dass gerade dieses Fundstück fehlt", brummte Cariello.

Therese nickte und klappte die Akten zu. „Das denke ich auch. Und außerdem fehlt noch eine ganze Ansammlung von bronzenen und marmornen Gegenständen. Wir haben einen Volltreffer."

Der Altar im Heiligen Hain

Die Gluthitze begann nachzulassen und eine Ahnung des nahenden Abends wehte vom See herauf. Therese lief den Weg hinauf zum Tempelgelände, neben dem sich das Zeltlager der Archäologen befand. Sie hatte ihr Fahrzeug beim Ufer geparkt, da sie am Vortag Spuren der Bisse eines Marders in einem der Sitze gefunden hatte. Die dichten Wälder und das Vorhandensein von Wasser führten dazu, dass es hier mehr Tiere gab als anderswo. Sie hatte Angst, die Marder würden das Innere der

Motorhaube ihres Autos zu ihrem Aufenthaltsort erküren und die Kabel zerbeißen. Sie hatte das Fahrzeug daher außerhalb der hohen Wiesen abgestellt, die den Tempel umgaben.

Auf dem Pfad, der den Hang hinaufführte, drehte sie sich im Gehen zum See um. Irgendwo hier, auf einer dieser verlassenen Wiesen, hatte der Mörder Agnelli erwürgt. Sie konnte sich das Geschehen nicht vorstellen. Die Friedlichkeit des Ortes ließ ihr das Bild absurd erscheinen.

Als sie sich wieder umwandte, hielt sie wie vom Schlag getroffen inne. Von einer Sekunde zur anderen peitschte ihr Blut durch die Adern und ihre Beine schienen sich in weiche Masse zu verwandeln.

Vor ihr auf dem Weg stand mit dem Rücken zu ihr Agnelli. Es gab keinen Zweifel. Sie hatte die grauen Haare zu einem Knoten hinter dem Kopf zusammengebunden. Ihre Statur war gedrungen und nicht sehr groß und sie bewegte sich nicht. Therese wollte schreien, aber der Laut erstickte in ihrem Hals. Wie in einem Horrorfilm überkam sie Panik, dass sich die Figur vor ihr umdrehen könnte. Die Frau hatte Blumen in der Hand. Es waren Feldblumen, die sie neben sich ausstreckte, als sei ihr Arm steif und tot. Der Gedanke an die Göttin Diana Trivia überkam Therese. Die Totengöttin, die von Geistern begleitet die Weggabelungen bevölkerte und die den Königssohn Hippolytos von den Toten erweckt hatte und im Hain von Nemi als Wiedergänger umgehen ließ.

Der überwältigende Duft nach trockenem Gras und dem kühlen, algenreichen See stieg ihr in Nase. Ihr war schwindelig.

Langsam drehte sich Agnelli um. Wie in Zeitlupe bewegte sich erst ihr Körper, dann der Kopf.

Thereses Mund blieb offen stehen ...

Dann atmete sie aus.

Vor ihr stand Franchetta. Sie lächelte entrückt. Still. Sie schien Therese nicht zu sehen. Langsam legte sie die Blumen auf den Altarstein an der Kreuzung des Pfades, der zum Tempel der Diana führte. Dann drehte sie sich um und ging an Therese vorbei zurück ins Tal.

Die Wicca

Es wurde abends, aber Camarata saß noch immer in seinem Büro in Rom. Er legte Papiere, die man in Agnellis Wohnung gefunden hatte und die die Techniker freigegeben hatten, auf seinem Tisch aus. Es waren keine Briefe im eigentlichen Sinne, sondern Notizen, dienstliche Schriften, Verweise und schließlich eine Bestätigung der Entlassung Agnellis aus den Museen des Vatikans.

Die Dokumente, die Camarata sich mit Mühe in chronologischer Reihenfolge auszulegen versuchte, zeugten von einer zunehmenden Verschlechterung der Beziehung zwischen Agnelli und ihrem Chef kurz vor ihrem Abgang aus den Museen. Es ging um

Kleinigkeiten. Angebliche Mängel in Berichten, sie kam zweimal zu spät zur Arbeit, Tippfehler in Dokumenten. Banalitäten, die mit Absicht herausgefiltert, und Agnelli begleitet von kaum verschleierten Beschimpfungen vorgehalten worden waren.

Der Druck hatte sich sichtlich mit der Zeit gesteigert. Es gab Emails, Mitschnitte von Versammlungen und Ähnliches. Es gab keinen Zweifel: Der Chef der Museen, Grispigni, und Agnelli hatten sich gehasst. Der Direktor hatte es nicht akzeptiert, dass Agnelli ihr Geschlecht hatte umwandeln lassen. Er hatte sie deswegen wiederholt offen beleidigt. Es hatte Drohungen gegeben. Einer gegen den anderen. Der eine wollte den anderen anzeigen, rauswerfen lassen, alles bekannt machen. Agnelli war schließlich eingeknickt und gegangen. Aber sie hatte die Notizen aufbewahrt. Nach alledem was Camarata las, schien eher Agnelli einen Grund für einen Mord zu haben als umgekehrt. Konnten die Carabinieri also ihren ehemaligen Chef aus dem Kreis der Verdächtigen streichen?

Camarata hielt inne. Eine der Notizen fiel ihm ins Auge. Der helle Zettel glänzte im Neonlicht der Lampe auf seinem Tisch. Er stierte drauf und hätte am liebsten ‚heureka' gerufen. Sein gutbürgerliches, derbes Gesicht begann zu strahlen. Als er sich daranmachen wollte, der Sache nachzugehen, klingelte sein Telefon. Er nahm ab.

Ein Maresciallo der lokalen Carabinieri in Nemi war am Apparat. „Verdammt. Gerade jetzt. Mazzotti. Was wollen Sie?"

Camarata hatte Mazzotti während der letzten Tage kennengelernt. Der Mann hatte ihn herumgeführt und ihn mit den Bürgermeistern der beiden Städte Genzano und Nemi bekanntgemacht. Er war die Ruhe selbst und es war daher beunruhigend, dass er aufgeregt klang.

„Kolonel, wie verlangt haben meine Leute die Wicca-Anhänger im Auge behalten. Das war eine gute Idee von Ihnen. Hier ist alles außer Rand und Band. Sie müssen kommen. Es gibt Probleme."

„In Nemi?"

„Hier in Rom. In den Caracalla-Thermen."

Camarata fluchte. Es war spät. Er war hungrig und müde. Seufzend machte er sich trotzdem auf den Weg. Er rief sich einen Dienstwagen und fuhr mit Blaulicht zu den Thermen. Grantig trieb er den Chauffeur ungeduldig zur Eile an und merkte, dass sein Puls hämmerte. ‚Beruhige dich, altes Haus. Welche Katastrophe auch immer dich erwartet, du solltest dich davon nicht aus der Fassung bringen lassen.'

Sein Gesundheitszustand war nicht der beste und seit dem Morgen schmerzte seine Brust. Jeder Atemzug rasselte in seiner Lunge. Aber dem Anschein nach hatten sie endlich ihre Mörder und vielleicht war es doch ein anderer als der, den er noch vor einer Minute verdächtigt hatte …

Er rief den Mazzotti zurück und nahm das Gespräch wieder auf. „Ich bin im Dienstwagen. Wir sind in zehn

Minuten da. Jetzt sagen Sie noch mal – was genau ist in den Thermen los?"

„Sie wissen doch, dass die Wicca-Anhänger seit mehr als einer Woche in einem Hotel in Rom festsitzen", flüsterte der andere atemlos. Camarata fragte sich, wo sein Kollege sich befand, und quetschte das Handy ans Ohr, aus der die Stimme gedämpft herausklang. „Sie haben sich bisher damit vergnügt, Rom anzusehen. Die Damen haben alle Diana-Altare besichtigt und alle Marien-Gemälde, die eine Mondsichel zeigen, katalogisiert. Sie sind geduldig und still gewesen, trotz der Tatsache, dass der italienische Staat ihnen die Mehrkosten des längeren Aufenthalts in Rom nicht erstattet. Aber jetzt scheint es, ist es mit der Ruhe vorbei. Sie sind in den Caracalla-Thermen in der Oper und es gibt Ärger."

„In der Oper? Wie kann man da Ärger machen?"

„Man gibt die letzte der sommerlichen Vorstellungen des Hauptstücks der Saison, Bellinis Norma. Kennen Sie die, Kolonel?"

Camarata kannte sie und ihm schwante Schlimmes.

„In der Geschichte warten die gallischen Krieger darauf, von ihren Druiden einen Hinweis darauf zu erhalten, ob die Mondgöttin mit ihrem Kampf gegen die Römer einverstanden ist. Die Priesterin Norma hält sie erst zurück, da sie heimlich die Geliebte eines Römers ist. Als dieser sie betrügt, gibt sie das Zeichen zum Kampf. Das Ganze endet wie üblich tragisch, mit dem Opfer der Norma und ihres Geliebten auf einem Scheiterhaufen."

Camarata lachte, in den Rücksitz des Wagens gelehnt. „Der Corriere della Sera hätte zu der Geschichte die abschließenden Worte hinzugefügt, ‚glücklicherweise konnten sich ihre zwei gemeinsamen Kinder vor der Feuersbrunst retten?"

„Ich sehe, Sie kennen das Stück …"

Camarata seufzte. „Hm. Die Mondgöttin, ich verstehe …" Die Norma war eine typische Bellini-Oper, in der die Hauptpersonen von Zeit zu Zeit in trillernde Arien ausbrachen, und schließlich im Dreiviertel-Takt zu Grunde gingen. Richard Strauß hatte zynisch gesagt, es sei eine wahre Kunst, einen so traurigen Text auf eine so heitere Melodie zu singen. Die Norma war im Italien ihrer Erschaffungszeit jedoch so beliebt gewesen, dass es immer noch Cocktails mit dem Namen Bellinis und Pasta alla Norma gab. Camarata mochte beide.

Als er in den Thermen eintraf, drang ihm durch die monumentalen römischen Ruinen Musik entgegen. Geigen zitterten durch die Stille der Nacht. Eine Frauenstimme erhob sich, erst leise, dann inbrünstiger. In der Abgeschiedenheit der Mauern der mächtigen Trümmer, umgeben vom Geruch des feuchten Grases der gepflegten Wiesen und nur beleuchtet vom Licht des Vollmonds über ihm, musste Camarata sein spöttisches Urteil revidieren. Die Musik hatte eine magische Wirkung – und sie war schön. Egal, wie unglaubwürdig die Handlung war und egal, dass Bellini nichts von gallischen Göttern verstanden hatte.

Eine volle, weiche Frauenstimme sang das berühmte Lied der Norma. „*Casta Diva* – Keusche Göttin." Der Sopran erhob sich in der Dunkelheit wie Samt und das Leuchten des Mondes schien ihn zu begleiten.

Mazzotti kam Camarata durch die Nacht entgegen gehastet, sichtlich erfreut, ihn zu sehen. Seine Augen zeigten einen Anflug von Panik.

„Da sind Sie ja, also – wo brennt's?" Camarata flüsterte nun ebenfalls, bemüht, den Gesang nicht zu stören. Als er von seinem Kollegen geführt an die Seite der Opernbühne trat und in das Publikum des Amphitheaters schaute, verstand er mit nach unten sinkendem Kinn, was los war.

Die Wicca-Anhängerinnen standen in weißen Soutanen und mit erhobenen Armen im Publikum in Anbetung des Mondes. Ihre Gesichter glänzten verklärt und die langen offenen Haare der Frauen wirkten seltsam zerzaust.

Die übrigen Zuschauer waren wenig angetan von der ungewollten Zusatz-Vorstellung. Die Arie war die berühmteste der Oper und die Sängerin bekannt. Das Spektakel der Wicca rief einen Tumult hervor. Einige der jüngeren Zuschauer von den billigeren Plätzen liefen durch die Ränge zu den Amerikanerinnen und begannen, ohne Vorwarnung mit ihren Programmheften auf sie einzuschlagen.

Die Oper wurde unterbrochen. Ein Teil des Publikums pfiff. Ein anderer Teil setzte an, die Arie selbst zu singen. Zu Camaratas Überraschung richtig und laut. „*Casta Diva …*"

Angesichts der gespenstischen Szene lief Camarata eine Gänsehaut über den Rücken. So etwas war ihm noch nie untergekommen: Kultivierte Opernfans im Rausch der Mondgöttin. Er bemerkte mit Erstaunen, wie sehr ihm selbst das Adrenalin durch die Adern schoss und musste sich zurückhalten, um sich nicht ins Getümmel zu stürzen. Beklommen wurde er sich bewusst, dass der Mensch zu allem fähig war: zu kochenden Emotionen, Rausch, ritueller Trance und Leidenschaft. In wenigen Sekunden war aus kultivierten Mitbürgern ein Haufen schreiender und schlagender Kämpfer geworden. Die einen der Göttin des Mondes zuliebe, die anderen aus Liebe zur Muse der Musik.

Camarata riss sich zusammen und lief begleitet von Ordnungshütern und Carabinieri durch die Stuhlreihen zu den Amerikanerinnen. Eine ältere Anhängerin der Sekte sah verwirrt aus und schien froh, gerettet zu werden. Eine andere hatte immer noch die Arme zum Himmel gestreckt und versuchte, als Märtyrerin in die Geschichte einzugehen. Schließlich zerrten die Ordnungskräfte die elf Frauen nach draußen und drängten die wütenden Zuschauer zurück auf ihre Plätze.

Nach einigen Minuten Stille eröffnete der Dirigent den Akt erneut unter dem befriedigten Applaus des Publikums.

Die Amerikanerin, die sich Camarata bei ihrem ersten Treffen als Ischtar vorgestellt hatte, begann, sich aufgewühlt und noch nahe dem Amphitheater, mit lauter Stimme zu beschweren. Camarata sprang ihr an die

Kehle, hielt ihr den Mund zu und schleppte sie, und mit Hilfe seiner Kollegen auch die anderen Wicca, hinaus auf die Wiesen vor den mächtigen Ziegelmauern der Thermen. Noch eine Unterbrechung der Oper und er hätte nicht mehr für die Sicherheit der Frauen garantieren können.

Das hauptsächlich italienische Publikum hatte nicht nur auf die Störung der Arie der Hauptheldin so aggressiv reagiert, sondern auch auf die Darstellung des heidnischen Kultes. Es hatte in den letzten Monaten mehr und mehr Probleme damit gegeben, dass muslimische Flüchtlinge in der Innenstadt Roms den Bau von Moscheen einklagten. Und das auf dem heiligen Boden der römisch-katholischen Kirche. Mehr Spannungen als das vertrug die Bevölkerung nicht. ‚Nicht auch noch Diana', dachte Camarata.

Er zischte die Priesterin in seinem holprigen Englisch an. „Was fällt Ihnen ein, hier in dieser Art und Weise die öffentliche Ordnung zu stören? Reicht Ihnen der Ärger nicht, den Sie sich in Nemi zugezogen haben? Was Sie da getan haben, ist grober Unsinn. Gefährlich grober Unsinn!"

Er hielt inne. Die Augen der Amerikanerin wirkten geweitet, ihre Pupillen waren verschleiert und sie reagierte nicht. Er begriff, dass die elf Frauen Drogen konsumiert hatten. Sie hatten veränderte Augen, zitterten und halluzinierten. Eine von ihnen rief auf Englisch, dass man sie festhalten solle, da sie fliege.

„Bilsenkraut, auch Hexenkraut genannt“, meinte trocken einer der jungen Aufseher der Thermen, der die Carabinieri unterstützt hatte, und neben Camarata auf dem feuchten Rasen stand. „Das gibt's im Trastevere in den Esoterik-Boutiquen zu kaufen.“

Camarata warf ihm einen Blick zu. Der junge Mann war lang und schlaksig und trug das Haar zum Pferdeschwanz gebunden. Er machte den Eindruck, als ob er sich mit Rauschmitteln auskennen würde.

Camarata gab den Befehl, die Wicca-Anhängerinnen ins Krankenhaus zu bringen. Soweit er wusste, war Bilsenkraut gefährlich. Es war im Mittelalter als Medizin und als Zusatz zu Bier eingesetzt worden, aber man hatte bald davon abgesehen, es zu genießen, da es zu viele Todesfälle gegeben hatte. Es hatte den Ruf, das Kraut zu sein, welches benutzt wurde, um das Gefühl des Fluges bei Hexenanhängern hervorzurufen. Die berühmten Berserker hatten es auf ihre Haut gerieben, um sich in ihre sprichwörtliche Wut zu versetzen. Anscheinend bekam es den modernen Diana-Anbeterinnen eher schlecht.

Camarata fluchte. Er hatte den schwerfälligen Anhängerinnen des Wicca-Glaubens keinen rituellen Mord zugetraut. Es war ein typisches Beispiel für den unter Ermittlern gefürchteten Halo-Effekt. Er hatte unbewusst von einer markanten Eigenschaft einer Person auf weitere Eigenschaften geschlossen, ohne diese tatsächlich zu kennen. Unwillkürlich hatte er bei seiner Suche nach dem Mörder nach einer unsympathischen oder aggressiven Person gesucht, da er nur einer solchen ein Verbrechen zutraute, noch dazu wo es um eine Enthauptung ging. Er hatte die behäbigen, freundlichen Wicca nicht für fähig gehalten, einen Mord zu begehen. Sie sahen aus, als ob sie niemandem etwas zuleide tun könnten.

Er änderte seine Meinung.

Alles war möglich.

Das Verhör

Chiara hatte einen Kollegen hinzugezogen, um beim Verhör Franca Raggis nicht allein zu sein. Ihr erster Eindruck von der bunt gekleideten Frau war der einer gutmütigen alternden Hippie-Dame gewesen. Nachdem, was Camarata herausgefunden hatte, achtete sie jetzt darauf, dass sich weder Messer noch andere schneidende Objekte nahe dem Verhörraum befanden. Chronische Schizophrenie war zwar behandelbar, aber zumeist nicht heilbar. Was, wenn Franchetta erneut in eine halluzinierende Trance fiel und ihr die Götter diesmal befahlen, Carabinieri zu morden?

Chiara hatte sich an den einzelnstehenden Tisch in dem hellen, schlichten Raum gesetzt, der als Verhörraum diente. Ihr war beklommen zumute. Sie war keine Liebhaberin solcher Aufgaben. Wie die Meisten zog sie es vor, mit vernünftigen, kontrollierbaren Personen zu sprechen, nicht mit unberechenbaren Triebtätern.

Trotzdem wusste sie auch, dass sie ungerecht war. Als Franchetta ihre Großmutter erstochen hatte, war sie minderjährig gewesen, jetzt war sie Anfang sechzig. Da sie in der Zwischenzeit mehrfach interniert worden war, konnte es jedoch gut sein, dass ihre späteren Opfer nur vorsichtiger gewesen waren oder mehr Glück gehabt hatten.

Die Tür öffnete sich und Chiara sah auf. Die kleine, ältliche Franchetta wurde hereingeführt und setzte sich ihr trotz ihrer schmalen Figur sehr entschieden gegenüber. Franchetta blickte sie geradeheraus an. Ihr Mund war zusammengepresst. Sie war sichtlich aufgewühlt davon, dass man ihr erneut mit der Geschichte ihrer Schizophrenie kam und sie an den schrecklichen Tod ihrer Großmutter erinnert wurde. Mehr noch, sie wurde vielleicht sogar für den Tod Agnellis verantwortlich gemacht.

Franchetta hielt ihre einfache, graue Handtasche auf den Knien, als wolle man sie ihr wegnehmen. Ihre Hände verkrampften sich um das Leder, bis ihre Knöchel weiß waren. Chiara erklärte ihr, warum sie von den Carabinieri zum Verhör gebeten worden war. Franchetta nickte.

Die Stimme der alten Frau zitterte, als sie das Wort ergriff. „Ich habe nie Kinder haben können. Ich habe nie geheiratet. Ich bin immer allein geblieben. Nur deswegen. Wegen dieser ‚Schizophrenie'." Sie betonte das Wort verächtlich. „Ich hätte gern eine Familie gehabt. Jemanden, mit dem man sprechen kann, wenn man abends nach Hause kommt. Vielleicht hätte ich heute

Enkelkinder, aber vielleicht hätte ich meine Kinder auch in der Wiege erstochen. Sie können sich nicht vorstellen, wie schwer das ist, mit so einer Krankheit zu leben, sich nicht auf seinen eigenen Geist verlassen zu können. Immer zweimal hinzuschauen, bevor man etwas tut. Ich hasse diese Existenz, ich hasse diese Krankheit." In Franchettas Augen glänzten Tränen. Ihr Kinn zitterte.

Chiara schämte sich. Sie fühlte Mitleid mit der alten Frau. Kein Wunder, dass Franchetta Agnelli sofort akzeptiert hatte. Sie hatte Verständnis für deren seelische Qualen, da sie selbst an Qualen litt. Es war beängstigend, niemals beruhigt man selbst sein zu können.

Chiara atmete durch und ihr Ton wurde wärmer. „Haben Sie Agnelli gemocht?"

Franchetta sah aus dem Fenster und nickte verkrampft. „Ja. Schon. Sie war ehrlich und direkt. Mütterlich und verletzlich. Wir waren uns ähnlich."

Chiara warf ihrem männlichen Kollegen, der an der Tür stehen geblieben war, einen schnellen Blick zu. Er hielt Wache. Sie entschloss sich, direkter zu sein, als sie üblicherweise war. „Haben Sie sie ermordet?"

Franchetta zuckte zusammen, dann seufzte sie. Sie wischte sich mit bebenden Lippen die Tränen aus den Augen und strich sich umständlich das grau-gesträhnte Haar zurück. Die Geste war ihr eigen und sie zitterte dabei. „Die Wahrheit ist, dass ich nicht absolut und vollkommen schwören kann, dass ich es nicht war."

Chiara zögerte, ob sie die Worte als Geständnis werten sollte oder nicht. Sie hatte Franca Raggi belehrt, sie schnitt das Verhör vorschriftsmäßig mit, aber … Sie seufzte. Das Gespräch war ein interessantes Indiz, aber wenn sie ehrlich war, war es kein Geständnis. Kein Gericht würde ihr diese Beichte abnehmen. Man würde ihr entgegenhalten, dass es Franchetta gewesen war, die Agnelli vermisst gemeldet hatte, auch wenn das angesichts ihrer Vorgeschichte kein überzeugendes Argument für ihre Unschuld war. Franchetta hatte die Polizei auch zu ihrer sterbenden Großmutter gerufen. Problematisch war jedoch, dass es kein greifbares Belastungsmoment gab, das materiell auf Franchettas Schuld hinwies. Keinen Fingerabdruck, keine DNA am Tatort. „Können Sie mir den Ablauf des 12. Augusts aus ihrer Sicht beschreiben? Wo waren Sie wann und wann haben Sie Agnelli zuletzt gesehen?“

Franchetta umklammerte ihre Handtasche noch fester und schluckte. „Ich war an dem Tag nur kurz im Museum. Ich bereite ja meine Pensionierung vor. Eigentlich bin ich nicht mehr richtig im Museum beschäftigt. Ich hatte gegen zehn Uhr morgens eine Führung zu einigen Altären und interessanten Orten der Umgebung organisiert. Das Ganze war kurz, es waren nur drei Personen gekommen und ich war um elf Uhr fertig. Also bin ich zurück ins Museum gegangen. Agnelli hatte mich kurz vorher angerufen. Sie war von dieser Frage der Rückführung von Funden ins Museum besessen und wollte mit mir darüber sprechen. Sie hatte bereits Gegenstände aus dem Ruspoli-Palast in Nemi bekommen können, jetzt war sie hinter den im Palazzo Massimo in Rom aufbewahrten Stücken her. Wissen Sie – das Nationalmuseum hat so viele Objekte, alle diese Statuen von den Tempeln und Thermen Roms. Diese paar Dinge von den Nemi-Wracks, das würde denen doch nicht schaden, sie wieder herauszugeben. Das Nemi-Museum war nach dem Krieg lange geschlossen. Es ist ja eigentlich ein Hangar für die Wracks und ohne Wracks sah man das Gebäude als sinnlos an. Es war schon erstaunlich, dass man das Museum dann wieder aufgemacht hat, aber jetzt muss da auch was hinein."

Franchettas Stimme wurde sicherer und ihre Augen schauten jetzt offen in die Chiaras. „Die paar alten Nägel, die sie im Moment dort haben, so kann das ja nicht weitergehen. Agnelli hatte recht. Wenn man alles von den Wracks und alles vom örtlichen Diana-Tempel zusammenführt, dann lohnt sich das Museum wieder. Sie wollte auch die umliegenden Ruinen, vor allem die der Nikolai-Kirche und der römischen Thermen, instand setzen lassen. Alles das hat sie mir am Telefon gesagt. Im Gewehrfeuer-Tempo. Es war nichts Neues, aber sie wollte einfach hören, dass ich das auch gut fand. Sie war ja gerade erst gekommen. Wir haben dann verabredet, dass ich gegen drei in ihr Büro komme und wir über die Erstellung eines Projekt-Dokuments reden, zur weiteren Erforschung des Sees und um Gelder zu finden. Sie wissen das vielleicht – man sucht ein drittes Schiff, das noch im See liegen soll, auch wenn ich persönlich nicht daran glaube."

Chiara nickte. Alles das schien plausibel. „Gut. Und wo waren sie dann zwischen elf und drei?"

Franchetta zuckte die Schultern. „Ich weiß weder, was ich zur Mittagszeit getan habe, noch was ich am Abend tat. Das geht mir häufig so. Ich vergesse einfach meinen Tag. Und kein Mittel, um das Gedächtnis zurückzubringen."

Franchettas Stimme war auf einmal hohl. Chiara schaute in leere, glasige Augen. Sie war sich nicht sicher, wie viel Franchetta am Ende des Gespräches noch von dem wissen würde, was sie ihr gerade erzählt hatte. Und sie fragte sich ebenfalls, wo Franchetta zu den fraglichen Momenten gewesen war. War sie bei Agnelli gewesen und hatte sie etwas mit dem Mord zu tun?

Chiara versprach sich, es herauszufinden. Eins war sicher – Franca Raggi konnte sie als Verdächtige nicht ausschließen, auch wenn ihre Geschichte sie rührte.

Hinterrücks

Cariello sah auf die hohen alten Häuser Nemis, die verfallenden Fassaden und die bunten Wäscheleinen, die die Straßen überquerten. In der Stille der Gassen war nur hier und da ein Radio oder ein Fernseher aus einem der Fenster zu hören. Keine Menschenseele war unterwegs. Es roch nach Essen und alten Gemäuern.

Er ließ das Taxi stehen und ging die steile, gepflasterte Straße hinunter. Er hatte noch ein paar Tage frei, bevor er zu seinen Vorlesungen in Neapel zurückkehren musste, und hatte sich von Therese die Karten der archäologischen Stätten der Umgebung geben lassen. Wie oft hatte er sich vorgenommen, seinen Aufenthalt in der ungewohnten Gegend mit Nachforschungen zu verbinden.

Vor dem Verlassen Castel Gandolfos hatte er erneut mit seiner Schwester telefoniert, ohne mehr Einsehen ihrerseits zu erreichen. Unruhe quälte ihn und er hatte entschieden, dass es besser war, sich zu beschäftigen und von Nemi hinunter an den See zum Museum zu wandern, um neben der Erkundung der diversen Ruinen auch noch einmal den Ort zu besuchen, an dem Agnelli gestorben war. Die vom Mörder ausgewählte Örtlichkeit und das Datum der Tat mussten etwas zu bedeuten haben.

Wie von Therese empfohlen, nahm er für sein Unterfangen eine steile Treppe, die vom Ort ins Tal führte. Sie war halb von Gestrüpp überwuchert, ausgetreten und moosig. Seine Füße glitten schon nach wenigen Schritten auf den alten Steinstufen aus. Er hielt sich am brüchigen Geländer fest und konzentrierte sich darauf, nicht zu fallen. Die metallene Balustrade war verbogen und rostig. Ihr Rohr lag kalt in seiner Hand und verletzte ihm die Handflächen. Wenn er die Finger zum Gesicht hob, roch er seinen Eisengestank.

In seiner Konzentration achtete er wenig auf seine Umgebung. Die Treppe wurde sichtlich nicht oft begangen. Sie war von üppigen Ranken und Büschen überwuchert und führte durch den Wald. Links und rechts lagen Felsbrocken und Baumstämme. Wurzeln behinderten seine Schritte. Die durchs dichte Laub der Eichen brechende Sonne schuf ein Schattenspiel, in dem es schwer war, die Unebenheiten des Wegs zu erkennen.

Noch während er nach unten stieg, hatte er jedoch plötzlich das Gefühl, dass sich jemand hinter ihm befand. Zweige knackten. Blätter raschelten. Irgendwo flog ein Vogel auf.

Er hielt inne und wandte sich um.

Der Weg war leer. Nur die Grillen zirpten.

Als er sich zurück zum Pfad drehte, um weiterzugehen, durchzuckte ihn ein Gedanke. ‚Ob auch Agnelli dachte, dass jemand hinter ihr herging? Oder hat sie nichts bemerkt?'

Er sah sich noch einmal um, aber schalt sich einen Angsthasen. Hinter ihm war noch immer niemand. Niemand im Wald und niemand auf dem Weg. Nur Vogelgesang und Grillenzirpen. Aus dem Unterholz hob sich eine kühle Brise, die ihm eisig über die von der Sonne verbrannte Haut strich. Er rief sich zur Ordnung und ging weiter.

Als er auf der breiteren Uferstraße am See ankam, fühlte er sich erleichtert und schritt forscher aus. Die Straße lag verlassen im Sonnenschein und weder Fahrzeuge noch Fußgänger waren zu sehen. Als Cariello den Eingang des Museums erreichte, wollte er dessen Treppen emporsteigen, aber hörte plötzlich etwas in seinem Rücken. Ein Zischen. Aus Instinkt riss er den Kopf beiseite.

Er tat es im letzten Moment. Mit einem knallenden Geräusch bohrte sich ein metallener Armbrustpfeil in einen Stütz-Pfeiler neben ihm, dort, wo gerade noch sein Kopf gewesen war. Holz und Beton splitterten. Cariello fühlte, wie ihn eine Welle des Schocks durchlief.

Hastig sprang er voran durch die gläserne Tür ins Innere des Museums und warf sich hinter einen Pfeiler.

Alles war erneut ruhig. Nichts regte sich mehr.

Er versuchte, durch die hohen Fenster zu erkennen, wer sein Angreifer war, aber niemand war zu sehen. Keine Menschenseele stand auf dem Platz vor dem Gebäude und niemand näherte sich dem Museum.

Er sah nach dem Pfeil. Das Geschoß war breit und rostig, so als käme es aus einer historischen Waffensammlung. Es war gute fünfzehn Zentimeter tief in den Pfeiler eingedrungen und hatte ihn nur um Haaresbreite verfehlt. Seine spontane Bewegung hatte ihm das Leben gerettet. ‚Das muss von einem verdammt geübten Schützen abgefeuert worden sein, um auf diese Distanz so nahe an meinen Kopf heranzukommen!'

Cariello hatte Mühe, seinen Atem zu beruhigen. Jemand hatte versucht, ihn zu ermorden. Die Erkenntnis machte sich erst langsam in hm breit. Mit hämmerndem Puls schnappte er nach Luft. ‚Der Pfeil hat mir gegolten und ich habe mich nicht getäuscht: Jemand ist mir im Wald gefolgt.' Er hatte sich einen gefährlichen Feind gemacht, auch wenn er im Moment noch nicht wusste, wen und warum.

Ohne es realisiert zu haben, schwebte er in Lebensgefahr.

Eilig wählte er Camaratas Nummer, aber dessen Telefon war besetzt. Er sandte ihm eine Nachricht, aber blieb vorerst auf sich allein gestellt.

Zefirelli

Die schlichte Carabinieri-Kaserne war aus rotem Backstein gebaut und zwängte sich zwischen gesichtslose Wohnhäuser im bescheidenen Außenbereich Nemis. Therese hatte sich auf Anraten Camaratas mit einem Offizier der örtlichen Guardia di Finanza verabredet. Sein Dienst war für Beschlagnahmen zuständig und hatte vor fünf Jahren im Nemi-Museum eine Ausstellung über illegale Ausgrabungen in der Gegend organisiert. Man hatte dabei auch den Fuß einer enormen Caligula-Statue, die man bei örtlichen Grabräubern entdeckt hatte, gezeigt.

Der junge Offizier begrüßte sie im Eingang und bat sie herein. Er stellte sich als Gualtiero Negri vor und sah in seiner grauen Uniform frisch und attraktiv aus. Er machte Therese bereits bei der Begrüßung mit seinem Zahnpasta-Lächeln des perfekten Schwiegersohns nervös. Sie hatte mit einem älteren Militär gerechnet, nicht mit einem

Marcello-Mastroianni-Verschnitt. Sie setzte sich mit hochgezogenen Schultern auf den Stuhl, den er ihr anbot. Ihr war heiß und Verlegenheit lähmte sie. „Ich komme, um Ihnen ein paar Fragen zu stellen. Ich bin Archäologin und arbeite am Diana-Tempel."

Negri nickte strahlend. „Kolonel Camarata hat Sie angekündigt."

Therese griff in ihre Handtasche und legte ihm die unscharfen schwarz-weißen Fotos der Gegenstände vor, die bei der Bergung der Schiffswracks in der Vorkriegszeit gefunden worden waren und seitdem vermisst wurden. Camarata hatte gemeint, Negri müsse eine Vorstellung von dem haben, was auf dem Markt den Besitzer wechselte, wer mit Kunstobjekten handelte und wer Raubgrabungen in der Gegend vornahm. Er habe sich seit Jahren damit befasst. „Es ist unklar, wann diese Objekte verschwunden sind, aber vieles spricht für die Wirren der Kriegszeit", sagte Therese mit belegter Stimme.

Negri sah sich die Fotos an. Seine muskulösen Hände legten eines nach dem anderen beiseite. Jetzt, da er ernster dreinschaute, machte er einen intelligenten und sympathischen Eindruck. Er sah sportlich aus und seine schwarzen Augen, dunklen Haare und braune Haut gaben ihm das Aussehen eines idealisierten Römers. Er konnte keine vierzig sein und laut Camarata war er mit dem Chef der neapolitanischen Mordkommission verwandt. Therese entspannte sich.

„Ich kenne die Fundstücke der Caligula-Wracks, die man im Nemi-Museum und in den römischen Museen aufbewahrt", sagte Negri mit angenehmer Baritonstimme. „Einige der laut ihrer Fotografien fehlenden Gegenstände sind fast identisch mit denen, die noch vorhanden sind. Zierringe, Beschläge, Holzpfeiler der Reling." Er schüttelte den Kopf. „Wissen Sie, damals in der Nachkriegszeit ist vieles weggekommen. Nicht nur hier, überall. Jeder hat sich bedient und jeder hat sich die Taschen vollgestopft. Gerade die Soldaten der diversen Streitkräfte haben so manches aus den Ruinen geholt, Deutsche, Engländer, Amerikaner. Wenn etwas Wertvolles nicht beschützt wird, dann kommt es weg. Auch die Einheimischen sind keine Lämmer. Man hat immer gemunkelt, dass es weder die Alliierten noch die Deutschen waren, die damals im Nemi-Museum Feuer gelegt haben. Gewisse Zungen haben behauptet, es seien Ortsansässige gewesen, die die Tatsache ausgenutzt haben, dass das Museum nicht bewacht wurde, und die sich an den ausgestellten Funden bedient hätten."

„Glauben Sie das?"

Negri sah Therese in die Augen und nickte. „Ich bin bereit, so ziemlich alles zu glauben. Das Einzige was mich zweifeln lässt, ist, dass es damals kaum einen Markt für Kunstgegenstände gab. Wer konnte damals schon Geld für antike Bronzeteile ausgeben, statt für Essen? Die Schlacht von Anzio und Nettuno tobte in der Nähe, hier entschied sich die Schlacht um Rom. Die Soldaten aller

Seiten fielen wie die Fliegen. Wer hätte an so etwas gedacht?"

Therese schwieg und wartete.

Negri räusperte sich. „Mein Vater ist als Kind zwischen die Fronten geraten und hat schreckliche Dinge erzählt. Beschlagnahmen durch die Deutschen, Vergewaltigungen durch Verbündete der Alliierten, Erschießungen von Partisanen durch die Leute Mussolinis, Bomben von den Amerikanern. Hunger. Plünderungen. Es war eine schlimme Zeit. Gerechtigkeit hat es dafür nie gegeben."

Therese zog die Stirn kraus. „Die fehlenden Gegenstände aus dem Nemi-Museum könnten von jemanden gestohlen worden sein, der schon länger Kontakte zu Kunsthändlern hatte oder von einem Händler schon vorher um einen Auftragsraub gebeten wurde. Jemand, der die Gunst der Stunde nutzte, um das zu tun, was er schon lange tun wollte."

Negri nickte nachdenklich und ordnete die Fotos neu. Er schob die auf dem Schreibtisch gestapelten Akten beiseite. „Die einzigen Käufer waren damals die Amerikaner. 1944 lag Deutschland in Schutt und Asche. Die deutschen Behörden hätten vielleicht noch die Idee gehabt, Kunstgüter zu verschleppen, aber der gemeine Soldat? Kaum. Er hätte vielleicht ein Souvenir mitgehen heißen. Ja, hm – vielleicht hat jemand ein Souvenir mitgenommen?" Negris Brauen schoben sich zusammen auf der Suche nach einer Antwort auf das Rätsel. Sein attraktives Gesicht wurde durch das Grübeln noch angenehmer.

Therese legte den Finger auf eines der Dokumente. „Der fehlende Teil der Reling des ersten Wracks war drei Meter lang. Ein bisschen groß für ein Souvenir in Kriegszeiten. Das passt in keinen Soldatenranzen."

Negri krauste die Stirn und seine schwarzen Augen fixierten nachdenklich das Papier. „Ich frage mich, wer Kontakt zu amerikanischen Soldaten gehabt hat und einem von ihnen Gegenstände verkaufen hätte können. Vielleicht haben die Soldaten selbst Dinge genommen? Die Amerikaner waren erst später vor Ort, nach dem Brand im Museum, aber sie haben im Gebäude ‚aufgeräumt'." Negri nahm eine Lupe und schaute auf eins der Fotos. Es zeigte die Angestellten des Museums. Er deutete auf eine der Personen. „Das ist der frühere Hausmeister, Zefirelli. Jetzt ist er schon halb Gaga, aber zu seinen Zeiten hat sich mein Vater immer gefragt, wie der sich das große Haus dort oben am Hang hat leisten können, mit seinem mageren Gehalt. Das, was jetzt sein debiler Sohn übernommen hat."

Therese lief ein Schauer über den Rücken und ihr Atem setzte eine Sekunde aus. Sie nahm die Bilder und Dokumente mit bebenden Händen zurück. „Danke. Sie haben keine Ahnung, wie sehr Sie mir geholfen haben!" Sie stand auf, in Eile und erleichtert, endlich eine Spur zu haben.

Negri sah ihr verblüfft nach, als sie nach draußen stürmte.

Am See

Therese rief Cariello an, um ihm von ihrer Entdeckung zu erzählen. Sein Telefon hatte jedoch kaum Verbindung und seine Stimme war kaum zu hören. Sie verstand nichtsdestotrotz, dass er am Nemi-See war.

„Ich habe den Nachmittag dazu verwendet, die alte Nikolai-Kirche hinter dem Diana-Tempel zu erforschen", vernahm sie seine Stimme aus dem Hörer.

Sie antwortete eilig. „Ich bin auf dem Weg ins Camp am Tempel. Ich bin in einer halben Stunde bei Ihnen." Vorsichtshalber schickte sie eine Text-Nachricht hinterher, für den Fall, dass er schon getrennt worden war. Als ihr alter Fiat den steilen Hang hinunter zum See bewältigt hatte, hatte sie jedoch Mühe, Cariello zu finden. Sein Telefon antwortete nicht und er war nirgends in den Wäldern der Hänge am See zu sehen. Nur vereinzelte Vögel waren im Gebüsch zu hören. Der Geruch nach Wildkräutern, Thymian und Minze war allgegenwärtig, sonst lag der Hain verlassen.

Sie stellte ihr Fahrzeug ab und machte sich auf den Weg durchs Dickicht. Es war warm und still und je weiter sie ging, desto intensiver wurde der Geruch nach Zypressen und Pinien, der vom trockenen Waldboden aufstieg. Pinienzapfen knackten unter ihren Füßen. Sie kletterte über zerbrochene Mauern, kämpfte sich durch Brombeerbüsche und entdeckte Cariello schließlich auf dem Rücken liegend in einem der neolithischen Gräber hinter den Ruinen der paleo-christlichen Nikolai-Kirche.

Er war dabei, ein Fresko zu begutachten, das in späteren Zeiten bei der Wiederbenutzung der Grabhöhle angebracht worden sein musste. Therese kannte es und machte sich den Scherz, sich an Cariello anzuschleichen und ‚Buh' zu rufen.

Er erschrak mehr als sie erwartetet hatte. Bleich und verärgert kam er aus dem Grab gekrochen, die sonst so elegant geordneten Haare in Unordnung. Sie spottete trotz seines erschütterten Gesichtsausdrucks. „Liegen Sie Probe, Professor?"

Cariello gewann seine Farbe wieder, als er sie sah und es wunderte sie, dass er wegen ihres Scherzes so leichenblass geworden war. Er strich sich Kleidung und Haar glatt und zeigte ihr den Stapel Aufzeichnungen, die ihm sein Ausflug in den ruinenübersäten Wald eingetragen hatte. „Der Hain ist so reich an Spuren der Antike, dass es mir in den Fingern gezuckt hat, mit Forschungen zu beginnen. Ich habe probegeforscht, nicht probegelegen." Er rang trotz seiner Wortspiele noch immer um Fassung, aber lächelte. Mehr sagte er nicht, aber Therese hatte den Eindruck, dass er ihr etwas verbarg. Etwas musste ihn erschüttert haben.

Sie war froh ihn zu sehen. Die Studenten des Camps waren noch immer nicht alle zurückgekehrt und sie mochte es nicht, am Nemi-See allein zu sein, so nahe beim Tatort des Mordes an Agnelli und ohne, dass man den Mörder gefasst hatte. Sie ging an seiner Seite aus dem Wald zurück zum See und setzte sich mit ihm auf eine der verfallenden Bänke, die man am Seeufer aufgestellt hatte. Das Wasser glänzte im Sonnenschein und sie konnte sich nur schwer vorstellen, dass man auf dem Seegrund antike Tempelschiffe gefunden hatte. Es roch angenehm nach den blühenden Gräsern der Wiesen.

Sie berichtete Cariello von ihrem Verdacht bezüglich des ehemaligen Hausmeisters des Museums und hielt schließlich inne. „Was, wenn der alte Zefirelli aus dem Altersheim heraus seinen Sohn angestiftet hat, Agnelli zu töten? Der jüngere Zefirelli scheint mir geistig nicht in der Lage, das Verbrechen zu planen, aber was, wenn ihn sein Vater angeleitet hat?"

Cariello lehnte sich gegen die zerbrochene Lehne der Bank und seufzte. „Der Greis ist bösartig und verschlagen genug und sein Sohn hinreichend bizarr, um Köpfe abzuschneiden."

„Der alte Zefirelli hat zudem ein Motiv oder sogar zwei. Er hat ein Interesse daran, seinen möglicherweise früher begangenen Raub von Gegenständen im Museum zu verdecken. Außerdem muss es ihm wichtig sein, das Geld zu retten, das ihm der Raub der Objekte 1944 eingebracht hat und das sein Sohn in der Form des Hauses am Hang unterhalb von Nemi hütet … Natürlich nur, wenn meine Theorie stimmt." Therese machte eine Geste. „Eins habe ich schon herausgefunden: Der Sohn Zefirellis zahlt die Kosten für den Altersheim-Aufenthalt seines Vaters. Es könnte dem Alten daher auch ganz eigennützig wichtig sein, das Familienvermögen zu beschützen."

Cariello nickte. „Zefirelli war mir schon suspekt als wir ihn zum ersten Mal getroffen haben."

Sie verstummten. Die Atmosphäre des Sees ließ sie beide nachdenklich werden. Therese sah auf das schwarze Wasser zu ihren Füßen. An dem See, der dort vor ihnen lag, hatte Caligula seine Villa gebaut, Diana verehrt und Todesurteile unterzeichnet. Es war ein eigenartiger Ort.

Ihre Stimme klang belegt als sie erneut sprach. „Professor, darf ich das Thema wechseln? Sagen Sie mir eins: Warum hat Caligula gemordet? Denken Sie, dass er wirklich verrückt war? Hat ihn der See hier inspiriert?"

Cariello sah sie verblüfft an, dann zuckte er die Schultern und ließ den Blick über das spiegelglatte Wasser schweifen. „Sie wollen wissen, warum man mordet, raubt und foltert? Suchen Sie den Grund in der Kindheit. So ziemlich immer."

„Caligula hatte eine schlimme Kindheit, richtig?"

„Sein Vater wurde vor seinen Augen vergiftet, als er sieben war. Seine Mutter und sein älterer Bruder wurden in die Verbannung geschickt und in den Hungertod getrieben. Sein zweitältester Bruder Drusus wurde in den Kerker geworfen und verhungerte dort ebenfalls im Alter von fünfundzwanzig Jahren. Er hat noch das Stroh seines Bettes gegessen, um zu überleben." Cariello schüttelte den Kopf. „Wie soll ein Kind so ein Massaker an seiner Familie ohne Spuren überstehen? Caligula hätte jederzeit der Nächste sein können. Es ging in seiner Kindheit immer nur um Macht und Gewalt."

„Man entledigte sich unbequemer Menschen, wie man Fliegen erschlägt und Caligula lernte davon?"

Cariello seufzte. „Was für ein Ort, um mich das zu fragen. Denken Sie über Zefirellis Kindheit nach?"

„Ich denke seit Tagen darüber nach, was Leute dazu bringt, zu morden. Und ab wann man fähig ist, die Schwelle zu überschreiten."

„Freud beschreibt die Psyche des Menschen als aus drei Instanzen bestehend: das ‚Es' erwirbt man bei Geburt, es lehrt uns essen und überleben. Das ‚Ich' erwirbt man in den Folgejahren und es vermittelt uns ein Selbstgefühl. Und das ‚Über-Ich' entsteht aus den moralischen Grundsätzen, die uns unsere Eltern vermitteln und die ein vollgültiger Teil von uns werden."

„Das heißt, entweder werden moralische Grundsätze Teil unseres Selbst oder aber hässlicher Missbrauch? Was immer wir erleben?"

Cariello nickte. „Als der alternde Kaiser Tiberius Caligula mit neunzehn Jahren in seine Villa nach Capri rief, tat er das angeblich nur, um Caligula an seinen sexuellen Ausschweifungen und Perversitäten teilhaben zu lassen. Caligula war sich bewusst, dass er jeden Tag in der Gegenwart des Kaisers sein Leben riskierte. Er verstellte sich und passte sich an. Sechs Jahre lang. Bis er selbst an die Macht kam. Ob er Tiberius vorher mit einem Kissen ins Jenseits beförderte oder nicht, wer weiß. Gerüchte gibt es viele. Aber am Anfang ging sogar alles gut und man meinte, Caligula sei ein guter Herrscher. Bis er im achten

Monat seiner Herrschaft krank wurde und dachte, man habe ihn vergiften wollen. Von da an wurde aus ihm ein mordendes Scheusal.“ Cariello zog die Brauen zusammen. Es war still am See und nur das Lied einer Mönchsgrasmücke tönte aus den Hecken herüber.

Therese murmelte: „Wer verdenkt es ihm? Heute hätte man ihn zu einem Psychologen geschickt.“

„Er war ein Jugendlicher, der weder mit den Erfahrungen seiner Kindheit noch mit Macht umgehen konnte … Seine Schwester Agrippina, die Mutter Neros, war später nicht besser.“

Therese rieb sich über die nackten Arme. Sie fröstelte trotz der noch immer über dem Tal hängenden Hitze. Die ersten Abendnebel stiegen aus den Wiesen und Feuchtigkeit schlich aus dem Uferschlamm herauf. „Caligula war als Kronprinz des römischen Reichs Gegenstand von Mordkomplotten und Intrigen. Jeder würde unter diesen Umständen scheußlich werden …“

Cariello nickte. Er blinzelte in das sich abendlich färbende Sonnenlicht, das der See reflektierte. „Ich denke, Caligula hatte eine dissoziale Persönlichkeitsstörung, hervorgerufen durch traumatische Kindheitserlebnisse. Typische Symptome sind Verantwortungslosigkeit und Missachtung sozialer Normen, fehlendes Schuldbewusstsein beim Begehen von Grausamkeiten sowie ein geringes Einfühlungsvermögen in andere. Bei solchen Menschen besteht oft eine niedrige Schwelle für aggressives oder gewalttätiges Verhalten. Es bedarf nicht viel und es kommt zu Gewaltakten, vor allem, wenn der Betroffene eine unbegrenzte Macht hat. Er war eine tickende Bombe ... Wie gesagt, wenn Sie einen Mörder finden wollen, suchen Sie in der Kindheit." Cariello schwieg.

Therese sah zu ihm hinüber. Betroffen und auch verwundert. Ihr lag eine ganze Anzahl von Fragen auf der Zunge, aber sie wagte nicht, sie zu stellen. Cariello war anziehend. Mit seinen fünfundvierzig Jahren war er der attraktivste Junggeselle seiner Profession und war ihr so nahe, dass sie seinen Geruch riechen konnte. Bergamotte und Zedernholz mischte sich mit dem Duft seiner Haut. Aber in diesem Augenblick erzeugte er den Eindruck, kaum zu Gefühlen fähig zu sein.

Sie fragte sich, was ihn so werden lassen hatte. Er kannte sich erstaunlich gut mit Kindheits-Traumata aus. Angesichts der Vertraulichkeit der Atmosphäre wagte sie schließlich eine Frage. „War Ihre Kindheit glücklich, Professor?"

Cariello drehte den Kopf zu ihr, musterte sie und hob die Brauen.

Therese wurde heiß und sie wäre am liebsten im Boden versunken. Sie hätte sich ohrfeigen können und griff sich in ihrer Verlegenheit einen neben der Bank wachsenden Schilfstengel und begann, ihn zu zerpflücken.

Cariello wandte sich wieder dem See zu. Nach einer langen Minute des Schweigens antwortete er. „Ich gebe zu, dass ich nicht mit dieser Frage gerechnet habe. Die Antwort ist: Nein. Mein Vater ist früh gestorben."

Therese schluckte. Sie spürte, dass sie Cariello zu nahegetreten war. Sie wusste, dass auch seine Frau verstorben war, aber hatte keine Ahnung, warum. „Und Ihre Frau?", fragte sie leise.

„Meine Frau hat sich von einer Felsenklippe gestürzt." Cariellos Stimme war auf einmal ganz anders als seine sonst so autoritäre Dozierstimme. Rauer. „Es war mir wichtiger, meinem Beruf und meinen Interessen nachzugehen, als mich um sie zu kümmern. Und ich habe meine Frau verloren …" Er lachte kurz und trocken auf. Das Geräusch tat weh. Dann setzte er hinzu: „Sie ist eines Nachts von den Klippen am Meer gesprungen. Ich bin verwundert, dass ich mit der Tatsache leben kann, ihr nicht hinterhergesprungen zu sein." Er stand auf. „Seien Sie versichert – es ist besser, dass keine weitere Frau mit meiner allzu nahen Präsenz bestraft wird." Seine Augen waren in diesem Moment so dunkel, dass man das Weiß darin nicht mehr sah. Das Schweigen des Sees war lastender geworden und man hätte eine Stecknadel fallen hören können. Cariellos Blick traf dunkel und beständig den Thereses.

Das Klingeln seines Telefons beendete die Anspannung. Er beeilte sich, zu antworten, bevor die Batterie des kleinen Apparates endgültig zu Ende ging und bevor Therese noch weitere Fragen nach Caligulas und seiner Lebensgeschichte stellen konnte.

Als er es wieder einsteckte, zeigte er trocken voran zu den Fahrzeugen. „Wir haben einen Mörder zu suchen. Kommen Sie."

Rohonc

Chiara kam auf Camaratas Anruf hin in sein Büro. Nach Aussage ihrer Kollegen war er gerade aus der örtlichen Wache der Carabinieri zurückgekehrt, in der man die Wicca-Anhänger nach einem Besuch im Krankenhaus seit dem frühen Morgen festhielt. Er stand noch an seinem Schreibtisch als sie eintrat, die Jacke über dem Arm und Schweiß auf der Stirn.

Sie schaute verdutzt auf die Notiz, die er ihr entgegenhinhielt, und griff danach. Es handelte sich um ein mittelgroßes, kariertes Stück Papier, das aus einem Schreibblock herausgerissen worden war. Der handschriftliche Vermerk darauf war mit blauer Tinte geschrieben. Er bestand nur aus einem einzigen Wort: „Rohonc." Darüber hatte eine andere Hand krude geschmiert: „Das kostet Sie den Kopf!"

Chiara schaute Camarata fragend an. „Was heißt ‚Rohonc'?"

Camarata gestikulierte ungeduldig und schaute auf die Uhr. „Das stammt aus den Akten Agnellis. Ich habe Cariello gebeten, vorbeizukommen, und habe ihm ein Dienstfahrzeug gesendet, um ihn von seinem Hotel in Castel Gandolfo nach Rom zu bringen. Er sollte längst da sein.“ Ihre Frage beantwortete er nicht. Er setzte sich und Chiara tat es ihm verwundert nach.

Camarata hatte sichtlich nicht die Absicht, sich zu erklären. Durch das offene Fenster wehte eine laue Brise herein und der Duft des Feigenbaums, der vor dem Gebäude stand, hing in der Luft. Camarata las stumm in den Akten. Ergeben lehnte sie sich an die Wand und schwieg daher ebenfalls.

Schließlich hörte sie Schritte auf dem Korridor und Cariello erschien, elegant gekleidet wie immer. Er kam in Begleitung Thereses. Seine gebräunte Haut stach von seinem hellen Anzug ab und mit den sorgsam frisierten schwarzen Haaren und den dichten Brauen sah er aus, wie ein südländischer Filmstar. Nur um seine Augen zeichnete sich melancholische Müdigkeit ab. Therese trug eine kurze, khakifarbene Bluse und lange Safarihosen. Sie sah eher aus, wie Indiana Jones als Cariello.

Cariello nahm das Stück Papier, das ihm Camarata entgegenhielt, und musterte es. Er hatte zu Chiaras Überraschung ohne Mühe eine Antwort auf die Frage nach der Bedeutung des Wortes Rohonc.

„Das kann nur eins meinen – den *Codex Rohonczi*, benannt nach der ehemals westungarischen Stadt Rohonc, die heute in Österreich liegt. Der Codex ist eines der beliebtesten Rätsel der Enkryptierer, Geheimschriftler und Verschwörungstheoretiker. Es handelt sich um ein aus mehr als vierhundert Seiten bestehendes Manuskript, das fast hundert Illustrationen enthält.“

„Wo kommt es her?"

Cariello zuckte die Schultern. „Es wurde der ungarischen Akademie der Wissenschaften im frühen 19. Jahrhundert von einem Grafen vermacht. Die Herkunft der Handschrift ist unbekannt, ebenso wie die Schrift und die Sprache, in der sie verfasst ist. Schon Jahrzehnte nach ihrer Entdeckung schlug ein Historiker vor, dass der Codex ein simpler, aber technisch gut gemachter Scherz von Sámuel Nemes sei, einem Siebenbürgener Antiquar in Budapest. Es ist bekannt, dass Nemes in den 1830er Jahren mehrere historische Fälschungen erzeugt hat, die sogar einige der renommiertesten ungarischen Gelehrten der damaligen Zeit getäuscht haben. Seither ist diese Meinung allgemein anerkannt, obwohl es keine Beweise gibt, die den Codex mit Nemes verbinden. Die allgemein gebilligte Ansicht, dass der Rohonc-Kodex eine Fälschung sei, hat ganze Horden von Wissenschaftlern nicht davon abgehalten, zu forschen, was das Buch wohl bedeuten könnte. Diese Absurdität hat ihn berühmt gemacht." Cariello schaute auf. Seine Augen waren klar und selbstsicher. Er reichte Camarata das Papier zurück.

Camarata setzte sich erneut auf seinen Bürostuhl und rieb sich grübelnd das Kinn.

Chiara ergriff das Wort. „Der Zettel ist also ein Hinweis auf ein gefälschtes Manuskript. Wissen wir, wessen Schrift das hier ist und wer diesen Hinweis aufgeschrieben hat?"

Camarata nickte und legte ihr mehrere andere Zettel hin. „Die blaue Schrift, die das Wort ‚Rohonc' geschrieben hat, ist die Schrift Agnellis, die Schrift darüber gehört ihrem ehemaligen Chef Grispigni. Wir sollten uns Letzteren noch einmal ansehen."

Wenige Minuten später fand sich das Quartett auf dem Weg in die vatikanischen Museen wieder. Ein kurzer Anruf hatte Camarata davon überzeugt, dass der Direktor sich nicht in den Ferien befand, wie er vorgegeben hatte, sondern in seinem Büro.

Grispigni empfing sie mit sichtlicher Panik. Ein zweiter Besuch der Carabinieri in seinem Büro ließ nicht nur sein Personal aufhorchen. Grispigni war beunruhigt und Schweiß stand ihm auf der Stirn, als sie eintraten. Er musterte die vierköpfige Delegation, die sich in sein Büro drängte, mit ängstlichem Blick und nahm den kleinen Zettel, den Camarata ihm hinhielt, mit spitzen, bebenden Fingern. Er betrachtete ihn kurz und entspannte sich. Erleichtert gab er ihn zurück.

Grispigni setzte sich in seinen Bürosessel und bat seine ungebetenen Gäste, sich ebenfalls zu setzen, dann legte er die Hände ineinander und erklärte sich. Seine Stimme klang jetzt gelassen und wohlgefällig. Ein breites Lächeln umspielte seine fleischigen Lippen. „Sie fragen mich, was es mit diesem Zettel auf sich hat? Das ist kein Geheimnis und ich erkläre es Ihnen gern. Agnelli ist nach seinem Wechsel nach Nemi noch einmal hier ins Büro gekommen und wollte mich sprechen. Wissen Sie, ich konnte den Kerl am Ende nicht mehr ausstehen, aber ich konnte nie sagen, dass er inkompetent war. Deswegen sind wir durchaus in Verbindung geblieben. Ich sage Agnelli, aber sie wissen natürlich, wie Gioconda Agnelli eigentlich hieß, richtig?"

Camarata nickte. „Bernardo Leone."

Chiara warf Cariello einen Blick zu. Sie hatte ihm nichts von der Identität Agnellis erzählt, aber sein Gesicht blieb undurchdringlich. Er ließ sich seine Überraschung nicht anmerken.

Der Direktor nickte. „Bernardo Leone. Agnelli, das Lamm, im Gegensatz zu Leone, dem Löwen. Leone wollte seine Identität vollkommen ändern, so dass er sich ein neues Leben als Frau aufbauen konnte. Er hat den Namen Agnelli angenommen, als er nach Nemi ging. Er wollte nicht mehr Leone sein und er wollte auch mit uns hier nichts mehr zu tun haben. Aber es war ein Verlust für ihn, auf diese Weise seinen Ruf als Wissenschaftler auszulöschen. Leone war eine bekannte und angesehene Person, er war nicht irgendjemand. Er hatte viele Schriften über römische Götter geschrieben, sehr anerkannte Schriften. Er hatte sich neben seiner Arbeit hier in der Sammlung mit der Erforschung alter Dokumente einen Namen gemacht. Sie wissen ja, unsere Institution hier, der Vatikan, beherbergt eine der bedeutendsten Bibliotheken der Welt. Der Kodex Vaticanus, eine der ältesten Handschriften der Bibel in griechischer Sprache, ist nur eines der Werke, die die Bibliothek beherbergt. Sie beherbergt mittelamerikanische Ritualbücher, Virgils Äneis, Catuls Gedichte, mittelalterliche Texte über die Falknerei – was immer sie suchen, der Vatikan hat es und Leone hat es untersucht. Dieser Zettel hier hängt damit zusammen."

Grispignis fülliger Bauch spannte sein Hemd und er holte tief Luft, was die Knöpfe an den Rand ihrer Leistungsfähigkeit brachte. „Eines Tages kam Leone also zurück in mein Büro, ganz außer sich, und wollte, dass ich ihm helfe, ein Manuskript zu verifizieren. Oder besser, er wollte, dass ich ihm helfe zu beweisen, dass es falsch ist. Mich selbst hat er nicht angetroffen. Ich war in jenem Moment zu einer Tagung am Smithsonian in Washington. Als ich zurückgekommen bin, habe ich mir das angesehen, was mir meine Mitarbeiter dazu aufgeschrieben hatten. Ich habe diesen abgerissenen Zettel an meinem Computer gefunden – und habe festgestellt, dass Leone sich irrte und habe ihn an Leone mit dieser Bemerkung hier zurückgesandt."

Die fragende Stille im Raum war greifbar. Agnelli-Leone hatte sich geirrt? Trotz all der herausragenden Kompetenzen, die ihm der Direktor eben zugestanden hatte?

Cariello reagierte als Erster. „Sie meinen, Agnelli war der Meinung, ein Manuskript sei falsch, aber es war echt?"

Grispigni nickte und machte eine überhebliche Handbewegung. *„Ecco"*, richtig.

Cariellos Augen wurden schmaler. „Um welches Manuskript ging es denn und warum dachte Agnelli, es sei falsch?"

„Es ging um einen vor kurzem entdeckten Caligula-Text, ein Palimpsest. Agnelli meinte, er hätte Zweifel an seiner Echtheit und wollte dies beweisen."

Chiara holte tief Luft und mit einem Mal stieg die Spannung im Raum, so als sei die Temperatur dem Siedepunkt nähergekommen. Das Palimpsest Bazzonis. Therese hatte ihr davon erzählt.

Cariello schien nichts zu bemerken und setzte mit einem ironischen Unterton dazwischen: „Und weil dessen Besitzer ein einflussreicher Mann aus der Familie der Bazzoni ist, die einst auch diesem Lande seine Fürsten gab ..."

„... habe ich geschrieben, das würde Agnelli vollends beruflich den Garaus machen, richtig", ergänzte sein Gegenüber. „Ich habe ihm geraten, den Mund zu halten."

Therese beugte sich vor. Chiara wusste, dass sie die Meinung Agnellis teilte – auch sie hatte Zweifel an der Echtheit der Caligula-Handschrift, die Bazzoni mit so viel Pomp in Genzano präsentiert hatte. Sie brannte daher darauf, zu wissen, warum Grispigni, ein gestandener Experte des Vatikans, die Schrift für echt hielt.

Sie fixierte ihn kritisch und ihre Stimme bebte. „Warum denken Sie, die Caligula-Handschrift sei echt? Agnelli war doch sicher kompetent genug, um so etwas zu beurteilen. Haben Sie sie Tests unterzogen?"

Grispigni verzog sein fettiges Gesicht zu einem breiten selbstgefälligen Grinsen. „Nein, aber man sollte seine

Schlachten weise wählen. Das war nicht Leones, ehem, Agnellis, Stärke. Er musste immer emotional werden und hat sich immer gleich mit Feuer und Flamme ins Gefecht gestürzt, ohne vorher alles in Ruhe nachzuprüfen. Er meinte, Bazzoni habe den Text gefälscht und wolle nur Geld machen. Bazzoni habe Geldsorgen und sei ein Halunke und deswegen sei der Text notwendigerweise falsch. Der Bürgermeister von Genzano hatte ihm erzählt, dass Bazzoni seine Miete seit einem Jahr nicht bezahlt hatte."

Thereses Stimme klang kalt. „Und?"

Grispigni seufzte theatralisch und sein Doppelkinn wogte dabei. „Und – es kann gut sein, dass Bazzoni ein Halunke ist und zudem bankrott, aber er ist lediglich einundsechzig Jahre alt."

Camarata schniefte ungeduldig. „Was hat Bazzonis Alter damit zu tun?"

Jetzt hatte Grispigni sichtlich Oberwasser. „Laut meinen internen Unterlagen wurde der von Agnelli angezweifelte Caligula-Text der vatikanischen Bibliothek bereits im Jahr 1946 zum Kauf angeboten. Bazzoni ist zu jung, um ihn hergestellt zu haben, da er zu diesem Datum noch nicht einmal geboren war. Die Familie Bazzoni hatte bereits kurz nach dem Zweiten Weltkrieg Geldsorgen. Sie kannte das Palimpsest schon eine Weile, aber hat sich erst im Angesicht der Not der Nachkriegszeit entschlossen, es zu verkaufen. Das schreibt der alte Prinz Bazzoni in einem Brief, der den Eingangsstempel des Vatikans aus dem

Jahr 1946 trägt. Ich schwöre, dass der Stempel echt ist, wie wohl auch der Caligula-Text." Grispigni begleitete seine Worte mit einem kleinen Lachen, aber niemand stimmte in seine Heiterkeit ein.

Cariello legte den Kopf zur Seite. „Und warum hat der Vatikan das wertvolle Manuskript damals nicht gekauft?"

Grispigni winkte ab. „Nach dem Krieg wollte die halbe Welt dem Vatikan Bücher verkaufen, um sich etwas zu essen leisten zu können. Es waren einfach nicht die Zeiten für den Erwerb von Büchern. Außerdem gab es einen einflussreichen Gegner des Ankaufs, aber es ist aus den Akten nicht ersichtlich, wer das war und was seine Gründe waren. Was ich Ihnen gesagt habe, ist alles, was ich weiß."

Als Chiara den Anderen aus dem Büro folgte, sah sie zu Therese. Sie schaute drein, als habe ihr jemand ein Glas Wasser ins Gesicht gegossen.

Es schien sie zu ärgern, dass der Caligula-Text echt war.

Zefirelli Senior

Aufgrund Thereses Unterhaltung mit Negri und dessen Hinweis, man solle dem Tun des früheren Hausmeisters des Nemi-Schiffswrackmuseums nachgehen, machte Cariello sich erneut auf den Weg zu Zefirelli. Es widerstrebte ihm, abermals das Altersheim aufzusuchen. Er mochte keine Altersheime und war sich sicher, dass die alten Leute, die man dort zusammenpferchte, sie auch nicht mochten. Der Geruch nach Desinfektionsmittel stand in unangenehmem Kontrast mit dem sonst in Rom vorherrschenden Duft nach Pinien und Sonne.

Unterschwellig beängstigte es ihn, dass vielleicht auch er dereinst sein an Emotionen und Arbeit reiches Leben in so einer gegen Bakterien sterilisierten Zelle beenden würde, sabbernd und seiner Sinne nicht mehr mächtig, wartend auf die endgültige Entsorgung seiner sterblichen Überreste.

Als er in das Gebäude trat, wollte er sich den Weg weisen lassen, aber ihn erwartete eine böse Überraschung. Die ältere, dickleibige Frau am Empfang, die er nach Zefirelli fragte, erhob sich feierlich. „Bitte akzeptieren Sie mein Beileid. Ich kondoliere Ihnen zu dem Verlust, den Sie erlitten haben."

Cariello hob fragend und mit offenem Mund die Brauen.

Die Frau ordnete nervös die Dokumente vor sich. Als sie bemerkte, dass er verdutzt reagierte, setzte sie hinzu: „Herr Zefirelli ist gestern Abend überraschend verstorben."

Cariello war so perplex, dass er sich bedankte und umkehrte. Erst als er die gläserne Eingangstür, die man hinter der historischen geschnitzten Eichentür angebracht hatte, erneut durchquerte und sich vor dem mächtigen gelben Gebäude wiederfand, erwachte er aus seiner Fassungslosigkeit. Nach einem Moment des Zögerns drehte er um und trat zurück ins Foyer.

Mit ergriffener Miene gab er sich als betroffenes Familienmitglied des alten Mannes aus und fragte, ob er den ‚lieben Verstorbenen' noch einmal sehen dürfe. Die füllige schwarzhaarige Empfangsdame, die wie eine Krankenschwester in Weiß gekleidet war, fasste ihn betont mitleidsvoll am Arm und brachte ihn durch die weißen, nach Chemikalien riechenden Gänge ins Zimmer des Toten. Sie hatte keinerlei Zweifel, dass er zur Familie gehörte. Was sonst sollte er auch im Altersheim wollen?

Zefirelli lag auf seinem Bett im Halbdunkel seines kleinen Zimmers. Er war bekleidet und sein Bauch stand eigenartig vor, ansonsten sah er genauso aus wie vor wenigen Tagen. Cariello stand vor dem Körper des alten Hausmeisters und wusste nicht, was er tun sollte. Der rötlich gefleckte Linoleum-Boden quietschte unter seinen Schuhen und es roch nach gestandener Luft und Dingen, denen er lieber nicht genauer nachging. Ansonsten war es still.

Sein Telefon unterbrach seine Ratlosigkeit. Als er den Anruf beantwortete, verabschiedete sich die Empfangsdame eilig mit den Worten, er wolle sicher gern mit seinem verblichenen Familienmitglied ein paar Augenblicke allein bleiben. Cariello nickte vorgeblich salbungsvoll.

Am Telefon war Therese. „Professor", hörte er ihre Stimme sagen. „Ich bin hier in Castel Gandolfo. Sind Sie in Ihrem Hotel? Ich will mit Ihnen noch einmal über diesen Caligula-Text sprechen. Mir lässt die Sache keine Ruhe."

Cariello wusste, dass Therese die Niederlage genau wie er nicht verwunden hatte, den Text für unecht gehalten zu haben und nun erfahren zu haben, dass er echt war. Zwischen ihm und ihr war zudem noch ein Gespräch offen, nach dem, was er ihr am See anvertraut hatte.

Er ließ ihr keine Zeit, sich zu erklären und schnitt ihr das Wort ab. „Therese, ich bin im Altersheim von Castel Gandolfo. Sie haben es sicher gesehen, das ist das große gelbe Renaissance-Gebäude mit dem verzierten Eisentor vor seinem Park im unteren Teil der Altstadt. Kommen Sie her und lassen Sie sich in das Zimmer des alten Zefirelli bringen. Es eilt."

Er legte ohne Umstände oder Grußworte auf, war sich aber nicht sicher, ob sie seiner Anweisung Folge leisten würde. Er blieb in der Stille mit dem Toten allein zurück und sah sich um – der Raum und der Korridor davor waren menschenleer. ‚Wenn ich handeln will, sollte ich es schnell tun.'

Er entschloss sich, Hand anzulegen, und sprang zum Bett des Verstorbenen, betätigte den Knopf der Lampe, die danebenstand und drehte ihren Schein auf Zefirelli. Dann untersuchte er den Leichnam. Es war das erste Mal in seinem Leben, dass er einen toten Körper besah, aber er zögerte nicht und fand schon bald, wonach er suchte. Sein Instinkt hatte ihn nicht betrogen. ‚Alte hagere Besen wie Zefirelli sterben nicht überraschend an dem Tag, an dem man sie wegen eines Mordfalles besuchen kommt.'

Dunkle Flecken verunzierten den Hals des Toten. Sein Hemd war so fest zugeknöpft worden, dass man die Flecken erst sah, wenn man nach ihnen suchte – aber dann sprangen sie ins Auge. Cariello richtete sich auf und holte tief Luft. Eine Reaktion, die er im gleichen Moment bereute. Der Geruch nach Desinfektionsmittel und Urin, der den Toten umgab, war so stark, dass er versucht war, zum Fenster zu stürzen. Stattdessen holte er jedoch sein Telefon erneut hervor, schoss ein Foto des Halses Zefirellis und sandte es mit einer Nachricht an Camarata. Dann verließ er den Raum, um dem Gestank zu entkommen.

Er hatte keine zehn Minuten vor Zefirellis Zimmer gestanden, als Therese eintraf. Ihre Stirn war gerunzelt und ihre Augen dunkel vor Wut, aber er gab ihr keine Zeit, sich zu beschweren. Er zog sie in das Zimmer und zeigte ihr die Leiche. Ihre Reaktion war unerwartet nüchtern und geistesgegenwärtig. Ihre schlechte Laune verschwand und sie warf einen Blick auf den Hals des Alten, auf den Cariello sie hinwies. Sie musterte Zefirellis hageres Gesicht, die wüsten weißen Haare und die geschlossenen Augen. Dann lief sie in das anliegende Badezimmer, holte Papier und benutzte es, um es um ihre Hände zu wickeln.

So gewappnet zog sie alle Schieber der Schränke und des Arbeitstisches auf, die sich in dem kleinen Raum Zefirellis befanden. Sie durchsuchte jedes der Möbelstücke und beförderte schließlich einen Hefter ans Licht, der sich auf dem Grund eines Schrankes unter den abgetretenen schwarzen Schuhen des Alten befunden hatte.

Cariello stand sprachlos daneben. Ihre systematische Suche kam ihm vor, wie eine Haussuchung durch Geheimagenten in einem schlechten Kriminalfilm.

Therese klopfte sich den Staub von den Knien und grummelte zwischen den Zähnen hervor: „Es passiert mir nicht noch einmal, dass Camarata von unseren Entdeckungen profitiert und uns nicht sagt, was er findet. Ich habe den gerichtsmedizinischen Bericht bezüglich der Leiche Agnellis bis heute nicht gelesen. Ich weiß immer noch nicht, wer wann wo war, am Abend des 12. August. Wir haben keine Information über Fingerabdrücke, Fasern, Telefone. Wenn wir entdecken, dass Zefirelli ermordet wurde, dann haben wir auch den ersten Zugriff auf seine Papiere, richtig?"

Heiterkeit bemächtigte sich Cariellos. Einen Augenblick bog er sich nach hinten und erfüllte den Raum mit seinem schallenden Gelächter, welches völlig unpassend war, aber erfrischend. Dann machte auch er sich auf die Suche. Sherlock Holmes hätte nicht aufmerksamer als er hinter Schränken, unter dem Bett und in den Hüten des alten Mannes stöbern können. Es herrschte ein Moment vollkommener Eintracht zwischen ihm und Therese. Ihre Hände flogen durch die Papiere und Kleider des alten Hausmeisters.

Der Hefter, den Therese gefunden hatte, blieb das einzige größere Fundstück, zu ihm gesellte sich jedoch schon bald ein altes schwarz-weiß Foto, das Cariello unterm Bett des Toten angeklebt fand. Es war verschwommen und zeigte die silbrig-graue Oberfläche eines Objektes, das sichtlich aus Metall war, dessen Form jedoch nur schwer festzustellen war.

Er verließ mit Therese und ihrer gemeinsamen Beute den Raum und rettete sich mit ihr in eine Sitzecke im Korridor des Altersheims, in der sie bessere Licht- und Luftverhältnisse hatten. Sie legten ihre Funde auf einem kleinen Couchtisch aus. Cariello borgte sich ein Stück Papier von Thereses Händen, um die von ihm entdeckte Fotografie anzufassen, zu drehen und gegen das Licht zu halten. Er kniff dabei die Augen zusammen und zog die Brauen nach oben. Er war nahe daran, an dem Foto zu riechen.

Während er noch rätselte, worum es sich handeln könnte, hörte er Thereses ironische Stimme: „B-70061.i.“

Als er sie fragend anblickte, wiederholte sie ihre Worte. Dann fügte sie schmunzelnd hinzu: „Das ist das fehlende Fundstück mit der handschriftlichen Gravierung, die sich auf einem Bleigefäß auf einem der Wracks befand. Sehen Sie: Die Inschrift ist unregelmäßig und unterbrochen. Es ist eine Ritzung, nicht wie sonst bei Blei üblich eine Prägung. Jemand hat den Namen Caligulas ins Metall geschnitten. Das Stück ist so außergewöhnlich, dass es wenig wahrscheinlich ist, dass ich mich irre. Ich habe schon einmal eine Abbildung des Gegenstands gesehen, aber auf dem anderen Foto sah man das ganze Gefäß, die Schrift war dagegen nicht lesbar. Dieses Foto hier ist wesentlich besser. Man sieht die Schrift und kann sie lesen." Ihre Augen blitzten verschwörerisch und ihr voller Mund zog sich triumphierend zusammen.

Cariello war erheitert. „Ich habe mir einen Watson gefunden, der den Sherlock übertrifft."

Die Untersuchung des Hefters, den Therese gefunden hatte, brachte weitere Überraschungen. Er enthielt alte Kaufverträge über fast dreißig Fundstücke von den Wracks aus dem See von Nemi. Dass es sich um diese handelte, erkannte Therese daran, dass deren jeweilige Fundnummer angegeben wurde – eine eigenartige Vorgehensweise, angesichts der Tatsache, dass ein normaler Räuber weder einen Vertrag abgeschlossen noch die Gegenstände mit ihren Fundnummern aufgeführt hätte. Es stellte sich heraus, dass der Käufer ein großes amerikanisches Auktionshaus gewesen war. Der Verkäufer war durch eine undeutliche Schrift gekennzeichnet, die mit einem großen ‚Z' begann – Zefirelli. Hinter den Fundstücken waren in verschiedenen Farben und mit verschiedenen Schriften Haken gezeichnet. Zwei Gegenstände – zwei Statuen – waren nicht abgehakt, sondern durchgestrichen.

Cariello schüttelte den Kopf. „Zefirelli hat den Amerikanern in der Tat Fundstücke verkauft. Er hat erst für sie eine Angebots-Liste erstellt und dann nach und nach die Gegenstände besorgt. Sehen Sie hier, eine größere Anzahl wurde 1944 auf einmal geliefert. Lassen Sie mich raten – er hat sie in der Brandnacht aus dem Museum gestohlen."

Therese nickte. „Und die beiden durchgestrichenen Objekte waren vor dem Brand nach Rom gebracht worden. Deswegen hat er sie nicht liefern können. Ich habe die Statuen in der Liste des Museums in Rom gesehen. Sie befinden sich noch immer dort."

Cariello knurrte grimmig. „Zefirelli hat mich herrufen lassen, um mich irrezuführen und seine Spuren zu verwischen. Er hat versucht, mich auf die Fährte Bazzonis zu locken und diesen als Mörder verdächtig zu machen. Er hatte Angst, wir kämen ihm auf die Schliche und sein Sohn würde das Haus herausgeben müssen. Schön zu wissen, dass er sich um das Auskommen seines Sohnes gesorgt hat. Das ist ja menschlich herzlich."

Sie schraken zusammen, als sie hinter sich ein Keuchen hörten. Als seine Quelle entpuppte sich Camarata, der zusammen mit Chiara die Treppen heraufgestürmt kam. Eine Gruppe Techniker in Schutzanzügen folgte ihm auf dem Fuß. Therese reagierte schuldbewusst, angesichts der Tatsache, dass sie den Hefter Zefirellis in der Hand hielt, nicht jedoch Cariello.

Er war im Gegenteil stolz wie ein Kampfhahn, dem Gendarmen zuvorgekommen zu sein, und zeigte mit einer eleganten Handbewegung auf das entdeckte Material, schnalzte mit der Zunge und lächelte arrogant. Camarata zögerte einen Augenblick, wie er auf die freche Nonchalance antworten sollte. Sein Gesichtsausdruck war der sprachloser Konsternation.

Chiara enthob ihn seines Zweifels. Sie begrüßte Cariello und Therese wie alte Freunde, drückte ihnen Küsse auf die Wange und gratulierte, zum einen, dass sie so aufmerksam auf den Tod Zefirellis reagiert hatten und zum anderen zur Entdeckung der Dokumente.

Camaratas Mund ging auf, um zu protestieren, und klappte dann wieder zu, ohne dass er etwas gesagt hätte. Therese nutzte die Verzögerung, um ein Foto der geritzten Inschrift auf dem Bild zu machen, das sie unter Zefirellis Bett gefunden hatten. Man wusste nie, ob sie es je wieder in die Hände bekommen würde. Camarata sah, was sie tat und beeilte sich, die Dokumente und das Bild an sich zu nehmen. Er war noch immer außer Atem, und die Geräusche seiner Lunge klangen nicht gut.

Cariello beobachtete die Szene erheitert.

Der Mediziner, der zusammen mit den Technikern in Zefirellis Raum getreten war, trat inzwischen wieder zu ihnen. Er hatte den Leichnam untersucht und war sehr schnell zu einem Ergebnis gekommen. Er hob den Daumen. Zefirelli war in der Tat erwürgt worden.

Jetzt fragte sich nur noch, von wem.

Regicide

Als untrügliches Zeichen galt später so manches, was sich am Tag der Ermordung kurz vor derselben ereignete. Man sah es als Omen an, dass Caligula, als er am Morgen den Göttern opferte, vom Blut eines Flamingos bespritzt wurde und sich seine kaiserliche Toga rötete. Mnester, der vom Kaiser so sehr geliebte und von der Menge angebetete Mime, spielte zudem beim Festspiel im Palast in derselben Tragödie, die man gab, als dereinst der König der Mazedonier, Philipp, ermordet wurde.

Gaius hatte beide Zeichen ignoriert, aber dann war es zu einem dritten Zeichen gekommen. Bei einem Stück der Festspiele, in welchem der Hauptheld auf der Flucht niederstürzt und Blut speit, hatten mehrere Nebendarsteller plötzlich ebenfalls Blut gespien. Die ganze Bühne hatte begonnen, sich mit Blut zu bedecken. Röte und Blutgeruch schien überall zu sein.

Zum ersten Mal hatte der Kaiser sich erhoben, angewidert von dem Spektakel in der Arena zu seinen Füßen. Es war der 24. Januar, gegen ein Uhr mittags, als der junge Kaiser auf Zureden seiner Vertrauten das Schauspiel verließ. In der unterirdischen Galerie, durch die er gehen musste, stand eine Gruppe Edelknaben aus Asien, die im Theater auftreten sollten und mit ernsten Gesichtern ihre Rollen übten. Gaius blieb bei ihnen stehen, um sie aufzumuntern. So heiter war der kurze Wortaustausch, dass der Kaiser erwog, umzukehren und ihr Stück anzusehen. Aber der Direktor der Truppe klagte, er habe ein kaltes Fieber, da zuckte der Kaiser schließlich verstimmt die Schultern und wendete seinen Fuß erneut von dannen zum Mahl.

Über das Weitere gibt es viele Berichte. Die einen erzählen, Cassius Chärea, der wahre Cassius, vor dem das Orakel gewarnt hatte, sei der erste der Mörder gewesen. Caligula habe ihn immer ein Mädchen genannt und daher habe Cassius auf

Rache gesonnen. Sein kräftiger Hieb mit dem Schwert habe das Genick des Kaisers als erster getroffen, nachdem er die Worte „Hau zu!" ausgerufen habe. Cornelius Sabinus, der zweite mitverschworene Tribun, habe sodann Gaius von vorn die Brust durchbohrt.

Andere melden, Sabinus habe dienstmäßig um Erteilung der Wach-Parole gebeten, und als Gajus das Passwort ‚Jupiter' benannte, habe Chärea ausgerufen: „So treffe dich sein Zorn!" und dem Kaiser, da er sich nach dem Sprecher umschaute, die Kinnlade zerhauen. Als Gaius sich am Boden liegend wand und schrie, er lebe noch, hätten ihm die Übrigen mit dreißig Wunden den Garaus gemacht. Manche stießen ihm, so scheint es, sogar das Schwert durch die Schamteile. Einige der Mörder waren in so blutrünstiger Rage, dass sie das Fleisch des Gaius mit ihren Zähnen zerrissen.

So erfuhr Gaius, dass er kein Gott war. Man hatte den Kaiser, der aussah wie eine Ziege, den Göttern geopfert.

Zefirelli Junior

Der Duft von Pinien und Zypressen lastete in berauschender Dichte über dem Hang des Sees. Die Nacht zog herauf und die Sonne hatte sich bereits hinter den Bergen verborgen. Nur ihr warmes orangefarbenes Licht verfärbte noch den Himmel und die Formen der darüber hinziehenden Reiher zeichneten sich als schwarze Silhouetten in den Zirruswolken ab. „Die Atmosphäre erinnert an die berückenden Ansichten des

Sees, die den Maler William Turner einst so berühmt gemacht haben", meinte Cariello zu Camarata.

Dieser seufzte als Antwort. Er kannte Turner nicht, aber zog es vor, dies nicht zuzugeben. Er schritt schweigend neben Cariello her, die Augen abwechselnd auf die Aussicht und auf den schmalen Pfad gerichtet. Er musste dabei über seine eigene unsinnige Erwartung, Briganten und Minnesängern zu begegnen, spotten. Er fühlte sich nicht wie bei romantischen Malern, sondern wie in einer schon viel länger vergangenen Zeit.

Die ersten Fledermäuse flatterten an ihm vorbei und Waldkäuze riefen, während sich der Himmel über der Ruspoli-Festung dunkler zu färben begann. Die Steine und Äste, auf die er trat, knirschten unter seinem Tritt, ansonsten war es ruhig.

Camarata hatte sich entschlossen, vom Altersheim zu dem Haus hinüberzufahren, in dem Zefirellis Sohn wohnte. Das Pflegepersonal hatte ihm bestätigt, dass der junge Zefirelli, wenn man denn einen Mann jenseits der Fünfzig so nennen konnte, bereits vom Tod seines Vaters wusste. Er war die letzte Person gewesen, die ihn vor seinem Ableben besucht hatte, auch wenn man sich nicht notwendigerweise anmelden musste und nicht jeder Besucher bemerkt wurde.

Camarata hatte Cariello überredet, ihn zu begleiten. Er wollte ungern allein zu Zefirelli fahren und vertraute darauf, dass Cariello den Hausmeister bereits kannte.

Er war mit Cariello zur Altstadt Nemis gefahren, hatte sein Dienstfahrzeug mitten im Parkverbot abgestellt, zufrieden, von den wenigen Privilegien zu profitieren, die ihm der Stand des Carabiniere verschaffte, und folgte nun zu Fuß der Anzeige seines GPS auf seinem Telefon. Der Weg unterhalb der alten Palazzi von Nemi, die den Kraterrand säumten, war überraschend steil und von Wurzeln überwachsen und Camarata war erstaunt, als er sich trotz des engen Pfades vor einem großen, malerisch gelegenen Gemäuer wiederfand. Es lag am Hang unterhalb der Stadt und profitierte von einem bestrickend schönen Ausblick auf den See. Bougainvillea wucherten in sattem Violett über die Steinmauern und Jasmin umrankte die Gitterstäbe der Balkons. Seine weißen Blüten dufteten ihm entgegen.

Cariello, der ihn wie ein Schatten begleitet hatte, lachte leise. „Sehen Sie, Camarata, Hausmeister sollte man werden – das bringt, so scheint es, erstaunlich gute Gehälter ein."

Camarata knurrte, stieß eine kleine Pforte auf und trat in den Garten Zefirellis. Er konnte Cariello unmöglich sagen, dass es ihn ärgerte, dass er selbst außer Atem war von dem steilen Weg, während Cariello völlig gelassen neben ihm stand. Er fluchte im Inneren auf seine kaum vergangene Lungenkrankheit, die ihn zum alten Mann machte, aber sagte nichts.

Die Fenster der Villa waren erleuchtet. Es schien, Zefirelli war zu Hause. Kaum hatte Camaratas Fuß jedoch die Schwelle des Gartens überschritten, sprang ihm ein wütender Hund entgegen und verwehrte ihm den Zutritt. Das riesige braungefleckte Tier wirkte mit den gefletschten Zähnen furchteinflößend und sein Nackenhaar stand empor wie eine Bürste. Sein Gebell wurde von anderen Hunden im Umkreis aufgenommen, so dass bald ein gleichförmiges Heulen durch das ganze Tal klang. Die Nacht war jetzt vollends hereingebrochen und die weißen Zähne des Hundes blitzten Camarata in der Dunkelheit entgegen, wie die Reißzähne des Zerberus.

Erst auf Cariellos autoritäres Rufen hin öffnete sich die Haustür. Zefirellis Sohn erschien im Türrahmen.

„Zefirelli, rufen Sie Ihren Köter zurück, oder ich knall ihn ab." Camarata merkte, dass seine Stimme vor Emotionen überschnappte. Er mochte keine Hunde über der Größe eines Pinschers.

Zefirelli pfiff und der Hund trollte sich zu ihm. So wie er dort im Hauseingang stand, wirkte der hagere Mann weniger verschreckt als Cariello ihn beschrieben hatte. Camarata hatte den Eindruck, Zefirelli habe sie erwartet und hinter den Vorhängen der Fenster hervorgespäht. Zefirelli bat sie jedoch nur widerstrebend herein, das Gesicht verschlossen und von flackerndem Zucken zerquält.

Das Innere des Hauses war weniger schön, als es sein stattliches Äußeres hatte vermuten lassen. Es herrschte Unordnung und der Geruch von Bier und Zigaretten lag in der Luft. Zefirelli zeigte sich wenig begeistert, sie zu sehen. Der hagere Hausmeister verstand trotz seiner geistigen Rückständigkeit, dass das Kommen des Carabinieres und Cariellos für ihn Ärger bedeutete.

Für Camarata war der hässliche, grauhaarige Mann ein Verdächtiger im Fall des gewaltsamen Todes von dessen Vater und gleichzeitig die Person, die von einem Kunstraub profitierte. Er beäugte ihn mit einer tiefen Furche über der Nase. Ohne Aufforderung setzte er sich auf ein Kanapee im Wohnzimmer und gab Zefirelli mit einer herrischen Geste die Anweisung, ebenfalls Platz zu nehmen. Zefirelli setzte sich, von einer Sekunde zur anderen wieder ganz sein verschrecktes Selbst.

Camarata musterte ihn. Er fragte sich, wie viel von der Idiotie gespielt war und wie viel echt. Was, wenn Zefirelli weniger schwachsinnig war, als es den Anschein hatte? Was, wenn er ihm eine Komödie vorspielte? Er sah zu Cariello. Dieser lehnte stehend an einem Fenstersims und überschlug abwartend die Arme. Cariello überließ es ihm, zu sprechen.

Camarata gab seiner Stimme einen dunklen und amtlichen Tonfall. „Signor Zefirelli, ich spreche Ihnen mein Beileid zum Verlust Ihres Vaters aus. Er war ein alter Mann, aber sein Tod kam sicher überraschend. Leider habe ich Ihnen hierzu eine schlechte Nachricht zu überbringen. Entgegen dessen, was man glauben könnte, starb Ihr Vater keines natürlichen Todes. Er wurde ermordet." Die Worte klangen klinisch und mitleidslos.

Camarata schien, als ob Zefirellis Sohn ihre Tragweite zuerst nicht verstand. Er saß zusammengesunken und zitternd auf seinem Sitz, zupfte und zog an der Haut auf seinem Oberarm und biss auf seinen Fingernägeln herum. Er zeigte keine Reaktion.

Camarata erinnerte sich an Cariellos Erzählung und versuchte es noch einmal in gedämpfterem Ton. „Kennen Sie jemanden, der Ihrem Vater hätte Böses antun wollen? Vor allem angesichts der Tatsache, dass er vielleicht etwas zu dem Mord am Diana-Tempel wusste und von der ermordeten Agnelli vor Kurzem besucht wurde?"

Angesichts der erneut ausbleibenden Reaktion fuhr Camarata wieder aggressiver fort. „Haben Sie in den letzten Tagen noch andere Personen neben Herrn Professor Cariello zu Ihrem Vater gebracht?"

Schweigen. Camarata schnaufte und schlug sich auf die Knie. „Mein Gott, sprechen Sie doch! Es war immerhin Ihr Vater." Der magere, räudige Mann vor ihm verstörte ihn.

Zefirelli leckte sich die Lippen. In die minutenlange Stille sprach er schließlich in nüchternem Ton. Seine Worte waren klar und keine Spur einer Behinderung überschattete sie: „Ich bin froh, dass der alte Kerl tot ist. Ein schlechter Mensch, ein Ekel, das war er! Ich danke dem, er ihm ins Jenseits geholfen hat. Endlich bin ich ihn los." Es herrschte betroffene Stille.

Cariello trat schließlich vor und legte seine Hand auf die Schulter Zefirellis. „Ich kann nachvollziehen, was Sie über ihren Vater denken, aber wir müssen trotz alledem wissen, wer ihn getötet hat. Und sei es nur, um Sie vom Verdacht des Mordes reinzuwaschen."

Zefirelli riss sich mit sichtlichem Aufwand zusammen. Der Anblick der Ekzeme in seinem Gesicht rief eine Woge der Übelkeit in Camarata und sichtlich auch in Cariello hervor. Cariello zog seine Hand zurück.

Zefirelli seufzte. „Mein Vater hat 1944 die Person gesehen, die die Wracks verbrannt hat. Er hat mir das gesagt, aber wollte, dass ich schweige, weil er selbst in der gleichen Nacht Dinge aus dem Museum gestohlen hatte." Er schluckte. „Als mein Vater in der Kriegsnacht ins Museum eingedrungen ist, um zu stehlen, hat er gesehen, dass er nicht der Erste war. Jemand war vor ihm da und hat vor seinen Augen Feuer gelegt. Er hat mir nie gesagt, wer der Brandstifter war – er hat gesagt, dass ich zu debil sei, um den Mund zu halten. *Debil!*"

Das letzte Wort spuckte Zefirelli in den Raum. Camarata setzte sich auf. Es war wahrscheinlich, dass Brandstifter und Mörder ein und dieselbe Person waren oder es zumindest einen Zusammenhang der beiden Affären gab. Er beäugte Zefirelli, der jedoch bereits wieder in sich zusammensackte und verstummte.

Er hob die Brauen. Wenn Zefirelli nicht der Brandstifter war, was hatte der eigentliche Brandstifter im Museum gesucht und warum hatte er die Wracks angezündet?

Ein Anruf

Die Nacht war lau und ruhig. Die Straßen hatten sich gelehrt. Nur die kleine Apotheke im Erdgeschoss des Mietshauses war noch geöffnet und bediente eine Handvoll Nachtschwärmer. Chiara kehrte nach einem langen Arbeitstag nach Hause zurück.

Sie war als Mutter zweier kleiner Kinder getrieben von der Sorge um deren Aufsicht. Ihre zwei Jungen von drei und fünf Jahren hatten auf sie warten müssen. Es war bereits neun Uhr abends, als sie sie von der freundlichen Nachbarin forttrug, die sie aus dem Kindergarten abgeholt hatte und zwei Flure unter ihr im gleichen hohen Mietshaus wohnte, wie sie. Paolo gab kein Lebenszeichen mehr von sich. Er hatte sich nicht einmal die Mühe gemacht, nachzufragen, wer sich um seine Söhne kümmerte.

Chiara seufzte, als sie mit den Kindern die Treppen emporstieg. Sie wusste, dass sie ungerecht war oder zumindest nicht vollkommen gerecht. Paolo hatte sich vor seiner Verletzung immer um die Jungen gekümmert, aber manchmal umnebelte ein Unglück einen Menschen und nichts, nicht einmal die Sorge um die eigenen Kinder, konnte den Betroffenen wieder zurück ins Licht ziehen.

Sie musste an ihren Mann denken, als sie die Tür ihrer Wohnung aufschloss. Jeder Vorhang, jedes Möbelstück erinnerten sie an ihn – ganz zu schweigen von den Jungen, die ihm mit ihren schwarzen Augen und den geraden Nasen wie aus dem Gesicht geschnitten waren.

Sie sah Paolo in ihrer Vorstellung in irgendeiner Bar, betrunken oder, schlimmer, auf der Straße oder auf dem Geländer einer Brücke. Ihr stiegen Tränen in die Augen und sie wischte sie eilig weg, bevor die Kinder sie sehen konnten. Sie schob die Kleinen in den Eingang und ließ ihre Jacke auf einen an der Tür stehenden Stuhl fallen.

Die Wohnung lag verlassen, die Vorhänge waren zugezogen und nichts rührte sich. Chiara nahm die beiden Jungen in die Arme wie eine Medizin und brachte sie ins Kinderzimmer. Ihr Kleinster begann loszubrabbeln: eine unzusammenhängende Geschichte und wirre Wiedergabe eines Kinderfilms. Der Große schlief in ihrem Arm ein. Seine Wange schmiegte sich so weich an die ihre, dass sie sich unwillkürlich fragte, was sie jeden Tag in ihrem Beruf tat, statt sich ihren Kindern zu widmen. ‚Warum hänge ich an einer Arbeit, in der ich nach dem Bösen im Menschen suche, nach Mördern und Vergewaltigern, statt nach Wohltätern?'

Sie strich dem schlafenden Großen auf ihrem Arm übers Haar und legte ihn ins Bett. Der Kleine krabbelte allein hinterher und schmiegte sich an seinen Bruder. Chiara hatte nicht mehr die Kraft, den Jungen ihre Schlafanzüge anzuziehen und schämte sich dafür. Nachdem beide eingeschlafen waren, ging sie in die Küche und sah sich um. Ihre Wohnung war unaufgeräumt, der Kühlschrank leer. Sie hätte schreien mögen vor Müdigkeit und Erschöpfung.

Sie schluckte die Verzweiflung herunter und kontrollierte auf dem Telefon ihre Nachrichten, während sie altbackene Zwiebacks aus einem Regal kramte. Sie fand eine Botschaft Camaratas, mit der er sie über das Geschehen in Zefirellis Haus unterrichtete. Er fragte, ob sie das amerikanische Museum anrufen könnte, das man als Endstation der fehlenden Nemi-Artefakte identifiziert hatte. Er wollte wissen, ob alle fehlenden Gegenstände von Zefirelli gestohlen worden waren oder ob es einen zweiten Verkäufer von Fundstücken aus Nemi gab.

Chiara seufzte, aber suchte trotz der späten Stunde die Nummer des Museums in den Vereinigten Staaten heraus. Sie spritzte sich kaltes Wasser übers Gesicht, um weiter zu funktionieren, und biss in einen herumliegenden Pfirsich, den sie sofort wieder beiseitelegte. Er war unreif. Sie fluchte auf den neuen Supermarkt, der in der Straße eröffnet hatte. Er gehörte zu einer Kette und hatte den kleinen Tante-Emma-Laden ersetzt, der sich vorher an seiner Stelle befunden hatte. ‚Bei Francesco sind die Pfirsiche nie unreif gewesen.'

Mehr als die Früchte und den Zwieback hatte sie nicht. Mit knurrendem Magen machte sie sich an die Arbeit. Sie setzte sich an den spärlich erleuchteten Küchentisch und schob die darauf liegenden Bücher und Kindersocken beiseite. Die geduldigen Nachforschungen auf dem amerikanischen Kunstmarkt hatten am Vorabend Erfolg gehabt. Ihre Kollegen waren der Spur des Auktionshauses gefolgt, das kurz nach dem Krieg Artefakte aus Nemi verkauft hatte. Sie hatten es gefunden und mithilfe der amerikanischen Behörden ermittelt, welches Museum die Stücke gekauft hatte. Sie hatten

Glück. Die gesamte Kollektion war von einer Hand erworben worden und man hatte das Museum daher bald gefunden.

Chiara nahm das Telefon zur Hand und rief die Nummer an. Nach kurzem Klingeln meldete sich am anderen Ende der Leitung die Besucherauskunft. Chiara hatte in den USA studiert, ihr Englisch war daher so gut wie fehlerfrei. „Ich rufe aus Italien an. Carabinieri. Bitte seien Sie so gut, verbinden Sie mich mit der leitenden Kuratorin des Museums."

Sie sprach in einem autoritären Tonfall und hatte Erfolg. Die Kuratorin antwortete ihr schon bald in einem breiten Südstaatenakzent und reagierte verblüffend enthusiastisch auf ihren Anruf aus Übersee. Chiara war klug genug, ihr nicht im Detail zu erzählen, was ihr Anliegen war.

„Was kann ich für Sie tun?", fragte ihre Gesprächspartnerin, ganz der amerikanischen Kultur getreu, nach vielen Komplimenten und Lobpreisungen.

Chiara antwortete diplomatisch. „Wir benötigen eine Kopie der Liste der Kunstwerke, die Ihr Museum besitzt. Das dient für Vergleiche mit in Europa gestohlenen Fundstücken, Herkunftsvergleiche, stilistische Richtung, und so weiter. Sie würden den italienischen Behörden sehr weiterhelfen."

Die Kuratorin reagierte zu Chiaras Freude arglos und freundlich. Sie sagte zu, die Informationen an ihre Carabinieri-Adresse zu senden. Chiara erging sich in

Danksagungen und legte auf. Sie versprach sich, am nächsten Tag Therese als Archäologin zu fragen, was in der Nacht im Jahr 1944 weggekommen war und was nicht. Camarata hatte ihr die Listen nicht weitergereicht.

Dann ging sie aus der kleinen Küche ins Schlafzimmer und fiel todmüde neben ihren Söhnen ins Bett. Noch im Einschlafen sog sie tief ihren Geruch ein. Kinder heilten verwundete Seelen.

Zumindest die beiden Kleinen hatte Paolo ihr gelassen und sie war dankbar dafür.

Der alte Bazzoni

Der Ruf zweier Waldkäuze drang durch die Zeltwände, als säßen die Vögel davor. Erst rief der eine, dann der andere. Es klang wie ein aufdringliches Hupen.

Therese lag in dem Feldbett im Camp nahe dem Tempel der Diana und konnte nicht schlafen. Sie hatte sich verzweifelt Vogellaute im Internet angehört, um herauszufinden, was vor ihrem Zelt lärmte. Jetzt wusste sie, dass es seltene Zwergkäuze waren, aber das machte es nicht besser. Die Grillen zirpten ebenfalls. Äste knarrten und Zweige brachen. Jedes Geräusch ließ sie aufschrecken. Ein knirschender Schritt, ein Reißverschluss, der geöffnet wurde, ein Lufthauch und ihr Puls raste. An Schlaf war nicht zu denken.

Der medizinische Geruch der derben weißen Zeltwände irritierte sie zudem. Die Zelte waren vom Roten Kreuz ausgeliehen worden. Sie lag auf einem harten Feldbett und drehte und wendete sich, versunken in Grübeleien.

Ausnahmsweise waren ihre Gedanken nicht bei dem Mord, der so nahe bei ihrem Zelt geschehen war. Sie dachte an das Manuskript Bazzonis und kam nicht darüber hinweg, dass sie sich so hatte irren können. Sie und Cariello hatten das Caligula-Manuskript von vornherein für falsch gehalten, ohne es auch nur gesehen zu haben. Sie hatten ihre Ansicht mit Arroganz kundgetan, auch wenn es nur gegenüber den Carabinieri gewesen war. Und sie hatten sich lächerlich gemacht. Bazzoni hatte das Dokument nicht gefälscht, da es schon sein Vater hatte verkaufen wollen.

‚Vielleicht hat Bazzoni mit der ganzen Mordsache nichts zu tun. Er ist ein ehrlicher Historiker, auch wenn ich ihn bizarr finde, und Zefirelli ist der Mörder Agnellis. Oder zumindest sein Vater … Sein Vater, den man ermordet hat? Wie passt das zusammen?'

Therese seufzte. Ihre Gedanken tanzten Ringelreihen. Etwas war eigenartig. ‚Was hat es mit diesen beiden Vätern auf sich? Der alte Bazzoni und der alte Zefirelli kannten sich. Zefirelli hat ja sogar zu Cariello über den alten Bazzoni gesprochen …'

Therese fuhr von der Feldliege auf und stieß sich den Kopf an der metallenen Zeltstange über ihr. Sie fluchte und rieb sich die Stirn. ‚Was, wenn der alte Zefirelli mit seinen Anschuldigungen, der alte Bazzoni habe sich mit dem Museumsdirektor gestritten, die Wahrheit gesagt hat? Was, wenn Agnelli herausgefunden hatte, worüber sie gestritten hatten und man sie deswegen umgebracht hat? Und was, wenn dann auch Zefirelli sterben musste, um auch ihn zum Schweigen zu bringen?' Therese raufte sich die Haare. Sie sprach laut mit sich selbst. „Was zum Teufel haben die neue Museumsdirektorin und der frühere Hausmeister gewusst? Und worüber echauffierte sich der frühere Museumsdirektor kurz vor Kriegsende?"

Sie hielt inne.

‚Ich habe vermutet, das Caligula-Manuskript sei falsch, ohne es gesehen zu haben. Und jetzt nehme ich an, es sei echt, ohne es gesehen zu haben. Die Lösung ist Caligula. Wir müssen den Text des Kaisers sehen. So schnell wie möglich.' Sie hätte sich ohrfeigen können.

Eine Stunde später wurde Cariello ein zweites Mal von ihr in aller Herrgottsfrühe aus dem Bett geworfen.

Ungebetener Besuch

Der Ruspoli-Palast war ein uraltes Gemäuer. Er thronte schief und krumm über dem Nemi-See. Seine Mauern aus groben Steinblöcken waren von Rissen durchzogen und die helle Farbe, mit der man das hatte überdecken wollen, war mit den Jahren abgeblättert. Eine der Seiten des eindrucksvollen Gebäudes balancierte sich am steilen Kraterrand, die andere, wappenbedeckte Prachtfassade, zeigte auf den Marktplatz im Zentrum des Örtchens Nemi. In der Ferne hinter der Feste glitzerte das Meer.

Die zum Nemi-See gewandte Seite des Palastes war nach außen ausgebaucht, als wäre das Gebäude über die Jahrhunderte instabil geworden. Es saß in der Landschaft wie eine Gespensterburg, die sich hinunter zum See der Geister begeben wollte.

Der Palast hatte in unsichereren Zeiten der Verteidigung seiner Besitzer gedient. Ein hoher, runder Wehrturm aus rohem Stein, der in die Mauern gezwängt stand, zeugte davon. Unterhalb der Wälle führte der Weg, den Cariello bereits hinabgestiegen war, ins Tal.

Die Felsen, auf denen der Palast gebaut war, waren schroff und durchlöchert von Höhlen und Gängen. Unter ihnen befanden sich auch diejenigen, in denen das Museumspersonal in der Nacht, als die Schiffe Caligulas verbrannt waren, Unterschlupf gesucht hatte.

Cariello hatte sich mit Therese vor dem Palast postiert, um auf das Eintreffen der Carabinieri zu warten. Sie wollten Bazzoni besuchen, der in dem Palast wohnte.

Cariello überbrückte sich die Zeit, indem er mit einem Fernglas das Tal und die Höhlen betrachtete. „Die Distanz zwischen den Grotten und dem Museum ist in der Tat erheblich“, murmelte er. „Sie liegen mindestens zwei Kilometer entfernt. Man kann von den Höhlen, wie von Zefirelli beteuert, sicher einen möglichen Lichtschein im Museum ausmachen, aber keine Personen. Wer behauptet, in der Brandnacht im Jahr 1944 von hier aus mehr gesehen zu haben, hat in der Tat fabuliert.“

Er drehte sich zurück zur Feste und deute mit dem Finger auf sie. „Würden Sie hier wohnen wollen, Therese? Was für ein baufälliger, alter Kasten." Metallene Klammern überzogen die Mauern, Zeugen des Versuchs, diese am Auseinanderbrechen zu hindern. Die Burg wirkte surreal wie ein Model.

Therese zog eine Grimasse. „Die Festung erinnert an Edgar Allen Poes berühmtes Haus Usher, das am Ende der Geschichte auseinanderbricht und im See versinkt."

Cariello lächelte. „Die geizige Gemeinde bereitet sich auf den nahenden Zusammenbruch vor. Sie hat das Gemäuer weitgehend leergeräumt. Wenn die Geisterfestung schon in den See stürzen muss, hat man vorher zumindest ihren Inhalt ins Museum ausgelagert." Er ging über den Platz und trat des Wartens leid durch die alte Eichentür in die Eingangshalle des Palastes. Therese folgte ihm.

Im Inneren war das Gebäude nicht schöner als außen. Es war zwar in präsentierbarem Zustand, aber nur schlicht in weiß gestrichen. Eine Treppe führte zu den Gemächern, die Bazzoni abseits des öffentlich zugänglichen Bereichs bewohnte. Ein Schild wies den Weg.

Noch während sie es lasen, klappte hinter ihnen die Tür. Es waren Camarata und Chiara.

Cariello war erfreut zu sehen, dass Camarata seinem Vorschlag gefolgt war, und die Manuskriptspezialistin Mildred Thomson gebeten hatte, ihn zu begleiten. Die ehrwürdige Dame stolzierte nach ihm durch die Tür wie eine Königin.

Thomson war nach der Konferenz in Rom geblieben, um die Stadt zu besichtigen, und hatte Camaratas Einladung zu kommen angenommen. Sie strahlte und zeigte ihre künstlichen weißen Zahnreihen. Mit großer Geste nahm sie Cariello majestätisch, aber herzlich in die Arme. Sie trug wie schon bei ihrem ersten Treffen ein förmliches dunkelblaues Kostüm und hatte die weißen Haare zu einer kunstvollen Frisur aufgetürmt, die ihr zusammen mit der Schärfe ihres faltigen Gesichts eine kaiserliche Aura verlieh. So musste Livia Augusta ausgesehen haben, die Gattin des ersten Kaisers von Rom.

Thomson hatte wie schon bei ihrem ersten Zusammentreffen einen tiefroten Lippenstift aufgelegt und ihre Augen waren stark geschminkt. Sie blitzten achtungsheischend. Cariello sah Camarata an, dass ihm die hoheitliche Dame auf der Fahrt nach Nemi gehörig Angst eingeflößt hatte.

Camarata zog eine Grimasse und grinste. „Bazzoni war nicht erfreut, als ich ihn am Telefon darum gebeten habe, der Obrigkeit das Caligula-Palimpsest zu zeigen. Aber ich habe ihm gesagt, im Falle einer Weigerung würden wir mit einem Hausdurchsuchungsbefehl kommen und kämen natürlich in diesem Fall auch nicht umhin, uns zu wundern, was es mit der Echtheit des Dokuments auf sich hat, wenn er es nicht herzeigen will." Er lachte. „Bazzoni hat erbost reagiert, aber zugesagt, uns noch heute Morgen zu empfangen. Ich war sehr überzeugend, scheint es."

Bazzoni kam ihrer Delegation in der Tat auf ihr Läuten hin entgegen, erstaunt, eine fünfköpfige Gruppe vor seiner Tür vorzufinden. Er empfing seine unwillkommenen Gäste jedoch höflich. Thomson begrüßte er wegen ihres stattlichen Aussehens mit besonderer Ehrerbietung. „Willkommen. Sie haben mich mit der Ankündigung Ihres Besuches überrascht, aber ich freue mich trotzdem über Ihr Interesse an dem Caligula-Text. Bitte …"

Wie schon bei seiner Präsentation des Palimpsestes in Genzano ließ sich Bazzoni von zwei uniformierten Leibwächtern flankieren und dies, obwohl er sich in seinen Privatgemächern in einem mittelalterlichen Wehrturm befand und seine Gäste Gendarmen waren. Eine Gruppe von sieben Personen folgte ihm daher in seine Wohnung und drängte sich durch die mittelalterlichen Korridore. Im Inneren der Palast-Wohnung wandelte sich das Bild der äußeren Einfachheit in das eines historisierenden Luxusschlosses. Dunkles Holz und edle Teppiche unterstrichen den Eindruck von verblasster Macht und Noblesse. Eine Büste Caligulas begrüßte die Besucher am Eingang. Soweit Cariello erkennen konnte, war sie echt und in der Tat antik.

Bazzoni lächelte. „Der Palast hat einst meiner Familie gehört, aber ich bin heute nur simpler Mieter der Räume, die ich bewohne. Er gehört uns nicht mehr."

Cariello nickte. Er verstand. ‚Bazzoni will nicht für die Unterhaltskosten des brüchigen Gemäuers aufkommen und schiebt die Verantwortung der Gemeinde zu.' Er kannte derartige Fälle zuhauf. Es zeigte sich, dass Bazzoni mehr Räume als die ihm zur Verfügung gestellten sowieso nicht hätte bewohnen können. Die Säle waren enorm in Größe und Höhe und folgten einer dem anderen in beachtlicher Reihe.

Bazzoni zeigte mit ausladender Handbewegung auf ein Buffet mit Prosecco, Kaffee und Gepäck, als habe er seine Gäste zum Aperitif geladen, statt zu einer behördlich verordneten Manuskriptbesichtigung. „Ich dachte mir, am frühen Morgen wäre ein Kaffee sicher angenehm. Herr Professor? Frau Professorin?"

Camarata brummte grimmig, als habe Bazzoni mit ihm gesprochen. „Danke, aber die Zeit eines Staatsdieners ist bemessen, *Cavaliere*. Wir würden es vorziehen, das Werk zu sehen, wegen dessen wir hergekommen sind."

Bazzoni zögerte. Er war in seiner luxuriösen Eleganz dienstbeflissen, aber nervös. Sein Gesicht war unnatürlich gepflegt. Cariello schien es zu glatt, um Vertrauen zu erwecken. Bazzoni war durchtrainiert, teuer gekleidet und umsorgte sie zu angelegentlich. Zu bemüht, seiner Rolle gerecht zu werden. Ein Mann, der versuchte, ein Prinz zu sein, aber nur ein normaler Mensch war.

Camarata rührte mit dem Finger: „Nun bringen Sie das Buch schon her, Bazzoni. Wir haben nicht den ganzen Tag Zeit."

Bazzoni gab nach. Er brachte das Buch, die Hände umhüllt von weißen Handschuhen, aus einem Safe im Nebenraum und legte es auf den Eichentisch in der Mitte des Saals. Seine Hände verweilten mehrere Sekunden darauf, bevor er es widerstrebend freigab. Nach anfänglicher Stille begaben sich außer den Leibwächtern alle Anwesenden zum Tisch und betrachteten das Werk.

Cariello besah es von allen Seiten, neugierig, wie weit er gehen konnte, um das Prachtstück in Augenschein zu nehmen.

Es handelte sich um ein großes, braun eingebundenes Buch, sichtlich alt und relativ verfallen. Auserlesene Malereien und Goldverzierungen schmückten den Einband und die Seiten. Die spärliche Beleuchtung des mittelalterlichen Raums machte die Begutachtung jedoch schwer. Cariello kniff die Augen zusammen, um besser sehen zu können, und war nicht wenig erstaunt, als Mildred Thomson eine starke Lampe, eine Lupe und einige Testapparate aus ihrer geräumigen Alte-Damen-Handtasche holte. Er schmunzelte überrascht und sie zwinkerte ihm trotz ihrer stattlichen Autorität spitzbübisch zu.

Thomson, der man ohne Diskussion die Leitung überließ, setzte sich, zog sich ebenfalls Handschuhe an, und begann das Buch langsam Seite für Seite umzublättern.

Bazzoni räusperte sich. „Was Sie hier vor sich liegen haben, ist eine mittelalterliche Abschrift der *Etymologien* des Isidore von Sevilla. Sie ist wertvoll, wenn auch nicht einzigartig. Diese Abschrift hier stammt aus dem 13. Jahrhundert. Isidore war ein Erzbischof, der im 7. Jahrhundert gelebt hat. Sein Buch unterteilt sich in zwanzig Kapitel, die Themen, wie Recht, Medizin, Religion und das Alphabet behandeln. Da Isidore alle zu seiner Zeit bekannten wissenschaftlichen Grundsätze zusammengefasst hat, ist das Buch im Mittelalter weithin abgeschrieben worden und es existieren noch über tausend Versionen. Die Abschrift hier vor Ihnen ist in Italien hergestellt worden. Ihre Bindung war mit der Zeit verfallen, deswegen hat mein Vater sie Mitte des vorigen Jahrhunderts restaurieren lassen, wenn auch nicht neu binden, sodass Sie die originale mittelalterliche Bindung vor sich liegen haben."

Cariello lehnte sich über den Tisch. Das Buch war in schlechtem Zustand. Der lederne Einband war von Buchwürmern zerfressen und staubig. Aber es war ein schönes Stück.

Thomson räusperte sich. Sie schaltete ein Aufnahmegerät an und ihre gutturale Stimme erklang. Sie rollte das Italienisch. „Beim Inneren des Objekts handelt es sich um Pergament, das zu Doppelseiten geschnitten worden ist, von denen jeweils vier bis sechs übereinandergelegt sind. Die einzelnen Pergamentlagen hat man erneut übereinandergelegt und gebunden. Die beiden schützenden Buchdeckel sowie der Buchrücken bestehen aus dünnen Holzbrettern, die mit verziertem Leder überzogen sind. Das Werk hat geschätzte zweihundert Seiten."

Bazzoni lächelte stolz. „212. Man hat eine ganze Rinderherde für die Herstellung des Pergaments dieses Werks getötet."

Cariello fiel auf, dass Bazzonis Augenlider zuckten. Der Mann war sich seiner selbst nicht sicher und noch weniger seines Buches.

Mildred Thomson ließ sich hoheitsvoll alle Details zeigen. Dann stellte sie erneut das Aufnahmegerät an und fügte in dem ihr eigenen sachlichen Stil und mit dem gutturalen Rollen ihres amerikanischen Akzents hinzu: „Es handelt sich nicht um einfaches Pergament, sondern um Vellum. Für das lichtbeständigere Vellum wurden neugeborene Kälber gehäutet. Aufgrund seines hohen Preises fand es jedoch nur bei wertvollen Handschriften Verwendung. Wenn man den Preis von Velum kennt, wird klar, warum es ein so großes Interesse für eine mehrfache Wiederverwendung des Materials gab und dieser Fakt ist auch ein Hinweis auf den Wert, den man dem Buch gab, das vor uns liegt."

Thomson setzte sich eine Brille auf die Nase und blinzelte durch sie hindurch auf die Buchseiten. Ihre rosalackierten Nägel und die faltigen Hände schienen durch die dünnen weißen Gummihandschuhe hindurch und wanderten langsam über die Seiten.

„Dieses Buch erscheint mir in der Tat mittelalterlich", murmelte sie. „Es wurde erst nach dem Schreiben gebunden, ein übliches Verfahren. Die sepiafarbene Tinte ist ohne Zweifel Eisengallustinte, ebenfalls typisch für das Mittelalter. Man sieht kleine Zeichen des Schreibers, die das Binden erleichtert haben und einige Auslassungen, da wo ein Zeichner die typischen großen verzierten Anfangsbuchstaben, die Initialen, hätte schreiben sollen, es aber nicht getan hat. Der Zeichner hat fast alle ausgeführt, aber sehen sie hier – einige wurden nie koloriert. Sie sehen die Lücken im Text. Das Buch ist unvollendet."

Camarata räusperte sich und versuchte leise zu sprechen, als er sich zu Thomson neigte. „Gut, einverstanden. Wunderbar. Das ist ein mittelalterliches Buch. Aber wo ist der Caligula-Text? Was können Sie uns über die Echtheit des angeblich unter diesem Text liegenden antiken Dokuments sagen?"

Thomson hatte es nicht mehr nötig, zu gefallen und reagierte streng. „Sie lassen mich bitte ausreden, junger Mann. Man sollte solche Dinge nicht sensationslüstern übers Knie brechen. Dazu kommen wir gleich."

Cariello, selbst Kenner alter Manuskripte, hatte den Caligula-Untertext bereits entdeckt, wagte nach Thomsons Abfuhr aber nicht, darauf hinzuweisen. Nach Thomsons Maßstab war er ein noch jüngerer Spunt als Camarata. Die Spuren der Unterschrift des Palimpsests waren auf den Fleischseiten des Pergamentleders deutlich zu sehen. Sie waren heller und glatter, als die Außenseite der Tierhäute und zeigten die Spur einer ursprünglich einmal darauf geschriebenen Handschrift.

Thomson fuhr fort, ihnen die Bindungstechnik des Buches, benutzte Kleber und Bindematerialien zu erläutern und Schätzungen für deren Alter abzugeben. Da das Buch bereits an einigen Stellen zerfiel, zögerte sie nicht, einen Faden und ein Stück des Pergaments abzuteilen und in Probefläschchen zu legen, und dabei autoritär einen Test anzukündigen. Vor allem das Alter des Leders war wichtig und Camarata ermutigte sie zufrieden, den Test vorzunehmen – soweit er es noch wagte.

Thomson machte sich geradezu einen Sport daraus, nicht auf die angebliche Caligula-Unterschrift einzugehen, bis sie sich vollends und abschließend zu dem mittelalterlichen Buch geäußert hatte, das aus dem antiken Manuskript hergestellt worden war. Cariello atmete auf, als die Amerikanerin ihre Erörterungen abschloss und nicht auch noch begann, den Inhalt der Schriften des Isidore von Sevilla zu beurteilen. Er vermutete, dass Isidore meinte, die Sonne drehe sich um die Erde und letztere sei eine Scheibe. Er war bereit, das gehorsam zu beschwören, wenn sie denn nur zur Sache kamen.

„Und hier haben wir den antiken Untertext, scheint es", sagte Thomson. Sie nahm ihre Lesebrille ab, putzte sie und setzte sie erneut auf. „Möchte einer der Anwesenden vielleicht zuvor Fotos meiner Enkelkinder sehen?", fragte sie todernst in den Raum. Chiara kicherte, Bazzoni reagierte mit einer verständnislosen Grimasse. Therese ignorierte die Bemerkung in ihrem Eifer.

„Gut, wenn kein Bedarf besteht, dann eben nicht. Dann sollten wir beginnen", sagte Thomson schließlich mit einem amüsierten Funkeln in den Augen. „Was haben wir denn da? Eine Unterschrift, klar lesbar, was bei Büchern aus dem 13. Jahrhundert selten ist, da man die

Vellums normalerweise zu dieser Zeit schon abschabte. Gut lesbare Palimpseste sind häufiger auf Schriften des frühen Mittelalters zu finden, da man sie damals nur abwusch ... aber nichts ist unmöglich. Die Unterschrift, unser Palimpsest, läuft parallel zur Oberschrift des neuen, darübergeschriebenen Buches. Erneut, ungewöhnlich. Die römischen Manuskripte waren normalerweise größer als die mittelalterlichen Bücher und man zerteilte sie in zwei, um sie weiter zu benutzen, und drehte dabei natürlich die Seite. Aber gut, nicht unmöglich."

Therese stand auf Zehenspitzen hinter Thomson, die Sicht wegen des Haarturms der eisernen Lady eingeschränkt. Sie schielte über deren Schulter und hielt es nicht mehr aus. Sie unterbrach Thomson. „Wenn wir einen Originaltext Caligulas vor uns hätten, wäre das Vellum zweitausend Jahre alt. Gibt es überhaupt so alte Pergamente?"

Thomson murmelte, den Blick weiterhin durch ihre Brille auf das Buch gerichtet, und ohne sich umzudrehen: „Natürlich. Es gibt sogar viertausend Jahre alte Pergamente, die man gefunden hat. Keine Sorge. Nun, kommen wir zu der Schrift, die wir hier vor uns haben."

Therese zog verärgert die Stirn kraus. Cariello nickte ihr ermutigend zu und deutete ihr mit dem Finger über den Lippen an, zu schweigen. Mildred Thomson hätte als Königin von England durchgehen können, so sehr beherrschte sie den Saal mit ihrer Präsenz. Keiner wagte mehr, sie zu drängen oder etwas zu sagen.

„Zur Zeit Caligulas benutzte man im alten Rom für Handschriften wie diese die alte römische Kursive. Diese Schrift besteht nur aus Großbuchstaben, aber ist unserer heutigen Schrift nicht völlig unähnlich. Die Zeichensetzung ist allerdings rudimentär und zumeist gibt es nur Punkte nach den Worten, um sie von den nächsten zu trennen. Leider muss ich sagen, dass man schon zu Zeiten der Benutzung dieser Schrift über sie lachte. Sie ist so gut wie unleserlich. Sobald die schreibende Person schneller schreibt, sieht die Schrift aus wie der Abdruck von Krähenfüßen." Ein kurzes Lächeln huschte über Thomsons faltiges Gesicht. „Sagt Plautus, nicht ich ..."

Sie musterte die sie in gespannter Stille umgebenden Anwesenden und es schien, dass sie mit der ihr gezollten Achtung zufrieden war. Sie richtete ihren Blick erneut auf das Buch. „Ich sehe hier vor mir eine Schrift, die der alten römischen Kursive in der Tat ähnlichsieht. Genaueres kann ich aufgrund der verwaschenen Farbe kaum sagen, dazu müsste ich eine Röntgenaufnahme vor mir haben. Gegenwärtig kann ich nur sagen, dass die Schrift vorhanden ist und dass es mir auf den ersten Blick scheint, dass es sich durchaus um eine alte römische Kursive handeln kann. Bezeichnend finde ich diese eigenartigen Anfangsbuchstaben der Worte, die aussehen, als seien sie größer als die anderen Buchstaben und diese Schlingen in den Cs. So etwas habe ich bisher noch nicht gesehen, aber es ist ja schließlich eine individuelle Handschrift. Caligula war vielleicht ein bisschen stürmisch beim Schreiben, was der Wahnsinn so mit sich bringt ..."

Thomson nahm die Brille ab und schaute erneut in die Runde. „Das ist im Moment alles, was ich sagen kann. Alles Weitere benötigt systematische Überprüfung und Arbeit. Einen Radiokarbontest des Alters des Pergaments, der Bindung, des Buchdeckels, eine Analyse der Schrift und so weiter. Ich habe einen lieben Freund in Frankreich, einen der anerkanntesten Experten der alten römischen Kursive. Ich kann Ihnen gern behilflich sein, ihn zu konsultieren. Sie machen mir Zeichen, Cariello ... Keine Sorge, wir beide denken an denselben Mann. Dazu benötige ich aber zuallererst eine Durchleuchtung der Buchseiten und Kopien von ihnen, damit ich die Palimpsest-Schrift hinreichend erkennen kann."

Bazzoni reagierte augenblicklich. Ihn hatten schon die kleinen Scherze Thomsons aus der Ruhe gebracht, aber nun wurde es ihm zu viel. „Der Marktwert des Buches", fauchte er mit überschnappender Stimme, „liegt darin, dass der Text nicht bekannt ist. Er steht zum Verkauf und ich als Eigner kann doch bitte entscheiden, was veröffentlicht wird und was nicht. Wenn Sie diese Seiten durchleuchten und kopieren lassen, und man weiß ja wie durchlässig die Wände der Behörden in dieser Hinsicht sind, dann muss ich den Verlust von Millionen fürchten." Er zitterte in seinem Zorn. Eine Ader auf seiner Stirn pulsierte.

Cariello musste ihm Recht geben. Für große finanzkräftige Kulturinstitutionen oder Universitäten, vor allem in den USA, war das Buch interessant, weil dessen Erforschung, Entschlüsselung und Publizierung zu ihrem Ansehen beitrugen. Der Caligula-Text würde sich dann ‚*Codex …ensi*' nennen und den Namen der Universität oder Institution tragen. Das wäre natürlich nicht mehr der Fall, wenn der Text schon bekannt wäre und es kein Ansehen mehr zu gewinnen gäbe. Die wissenschaftliche Erstpublikation sowie die Filmrechte wären verloren. Bazzoni hatte unglücklicherweise Recht.

Therese hatte sich, ohne auf eine weitere Zustimmung zu warten, ans Abfotografieren der Seiten gemacht und einer der Leibwächter war nahe daran, einzugreifen.

Das war jedoch nicht nötig, da sie sich selbst unterbrach. „Das ist ja unglaublich. Schaut euch das an!" Sie zeigte auf eine relativ gut lesbare Zeile des verblassten Caligula-Textes.

Dort war eine Art großer Großbuchstabe vor anderen, kleineren Großbuchstaben gemalt. Ein Schwung machte das C aus. Therese holte ihr Telefon aus der Tasche und öffnete auf dem Gerät das Foto des Bildes, das Cariello im Zimmer Zefirellis gefunden hatte. Es zeigte die handschriftliche Ritzung auf der Bleitasse, die man auf dem Wrack des Schiffes des Kaisers Caligula gefunden hatte. Sie legte das Telefon mit dem Bild neben die Buchseite.

Die Eigenheit des Manuskripts mit dem großen C war identisch mit der Schreibweise des C des Wortes ‚Caesar' auf dem Bleigefäß.

Manuskript und Blei trugen die gleiche Handschrift.

„*Accidenti*", sagte Camarata. „Wer hätte das gedacht?!"

Raub

Therese hatte das Gefühl, Cariello bloßgestellt zu haben. ‚Ich habe ihn dazu gebracht, die Carabinieri nach Nemi zu beordern und dazu noch diese beeindruckende amerikanische Expertin mitzubringen. Und das alles für nichts. Ich bin eine Idiotin.' Sie trat aus der Eichentür und blieb nahe dem Eingang des Palastes stehen, dort, wo sie im Schatten bleiben konnte. Ihr Gesicht brannte vor Scham.

Chiara trat zu ihr und rieb ihr in einer Geste des Mitgefühls die Schulter. „Wir werden an anderer Stelle nach Agnellis Mörder suchen müssen. Wenn der Caligula-Text echt ist, gibt es keinen Grund, warum Bazzoni die Direktorin hätte töten sollen."

Therese nickte stumm.

Sie standen ein paar Minuten schweigend an der Außenwand des alten Palastes und schauten den Männern nach, die Thomson zum Dienstwagen der Carabinieri begleiteten. Die alte Dame trug ihre Niederlage mit mehr Fassung als Cariello und Camarata. Diese machten Gesichter wie Krieger, die nach einer Niederlage in der Schlacht davonschleichen.

Chiara lehnte sich neben Therese an die Hauswand. „Ich habe jetzt mehrfach in diesem Museum angerufen, das die in Kriegszeiten geraubten Kunstgegenstände gekauft hat. Dessen Kuratoren schämen sich noch nicht mal. Ich glaube, das war damals gang und gäbe, dass gestohlene Sachen weiterverkauft wurden … Jeder hat sich bedient. Vielleicht sollten wir in dieser Richtung weitersuchen. Agnelli wollte wertvolle Gegenstände zurückholen, die man im Krieg aus Nemi gestohlen hatte, und jemand könnte ein Interesse gehabt haben, dass sie schweigt. Vielleicht besitzt jemand Stücke und will sie nicht herausrücken. Wir verrennen uns mit Bazzoni und er hat mit dem Mord überhaupt nichts zu tun. Nur weil er sich zu viel Botox ins Gesicht spritzen lässt, muss er ja kein Mörder sein."

Therese blies die Wangen auf und lies die Luft wieder heraus. „Du findest Bazzoni doch auch gekünstelt, oder?"

Chiara biss sich auf die Lippen. „Kein Gericht verurteilt Leute wegen bizarren Betragens. So große Gefängnisse kann sich das Land nicht leisten."

Sie gluckste und auch Therese musste trotz ihrer Niedergeschlagenheit lachen. Chiara schaute ihr in die Augen und stieß sie mit dem Ellenbogen an. „Beginnen wir von vorn. Wer hat im Zweiten Weltkrieg Kunstgegenstände gestohlen und wem könnte Agnelli mit ihren Nachforschungen zu nahegekommen sein?"

Therese zuckte die Schultern. Die Hitze in ihrem Gesicht ließ nach und sie atmete tief durch. „Soll ich die alle aufzählen? Das wird dauern. Was im Zweiten Weltkrieg geraubt wurde, verbrannt wurde, die Besitzer gewechselt hat ... die Listen füllen Büchereien. Erst haben die Deutschen und die Japaner geraubt, dann die Franzosen, die Amerikaner und die Russen. Es sind bis heute Millionen von Kunstwerken in Lagerhallen und Hinterzimmern in Tokio, Moskau und Washington versteckt, und alle Bemühungen, sie zurückzuführen sind gescheitert. Da könnte man so manch einem zu nahe treten … Was einmal geschluckt wurde, wird nur schwer wieder ausgespuckt. Unter den vermissten Gegenständen sind wichtige Stücke – der Schatz des Priamos aus Troja, alte Bibliotheken und Gemäldesammlungen, die Rüstkammer der Wartburg aus Thüringen, bronzezeitliche Goldschätze und so weiter ..."

Chiara machte eine ungeduldige Geste. „Denk hier an unseren Fall und nicht an Japan oder Russland. Ich denke nicht, dass Japaner oder Russen in Nemi Dinge weggenommen haben. Hier in der Gegend waren während des Kriegs erst die Deutschen und dann die Amerikaner und Engländer."

Therese seufzte. „Hm. Während der Zeit des Nationalsozialismus wurden von deutschen Behörden hunderttausende Kunstwerke von Juden und aus den von den Deutschen besetzten Gebieten geraubt. Die meisten sind jedoch bereits zurückgegeben worden, wenn man sie nicht als entartet vernichtet hatte. Es dürften sich nur noch wenige solcher Stücke aus Italien im Umlauf befinden und es ist unwahrscheinlich, dass etwas aus

Nemi dabei ist. Das Nemi-Museum war Mussolinis Steckenpferd. Ich denke nicht, dass die Deutschen es angefasst haben, und man hat sie auch ‚nur' der Brandstiftung und nie des Raubes aus dem Museum beschuldigt."

„Aber man könnte an die Amerikaner denken?"

Therese nickte. „Erst kürzlich ist man einem amerikanischen Soldaten auf die Schliche gekommen, der acht mittelalterliche Kunstwerke aus Quedlinburg in Deutschland hatte mitgehen heißen. Sol Chaneles, ein amerikanischer Kunstraubforscher, hat zudem über ein mit deutschen Kunstwerken vollgestopftes Transportflugzeug berichtet, das im Sommer 1945 von München in die USA geflogen sein soll."

Chiaras Augen weiteten sich. „Was ist daraus geworden?"

„Das ist ungeklärt. Er berichtet auch vom Verschwinden einer Sammlung niederländischer Meister des 17. Jahrhunderts, die nun im Depot der National Gallery in Washington liegen soll. Ich weiß nichts Genaues."

„Warum sollen die Amerikaner also nicht bei der angeblichen Reinigung des Nemi-Museums im Jahr 1944 das ein oder andere Stück haben mitgehen heißen, richtig? Gibt es Anzeichen dafür, dass etwas wirklich Wichtiges fehlt, abgesehen von den Stücken, die Zefirelli genommen hat und die wir bereits in den USA lokalisiert haben?"

Thereses und Chiaras Augen trafen sich und beide schüttelten den Kopf. Therese hatte mit großer Sorgfalt Listen aufgestellt und bisher fehlten zwar viele Dinge, aber entweder waren diese verbrannt oder aber sie waren von Zefirelli gestohlen worden.

„Und der Brand?", fragte Chiara. „Was, wenn es nicht um einen Raub ging? Sagen wir doch mal hypothetisch, ein deutscher Soldat hätte das Museum abgebrannt. Sagen wir, Agnelli wurde getötet, um das zu verdecken. Oder umgekehrt, es war eine amerikanische Bombe und die Amerikaner wollten das verbergen …? Hätte man das aus politischen Bedenken vertuschen wollen?"

Therese schüttelte den Kopf. „Es sind mittlerweile so viele Schweinereien aus dem Zweiten Weltkrieg bekannt geworden, ohne dass man dafür den jeweiligen Autor der Verlautbarung ermordet hat. Das glaube ich nicht. Es ist bekannt geworden, dass die Amerikaner absichtlich das Kloster von Monte Cassino zerstört haben und marokkanisch-französische Soldaten am Tag darauf hunderte Frauen um das Kloster herum vergewaltigt haben. Das war kurz vor dem Brand des Museums in Nemi und man hat es veröffentlicht. Die Flüchtlinge in der Papstfestung in Castel Gandolfo wurden von den Alliierten bombardiert und fünfhundert unschuldige Zivilisten sind dabei gestorben. Auch diese Information wurde veröffentlicht. Die Deutschen haben italienische Partisanen und Kriegsgefangene massakriert."

„Auch das ist bekannt."

Therese seufzte. „Ich denke nicht, dass man heute etwas so Brisantes veröffentlichen könnte, dass es einen Vertuschungsmord wert wäre. Die Nemi-Schiffe sind verbrannt. Wer auch immer es war. Wenn es die eine oder andere Streitkraft war, dann würde der jeweilige Staat eine bedauernde Stellungnahme veröffentlichen, wenn überhaupt. Aber man wird deswegen nicht die Museumsdirektorin ermorden und ihren Kopf hübsch verziert an eine Eiche nageln. Das ist absurd."

Chiara nickte schweigend.

Sie tappten im Dunkeln. Therese fühlte eine Welle schlechter Laune in sich aufsteigen. Bazzoni war nicht der Mörder. Zefirelli war tot. Es blieben die Wicca oder Franchetta.

Wirklich?

Was hatten sie übersehen?

Privatleben

Chiara fuhr nach dem Aufenthalt im Ruspoli-Palast nach Hause. So sehr sie dem Rätsel des Mordes an Agnelli nachzuforschen wünschte – ihr kleinster Sohn war krank. Der Kindergarten wollte ihn nicht aufnehmen, da man eine Ansteckung fürchtete. Camarata hatte geflucht, als sie sich bei ihm abgemeldet hatte, aber da er ihre persönlichen Umstände kannte, hatte er zugestimmt. Das war das Mindeste, was er für die Kinder tun konnte, denen der Beruf im Dienst des Staates den Vater genommen hatte.

Als Chiara in ihrer Wohnung in dem großen Mietshaus in Rom ankam, herrschte Chaos. Der kleine Tizio saß mit rot geweinten Augen und laufender Nase auf seinem Bett. Seine schwarzen Haare standen zerrauft in alle Richtungen zu Berge. Er streckte verzweifelt die Arme nach seiner Mutter aus und rief nach ihr. Seine verstopfte Nase hinderte ihn am Atmen. Die Nachbarin, die sich erneut um ihn gekümmert hatte, beschwerte sich zu Chiaras Erleichterung nicht. Sie blickte mitleidig auf die junge Mutter, nickte zum Abschied und schloss leise die Tür hinter sich, als sie ging.

Es brauchte fast zwei Stunden, bevor der kleine, verheulte Junge eingeschlafen war.

Chiara saß schließlich müde und ausgelaugt an seinem Bett. Ihr Gewissen quälte sie. Sie war weder für die Kinder noch für den Beruf hundert Prozent da. Ihr schmerzte das Herz, wenn sie Tizio in seinem Bett nach Luft ringen hörte. ‚Ich hätte lieber bei ihm als auf der Ruspoli-Festung sein sollen. Dieser Mordfall und meine Karriere sind es nicht wert, dass ich ihnen meine Kinder opfere.'

Trotzdem überprüfte sie in der plötzlich eingetretenen Ruhe des Kinderzimmers ihre Nachrichten. Wenig später war sie erneut in Arbeit versunken.

Sie fand in ihren Emails das versprochene Dokument, das ihr das amerikanische Museum gesendet hatte. Es listete auf einer der hinteren Seiten die Kollektion auf, die das Museum vor gut siebzig Jahren von einem Auktionshaus gekauft hatte. Sie traute ihren Augen nicht. Das Dokument gab ohne Scham die Herkunft der Gegenstände mit ‚Nemi' an. Sie hatte weder damit gerechnet, dass ihr das Museum auf einen simplen Anruf hin die Dokumente schicken würde, egal, dass sie eine öffentliche ‚carabinieri.it' E-Mail angegeben hatte, noch, dass diese so eindeutig wären.

Nach den Skandalen der letzten Jahrzehnte, in denen mehrere amerikanische Museen dafür verklagt worden waren, Raubkunst aus Italien angekauft zu haben, hätte sie vermutet, dass die Museen alles geheim halten würden. Dem war nicht so. Das Museum hatte noch immer keinerlei Schuldbewusstsein. Der Erwerb von Diebesgut aus einem anderen Museum schien für die Kuratoren kein Problem zu sein. Chiara schüttelte den Kopf. Camarata würde sich über die Dokumentation freuen und versuchen, über Interpol eine Beschlagnahme der Gegenstände zu veranlassen. ‚Lasst uns beten, dass keine Verjährung eingetreten ist.'

Bevor sie die Daten an Camarata weitergab, rief sie Therese an. Therese war vom Ruspoli-Palast zum Zeltlager am See gefahren. Das Grabungsteam hatte seine Arbeit am Diana-Tempel wieder aufgenommen und sie hatte sich zu ihm gesellt. Sie ließ jedoch bereitwillig ihre Messstäbe fallen, als sie Chiaras Stimme erkannte, und setzte sich an den Arbeitstisch im Camp. Sie überprüften gemeinsam über das Telefon die Liste der Fundstücke, die aus dem Nemi-Museum verschwunden waren.

Therese seufzte schließlich. „Chiara, ich denke, wir sollten aufgeben. Zefirellis Auflistung der von ihm gestohlenen Dinge ist exakt identisch mit der Liste der Gegenstände aus Nemi, die sich in dem Museum in den USA befinden. Hundertprozentig identisch."

Chiara konnte einen Fluch nicht unterdrücken. „Das heißt, es hat keine Diebstähle gegeben, außer denen von Zefirelli. Das einzige Fundstück von den Wracks, das darüber hinaus fehlt, ist das Bleigefäß mit Caligulas Handschrift, aber das kann im Brand geschmolzen sein. Blei schmilzt schon bei niedrigen Temperaturen."

Therese stimmte ihr zu.

Wem immer Zefirelli in der Brandnacht im Museum begegnet war: Diese Person war nicht dort gewesen, um zu stehlen.

Agnelli

Das Café auf dem Marktplatz von Nemi war bescheiden, aber anheimelnd. Es bestand nur aus ein paar Metalltischen und Sitzgelegenheiten, aber die großen Sonnenschirme darüber und der Ausblick über den See machten es angenehm.

Cariello lehnte in seinem Stuhl, die Stirn gerunzelt und die Lippen bleich. Er war schlecht gelaunt un Camarata verstand ihn. Cariello war ihnen allen voran zu diesem Prinzen Bazzoni stolziert und hatte ihm nachweisen wollen, dass sein Palimpsest falsch war. Und genauso, wie es der Direktor der Vatikanischen Museen vorhergesagt hatte, hatte er feststellen müssen, dass es echt war. Ein antikes Bleigefäß und ein antiker Text, die die gleiche Handschrift, die Schrift Caligulas, trugen. Was wollte man mehr?

„Ich bin ein arroganter Affe", presste Cariello zwischen den Zähnen hervor. „Ich habe mich vor dem Spross einer berühmten Familie lächerlich gemacht und bin der Spott ganz Roms."

Camarata seufzte grimmig. „Mir liegt nichts daran, Bazzoni nachzuweisen, dass sein Text falsch ist, Cariello. Aber ich suche einen Mörder, um ihn ins Gefängnis zu stecken und endlich in den Urlaub zu fahren." Er blinzelte in die Sonne, seufzte und strich sich über den stattlichen Bauch. „Unser Hauptverdächtiger, der alte Zefirelli, ist tot. Bazzoni ist seit einer Stunde von jeglichem Verdacht reingewaschen und die Wicca sind zwar suspekt, aber es ist ihnen nichts nachzuweisen. Es bleibt Franchetta, aber wollen wir wirklich einer armen alten Frau nachrennen, weil sie im Kindesalter aufgrund ihrer unbehandelten Schizophrenie ihre Großmutter attackiert hat? Ist das ein Beweis für ihre Schuld, jetzt, hier und heute?" Er knurrte in seiner üblichen brummigen Art: „Wer zum Teufel hat Agnelli wirklich erwürgt?"

Sie saßen in dem bescheidenen altertümlichen Café mit seinen wackeligen Eisentischen und der übermannsgroßen San-Pellegrino-Werbung an der Wand, die Brauen zusammengezogen und die Mienen finster. Es dauerte noch eine gute halbe Stunde, bevor die Küche öffnen würde, und sie hatten beschlossen, zu warten, um in Nemi zu essen, bevor jeder von ihnen wieder in sein Hotel oder Büro zurückkehren würde.

„Der Koch kommt zwölf Uhr dreißig", hatte der buckelige umtriebige Besitzer des Cafés versprochen. Er war zu sympathisch gewesen, als dass sie hätten wieder umdrehen können, um anderswo zu essen.

Camarata musterte den stumm und verärgert dasitzenden Cariello. Er wirkte oft arrogant, kühl und erdrückend in seinem Ruhm und seiner Allwissenheit, aber irgendwo hinter der eleganten Fassade steckte ein brauchbarer Mensch. Jemand, mit dem man sich arrangieren konnte und der selbstlos half. „Erzählen Sie mir Ihr bestes Abenteuer, Cariello", brummte Camarata. „Haben Sie mal den Fußabdruck Kaiser Neros entdeckt? Oder eine Pfeife mit der Inschrift ‚Cäsar seinem liebsten Professor'?"

Cariello verzog die Mundwinkel zu so etwas wie einem gepressten Lächeln, aber es war ersichtlich, dass seine Gedanken nicht das Thema wechselten. Sie kreisten weiter um den Caligula-Text. Cariello erzählte trotzdem, wenn auch unkonzentriert, wie er fast bei einer Ausgrabung ertrunken wäre und wie ihn ein Kamel gebissen hatte, so dass er ins Krankenhaus fahren musste.

Ein Gefühl der Kameraderie und Solidarität stellte sich ein, dass Camarata bereits am ersten Tag ihres Wiedersehens an der Kirche von Genzano gespürt hatte. Es wurde gefördert durch die Tatsache, dass keiner von ihnen bisher ein Frühstück gegessen hatte und sie beide hungrig der Öffnung der Küche entgegenharrten.

Als Cariello auf Camaratas Aufforderung hin seinen absonderlichsten Fall erzählte, wurde er nachdenklicher.

„Meinen eigenartigsten Fall habe ich im Jahr 2000 erlebt. Es war nicht nur mein eigenartigster, sondern auch mein schrecklichster Fall. Man hat mich damals konsultiert, da die internationale Presse über einen erstaunlichen Fund berichtete: Man hatte eine Mumie gefunden, die angeblich eine über 2600 Jahre alte Prinzessin war. Sie war im altägyptischen Stil mumifiziert und das Sensationelle war, dass man sie nicht in Ägypten gefunden hatte, sondern im Iran."

„Was ist daran so erstaunlich?"

„Die Mumifizierung ist eine ägyptische Tradition und man hatte noch nie Mumien in Persien gefunden."

„Und dann hat man Sie in den Iran geholt?"

Cariello nickte. „Ich wurde eingeladen und fuhr hin. Als ich mit der Untersuchung begonnen habe, habe ich sehr schnell seltsame Details entdeckt. Die Inschriften auf dem Brustschild der Mumie zeigten Grammatikfehler und es gab Mängel in der Art, wie die Leiche mumifiziert worden war. Ich dachte, ich hätte eine normale alte

Mumie aus Ägypten vor mir, die von Fälschern als persische Prinzessin verkleidet worden war, um ihren Wert zu erhöhen. Aber als ich die dann einbalsamierte Leiche selbst näher analysiert habe, stellte sich etwas anderes heraus. Ich erinnere mich noch, wie mir damals der Schock in die Glieder gefahren ist, als ich hinter das wirkliche Geheimnis der Toten gekommen bin."

Camarata zog die Brauen zusammen. „Und? Was kann schlimmer sein als eine abgeänderte Mumie?"

„Glauben Sie mir – es gibt Schlimmeres und menschlicher Niedertracht sind keine Grenzen gesetzt. Unsere Scans haben gezeigt, dass im Inneren der Mumie keine historische Verstorbene lag, sondern eine Frau, die erst vor Kurzem vom Leben zum Tode gekommen war – ihr Hals war gewaltsam gebrochen worden. Eine Zahnspange hat die Sache verraten."

Camarata blies die Wangen auf. „Man hatte eine Frau ermordet, um den Fälschern eine Leiche zu verschaffen?"

Cariello nickte. „Afghanen haben eine Landsmännin als eine alte Mumie für Millionen von Dollar auf dem internationalen Schwarzmarkt verkaufen wollen. Der Mord war begangen worden, um eine Fälschung zu ermöglichen und etwas verkaufen zu können. Man brauchte Knochen."

Cariello und Camarata schwiegen.

Ein Mord für eine Fälschung … das eine, um das andere zu ermöglichen.

War auch Agnelli gestorben, um eine archäologische Fälschung zu ermöglichen – die Fälschung des Caligula-Manuskripts? Sie hatten beide von Anfang an das Gefühl gehabt, dass das Manuskript falsch war. Aber es war, wie sie heute Morgen gesehen hatten, nachweislich echt. ‚Ist es das?' Camarata grübelte. Sie saßen schweigend im Café, die Gesichter missmutig in Falten gelegt.

„Der Museumsdirektor!", brummte Camarata schließlich. „Warum war der Museumsdirektor damals so sauer auf den alten Bazzoni? Kann er wegen einer Fälschung sauer gewesen sein?"

Cariellos Brauen zuckten. „Fälschungen hat es in der Archäologie immer gegeben. In Peru gibt es ein Museum, in dem bemalte Steine ausgestellt sind, auf denen Indianer auf Dinosauriern reiten. Das älteste menschliche Skelett, das man in Großbritannien gefunden hat, hatte einen Orang-Utan-Kiefer. Sogar der Louvre hat ein in Odessa hergestelltes modernes Goldsouvenir als skythische Tiara gekauft." Seine Augen blitzten dunkel. „Das sind die Fälle, von denen man weiß. In vielen weniger offensichtlichen Fällen geht die Fälschung als echt durch …" Seine Worte hingen einen Moment zwischen ihnen.

Camarata knurrte schließlich grimmig. „Cariello, sagen Sie es offen – wir sind alle Idioten, richtig? … Wir sind zu blöd, um diesem Bazzoni auf die Schliche zu kommen. Aber wenn doch das Bleigefäß aus dem Museum die Echtheit des Manuskripts beweist – dann kann ich doch nichts mehr gegen dieses Manuskript sagen, oder?"

Sein Gehirn lief genauso auf Hochtouren wie das Cariellos. Er fühlte sich plump und dumm. Tröge. Mit verbissenen Gesichtern saßen sie am Tisch des Cafés auf dem Marktplatz Nemis. ‚Was? Was ist es, das uns entgeht?‘

„Heureka!“ Der kleine Eisentisch wackelte von seinem Prankenschlag. „Was, wenn *beide* falsch sind? Wenn Manuskript *und* Bleigefäß falsch sind?“

Cariello griff ihn am Aufschlag der Uniform. „Camarata! Das muss es sein! Sowohl der Museumsdirektor als auch Zefirelli wussten, dass das geritzte Bleigefäß, der angebliche Beweis der Handschrift des Kaisers, ebenfalls falsch war! Und Agnelli wusste es auch! Caligula hätte seinen Namen nicht eigenhändig in eine Tasse geritzt. Als Kaiser hätte man seinen Namen beim Gießen in das Blei geprägt!“

Sie hatten die Lösung gefunden und sie war so einfach, so offensichtlich, dass es zum Lachen war. Camarata fiel ein Stein vom Herzen und er hätte schreien und singen mögen.

Auch Cariellos Gesicht leuchtete. „Der alte Bazzoni hat das Manuskript gefälscht und nicht sein Sohn. Der Adelige hat die Schrift des Bleigefäßes imitiert, zu dem er als Eigner großer Ländereien am See Zugang hatte. Aber er hat nicht erkannt, dass das Blei gefälscht war, und hat eine Fälschung imitiert. Dann her er sein Manuskript publiziert und … sich vom Direktor des Museums beschimpfen lassen, dem die Fälschung des Bleigefäßes in seiner Sammlung bekannt war."

„Und wer weiß, welche Mittel Bazzoni dann ergriffen hat, um den Direktor zum Schweigen zu bringen", brüllte Camarata und schlug sich auf die Schenkel. „Nachdem der alte Bazzoni den Caligula-Kodex veröffentlicht hatte, war ihm kein Zurück mehr möglich. Wie auch immer, es scheint, seine Maßnahmen gegen den Direktor waren nicht völlig wirksam, da er Zeit seines Lebens – oder besser Zeit des Lebens des Direktors – das von ihm so mühsam fabrizierte Buch nicht verkaufen konnte."

Camarata blies die Wangen auf und trommelte auf den Tisch. „Aber wie konnte Agnelli das wissen? Woher wusste sie das mit dem Blei und der Schrift? Ich habe nachprüfen lassen, was aus dem alten Museumsdirektor geworden ist – er ist seit Jahren tot. Er kann nicht mit Agnelli gesprochen haben."

Cariello zuckte die Schultern. „Agnelli hat es vielleicht irgendwo gelesen?"

Camarata schüttelte den Kopf. „Grispigni hat uns gesagt, dass es im Vatikan keine weiteren Informationen zu dem Manuskript gibt und im Museum gibt es kaum Papiere aus dieser Zeit, da es lange geschlossen war."

Cariello wippte mit den übereinandergeschlagenen Beinen. „Zefirelli!", sagte er schließlich. „Der alte Zefirelli hatte in dem Streit zwischen dem Direktor und dem alten Bazzoni 1944 mehr gehört, als er zugab."

Camarata unterbrach ihn und schüttelte den Kopf. „Aber warum sollte Zefirelli die Geschichte über das Blei Agnelli erzählen, statt nur den jungen Bazzoni damit zu erpressen, als der erneut versuchte, das Buch zu verkaufen? Eine Erpressung würde den Mord an Zefirelli rechtfertigen. Aber an Agnelli? Jemand anderes muss Agnelli informiert haben."

Cariello atmete hörbar ein. „Wer hat von dem Blei gewusst und hat es Agnelli erzählt? Und wo ist das Bleigefäß heute?"

Franchetta

Chiara hatte sich zurück auf den Weg nach Nemi gemacht. Eine Freundin hatte ihr ihre fast erwachsene Tochter als Kindermädchen gesandt. Chiara hatte dem Mädchen Tizio anvertraut und war ins Auto gesprungen.

Obwohl sie Nemi vor vier Stunden verlassen hatte, traf sie Camarata und Cariello noch immer beim Ruspoli-Palast an, einträchtig in einem Café beim ausufernden Mittagessen sitzend. Cariello hatte sich Trofie-Pasta mit Trüffeln kommen lassen. Camarata verschlang in gierigen Happen eine Capricciosa-Pizza. Zwei Gläser dunkelroten Weins standen vor ihnen, umrahmt von Käse und frischen Feigen.

Chiara setzte sich zu den beiden und hob die Brauen. Ihre Mienen glänzten vor Genugtuung. Camaratas schweißbedecktes Gesicht zeigte ein breites Grinsen. Er drückte die Brust heraus, wie ein Gockel. Cariellos Augen glitzerten.

Camarata lachte. „Chiara, ob Sie's glauben oder nicht: Wir sind dem Prinzen auf die Schliche gekommen." Er sprach mit dem Mund voller Schinken.

Cariello schmunzelte. „Eh voila: Sowohl das Caligula-Manuskript als auch das Bleigefäß mit der geritzten Schrift sind gefälscht."

Chiara schlug die Hand vor den Mund. „Das ist es! Bravo. Wenn man einen Kolonel und einen Professor beim Wein etwas Zeit zum Denken lässt. Ich habe auch etwas zu berichten. Therese und ich haben nachgeforscht."

Camarata schmatzte. „Schießen Sie los."

„Niemand außer Zefirelli hat Gegenstände aus dem Museum gestohlen. Der Alte kann sie nur in der Brandnacht genommen haben und hat seinem Sohn erzählt, dass er dabei den Brandstifter gesehen hat. Wenn daher jemand außer Zefirelli in der Brandnacht 1944 im Museum gewesen ist und dort Feuer gelegt hat, ist er nicht dort gewesen, um zu stehlen."

Cariello zog die Brauen zusammen. „Das stimmt mit unseren Schlussfolgerungen überein. Es muss jemand dort gewesen sein, der das Feuer gelegt hat, ohne etwas wegzunehmen. Das kann ein deutscher Soldat gewesen sein, aber es ist wenig wahrscheinlich. Zefirelli hätte nicht geschwiegen, wenn er einen Deutschen gesehen hätte."

Camarata schnaufte. „Zefirelli wäre im Gegenteil stolz gewesen, seine Beobachtungen bekannt zu machen. Der deutsche Soldat wäre aller Wahrscheinlichkeit nach im Krieg gefallen und hätte nie berichten können, was Zefirelli selbst im Museum angestellt hat. Ich denke, der zweite Mann war eher ein Italiener und hatte einen anderen Grund, im Museum Brand zu legen."

Chiara nickte. „Der Mann, den Zefirelli gesehen hat, konnte ihm auch nach dem Krieg noch schaden. Es muss ein einflussreicher Einheimischer gewesen sein – wie etwa der alte Bazzoni."

„*Accidenti!* Deswegen hielt Zefirelli den Mund."

Chiara rieb sich heftig die Schläfen. „Bazzoni wollte das Bleigefäß mit der angeblichen Handschrift Caligulas vernichten. Das ist der Grund für die Brandstiftung! Wenn man ihm nicht mehr nachweisen konnte, dass er die falsche Handschrift imitiert hatte, konnte der Museumsdirektor ihm auch nicht mehr nachweisen, dass seine Schöpfung, das Caligula-Manuskript, falsch war."

Chiaras Wangen hatten sich gerötet, Cariello und Camarata hatten ein Lächeln auf den Lippen. Mit ihrer aufgeregten Debatte füllten sie das kleine Straßencafé, in dem sich außer ihnen und dem greisen Besitzer niemand befand. Sie fühlten sich erleichtert und begeistert.

Der alte Bazzoni musste der Brandstifter gewesen sein.

Vielleicht hatte er nicht alles vernichten wollen und das Feuer war außer Kontrolle geraten. Vielleicht, und das war wahrscheinlicher, hatte er aus Rache an dem Museumsdirektor die Wracks absichtlich verbrannt. Wer wusste das noch zu sagen? Aber der alte Bazzoni musste derjenige gewesen sein, der die Schiffe gewollt oder ungewollt vernichtet hatte.

Jetzt, da sie eine Antwort auf die Frage hatten, wer sie zerstört hatte, und da sie wussten, dass das Caligula-Manuskript falsch war, blieb ihnen nur noch eine Frage zu klären: Wer hatte Agnelli und Zefirelli ermordet? Wusste Agnelli von der Sache mit dem gefälschten Blei und wenn ja, woher?

Cariello klopfte mit dem Fingerknöchel auf den Tisch. „Es gibt nur eine Person, die Agnelli von dem Bleigefäß erzählt haben kann: Franchetta. Franchetta ist alt und sie kommt aus Nemi. Sie muss noch das ursprüngliche Personal des Museums gekannt haben. Das Museum wurde 1953 ein erstes Mal wiedereröffnet. Dann ein zweites Mal 1988. Franchetta war mindestens seit den Achtzigerjahren dabei. Wir sollten sie befragen!" Er griff nach seinem Telefon und wählte eine Nummer. Nach einem kurzen Austausch nickte er. „Therese begleitet uns zu Franchetta und erwartet uns an der Uferstraße. Gehen wir."

Chiara musterte Cariellos markantes Gesicht. Während seines Austauschs mit Therese war ein Spiel von Emotionen über sein Gesicht gehuscht. Thereses Anwesenheit war nicht nötig bei dem Ausflug, aber Cariello hatte den Umweg zum See in Kauf genommen, um sie zu holen… Chiara unterdrückte ein Lächeln. Sie hatte bereits bemerkt, dass zwischen Therese und ihm etwas war. Sie fragte sich, wie nahe sie sich standen. ‚Es scheint, es wird ihm leidtun, sich von Therese zu trennen.'

Camarata zahlte, stand auf und ging ihnen voran. Sie nahmen das Dienstfahrzeug und fuhren erst zum Diana-Tempel, um Therese abzuholen, und dann zurück nach Nemi zu Franchetta.

Die alte Frau war daheim. Sie sahen, dass sie in ihrem kleinen von Blumen zugewucherten Garten saß, umgeben von Rosen und Jasmin. Sie kam ihnen auf ihr Läuten hin entgegen. Mit geweiteten Augen und zitternden Lippen musterte sie die vier Personen, die so überraschend auf ihrer Schwelle standen. Sie bat sie jedoch tapfer herein und führte sie auf die Terrasse. Sie hatten Mühe, für alle Stühle und Sitzplätze zu finden. Camarata setzte sich schließlich auf die steinerne Balustrade der Terrasse und Chiara auf die Stufen, die ins Haus führten. Cariello und Therese fanden sich Gartenhocker.

Franchetta war sichtlich erleichtert, als sie ihr Anliegen hörte. Sie nickte mehrfach und ein Lächeln erschien auf ihrem Mund. „Natürlich bin ich es gewesen, die Agnelli über das Bleigefäß informiert hat. Agnelli hatte alle möglichen Quellen zu den fehlenden Artefakten konsultiert und in einem alten Journal aus den Dreißigerjahren ein Foto des Gefäßes gefunden. Sie hat mich danach gefragt."

Camarata lehnte sich vor. „Sie kannten seine Geschichte?"

Franchetta lachte mit ihrer rauen warmen Stimme. „Wissen Sie, mit diesem Ding hatte es etwas Dummes auf sich. Es wurde nicht auf dem Wrack gefunden, oder besser, es wurde zwar dort gefunden, aber erst, nachdem man es eines Nachts dort hingebracht hatte. Das Bleigefäß war eine Farce. Die Zeitungen hatten sich überschlagen, als man das erste Wasserrohr mit Caligulas Namen gefunden hat. Geprägt in Blei – nicht geritzt natürlich. Was für ein Fund! Der Name des perversen Tyrannenkaisers in einem mysteriösen Kratersee. Angespornt von dem Interesse hat einer der Archäologen, der damals an den Wracks arbeitete, geschworen, er werde auch noch persönliche Dinge Caligulas finden, sein Bett, seinen Kamm, seine Latrine. Alle lachten über den Mann, bis ihm jemand den Gefallen tat und ihn die Suppentasse Caligulas hat finden lassen ... mit Autogramm! Ich bin mir nicht sicher, aber ich meine, es war der spätere Direktor des Museums, der auf diese dumme Idee gekommen ist."

„Warum hat man die Sache später nicht richtiggestellt?"

„Der arme Archäologe ist damit sofort zum nächsten Journalisten gestürzt und hat sich einen Lobesartikel gesichert. Seinen Namen weiß ich nicht mehr." Franchetta lächelte. „Aber der Mann war so ruhmeshungrig. Er hat niemanden konsultiert oder eingeweiht. Er hat die Tasse noch nicht einmal herumgedreht. Das Bleigefäß war einfach als Fälschung identifizierbar. Es trug unterm Boden einen kleinen Stempel des eigentlichen Herstellers, einer Gerätefirma in Rom." Franchetta räusperte sich und schloss lächelnd die Augen, um sich zu erinnern. „Die Gravur mit Caligulas Namen war ein Scherz. Der Ausgräber hatte damit jedoch so viel Erfolg und erregte so viel Aufsehen, dass man später nicht mehr die Wahrheit sagen konnte. Der Archäologe wäre kompromittiert gewesen. International bloßgestellt. Also war das Bleigefäß von da an in einer Vitrine neben dem Wrack ausgestellt. Als echte Tasse mit der Handschrift Caligulas."

Cariello räusperte sich. „Das heißt, wenn Bazzoni ein Buch mit der gleichen Handschrift wie der auf dem Blei abgebildeten besitzt, muss das Buch falsch sein?"

Franchetta nickte. Sie hatte die Schrift des Palimpsests nicht gesehen und wusste nichts vom Tun Bazzonis, aber jetzt, da Cariello ihr die Sache erzählte, bestätigte sie die Vermutung der Ermittler ohne Umschweife.

Es gab keinerlei Zweifel mehr. Das Manuskript war falsch.

Camarata lehnte sich erneut vor. „Wissen Sie, wo sich dieses Bleigefäß mit der angeblichen Handschrift Caligulas heute befindet. Hat man es diskret aus dem Verkehr gezogen und liegt es jetzt im Depot?"

Franchetta zuckte die Schultern. „Ich habe die Geschichte nur von einem ehemaligen Mitarbeiter des Museums erzählt bekommen. Das war noch bevor ich anfing, dort zu arbeiten. Ich selbst habe dieses Blei-Ding nie gesehen. Ich denke, es ist 1944 zusammen mit den Wracks verbrannt. Sicher bin ich nicht."

„Der zweite Mann …", murmelte Therese.

Der zweite Mann, der Vater Bazzonis, hatte die Wracks wegen des Gefäßes verbrannt. Er hatte die gefälschte Handschrift Caligulas auslöschen wollen, um seine eigene Fälschung zu verbergen.

Sie würden dem jungen Bazzoni einen zweiten Besuch abstatten müssen.

Cariello und Therese

Cariello lehnte höflich ab, als Camarata ihm anbot, ihn mit dem Dienstwagen nach Castel Gandolfo zurückzubringen und nur Chiara stieg zu ihm auf den Beifahrersitz. Cariello blieb mit Therese in Nemi zurück.

Therese stand an der Aussichtspromenade über dem See und sah den abfahrenden Carabinieri nach. Die Abendsonne tauchte alles in ein unwirklich rosiges Licht. Die sie umgebenden alten Häuser lagen ruhig und verträumt, als wären sie nur als Theaterkulisse geschaffen worden. Es war still auf dem kleinen Platz.

Sie war sich bewusst, dass die Tage Cariellos in Nemi gezählt waren. Sie hatten sich wiedergesehen und würden sich am folgenden Tag trennen. Sie fühlte, wie ihr die Anspannung in den Nacken kroch. Warum war Cariello bei ihr in Nemi dageblieben? Es würde ihm schwerfallen, einen Transport zurück nach Castel Gandolfo zu finden.

Cariello sah im abendlichen Sonnenlicht so elegant und erhaben aus, dass sie sich fragte, was sie eigentlich erwartete. Sie war ihrem ehemaligen Professor bei ihrem Gespräch am See zu nahegetreten. Sie, eine lächerliche Studentin. Sie hätte es vorgezogen, die Sache ungeschehen zu machen.

Cariello lud sie mit einer Geste ein, ihm zu folgen, und sie setzten sich erneut in das Café, in dem sie schon zur Mittagszeit ihr Lager aufgeschlagen hatten.

Der alte Besitzer scherzte darüber, sie wiederzusehen, aber entlockte weder Therese noch Cariello ein Lächeln. Er brachte Oliven und bauchige Gläser mit dunkelrotem Brunello. Cariello zögerte, bevor er sich neben Therese setzte. Er schob den Stuhl zurück, wie um den Abstand zwischen ihnen zu vergrößern. Die Tage am Geistersee von Nemi hatte sie beide aufgewühlt und auch er schien angespannt.

Therese schaute aufs Tal. Ihr Herz schlug bis zum Hals und sie merkte, dass ihre Wangen brannten. Sie war mit Cariello allein und die Worte, die sich ihr am See von Nemi aufgedrängt hatten, kamen ihr wieder ins Gedächtnis. Die Stimmung war jedoch nicht mehr die gleiche. Cariello wirkte kühl und fremd.

Sie sah zu ihm hinüber. Er kontrollierte seine Emails auf seinem Telefon.

Eine Welle von Wut ergriff sie. Mehr auf sich selbst als auf ihn. Hatte sie es nötig, im romantischen Abendrot zu sitzen und auf diesen Mann zu warten, zitternd und aufgeregt neben einem Eisklotz? Sie sah auf ihr Glas. Sie hatte den Wein noch nicht angerührt und konnte unmöglich gehen, aber überlegte trotzdem, ob sie nicht alles stehen lassen sollte. ‚Da sitzen wir, zwei erwachsene Menschen, und bringen kein vernünftiges Wort über die Lippen.'

Cariello schien ihre Wut zu spüren. Er räusperte sich, legte sein Telefon beiseite und blinzelte in die Abendsonne. „Also, dann haben wir wohl unseren Mörder … Dann geht es morgen zurück zu unseren jeweiligen Schreibtischen, gekühlten Universitätsräumen und diversen Familien. Sie zu Ihrem Gespenster-Tempel, ich nach Neapel, nicht wahr?"

Therese reagierte heftiger, als sie beabsichtigt hatte: „Sie reden nie über private Dinge, nicht wahr? Sie arbeiten nur immer. Es geht um Vorlesungen, Ausgrabungen, Manuskripte. Ein Mörder ist das maximale Limit der Diskussion."

Cariello sah ihr zum ersten Mal ehrlich in die Augen. Es schien, er hatte ihren Ausbruch erwartet, wenn auch nicht so schnell. „Was wissen Sie denn von mir, Therese? Und was weiß ich von Ihnen? Ich weiß nicht, warum ich Ihnen mein Leben erzählen sollte. Es geht keinen etwas an, was ich privat denke und fühle."

Therese nahm einen großen Schluck von dem Wein. Es wurde Zeit, dass das Glas leer wurde und sie gehen konnte. Sie sah Cariello nicht an. Sie fühlte sich wie ein Schulmädchen, das seinem Lehrer seine Liebe gesteht und Gelächter zu hören bekommt. Sie hatte sich derartige Erklärungen an der Universität verkniffen und wäre besser dabei geblieben.

Trotzig versuchte sie, sich zu sammeln und ihr Gesicht zu wahren. „Professor, es war eine Ehre, mit Ihnen zu arbeiten. Sie waren beeindruckend. Ich gehe jetzt besser nach Hause. Es wird dunkel und ich will nicht allein auf der Straße zurück zum Tempel gehen, auch wenn ich mich nicht vor Bazzoni fürchte. Ich besitze ja keine Caligula-Schriften und -Tassen." Sie versuchte zu Lachen, aber sah Cariellos Geschichtsausdruck. Sie hatte unterschätzt, wie nahe ihm das Gespräch ging.

Cariello schwieg, dann atmete er tief durch. „Therese. Ich bin in meinem Leben auf zu viele Brüche gestoßen. Es sind Dinge geschehen, die ich nicht teilen möchte, und die Wunden zurückgelassen haben. Verzeihen Sie mir. Sie sind eine zu wunderbare Frau, als dass ich Ihnen mit meinen Problemen zu nahe treten wöllte. Es ist besser, wir halten Abstand zueinander. Das ist es, was ich Ihnen sagen wollte." Auf seinem Gesicht jagten sich die Emotionen und Therese sah, dass er mit sich kämpfte.

Sie funkelte ihn wütend an. „Das ist Unsinn. Man kann nicht sein ganzes Leben in der Vergangenheit leben. Und ja, Sie gefallen mir. Ich finde Sie abscheulich, herzlos, rücksichtslos. Aber Sie gefallen mir. Als Mensch. Warum weiß ich nicht, aber wahrscheinlich ist das der Effekt der Mode. Die ganze Studentenschaft in Neapel himmelt Sie an. Scheusale haben einen sensationellen Publikumserfolg … Und ich gehe jetzt nach Hause."

Sie stand auf, um zum See zurückzukehren. Sie bereute, das Wort ‚Scheusal' benutzt zu haben. Sie machte sich vollends lächerlich.

Cariello stand ebenfalls auf und griff sie am Arm. Eine Sekunde lang standen sie so und sahen sich an. Sie fühlte seinen Atem auf ihrer Wange, seine Hand auf ihrer Haut. Mehr geschah nicht. Schließlich wandte sie sich um und ging eilig den Weg hinunter zum See. Ihr Herz schlug bis zum Hals und sie kämpfte mit den Tränen. Als sie die steilen Treppen hinter sich gebracht hatte und auf halbem Weg ins Tal war, hielt sie inne und lauschte, ob Cariello ihr folgte. Es blieb still.

Sie wandte sich um.

Cariello stand auf den obersten Treppen des Weges und folgte ihr von Weitem mit dem Blick. Seine dunkle Silhouette zeichnete sich gegen den klaren Himmel der herabsinkenden Nacht ab. Er war Gentleman genug, sich zu versichern, dass sie in Sicherheit nach Hause zurückkehrte, und Feigling genug, ihr nicht zu folgen.

Showdown

Es war ein klarer, heller Morgen. Nemi wirkte wie ein Scherenschnitt auf seinem Felsen. Die engen, mittelalterlichen Straßen schlangen sich malerisch um den Bergkamm, immer nahe am Abhang. Aus dem Tal glänzte der See herauf, der einst die Schiffe des grausamsten aller Kaiser verschlungen hatte. Die

Spielzeuge eines verängstigten Jugendlichen, der zum Mörder und Tyrannen geworden war.

Cariello konnte verstehen, dass die Menschen der Antike von dem Ort angezogen worden waren. Es gab nicht viele Seen bei Rom. Der von Nemi und der Albaner See waren die einzigen Gewässer in der Nähe der ewigen Stadt, wenn man vom Meer absah. Aber sie lagen so verborgen in den Wäldern, dass sie unheimlich wirkten. Das Geheimnisvolle ihrer Lage hatte in der Antike wohl heilig gewirkt. So wie verborgene Quellen, dunkle Gänge und verbotene Türen die Menschen schon immer angezogen hatten. Der Nemi-See war eine Tür in die Welt der verlorenen Seelen, Toten und Hexen. Wenn an Wintermorgen der Nebel über ihm aufgestiegen war, hatte man sicher gemeint, die Unsterblichen aus ihm heraufkommen zu sehen. Und in einsamen Nächten hatte man hier mehr als anderswo auf die Hunde der Dreiwegsgöttin und ihre untoten Begleiter gelauscht. Der See war berückend, aber unheimlich.

Cariello seufzte. Er wartete, wie schon am Tag zuvor, neben dem Ruspoli-Palast auf die Carabinieri und Therese. Diesmal würde ihr Besuch nicht mehr dazu dienen, die Echtheit des Buchs zu prüfen, sondern um Bazzoni zu verhaften. Sein Warten währte nicht lange. Hinter dem Palast hielt ein Wagen der Carabinieri an. Ein zweiter stellte sich etwas entfernter am hinteren Ausgang des Gebäudes auf. Camarata und Chiara stiegen aus und kamen in Begleitung Thereses zu ihm herüber.

Cariellos Puls schlug schneller als Therese zu ihm trat. Sie grüßte ihn jedoch nur und ignorierte ihn dann.

Anspannung legte sich über die kleine Gruppe. Camarata sah sich um. „Ich hatte auch Franchetta gebeten, zu kommen. Sie soll uns eigentlich als Zeugin dienen, um die Sache mit dem Bleigefäß zu klären. Aber egal. Gehen wir. Wir können es uns nicht leisten, Zeit zu verlieren."

„Haben Sie Bazzoni informiert?

„Wir haben behauptet, dass noch einmal eine Überprüfung des Palimpsests nötig ist. Eine Notlüge, aber sie erfüllt vorerst den Zweck. Besser, wir vermeiden eine Flucht oder unnötige Gewaltausbrüche."

Bazzoni öffnete ihnen ohne Widerstand die Tür, war jedoch noch nervöser als am Vortag. Rote Flecken bedeckten seinen Hals. Der große Saal seines Appartements war diesmal besser erleuchtet und Bazzoni brachte mit eigener Hand Kaffee in erlesenen Versace-Tassen herbei. Sein silbergraues Haar glänzte von Lack. Der Pullover um seine Schultern stammte von einer der edelsten Modefirmen Roms. Aber seine Hände bebten.

Als Cariello sich zu ihm beugte, um die für ihn bestimmte Tasse Kaffee in Empfang zu nehmen, machte er in seiner Nervosität eine unvorsichtige Bewegung. Die Tasse glitt ihm aus der Hand und fiel mit lautem Geräusch zu Boden. Sie zerbrach und hinterließ einen schwarzen Fleck auf dem hellen Stein.

„Das ist meine Schuld." Bazzoni winkte eilig ab. Er drückte Cariello die für ihn selbst bestimmte Tasse in die Hand. Ihm stand Schweiß auf der Stirn. Mit einem Rundblick vergewisserte er sich, dass jeder der Anwesenden Kaffee in der Hand hielt, dann hastete er hinaus. „Entschuldigen Sie mich. Der Palast ist nicht mehr im Besitz meiner Familie. Ich werde einen Handfeger holen. Das muss alles sauber bleiben. Ich bin sofort zurück."

Cariello folgte ihm mit den Blicken. ‚Er hat ein schlechtes Gewissen und ist ein elender Schauspieler.'

Camarata schien das gleiche zu denken. Er trat von einem Fuß auf den anderen und knurrte vor sich hin.

Die geschnitzte Eichentür hinter ihnen öffnete sich und Franchetta trat ein. Einer der Leibwächter hatte ihr geöffnet. Sie war genauso bunt und indisch gekleidet, wie am Vorabend, und lächelte verlegen. „Verzeihung, ich habe mich verspätet. Ich habe mich nicht getraut, allein hereinzukommen, aber ihre Leute draußen im Wagen haben mir gesagt, dass Sie schon hier drin sind." Sie zeigte ihr herzliches Großmutterlächeln.

Cariello ging ihr entgegen. „Franchetta, kommen Sie. Gesellen Sie sich zu uns. Wir sind noch beim Kaffee. Sie haben nichts verpasst." Er reichte ihr seinen Espresso, den er noch nicht angerührt hatte. Franchetta machte eine ablehnende Geste, aber er deutete eine Verbeugung an. „Ich bestehe darauf." Sie nahm die Tasse und Cariello führte sie zu den anderen.

Als Bazzoni in den Raum zurückkehrte, wandte sich jedermann zu ihm. Abwartend und angespannt. Die Mitglieder der kleinen Gruppe leerten ihre Tassen und stellten sie aufs Fensterbrett. Anspannung legte sich über den Saal.

Bazzoni blieb stehen und ließ die Kehrschaufel sinken. Camarata streckte den Bauch voran und öffnete den Mund. „*Cavaliere,* nun zu uns …"

Ein röchelndes Geräusch in ihrem Rücken unterbrach Camaratas Elan. Jedermann wandte sich um.

Franchetta lehnte an der Wand, die Hände am Hals und der Mund weit offen. Sie rang nach Luft.

Cariello hob die Brauen. „Was ist? Franchetta?"

Franchetta keuchte.

Chiara sprang zu ihr. „Was ist los? Sie haben doch nichts getrunken, außer Kaffee."

Cariello nahm aus dem Augenwinkel eine Bewegung war. Bazzoni griff nach der Tasse Franchettas, die auf dem Fensterbrett stand. ‚Warum? Warum eilte er nicht zu Hilfe?' Cariello reagierte schneller, als er seinen Gedanken zu Ende bringen konnte. Er sprang mit einem Satz zu Bazzoni und packte dessen Hand. „Sie Hundesohn, was haben Sie getan?" Ihm versagte die Stimme.

Bazzoni zitterte. Cariello sah das Weiß seiner Augäpfel.

Cariello fuhr herum. Therese und Chiara riefen um Hilfe. Franchetta war zu Boden gegangen. Ihre Hände zitterten krampfhaft. Ihre Lippen waren blau und ihr übriges Gesicht aschfahl. Die Augenlider flatterten. Franchetta suchte kraftlos nach Halt.

Therese war panisch. „Da ist ein Geruch, der aus ihrem Mund kommt. Was ist das? Riecht ihr das auch? Bittre Mandeln. Es riecht nach Mandeln."

Chiara schüttelte den Kopf, aber Camarata entfuhr ein Fluch. Er kettete Bazzoni mit Handschellen an einen der Heizkörper und rempelte ihn wütend gegen die Wand. „Bazzoni, was haben Sie in den Kaffee getan? Zyankali?"

Bazzoni bebte und wich vor dem bulligen Carabiniere zurück. Er zog die Schultern nach oben und schützte den Kopf mit den Händen, ein Bild der Furcht. Seine Stimme zitterte und brach. „Nichts. Ich habe nichts in die Tasse getan. Ich wusste nicht einmal, dass die Frau kommen würde."

„Richtig", entfuhr es Cariello. Er fasste Bazzoni am Kragen. „Es war meine Tasse, die Franchetta geleert hat. Ich habe sie ihr aus meiner dummen Höflichkeit heraus gegeben. Sie wollten mich vergiften, Bazzoni, damit ich Ihr Manuskript nicht als die Fälschung entlarven kann, die es ist."

Der Adelige schüttelte frenetisch den Kopf. „Ich hatte Ihnen meine Tasse gegeben. Meine eigene!"

Cariello und Camarata schnieften vor Wut, aber hatten keine Zeit, sich mit Bazzoni zu beschäftigen.

Franchetta war kaum noch bei Sinnen. Sie öffnete den Mund, im verzweifelten Versuch zu atmen, und zuckte hilflos. Ihre Haut war jetzt hellrot.

Camarata brüllte die Leibwächter an. „Verdammt, steht hier nicht rum. Ruft einen Krankenwagen!"

Die Männer fingerten eilig nach ihren Telefonen, aber es war bereits zu spät.

Franchetta bebte und bäumte sich auf. Schaum trat ihr auf den Mund. Sie röchelte. Dann fiel sie in einem letzten, heftigen Krampf nach hinten zurück und verstummte.

Cariello fühlte einen eisigen Schauer durch seine Adern huschen. „Franchetta!?"

Therese hatte Tränen in den Augen. Chiara hockte wie gelähmt bei der bejahrten Frau. Franchettas Gesicht war leblos geworden. Ihre schmächtigen Glieder wirkten wie die eines erfrorenen Vogels. Franchetta war tot.

Flucht

Ein metallenes Geräusch riss die kleine Schar aus ihrer Starre. Als sie sich umwandten, sahen sie, dass Bazzoni die veraltete Verankerung des Heizkörpers aus der Wand gerissen hatte, an den ihn Camarata gekettet hatte. Er sprang mit großen Sätzen in eine Ecke des weitläufigen

Raums. Auf den ersten Blick besaß sie keine Tür, aber es zeigte sich schnell, dass Bazzoni wusste, was er tat.

Seine Familie hatte den Festungsbau in Jahrhunderten besessen, in denen es lebensrettend gewesen war, Geheimgänge und verborgene Fluchtwege im Wohnhaus einer adeligen Familie einzubauen. Bazzoni warf sich mit Macht gegen die holzgetäfelte Wand und diese gab nach.

Mit einem Satz verschwand er hinter einer Drehtür in der Mauer, die sich sofort wieder verschloss. Das Klacken einer Verriegelung war zu hören. Dann war alles erneut still.

Ein Schock lief durch die Umstehenden. Die beiden Carabinieri sprangen zur Wand. Camarata warf sich brüllend wie ein Berserker gegen das Holz. „Aufmachen. Wir kriegen Sie! Verdammter Verbrecher!"

Das dumpfe Schlagen seiner massigen Schulter gegen die Verschalung war unangenehm krachend zu hören. Sie bewegte sich jedoch keinen Millimeter. Chiara schleifte einen schweren Stuhl herbei, um zu versuchen, die Geheimtür zu zertrümmern. Die beiden Leibwächter Bazzonis eilten hinzu und halfen ihr. Als Angestellte einer Leihfirma hatten sie kein Interesse, in das schmutzige Tun eines Mörders verwickelt zu werden, und versuchten hastig, sich rein zu waschen.

Während die vier damit beschäftigt waren, Bazzoni zu verfolgen, griff Cariello nach Thereses Hand. Sie war weinend bei der toten Franchetta sitzen geblieben und wehrte sich anfangs dagegen, die alte Frau auf den Boden zu legen und ihm zu folgen.

Er ließ ihr keine Wahl. „Es gilt, Franchettas Mörder zu fangen. Auf …“ Er zog Therese auf die Füße und mit sich aus dem Saal.

Auf dem Weg nach draußen nahm er kurzentschlossen das gefälschte Caligula-Manuskript an sich. Er klemmte es ohne Aufhebens unter den Arm und zog Therese hinter sich her.

Im Freien angekommen, warf er das Buch in den Kofferraum des alten Cinquecento Thereses, dann drehte er sich zu ihr. Seine Augen glühten. „Sie kennen die Umgebung um den See besser als ich. Camarata und Chiara werden die öffentlichen Straßen abriegeln lassen und Bazzoni weiß das. Sehen Sie – die beiden Wagen der Carabinieri sind schon unterwegs.“ Er deutete zu den beiden Fahrzeugen, die sich mit quietschenden Reifen in Bewegung setzten. „Wie kann Bazzoni von hier wegkommen, ohne die Straße zu benutzen? Der Weg aus dem Palast wird ihn nicht zum Flughafen führen. Er bringt ihn sicher irgendwo in den Wald. Gibt es einen Geheimweg, um von hier zum See und von dort fort zu kommen, den Bazzoni im Auge haben könnte?“

Therese nickte mit geweiteten Augen. „Natürlich. Und was für einen! Bazzoni kennt ihn ohne Frage. Jeder kennt ihn, der hier wohnt. Kommen Sie!“

Sie stieß Cariello in den Fiat und warf sich auf den Fahrersitz. Mit kreischenden Rädern machten sie sich auf den Weg ins Tal.

Verfolgungsjagd

„Sie wissen sicher, dass der Tempel der Diana in antiken Zeiten oft überschwemmt wurde. Der See bezieht sein Wasser aus Bächen und Regenfällen. Wenn es zu viel regnete, flutete er den Tempel. Also hat man einen Tunnel gebaut, mit dem man das Wasser des Sees ablassen kann. Er ist mehrere tausend Jahre alt und wird von keinem der Schreiber der Antike erwähnt. Es kann sein, er war schon in der Antike nicht nur ein unterirdischer Kanal, sondern auch ein geheimer Fluchtweg für die Kaiser, die am See logierten. Der Tunnel ist fast zwei Kilometer lang und existiert noch immer."

Cariello nickte. Er hatte Camarata selbst erst vor wenigen Tagen davon erzählt. „Sie reden vom *Emissario* des Nemi-Sees! Ich weiß nicht, wo er liegt, aber ich weiß, dass er existiert. Wo befindet sich der Eingang?"

Therese zeigte zum See. „Unterhalb von Genzano. Man erreicht ihn mittels eines Fußwegs, der am Seeufer entlangführt. Er ist schwer zu finden, wenn man sich nicht auskennt."

„Wenn Bazzoni diesen Fluchtweg nehmen würde, wo würde er wieder ans Tageslicht kommen?"

„Im Tal von Ariccia, hinter den Bergen. Er wird mit dem Tunnel zu Fuß schneller dort sein, als wir mit dem Auto, wenn wir dorthin fahren würden. Der Umweg um die Berge ist weit. Wenn wir Bazzoni erwischen wollen, müssen wir es hier versuchen."

„Wie kommt er von Nemi ins Tal, ohne gesehen zu werden?"

„Durch den Wald und unter Tage, es gibt mehrere unterirdische Gänge und ein antikes Aquädukt."

Cariello nickte. Sie hatten keine andere Wahl, als zum Kratersee hinunterzufahren und zu hoffen, dass die Hypothese Thereses die richtige war. Wenn sie sich irrte und Bazzoni nicht an den *Emissario* dachte, würden die Carabinieri auf ihre professionellen Mittel der Tätersuche zurückgreifen müssen. Straßen-Blockaden, Flughafenüberwachung und Passkontrollen. Aber bis dahin beabsichtigte Cariello, nicht aufzugeben. Er drängte Therese voran.

Sie fuhren hinunter ins Tal, am Diana-Tempel vorbei und am Seeufer entlang in Richtung Genzano. Cariello fühlte sich, wie in einem Film. Als Held unterwegs ins Abenteuer, in einem unmöglichen Gefährt, begleitet von einer Blondine, in Verfolgung eines Bösewichts. Der Augenblick hatte etwas Unwirkliches.

Das zerbrechliche Fahrzeug rumpelte unbeholfen über die gepflasterte Straße. Äste streiften über die Fensterscheiben und schlugen aufs Dach. Sie schossen am Museum vorüber und schleuderten über den Schotter der

Kurven. Kurz vor dem Anstieg der Straße hinauf nach Genzano hielt Therese mit einem kreischenden Ruck an. Sie zeigte auf einen Pfad, der ins Uferschilf führte. „Das ist der Weg."

Cariellos Herz schlug schneller. Der kleine Fußpfad im Dickicht führte zum Eingang des mysteriösen römischen Tunnels, der im 5. Jahrhundert vor Christus auf fast zwei Kilometer Länge durch den Felsen gehauen worden war. Seit zweitausendfünfhundert Jahren war der Spiegel des Nemi-Sees regulierbar, wenn Kaiser oder Priester es begehrten. Es wurde Zeit, er machte die Bekanntschaft des mysteriösen Stollens.

Hastig lief er Therese voran durch Gras und Schlamm hinunter zum Eingang. Als sie anlangten, zeigte es sich, dass es sich um eine einfache Steinkonstruktion handelte, die unter mächtigen Platanen verborgen ins Berginnere führte. Der Tunnel war mit nur wenig Wasser gefüllt. Es hatte zwar in den vergangenen Nächten heftige Gewittergüsse gegeben, aber das Wasser des Sees war nach der langen Trockenheit noch nicht hinreichend angestiegen, um den Gang zu füllen.

Cariello hielt inne und sah sich um. Die ihn umgebende Atmosphäre wirkte unerwartet gespenstisch. Das Licht, das durch die Platanen leuchtete, war fahl und ließ sie fast goldgelb wirken. Ein Sonnenstrahl brach durch die über dem See heraufziehenden Wolken und beleuchtete den Weg, so als ob man ihnen von oben die Richtung weisen wollte. Er schaute hinauf zum sich orangerot färbenden Himmel. „Es zieht erneut ein Gewitter herauf und hinter den Bergen grollt es. Hören Sie?" Er überlegte, ob sie unter diesen Umständen in den Tunnel treten sollten.

Therese ließ ihm keine Zeit für Betrachtungen der sie umgebenden Natur. Sie zog ihn in das fast leere Kanalbett und rannte ihm voran zum Eingang des Tunnels. Es zeigte sich, dass ihre Ahnung richtig gewesen war. Die Gittertür davor war nur angelehnt. Das daran angebrachte Schloss war mit Hilfe eines starken Astes, der noch immer darin steckte, zerbrochen worden.

„Bazzoni muss um sein Leben gelaufen sein, um vor uns hier anzulangen. Er muss vor wenigen Sekunden hier gewesen sein."

Sie nahmen ihre Lampen und leuchteten sich ins Innere voran. Cariello sah die Fußabdrücke eines einzelnen Mannes im Schlamm des Tunnelbodens. Sie wankten von rechts nach links in dem engen Raum. Bazzoni musste sich ohne Licht in die Dunkelheit des Tunnels gestürzt haben. Er war schon am Eingang ausgeglitten und Blut war an der Wand zu sehen.

Therese zeigte darauf. „Er muss sich in der Eile verletzt haben."

Cariello nickte. Er hatte aus dem Fahrzeug eine Taschenlampe und ein Messer mitgenommen. Therese hatte eine Stirnlampe aus ihrem Kofferraum gegriffen. Sie waren besser gerüstet als der Flüchtige.

Die Spuren vor ihnen führten in den Felsen und sie beschlossen, ihnen zu folgen. Die Atmosphäre des Stollens erwies sich im Inneren als bedrückend. Weiße Salpeterkristalle hatten sich auf den Wänden aus Kalksteinen abgesetzt. Fledermäuse flatterten auf. Cariello fühlte, wie ihm Sorge in die Magengegend schlich. Er kannte mehrere solcher Gänge und die meisten von ihnen waren vom Einsturz bedroht. Auf dem antiken Tunnelboden lief jedoch eine moderne Wasserleitung entlang. Es schien, der Gang war noch immer passierbar.

Unmittelbar hinter dem Eingang erblickte er eine konische Kammer, die durch zwei grobe Steingitter begrenzt wurde. Sie verhinderten, dass große Objekte, wie Baumstämme, in den Kanal eindrangen und ihn verstopften. Nach einer Verengung führten Treppen zu einem höheren Tunnelteil. Außerdem gab es eine Art Stufe in der Wand. Cariello betrachtete sie stirnrunzelnd.

Therese zeigte darauf. „Man hat den antiken Tunnel erst auf anderem Niveau gebaut, aber ihn dann 12 Meter umgelegt und tiefer gemacht, um die Schiffe Caligulas zu Wasser lassen zu können. Sehen Sie?"

Kaum waren sie weiter in den Gang eingedrungen, ertönte ein ohrenbetäubender Knall. Sie zuckten zusammen und duckten sich. Hatte Bazzoni auf sie gewartet und geschossen? Sie schalteten eilig die Lichter aus und lauschten. Cariello musste an den Armbrustpfeil denken, den man auf ihn abgefeuert hatte. Er war sich mittlerweile sicher, wer der Schütze gewesen war.

Der Tunnel gähnte schwarz und still vor ihnen. Dann hörten sie nicht weit entfernt, tiefer im Inneren des Ganges, Geräusche. Jemand lief im Wasser entlang.

„Das muss Bazzoni sein." Cariello schaltete erneut seine Taschenlampe an und griff sich einen am Boden liegenden Ast. Er steckte ihn in ihre Schlaufe und hielt ihn weit vor sich. Es war gefährlich, durch die Lampe ein zu sichtbares Ziel für einen Schuss zu bieten, aber er war nicht bereit, aufzugeben. Er entfernte das Licht zumindest von seinem Körper. Der Ast sollte, so hoffte er, einen eventuellen Schuss Bazzonis fehlleiten. Auf ein Zeichen erhoben sie sich und rannten so lautlos wie möglich dem Geräusch der Füße vor ihnen nach, weiter in den Tunnel hinein.

Sie kamen nicht weit. Es knallte erneut. Der Schall hallte ohrenbetäubend durch den Stollen und die Schritte vor ihnen beschleunigten sich. Hatte Bazzoni im Rennen und in der Dunkelheit hinter sich geschossen?

„Bazzoni, ergeben Sie sich. Am Ausgang des Tunnels in Ariccia warten Carabinieri auf Sie", brüllte Cariello, in der Hoffnung, ihnen allen den gefährlichen Lauf durch den antiken Stollen zu ersparen. Sein Ruf hallte von den Wänden wider und blieb ohne Antwort.

Sie liefen weiter.

Der Gang wurde enger und schmaler. An einer Stelle teilte sich ein Nebenweg ab, ohne dass es klar war, wohin er führte. Sie folgten Bazzoni trotz aller Befürchtungen. Die Dunkelheit und Feuchtigkeit wurden jedoch zunehmend beängstigend. Bazzoni keuchte vor ihnen, aber hielt nicht inne. Er hatte nichts mehr zu verlieren, auch wenn er sicherlich ihre Sorge teilte. Sie hörten ihn durchs Wasser waten und stolpern. Es platschte lauter als zuvor.

Cariello lenkte unwillkürlich den Blick nach unten. Das Wasser zu ihren Füßen war gestiegen. Sie liefen immer weiter hinein in den Tunnel, während um sie herum Fledermäuse aufflogen und Ratten vor ihnen herrannten. Eine von ihnen, die der Lichtstrahl traf, drehte plötzlich um und rannte an ihnen vorbei zurück zum Tunnelausgang. Das Wasser reichte ihnen jetzt bis zum Knie. Wie tief würde es im Tunnelinneren sein?

Cariello knirschte mit den Zähnen. ‚Als wir in den Gang getreten sind, hat es kaum unsere Fußsohlen benetzt. Was geht hier vor?'

Therese schien die gleiche Beobachtung zu machen. Sie sah auf die gurgelnden Blasen um sie herum. Das Wasser schien sich zu bewegen und in den Berg zu strömen. Ein Zweig kam an ihnen vorübergetrieben. Sie sahen den Blättern zu, die erstaunlich schnell in der Dunkelheit verschwanden.

‚Zu schnell', dachte Cariello. Noch während er weiterlief, realisierte er unterschwellig, dass etwas Unerwartetes geschah. Eine Gänsehaut lief ihm über den Rücken. Sie hatten sich geirrt. Bazzoni hatte nicht auf sie geschossen. Was sie gehört hatten, waren Donnerschläge gewesen.

Das Gewitter war aufgezogen und es hatte begonnen zu regnen. Das musste es sein. Das Wasser im See stieg!

„Professor“, schrie Therese hinter ihm. Den Rest ihrer Worte verstand er nicht. Das Waten ihrer Füße, der Widerhall der Schritte und das Geräusch der Fledermäuse machten es ihm unmöglich. Ihm wurde bewusst, dass sie mehrfach nach ihm rief, aber erst als sie ihn anschrie, wandte er sich um.

Therese stand vor ihm, das Gesicht schmutzbeschmiert und keuchend. Sie griff in der Dunkelheit nach seinem Ärmel. „Hören Sie mir doch endlich zu. Das Wasser steigt. Das war kein Schuss, den wir gehört haben. Es ist ein Gewitter.“

Cariellos Herz hämmerte. Er hatte das Gleiche gedacht, seine Erkenntnis jedoch im Jagdfieber ignoriert. Er drehte sich um und lauschte den Schritten Bazzonis. Sie waren kaum noch zu hören, aber trotz der Dunkelheit schien der Adelige auf dem besten Weg, den Tunnel zu durchqueren. Sie selbst waren noch keine dreihundert Meter weit gekommen. Bazzoni würde eine weitere Viertel- bis halbe Stunde benötigen, wenn er Erfolg haben wollte. Aber das Wasser stieg so schnell, dass die Strömung jetzt im Schein der Taschenlampe für das bloße Auge sichtbar war.

„Wir sind in Gefahr!“ Cariello machte Therese ein Zeichen, zum Eingang umzudrehen. „Das Wasser steigt zu schnell. Zurück.“

Sie reagierte sofort, während er noch den Boden unter sich fixierte. Es schien ihm eigenartig, dass gerade in diesem Moment und so schnell eine Überflutung durch ein Gewitter eintreten sollte. Es war ein zu großer Zufall, als dass dies der einzige Grund für das Ansteigen des Wassers sein konnte. „Was hat es verdammt noch mal mit dieser plötzlichen Zunahme der Wasserhöhe auf sich?“, brüllte er in das gurgelnde Lärmen.

Es blieb keine Zeit, darüber nachzudenken. Therese zog ihn voran. Sie wateten schon bis zur Hüfte in den Fluten. Die Strömung bergeinwärts nahm immer weiter zu. Holzstücke und Schlamm kamen im Wasser getrieben und schlugen gegen ihre Körper. Der Strom war eisig.

Therese sah panisch aus, auch wenn Cariello nur ihre Silhouette vor sich sah. Sie glitt wieder und wieder aus. Die Strömung traf sie noch härter als ihn, der hinter ihr lief. Er musste etwas tun oder sie riskierten, zu ertrinken.

Kurzentschlossen griff er Therese und schob sie von hinten auf die Stufe in der Wand des Tunnels. Er versuchte, sie zu stützen, aber hatte Mühe, sich im heranflutenden Strudel zu halten. Er stand mittlerweile bis zu den Schultern im Wasser. Der Strom war nahe daran, sie mitzureißen, hinein ins düstere Innere des Bergs. Thereses Hände griffen verzweifelt nach den seinen. Sie versuchte, auch ihn nach oben zu ziehen.

Cariello rang nach Luft. Sein Mund war voller Schlamm und Wasser. Er machte sich frei und zog sich höher. „Sollen wir mit dem Strom durch den Tunnel zu schwimmen versuchen? Schaffen Sie das, Therese?“ Er hatte bereits Mühe, den Kopf über der Oberfläche zu behalten und versuchte ohne Erfolg, weiter in Richtung Ausgang zu waten. Das Wasser drückte eisig und schwer gegen seinen Brustkorb. Es stieg rasend schnell an. Sie waren in Lebensgefahr. Angst ergriff ihn.

„Bloß nicht weiter in den Berg rein!“ Therese, hatte Mühe, sich in dem Gewölbe Gehör zu verschaffen. Sie antwortete schreiend. „Der Tunnel wird im Berginneren enger. Dort wird das Wasser bis zur Decke steigen. Zwei Kilometer Tauchen überleben wir nicht. Halten Sie durch. Der Ausgang ist schon zu sehen. Wir müssen zu ihm zurück. Es ist nicht weit.“

Therese stemmte einen Ast, den sie im Wasser gegriffen hatte, gegen die oberen, engeren Wände des Tunnels und zog sich daran voran. Von Zeit zu Zeit setzte sie ihn nach vorn und zog sich weiter. Cariello bewunderte ihre Zähigkeit. Das Prozedere war anstrengend, aber es gelang ihr, sichereren Fuß zu fassen und auch ihm nach oben auf den höheren Teil des Tunnels zu helfen, der durch die Stufe vom unteren Teil getrennt war und den Füßen einen prekären Halt bot. Sie stemmten die Beine rechts und links gegen die Wände und kamen in mühsamer Langsamkeit dem Ausgang näher.

Eine Sekunde lang atmete Cariello auf, befreit vom Druck der Strömung, dann sah er nach unten. Was er erblickte, nahm ihm den Atem. Das Wasser schoss nur wenige Zentimeter unter ihm als dunkle Masse dem Berginneren zu. Brodelnd und schäumend, ein wütender Styx auf dem

Weg in die Hölle. Der Ausgang des Ganges lag noch dreißig Meter vor ihnen. Er sah das Tageslicht, aber der See kam jetzt in einer wahren Sturzflut hereingeschossen und wurde immer unbändiger.

Geschockt realisierte er, dass Bazzoni bereits tot sein musste.

Der Tunnel war zur tödlichen Falle geworden. Bevor der See nicht leer war, würde das Wasser nicht versiegen. Als Therese sich nach unten bückte, um den Ast, an dem sie sich festhielt, vorwärts zu schieben, stieß sie mit dem Kopf gegen einen Stein. Die Stirnlampe glitt ihr vom Kopf und verschwand mit einem letzten Aufleuchten im Wasser. Cariellos Taschenlampe war Minuten vorher im Kampf ums Überleben im Strom verschwunden. Sie standen im Dunkeln, umgeben von gurgelnden Fluten und schneidenden Kalksteinen. So musste es sich anfühlen, vom Malstrom verschlungen zu werden.

‚Wir werden sterben und kein Mensch weiß, wo wir sind', ging es Cariello durch den Kopf.

Therese keuchte. Sie hatte Schlamm auf den Lippen und ihre Hände, mit denen sie nach den seinen griff, waren kalt und glitschig. „Bazzoni muss den Regler hochgeschoben und das Ventil geöffnet haben, als er uns kommen gesehen hat. Er muss den antiken Mechanismus in Gang gesetzt haben, der die Ableitung des Wassers erlaubt. Sonst würde es hier nicht so eine Strömung geben." Sie brüllte im tosenden Lärm.

Cariello bebte. Therese hatte die Antwort auf das Rätsel des plötzlichen Ansteigens des Wassers gefunden. Kein noch so starker Gewitterregen hätte genügt, um die Sturmflut auszulösen. Er stand direkt hinter ihr, unter die Decke des Ganges gepresst. Sein Herz hämmerte, aber er schöpfte Hoffnung. „Der Regler ist hier vorn. Ich habe ihn gesehen. Wir müssen ihn zurück in seine ursprüngliche Position schieben, sonst ertrinken wir. Wir kommen nicht gegen den Druck des Wassers an. Es zieht uns ins Berginnere. Ich hebe Sie hoch. Sie greifen zu."

Cariello spürte Panik, aber zumindest wusste er jetzt, was zu tun war. Seine Kräfte drohten, ihn zu verlassen, aber er stemmte sich mit aller Macht gegen den Stein der Wände und schob Therese voran. Hinauf zu dem Ventil, einer Art Schieber mit großen Löchern, den er im Gegenlicht wage erkennen konnte. Sie wog nicht schwer, aber in seinem Zustand der Erschöpfung kostete es ihn gefühlte Titanenkräfte, sie anzuheben.

Ihm war bewusst, dass Therese keine Ahnung hatte, wie sie den Mechanismus in der Düsternis bedienen sollte. Vom Tunneleingang drang nur ein Schimmer Helligkeit herein. Der zweitausend Jahre alte Riegel war schwer und breit. Cariello war sich auch klar darüber, dass er Therese nicht lange würde halten können. Er geriet bereits ab und an mit dem Kopf unter Wasser und sah nur sporadisch ihr schlammbedecktes Gesicht und das Weiß ihrer verängstigten Augen, während seine Hände ihre Füße umklammert hielten und sie nach oben stießen.

Therese streckte die Hände aus, ächzend und nach Luft schnappend. Verzweifelt. Panisch. Ihre Fingerspitzen berührten den Riegel. Sie stieß sich ab. Zähneknirschend und mit letzter Kraft. Sie bekam den Schieber zu fassen.

Da er aussah, als sei er hochgeschoben worden, zog sie daran, um ihn herabzuziehen. Sie hängte sich daran. Mit aller Gewalt. Enttäuschung erwartete sie. Er bewegte sich nicht und ihre Hand rutschte ab.

Verzweiflung packte Cariello. Sein Puls raste. Das Blut hämmerte in seinen Ohren. Ein Schwall schwarzen Wassers schlug ihm ins Gesicht und er fühlte, wie seine Hände nachgaben.

Noch einmal schob er Therese mit letzter Kraft hinauf zu dem Riegel. Sie fasste ihn und klammerte sich mit aller Kraft daran fest.

Dann glitt sein Fuß aus und er wurde nach unten in die Flut gerissen. Er ließ los. Sein Kopf schlug gegen den Stein. Alles um ihn herum wurde dunkel und kalt.

Schlammfluten

Therese spürte, dass Cariellos Hände sie nicht mehr hielten, und ließ alle Bedenken fallen. Der Riegel war die einzige ihnen verbleibende Chance. Sie hängte sich mit ihrem vollen Gewicht an das Ventil, umspült vom reißenden Wasser. Äste und Blätter wurden ihr ins Gesicht getrieben. Kaltes Wasser füllte ihren Mund. Sie schloss krampfhaft die Augen und fühlte nur noch ihre schmerzenden Hände, die verzweifelt den steinernen Schieber festhielten. Sie klammerte sich daran fest und stemmte die Füße gegen die Tunneldecke. Mit einem lauten Klacken glitt das antike Gerät plötzlich nach unten.

Noch einmal ergoss sich ein Strom von Schlamm und Wasser über Thereses Gesicht, dann versiegte der Strudel abrupt.

Sie fühlte, wie ihre Hände vom Ventil glitten und sie zu Boden fiel, in ein Meer von Schlick, das sie bis zur Hüfte begrub. Einen Augenblick waren um sie nur kalter Schlamm und Nässe. Sie hatte keine Kraft mehr, keinen Atem und keine Wärme. Ihr Kopf schrammte an der steinernen Wand entlang und ihre Wange zerriss mit einem beißenden Schmerz. Sie war betäubt. Nur eines realisierte sie. Cariello war tot und wie Bazzoni ertrunken.

Sie spürte keinen Schmerz, nur abgrundtiefe Erschöpfung nahe der Bewusstlosigkeit. Sie lag Minuten im Schlamm, unfähig sich zu bewegen, bis ins Mark erschüttert. Alles war tot und kalt in ihr. Ein erdiger Geschmack lag ihr auf der Zunge. Ihre Brust brannte und je mehr sie wieder zu sich kam, desto mehr Körperteile begannen ihr zu schmerzen.

Sie wollte aufstehen, aber konnte es nicht. Mühsam und halb gelähmt wandte sie den Kopf zur Seite. Etwas regte sich neben ihr. Eine dunkle Gestalt lag klitschnass und schwarz im Morast.

„Cariello!“

Cariellos Gesicht war unkenntlich und seine Kleidung mit Schlick bedeckt. Er begann zu spucken und setzte sich auf. In der Düsternis wirkte er wie ein Ungeheuer im Sumpf.

Therese war in ihrer Erschöpfung den Tränen nahe. Trotzdem kam ein Lachen aus ihrem Mund. „Sie leben, Gott sei Dank. Ich hatte sie schon ertrunken dort drinnen im Berg gesehen."

Cariello grinste und sie sah einen Augenblick nur seine leuchtenden Zähne und das Weiß seiner Augen in der Dunkelheit. „Das war Rettung in letzter Minute, Therese. Bravo. Ich hatte uns ebenfalls schon ertrunken dort drinnen im Berg gesehen. Nicht, dass ich noch viel gesehen habe in dieser Schlammpfuhle."

Er spuckte den Morast aus, der ihm den Mund füllte, dann stand er mühsam ächzend auf und reichte ihr die Hand. „Wir sollten Camarata und Chiara Bescheid geben. Wenn kein Wunder geschehen ist und Bazzoni es schwimmend geschafft hat, am Ausgang des Tunnels auf der anderen Seite des Berges anzukommen, ist er tot. Die Strömung muss ihn im Inneren des Berges zerschmettert haben."

Bazzoni hatte den jahrtausendealten Mechanismus der Ableitung des Sees von Nemi in Gang gesetzt, um seine Verfolger abzuhängen, und hatte damit sein Todesurteil unterschrieben.

Cariello und Therese schwankten schlammbedeckt aus dem tödlichen Gang, wie Lazarus aus dem Grab. Froh, noch am Leben zu sein.

Epilog

Cariello und Therese langten am späten Vormittag in Rom im Hauptquartier der Carabinieri an. Es war die letzte Fahrt in dem zerbrechlichen Fiat Thereses, bevor Cariello seinen Zug nach Neapel zu nehmen hatte. Er bedauerte es. Therese hatte ihn in Castel Gandolfo abgeholt und es hätte ihm gefallen, ihrem erhitzten Austausch der Vortage etwas Herzlicheres hinzuzufügen. Ihm kam jedoch kein Wort über die Lippen. Sie hatten beide auf der Fahrt nach Rom geschwiegen.

Cariello stieg aus und nahm das Paket unter den Arm, das er Camarata zu geben gedachte. Es enthielt den gefälschten Codex des Kaisers Caligula, den der Kolonel von ihm herausverlangt hatte.

Cariello hatte sich das Vergnügen gemacht und hatte trotz der kurzen Zeit, die ihm zur Verfügung gestanden hatte, einen technischen Scan der Buchseiten vornehmen lassen. Mildred Thomson hatte Dendrochronologie- und Radiokarbontests veranlasst und die Teile des Buches datiert. Ein befreundeter Spezialist alter Schriften in Frankreich hatte ihnen den Gefallen getan, und hatte den angeblichen Text des Caligula analysiert.

Das Ergebnis ihrer vereinten Bemühungen war niederschmetternd.

Bazzonis Vater hätte es nicht nötig gehabt, die Schiffe von Nemi zu verbrennen, um seine Spuren zu verwischen. Er wäre auch ohne den Beweis des gefälschten Bleigefäßes überführt worden.

Die verwendete Zeichensetzung war zur Zeit Caligulas ungebräuchlich gewesen. Es wurden Worte verwendet, die dem neuzeitlichen Latein entnommen waren, aber im alten Rom nicht üblich gewesen waren. Selbst der Inhalt des Textes war so frei erfunden, dass Caligula die Erwähnung einer Schlacht in den Mund gelegt wurde, die erst nach seinem Tod stattgefunden hatte. Die meisten Pergament-Blätter des Buches stammten aus dem Mittelalter. Nur ein kleiner Teil stammte aus der Antike, aber beschränkte sich auf eine Lage der Seiten. Etwas Anderes wäre erstaunlich gewesen. Wo hätte der alte Bazzoni auch mehre unbenutzte Kuhhäute aus dem ersten Jahrhundert nach Christus hernehmen sollen? Er hatte hier und da unbeschriebene Pergamentstücke aus alten Büchern entnommen und zu einem Neuen zusammengefügt. Zwei Seiten verbargen sogar unter den angeblichen Caligula-Zeichen einen echten Palimpsest eines Textes aus dem frühen Mittelalter.

Thomson hatte Cariello eine Nachricht gesendet, in der sie Bazzoni als bedauernswerten Dilettanten bezeichnete. Cariello hatte nur Nicken können.

Das Manuskript, das Bazzonis Vater fabriziert hatte, hätte schon in den fünfziger Jahren keiner Begutachtung durch Experten standgehalten. Hätte man es damals rechtzeitig überprüft, hätte man vielleicht zwei der wichtigsten archäologischen Fundstücke der Welt retten können. Aber so hatte Bazzoni die Schiffe von Nemi in Brand gesteckt und hatte seinem Sohn einen gefälschten Schatz vermacht, der ihn das Leben gekostet hatte.

Camarata kam Cariello und Therese entgegen. „Nun, Cariello, bringen Sie uns Antworten? Ich habe Ihren Bericht gelesen, aber frage mich noch immer, warum Bazzoni es für nötig gehalten hat, Agnelli zu ermorden. Hätte es ein Vertuschen nicht auch getan?“ Er ging ihnen in sein Büro voran und platzierte sie vor seinem Schreibtisch.

Cariello nickte Chiara, die hinter dem Tisch an der Wand lehnte, grüßend zu, setzte sich und schlug die Beine übereinander. Der Tag war warm, aber nicht mehr so heiß. Die Fenster des Raumes standen offen und unter dem Tisch stand Camaratas Reisetasche, da auch er noch am Abend nach Neapel abreisen würde. Die Szene hatte etwas Nostalgisches.

Cariello lächelte. „Sie wollen meine Vermutungen, Camarata?“

Camarata setzte sich. „Schießen Sie los.“

„Bazzoni hatte einen Tag vor Agnellis Tod eine Pressekonferenz gegeben und den Fund des Caligula-Manuskripts mit Pomp öffentlich gemacht.“

„Er konnte nicht mehr zurück?

Cariello nickte. „Genau wie sein Vater. Agnelli muss Bazzoni auf die Pressekonferenz hin kontaktiert haben und ihm vorgeworfen haben, dass das Manuskript eine Fälschung sei. Und er hat sie daraufhin erwürgt."

Chiara löste sich von der Wand und setzte sich mit überschlagenen Armen auf eine Ecke des Schreibtischs. „Aber wozu die schauerliche Szenerie am Tempel?!"

Cariello musterte ihr angespanntes Gesicht. Sie war weniger heiter als er. „Sie wurde wahrscheinlich aus reinem Zufall kreiert. Bazzoni muss abends zum Tatort zurückgekommen sein, um den Leichnam Agnellis zu verstecken. Er hat dabei die Wicca-Jüngerinnen bei ihrer Zeremonie überrascht und die Gelegenheit genutzt. Als die Frauen gegangen waren, hat er Agnelli den Kopf abgetrennt und hat ihr das Zeichen in die Stirn geritzt, das er gerade in der Zeremonie gesehen hatte. Dann hat er den Ort so dekoriert, als sei ein ritueller Diana-Anhänger am Werk gewesen."

Camarata blies die Wangen auf. „Seien wir ehrlich – er hat uns beeindruckt. Ich habe eher die Wicca oder Franchetta verdächtigt."

„Bazzoni war ein braver Bürger und Ehrenmann. Vielleicht ein bisschen verrückt mit seinem Caligula-Buch, vielleicht ein bisschen verklemmt. Aber ein großer Name und Ehrenmänner verdächtigt man nicht."

Camarata schnaufte. „Wir waren verdammte Idioten. Wir sind immer versucht gewesen, diesem Bazzoni zu glauben, auch wenn uns der Instinkt allen geraten hat, seiner fabulösen Caligula-Schrift zu misstrauen."

Chiara zuckte die Schultern. „Er gehörte zur Elite Roms."

Camarata brummte. Dann seufzte er. „Wir haben im übrigen Bazzonis Leichnam im Inneren des Tunnels gefunden. Er sah böse aus. Es muss ein schlimmer Tod gewesen sein, dort im Strudel, zwischen den Steinwänden. Seine Knochen waren geradezu zerschmettert von der Wucht des Wassers."

Cariello rieb sich das Kinn. „Bazzoni hatte nicht damit gerechnet, dass das Wasser so schnell steigen würde. Er muss uns hinter sich auf dem Weg am See gesehen haben und hat die erste Idee umgesetzt, die ihm in der Eile in den Kopf gekommen ist, um uns den Weg zu blockieren."

„... und hat sich damit selbst ertränkt. Ein tödlicher Fehler."

Chiara lehnte sich über den Schreibtisch und hielt Cariello ein Bündel Papier hin. Sie tat es mit einer bedauernden Geste.

Cariello griff nach den Heften, die älteren Datums zu sein schienen.

Chiara zog eine Grimasse. „Das sind Tagebücher, die Bazzoni seit seiner Kindheit geführt hat. Lesen Sie. Wir haben sie bei ihm im Ruspoli-Palast gefunden. Das

Caligula-Manuskript erwähnt er nicht. So dumm war er nicht. Aber er spricht von seiner Kindheit."

Cariello öffnete eins der blass-grünen Hefte, in denen Post-its der Carabinieri wichtige Stellen anzeichneten. „Puh. Das ist krankhaft eng geschrieben."

„Und was drinsteht, ist auch nicht schön."

Cariello holte eine Lesebrille aus der Tasche und kniff die Augen zusammen:

> *„Ich habe meine Kindheit verbracht wie ein Kanarienvogel - in einem goldenen Käfig. Einem goldenen Käfig, in den man kaum Wasser und Essen gestellt hat und den man in einer Ecke des Zimmers vergaß. Mein Vater war ein hoher Herr mit vielen Titeln. Zu beschäftigt, um mit seinen Kindern zu spielen. Meine Mutter war gestorben, als sie bei einem Brand unseres Hauses noch einmal in die brennenden Räume gelaufen war, um ihre Juwelen zu retten. Ich war der Prinz, für den es nur Lumpen, Schläge und Hunger gab. Der bei Tisch zu viel war und dem man das Wort verbot, sobald er etwas sagen wollte."*

Therese lehnte sich in dem schmalen Bürostuhl zurück und wischte sich die Locken aus dem Gesicht. „Ich habe mich schon bei meinem ersten Treffen mit Bazzoni in der Villa D'Este über seine seltsame Fixierung auf das Leiden von Prinzen gewundert. Der Text erklärt Vieles. Bazzoni hat in dem leidenden und im Kerker festgehaltenen Prinzen Heinrich von Frankreich sich selbst wiedergefunden."

Camarata knurrte: „Tja, er war ein Adelsspross. Das ist noch heute kein Zuckerschlecken. Schaun Sie sich die Fotos und Artikel in der Zeitung an. Solche Kinder husten und es gibt eine halbe Seite Berichte darüber. Es hat sich photogen zu betragen, wenn die anderen spielen können."

Chiara zeigte auf die Hefte. „Laut Bazzonis Beschreibungen hat man ihm vermittelt, er solle sich benehmen, wie ein Prinz, aber hat ihn gehalten, wie einen Gefangenen. Sein Vater hat krampfhaft versucht, die finanzielle Not der Familie zu verbergen. Der kleine Junge musste tagsüber den mächtigen Herrn spielen und hatte abends nichts zu essen. Daher die Künstlichkeit und Verklemmtheit."

Camarata hieb mit der Pranke auf den Tisch. „Von mir bekommt er kein Mitleid. In meiner Familie hat nach dem Krieg auch jedermann gehungert. Hätte er es mal mit Arbeiten versucht, der hohe Herr."

Cariello seufzte. „Es scheint, Bazzoni hat in der Vermarktung des Caligula-Textes seine einzige Möglichkeit gesehen, zu vermeiden, wegen seiner Schulden aus dem Palast in Nemi geworfen zu werden. Er hatte seine Miete seit einem Jahr nicht bezahlt. Und das zuzugeben, war seinem verdrehten Ehrgefühl nicht möglich."

Therese schüttelte den Kopf. „Dass er unter diesen Umständen nicht gezögert hat, Agnelli und Zefirelli zu töten, erstaunt mich nicht. Er war vielleicht gequält, aber auch skrupellos. Verklemmt, ungeschickt, und mitleidlos egoistisch."

Cariello stand auf. „Viel mehr gibt es nicht zu sagen. Ich wünsche Ihnen viel Glück. Camarata. Chiara. Wir haben ein bizarres Abenteuer erlebt. Eine gefährliche Eskapade. Es war mir eine Ehre."

Sie umarmten sich und schüttelten sich die Hände. Die Carabinieri bedankten sich für die Zusammenarbeit und Cariello trat schließlich begleitet von Therese zurück ins Freie. Die ruhige Seitenstraße im Herzen Roms wirkte angesichts des Geschehenen bieder und dörflich in ihrer sonnenüberstrahlten Ruhe.

Therese blieb stehen und krauste die Nase. „Ich kann es nicht glauben, dass wir nahe daran waren, Bazzoni diesen Unsinn mit dem Text des Caligula abzunehmen. Die Geschichtsschreibung hätte von da an die Erfindung eines alternden römischen Lebemannes als Weisheit über das Leben des Kaisers akzeptiert."

Cariello lächelte. „Darüber habe ich mit Professor Thomson lange Gespräche geführt. Aber seien wir ehrlich, die Hälfte der Geschichtsschreibung ist eine Fälschung."

„Sie meinen, man schreibt immer auf, was gewollt ist, dass die Nachwelt denkt, und nicht, was wirklich geschehen ist?"

„Nehmen Sie die Nemi-Schiffe. Es gab keinerlei Beweis, wer die Wracks verbrannt hat, aber eine

Expertenkommission hat befunden, dass es die deutschen Truppen gewesen sind, die die Schiffe angezündet haben."

„Der Krieg war vorbei und Deutschland hatte verloren."

Cariello nickte. „Hätten die Amerikaner verloren, hätte man herausgefunden, dass sie es gewesen sind, die nachts Bomben ins Museum geworfen haben …"

Therese grinste. „Und hätte es einen Friedensvertrag gegeben, wäre ein Kurzschluss schuld gewesen?"

Cariello nickte. „Man hätte schreiben müssen ‚wir wissen nicht, wie es zu dem Brand kam', aber das kann eine Kommission natürlich nicht zugeben. So ist es immer mit der Geschichte. Und je mehr man eine Lüge wiederholt, desto mehr wird sie zur Wahrheit."

Therese lachte und entspannte sich. Ihre grauen Augen blitzten. „Stalin hat gesagt, er glaube nur Statistiken, die er selbst gefälscht hat."

Cariello zwinkerte ihr zu. „Sie können sich gar nicht vorstellen, wie viele Statistiken geschönt und verbogen wurden und heute als unumstößlicher Beweis einer gefälschten Wahrheit zitiert werden. Zahlen von Kriegstoten, Hungeropfern, Baukosten. Fragen Sie sich immer: *Cui bono*? – wem nützt es? Und gehen Sie davon aus, dass es eine große Fälschungsrate gibt."

Therese zuckte die Schultern. „Was will man. Jeder Historiker erkundet, was sein Chef will und schreibt Dementsprechendes auf."

„Und der Maulkorb in historischen Fragen tut sein Übriges. In der neueren Geschichte kann über Vieles nicht einmal diskutiert werden. In Europa verdammen wir Mao Zedong, in Peking stehen Schlangen von Verehrern vor seinem Mausoleum. Glauben Sie nicht, dass das früher anders war. Wenn Caligula als Bösewicht verdammt wurde, dann schrieb man, er sei ein Bösewicht und fand Beweise dafür."

„Egal, ob man welche hatte."

„Sueton hat Caligula nie gesehen, aber schwört, es habe keinen hässlicheren Mann gegeben als den mageren Kaiser." Cariello blinzelte ins Sonnenlicht und sah einem Platanenblatt nach, das in Zeitlupe zu Boden segelte, erstes Zeichen des nahenden Herbstes. „Die Archäologie kann manchmal Ordnung in das Durcheinander bringen und gewisse Dinge relativieren. Aber wie Sie sehen, ist auch auf unser neutrales Auge kein Verlass. Man präsentiert uns gefälschte Caligula-Schriften, imitierte Historien von Peru, nachgeahmte Nachrichten von römischen Kaisern. Und das Publikum glaubt die Moritat. Nehmen Sie es als Regel – wenn die Ankündigung spektakulär ist und der Beweis rar, stehen Sie vor einer Fälschung."

„Das hatte ich mir schon in diesem Palast in Genzano gedacht. Ein guter Wissenschaftler kündigt nach vielen Jahren Arbeit an, er habe etwas gefunden, dass in die gleiche Zeit fällt, wie Columbus Entdeckung von Amerika, aber er kündigt nicht den Fund der Santa Maria an, wenn alles was er hat, ein Nagel ist."

Cariello zuckte die Schultern und lachte erneut. „Bazzoni hat die Öffentlichkeit mit seiner Caligula-Story um den Finger gewickelt, weil sie sich wickeln lassen wollte. Hätte das Schriftstück von einem weniger blutrünstigen Kaiser gestammt, hätte es keinen interessiert. Glauben Sie mir – Sie werden noch in vielen Jahren in Zeitungen, Büchern und im Netz lesen, dass die Auffindung des Palimpsests des Caligula eine der schönsten Entdeckungen ist, die man je in einer alten Bibliothek gemacht hat."

„Und dass Caligula so fromm war, wie ein Lamm."

„Gefälschte Geschichte lebt von der skrupellosen Ausnutzung unserer Sensationslüsternheit. Und sie fährt damit oft besser als ein armer hungriger Wissenschaftler mit Liebe zur Wahrheit wie unsereiner."

Therese lächelte. „Was werden Sie jetzt tun, Professor? Sie kehren nach Neapel zurück? Zu Akten und Bürostaub auf der Suche nach der Wahrheit?"

Cariello schüttelte den Kopf und blinzelte erneut in die Sonne. „Ich habe gerade meine Meinung geändert. Nach den Erlebnissen der letzten Tage denke ich, dass ich zum Abenteurer tauge. Es war eine bewusstseinserweiternde Erfahrung in einem römischen Tunnel zu ertrinken. Ich denke, ich werde mich auf diese Art Abenteuer spezialisieren. Ich nehme einen Flug nach Damaskus. Ich habe eine Schwester aus Palmyra zu retten." Er drückte der erstaunten Therese einen Kuss auf die Wange, drehte sich um und ging mit seinem Koffer zu einem Taxistand, um zum Flughafen zu fahren.

***

Der Nemi See © Ra Boe

Panorama von Nemi © G. Milo

Nemi © F. Sporchia

Der Diana-Tempel in Nemi

Das Nemi-Museum © Pippo

Das Nemi-Wrack-Museum © Pippo

Das größere der beiden Caligula-Schiffe

Die historischen Ausgrabungen am Nemi-See

CM Knight-Smith - Scientific American Volume 95 Nummer 02 (Juli 1906) – Idealisierende Nachbildung eines der Nemi-Schiffe vor ihrer Bergung.

Der Emissario des Nemi-Sees © Museo della Scienza e della Tecnologia

Caligula-Büste, Louvre

Der Ruspoli-Palast in Nemi © Livio Andronico

Nemi © Frederick Sporchia

Nachwort

Die Örtlichkeiten und der Kontext dieses Buchs existieren in der Tat. Die Nemi-Schiffe wurden wirklich gehoben und sind auch wirklich verbrannt. Der umstrittene Bericht der Untersuchungskommission bezüglich des Brandes existiert und man hat auch den Tempel der Diana ausgegraben. Der antike Tunnel zum Ablassen des Seewassers und der Ruspoli-Palast existieren ebenfalls.

Der Caligula-Text ist jedoch eine freie Erfindung, so wie auch die Familie Bazzoni. Alle Ähnlichkeiten mit lebenden Personen sind zufällig. Die zitierten Fälle von gefälschten Manuskripten, Wracks und Mumien entsprechen realen Fällen und ich war in einige von ihnen verwickelt. Die Beschreibungen dazu entsprechen den Tatsachen.

Danksagung

Einen großen Dank an meine Familie, die mir geduldig zur Seite gestanden hat.

Lieber Leser,

Ich hoffe, Dir hat das Buch gefallen. Es hat mir Spaß gemacht, der Geschichte um die Schiffe von Nemi nachzuspüren und ich hoffe, Du hast beim Lesen genauso viel Spannung empfunden wie ich beim Schreiben. Wenn Du nach Rom kommst – sieh Dir die Funde von den Nemi-Schiffen im Palazzo Massimo an. Es lohnt sich.

Über eine gute Bewertung würde ich mich sehr freuen. Du hilfst mir, weiterzuarbeiten und für Dich neue Geheimnisse zu erforschen.

Zum Weiterlesen:

Aus verborgenen Orten (Cariello 1) erzählt die Geschichte einer versunkenen römischen Villa und ihrer geheimnisvollen Bibliothek.

Das Geheimnis von Venedig (Cariello 3) geht der Mär von der Mumie des Heiligen Markus auf den Grund und findet mehr als nur einen Heiligen im Grab.

Der Schatz der Goten (Cariello 4) sucht nach der Beute Alarichs aus der Plünderung Roms und findet ihn da, wo niemand ihn vermutet in Ravenna.

Das Lächeln der Leda (Cariello 5) stöbert nach verlorenen Gemälden in Fontainebleau bei Paris.

Der Gottesbeweis (Cariello 6) erzählt von einem erstaunlichen roten Juwel, das in einem uralten Kloster verschwindet.

Eiszeit (Cariello 7) findet eine Kinderleiche im Gletscher und deckt uralte Rätsel auf.

Die Stadt der Geister (Cariello 8) erkundet einen geheimnisvollen Tunnel unter der Villa Cäsars.

Vielen Dank fürs Lesen.

U.C. Ringuer

Impressum

Berlin/Paris

www.geheimnissederarchaeologie.com
www.archaeologymysteries.com

***

Leseprobe: Das Geheimnis von Venedig

Mitternacht

Die breite marmorne Treppe war nur spärlich erleuchtet von den altmodischen Lampen, zwei der Glühbirnen waren zersprungen. Der metallene Handlauf lag eisig und glatt in seiner Hand wie ein totes Tier. Als er darüberstrich, blieb Staub auf seiner Haut zurück. Der Eindruck der Verlassenheit, den das Gebäude ausatmete, wurde durch die ausgetretenen Stufen unter seinen Füßen verstärkt. In dem Gemäuer lebte schon lange niemand mehr.

Beklemmung kroch in seinen Magen, wenn er an den Ruf des Palastes dachte, und die Atmosphäre, die in ihm herrschte, verunsicherte ihn. Hätte er weniger Champagner getrunken und wäre er weniger berauscht gewesen, wäre er seinem Führer nicht durch das Tor gefolgt.

Er musterte den breiten Rücken und den ausladenden schwarzen Mantel vor sich. „Warum müssen wir unbedingt hierher gehen?"

„Ich wohne hier."

„Hier? Niemand wohnt hier."

„Jetzt schon."

Es roch nach Moder und Nässe und ihre Stimmen hallten von den Wänden wider, da weder Vorhänge noch Möbel das Echo dämpften.

‚Egal', sagte er sich. ‚Wenn ich nur zum Ziel komme. Es gibt kein Zurück mehr.'

Der Mann vor ihm stieß eine mächtige geschnitzte Eichentür auf, die in den Ballsaal in der ersten Etage führte. Durch die hohen gotischen Fenster, die sich vor ihm enthüllten, drangen die Lichter der Nacht herein. Gegenüber dem Gebäude glänzte wärmend und trostreich die goldene Fassade eines Renaissance-Palazzos herüber. Der Hausherr betätigte den Lichtschalter und einige der Lampen der Murano-Kronleuchter glimmten auf. „Treten Sie ein, der Herr. Dies ist mein Reich."

Das Parkett unter seinen Schuhen knarrte. Langsam trat er näher, abwartend, misstrauisch.

Der Schlag kam von hinten. Und er lähmte sofort. Er hatte recht gehabt, argwöhnisch zu sein.

Verkleidet

Ein großgewachsener, schlanker Mann stand am Fenstersims eines der hell erleuchteten Palazzi am Canale Grande. Seine schwarzen Augen wirkten müde. Er sah mit zusammengezogenen Brauen auf das schlammfarbene Wasser des Kanals und strich sich nachdenklich über das Revers seines aufwändig gearbeiteten Samtrocks, dessen goldene Bordüren im Licht funkelten. Die Nacht war fortgeschritten, aber der Ball war noch immer in vollem Gang. Es roch nach Parfüm, dem Wachs der Kerzen auf den Tischen und Champagner. Man spielte einen Walzer.

In dem grünen Kostüm und mit der weißen Perücke fühlte er sich surreal, wie eine Schaufensterpuppe, mitten im Karneval in Venedig. Das Gemäuer, in dem er sich befand, hatte einst einer Dogenfamilie gehört, aber sein historischer Stuck verbarg sich im Design teuer verkleideter Korridore. Das Gebäude hatte Millionen verschlungen, als man es restauriert hatte. Jede seiner Türen und jedes Fenster waren seitdem mit gläsernen Hochwasserbarrieren verkleidet, die wirkten, als seien sie in Murano von Hand geschaffen worden.¬ Die Sorge vor dem Wasser war überall. Feuchter Nebel hing über der Stadt und man kündigte an, dass der Wind in den nächsten Stunden das Wasser der Adria an die Küste und in die Lagune drücken würde.

Die Geigen eines Orchesters schluchzten im Dreiviertel-Takt und tanzende Masken wogten hinter Cariello durch den weitläufigen Saal mit der Kastendecke. Der Rosenduft der Frauen, die sich mit ihren verkleideten Partnern vorüberbewegten, drang ihm selbst an seinem Platz am Fenster in die Nase. Hier in diesem Saal gab es keine Sorgen.

Er war seit mehreren Stunden auf dem Ball. Seine grünen Barock-Schuhe mit den silbernen Schnallen und den hohen Absätzen waren ihm fremd und seine Füße schmerzten. Selbst das Eichenparkett unter seinen Sohlen war ihm ungewohnt.

‚Wie bin ich hierher geraten?', dachte er schweigend und strich sich über die scharfgeschnittenen schwarzen Brauen. ‚Auf einen Maskenball, der eine Mischung ist, aus einer Reise in die Vergangenheit und einem Touristenspektakel.'

Am Vortag hatte ihn die überraschende Einladung erfreut. Jetzt, im Nachhinein, sorgte es ihn, aufgemacht wie ein Zirkuspferd gesehen zu werden. Er war Professor an einer der angesehensten Universitäten Italiens und das akademische Umfeld vergab keine Eskapaden. Der Skandal um Oleg Sokolow, der eines Nachts seine Freundin erschossen hatte, war noch frisch. Den Mord hätte die Intelligenzia dem russischen Geschichtsprofessor vergeben, nicht jedoch, dass man ihn hier und da im Napoleon-Kostüm abgelichtet hatte.

Cariello stellte sich in den Schatten der mächtigen Vorhänge, zog seine ausgeliehene Maske vom Gesicht und rieb sich die Stirn. Sein Leben war in letzter Zeit nicht einfach gewesen. Nach dem Selbstmord seiner jungen Ehefrau und dem Verschwinden seines Bruders lag seine Existenz in Scherben. Er schlief schlecht, in Albtraum geplagten Nächten und der langweilige Lehrdienst an der Universität half ihm nicht über den Strudel der Gedanken und Gefühle hinweg, der ihn in stillen Stunden übermannte. Seine Kollegen scherten seine Probleme wenig. Man hatte ihm mit feierlichen Worten kondoliert und war zur Tagesordnung übergegangen.

Ihm war die ihn umgebende Alltäglichkeit eine Last. Er fühlte sich wie ein Angehöriger einer jener verlorenen Generationen von Kriegsrückkehrern, die nach Emotionen, Leid und Kampf in die fade Bürgerlichkeit einer Kleinstadt heimkehren, und angewidert sind von der sie umgebenden Biederkeit. ‚Und nun bin ich in Venedig. So als wäre ich in einer anderen Welt gestrandet.'

Der bedeutendste Maskenball des venezianischen Karnevals fand im Hotel Monaco & Grand Canal statt und um Punkt sieben hatten ihn die weiß gekleideten Debütanten eröffnet.

Cariellos Kollege San Bernardo, der ihn eingeladen hatte, hatte ihm zu verstehen gegeben, dass mehr Japaner und Amerikaner dabei sein würden als Einheimische. Er hatte recht behalten. San Bernardo war erleichtert gewesen, die

Ausländer wiederzusehen, nachdem das vergangene Jahr für Venedig ein Hungerjahr gewesen war, geprägt von einer unerwartet ernsthaften Überschwemmung. Aber Cariello war weniger glücklich über die Menge der Fremden und fühlte sich selbst wie ein Ausländer an diesem Ort, der nicht in Italien zu liegen schien.

Jetzt stand er an das hohe Sims des Fensters zum Kanal gelehnt, ermüdet und benommen vom Champagner. Der mächtige Bau mit den hohen Fenstern schillerte noch immer im Glanz der Lichter, die bis auf die überfüllte Straße hinausleuchteten. Menschenmengen drängten sich in der engen Gasse davor. Auf der Kanalseite fuhren Gondeln vor und spien immer weiter Gäste in die brodelnde Menge.

Cariello sah ihnen zu, in die samtroten Vorhänge gelehnt und ein leeres Glas in der Hand. Er schrak zusammen, als man ihn ansprach.

Ein Maskierter trat zu ihm. Der ganz in Weiß als Casanova gekleidete Mann war schlank und muskulös, seine Haltung verriet ein junges Alter, auch wenn seine goldene Maske antik zu sein schien. Die gepuderte Perücke bildete einen vornehmen Kontrast zu seiner sonnengebräunten Haut und den schwarzen Augen. Seine Stimme war warm und gepflegt. „Professor? Darf ich Sie stören? Mein Name ist Domenico Mocenigo."

Cariello griff gehorsam die ihm dargebotene Hand.

Der Maskierte ließ seinen Blick über ihn wandern. Cariello hatte den Eindruck, dass sein Gegenüber erwartet hätte, dass er älter sein würde als Mitte vierzig, aber der andere lächelte respektvoll. „Ich stamme aus der Mocenigo-Familie, die der Stadt sieben Dogen gestellt hat. Neben Ihrem Kollegen Professor San Bernardo, der Sie genau wie mich eingeladen hat, bin ich einer der wenigen Venezianer hier … Er hat mir gesagt, dass ich Sie hier finde.

‚Einer der wenigen Venezianer, aber nicht der Geringste …', dachte Cariello. Die Mocenigo waren über Jahrhunderte eine der einflussreichsten Familien Venedigs gewesen und eine der reichsten. Er wusste nicht, was er davon halten sollte, dass der junge Mann seine Familie erwähnte.

Sein Blick fiel auf den eigentümlich geschnittenen, goldenen Ring am Finger seines Gegenübers. Es war kein gewöhnliches Juwel, genauso, wie die Larve des Casanova nicht aus einem Kostümverleih stammte. Der Ring war antik und die Maske aus vergoldetem Leder. Ein maßgefertigtes Prachtstück, das sich fehlerlos auf die hohen Wangenknochen des jungen Adeligen schmiegte. Mocenigo musste um die dreißig Jahre alt sein. Kein Student mehr, aber auch noch kein gestandener Mann.

Ein Kellner trat näher und bot ihnen Champagner an. Cariello wollte ablehnen, aber wurde von seinem Gesprächspartner genötigt. „Bitte, Professor. Es ist nur einmal im Jahr Karneval." Er reichte ihm ein Glas. „Sie wundern sich vielleicht, warum ich Sie kennenlernen möchte. Ich wollte Sie als den anerkanntesten Archäologen Italiens konsultieren. Wir sind Kollegen, auch wenn ich natürlich in nichts mit Ihrem Ruf und Ihrer Erfahrung konkurrieren kann. Ich arbeite für die UN, für die ich Kunstwerke verifiziere. Ich wollte ihre Meinung zu einer Angelegenheit wissen …"

Cariello nickte. Die ehrfurchtsvollen Worte des jungen Venezianers versöhnten ihn mit seinem hochadeligen Auftreten. Schmeichelei war in Italiens Universitäten guter Ton und es hatte ihn verwundert, so unangemessen direkt beiseite genommen zu werden. Er besah sein Gegenüber, soweit dies bei dessen Kostümierung möglich war.

Mocenigo hatte schwarzes Haar, war mit guten eins-achtzig fast so groß wie er, und wettergebräunt. Dem Aussehen nach hatte er die letzten Wochen irgendwo in den Alpen beim Skifahren verbracht. Er wirkte wie ein Sportler. Mocenigo hielt sich außerordentlich gerade und wirkte dabei forsch. Es konnte als Aufdringlichkeit interpretiert werden, vor allem, wenn er auf seine Abstammung hinwies, aber Cariello schloss, dass er es eher aus Unsicherheit tat. ‚Wenn er die Maske nicht aufhätte', dachte er, ‚wäre dieser Dogenspross schüchterner.'

Er wusste nur zu gut, welchen Eindruck er selbst erzeugte und was man über ihn sagte. Seine zuweilen überbordende Autorität hatten schon so Manchen verschreckt. Er hielt seine Maske in der Hand und seine scharfen Züge mit den markanten Brauen waren unverdeckt. Es konnte gut sein, dass er Mocenigo einschüchterte.

Eine Polka begann, hinter ihnen durch den Saal zu toben und ihre Worte drohten im Lärm unterzugehen. Mocenigo fügte, wegen des Getrampels mehr oder weniger brüllend, hinzu, dass der türkische Staat von Italien die Rückgabe der Pferde der Quadriga von San Marco verlangt habe und er in den Fall involviert sei.¬

Cariello zog die Stirn kraus. „Wie bitte?"

Posaunen verdrängten seine Worte mit ihrem Gedröhn. Er zog den jungen Mann ins Freie auf die Terrasse zum Kanal, um ihn verstehen zu können. Seine Stimme färbte sich schneidender, als er es beabsichtigte, als er erneut nachfragte. „Sie sprechen von den Pferdestatuen des Markus-Doms? Meinen Sie das ernst? Die Türkei verlangt sie heraus? Warum ist nichts davon in der Presse zu lesen?"

Mocenigos Augenlider zuckten und seine schwarzen Augen wirkten verunsichert. „Das Ganze ist noch ein Geheimnis. Ich dachte nur, dass es Sie interessieren könnte."

Die kalte Nachtluft, die mit ihrem Geruch nach Algen und Salz von den grün-braunen Wassern des Canale Grande herüberwehte, weckte Cariello auf. Das Orchester beendete die donnernde Polka und begann den

Donauwalzer zu spielen. Und die Worte Mocenigos taten das Ihre, um ihn aus seinem Champagnernebel zu rütteln. Er bemerkte, wie sich seine Nackenmuskeln verkrampften. „Die Pferde des Markusdoms befinden sich seit Jahrhunderten in Venedig. Warum wollen die Türken sie jetzt zurückhaben. Sie meinen das nicht ernst?"

Mocenigo machte einen Schritt zurück und schüttelte den Kopf. „Ich scherze nicht. Die Pferde standen früher im Hippodrom von Konstantinopel. Sie wurden 1204 bei der Plünderung der christlichen Stadt durch die Kreuzfahrer gestohlen. Die Türken haben die Rückgabe verlangt."

Mocenigos Haltung wirkte auf der Terrasse im Freien steifer als zuvor und Cariello bemerkte, dass er nervös war. Seine Hände spielten mit den Kordeln seines Kostüms. Es schien Cariello bizarr, dass gerade ein Nachkomme der raubenden Dogen von einst helfen wollte, die berühmten venezianischen Pferdestatuen an die Türken zu geben. An die Türken, die das byzantinische Konstantinopel ebenfalls nur im Krieg erobert hatten und das mehr als zwei Jahrhunderte später als die Venezianer.

Unter seiner teuren Maske lächelte Mocenigo und zeigte zwei Reihen schneeweißer Zähne. „Seien wir ehrlich - ich glaube nicht an den Erfolg der Rückgabeanfrage. Sie sicher auch nicht, Professor. Die Pferde sind zu bekannt. Ich helfe nur bei technischen Details."

Cariello schwieg. Er wusste nicht, was er darauf entgegnen sollte.

Mocenigo befeuchtete seine Lippen mit der Zunge. „Ich weiß, was Sie jetzt denken. Meine Familie teilt Ihr tadelndes Schweigen … Aber wie auch immer. Ich besitze für ein paar Tage die elektronische Zugangskarte für die Sicherheitspforte des Markusdoms, um die Pferde zu begutachten." Mocenigo schlug sich auf seine Brusttasche und Cariello wunderte sich, dass Mocenigo so etwas wie eine Zugangskarte in seinem Karnevalskostüm umhertrug. „Ich habe damit heute Morgen gearbeitet und habe festgestellt, dass die Pferde zum allergrößten Teil aus Kupfer bestehen und kaum Zinn enthalten. Das könnte aufschlussreich sein, um ihre Herkunft zu erforschen …" Mocenigo leerte seinen Champagner mit einem zu großen und zu hastigen Zug. Seine Hände bebten. „Und der Markusdom ist ein Juwel."

Cariello schob die Unterlippe vor. Sein Gegenüber redete zu viel und ihm war unklar, was er nach so einer Information, wie die, die er ihm gegeben hatte, von ihm erwartete. ‚Will er, dass ich ihm zustimme oder ihn von seinem Tun abhalte?'

Mocenigos Augen huschten zur Seite, dann duckte er den Kopf und trat näher. In der Dunkelheit des fortgeschrittenen Abends roch Cariello sein Duftwasser. Es roch nach Weihrauch, Moschus und Nelken. Er flüsterte rau: „Ich kann bei meinen Nachforschungen meine Zeit nutzen, um einem größeren Geheimnis, als dem der Pferde nachzuspüren. Ich selbst bin nicht wegen der Bronzen im Dom. Natürlich nicht. Als Mocenigo …" So wie er dies sagte, klang es erneut prahlerisch und gleichzeitig unsicher. „Eigentlich geht es mir um etwas Wichtigeres. Ich bin dabei, eines der größten Rätsel der Weltgeschichte zu lösen und wollte Sie deswegen konsultieren." Seine Stimme war erregt und seine Augenlider flatterten.

‚Der Mann ist ein Nervenbündel', sagte sich Cariello. ‚Was geht hier vor?'

Seine Überlegungen wurden unterbrochen. Die Musik brauste auf und jemand öffnete die Terrassentür.

Es war San Bernardo. Die Walzer trieben die Masken aufs Parkett und er forderte sie mit einer Geste auf, in den Saal zurückzukehren und mit seinen Töchtern zu tanzen. Sie gehorchten, aber während er sich erneut unter die Tanzenden mischte, blieb Cariello ein bitterer Geschmack im Mund zurück. Erst nach und nach wurde ihm klar, wie beunruhigend die Aussage war, dass Mocenigo von einem zweiten, größeren Geheimnis als dem der Pferde, gesprochen hatte. Er hatte keine Zeit gehabt, zu fragen, welches ... aber wie war es möglich, dass etwas wichtiger sein sollte als die weltbekannten Pferde von San Marco?

‚Weswegen ist dieser Mocenigo eigentlich im Dom?'

Während Maskierte ihn von rechts und links anstießen und er die schwarzgelockte Tochter San Bernardos durch das Gewimmel zu lotsen versuchte, fühlte Cariello, wie

Unruhe sich als flaues Gefühl in seinem Magen ausbreitete. Schließlich entschuldigte er sich bei seiner jungen Partnerin, drehte sich um und verließ die Tanzfläche.

Mit weitausgreifenden Schritten kehrte er zum Tisch San Bernardos zurück, aber fand Mocenigo nicht daran vor. Er wandte sich um und ließ den Blick über die Menge schweifen. Der goldmaskierte Casanova war nirgends zu sehen.

Dann, jenseits des Getümmels, sah er ihn. Er tat es zu spät. Mocenigo verließ an der Seite eines weißmaskierten, hochgewachsenen Mannes in schwarzem Umhang und Dreispitz den Saal. Der Begleiter des Nachkommen der Dogen drehte sich für einen kurzen Moment um und es schien Cariello, als sähe er zu ihm herüber. Ein Blick aus dunklen Augen traf ihn aus den Sehschlitzen der Kostümierung, dann waren beide Männer verschwunden.

Der Augenblick dauerte nur die Länge eines Atemzuges, aber er ließ eine Gänsehaut über Cariellos Rücken huschen, ohne dass er sich erklären konnte, warum. Er zögerte und fragte sich, ob er den beiden folgen sollte. Dann jedoch entschied er sich dagegen. Er kannte Mocenigo nicht und hatte nicht das Recht, ihn aufzuhalten.

Trotzdem verließ er den Ball eine Stunde später mit dem Gefühl, dass ein Damoklesschwert über Venedig hing, auch wenn er nicht wusste, wo.

Mord

Der rosige Sonnenschein des Morgens tauchte Venedig am nächsten Tag in ein unwirkliches Licht. So unwirklich und heiter, wie man es nur in der Serenissima kannte. Die ersten Gondeln wagten sich auf die prächtigen Gewässer des Canale Grande und schoben sanfte Bugwellen vor sich her. Frühe Touristen wanderten durch die verwinkelten Gassen und verliefen sich darin. Die Luft war lau und der Himmel strahlte in hellem Azur. Der Trubel des Karnevals hatte sich beruhigt. In den luxuriösen Palästen am Canale Grande öffnete man die schweren Vorhänge und die Jalousien. Fensterläden wurden aufgeschlagen und Türen geöffnet. Der Glanz des Abends machte der Reinheit eines herrlichen Wintermorgens Platz. Der Duft von Kaffee erfüllte die Straßen und man begab sich allerorts zum Frühstück.

In einem der Paläste jedoch, dem romantischen, weiß-golden schimmernden Palazzo Dario am Canale Grande, ging das Öffnen der Fenster mit einem durchdringenden Schrei einher, der weithin über den Kanal widerhallte und dem Personal der nahen Vaporetto-Station durch Mark und Bein ging.

Ein Zimmermädchen hatte die Vorhänge des großen Prachtsaals im ersten Stock aufziehen wollen und war auf eine entsetzliche Szene gestoßen. Der Besitzer des Palastes lag auf dem Rücken in der Mitte des eichengetäfelten Raumes. Er trug noch einen Teil seines Karnevalskostüms der vorhergegangenen Nacht … und er war tot. Eine Lache karminroten Blutes war unter seinem Körper hervorgetreten. Seine Augen stierten blicklos durch die Maske, die noch immer sein Gesicht bedeckte und sein Portemonnaie lag aufgeschlagen neben ihm.

Das bosnische Zimmermädchen lief händeringend hinaus zum Telefon, um die Polizei zu verständigen. Ihre schwarzen Schuhe klapperten dabei auf den gewienerten Böden und sie rang nach Luft. Es war auf den ersten Blick offensichtlich, dass der Tod des Hausherrn kein friedlicher gewesen war.

Lesen Sie hier weiter.

Printed in Germany
by Amazon Distribution
GmbH, Leipzig

29412831R00248